OBRAS COMPLETAS

MARIA JUDITE DE CARVALHO

III

Título:
Obras Completas de Maria Judite de Carvalho – vol. III
Flores ao Telefone | Os Idólatras | Tempo de Mercês

Autora:
Maria Judite de Carvalho

Capa: FBA
Na capa: reprodução de quadro da autoria de Maria Judite de Carvalho
Imagem de capa © Maria Isabel Tavares Rodrigues Alves Fraga
Fotografia de Sounds & Bytes

Depósito Legal n.º ????

Biblioteca Nacional de Portugal – Catalogação na Publicação

CARVALHO, Maria Judite de, 1921-1998

Obras completas de Maria Judite de
Carvalho. – v. - (Obras completas de
Maria Judite de Carvalho)
3º v.: p. – ISBN 978-989-8866-38-7

CDU 821.134.3-34"19"

Paginação:
João Félix – Artes Gráficas

Impressão e acabamento:
?????

para
Minotauro
em
novembro de 2018

MINOTAURO, uma chancela de Edições Almedina, S.A.
Avenida Engenheiro Arantes e Oliveira, 11 – 3.º C – 1900-221 Lisboa/Portugal

OBRAS COMPLETAS

MARIA JUDITE DE CARVALHO

III

Flores ao Telefone
Os Idólatras
Tempo de Mercês

MINOTAURO

ÍNDICE

SOLIDÃO INTELIGENTE

Ofício exigente... magoada sobriedade... E que discrição tão sentida, tão veemente ao mesmo tempo! Que admirável temperatura emocional a destes contos que são dos melhores, senão os melhores, que Maria Judite de Carvalho alguma vez escreveu. Lendo-os, penetrando-os linha a linha, a suave melancolia que se desprende deles afirma-se no final com a força terrível de uma solidão sem alardes. Sim, solidão. «Armários vazios» em cada corpo que se julga partilhado. O tesouro da verdade timidamente guardado nas existências mais apagadas... É tudo isto e muito mais que ressalta desta coletânea que abre com a admirável peça *Flores ao Telefone*.

Flores, Alma, Josefa, Saudade – nomes de mulher. Perfis femininos em diferentes situações sentimentais, em diferentes idades e com diferentes equações dramáticas – mas todos eles portadores de um denso e privado mistério que se insinua em nós e nos comove com uma intensa suspensão. *Flores ao Telefone* (a crítica o dirá por certo) é indiscutivelmente uma obra maior das nossas letras. Maria Judite de Carvalho – prémio «Camilo Castelo Branco» da SPE – assume como sempre uma atitude narrativa de admirável e difícil interiorização. Nada de alardes, nada de apelos diretos à comoção do leitor. Corte a tempo na exposição, como só sabem fazer os grandes novelistas da *estirpe* de Salinger, Virginia Woolf, Mansfield ou Irene Lisboa.

Inventário das solidões partilhadas ou comprometidas (*A Flor da Vida*, por exemplo, é um notabilíssimo exemplo de uma existência à deriva), este livro reveste-se de uma riqueza de situações que ilustram o tema do desespero, desde a aceitação resignada à morte por amor (Karl, o Trapezista).

Mas é esquemático anunciá-lo assim. Injustamente primário falar assim de uma obra tão cheia de incidências de toda a ordem e tão inteligente na maneira de contar. Exaltá-la pelo que há de compreensão da alma feminina é pouco. (E, por exemplo, o marido de Alma?) Analisá-la pelo lado «oficinal» é igualmente restritivo: interessa, sim, o todo. A força comunicativa e o dom de cada página levantar na leitura mais dissecadora inúmeros problemas de interpretação humana e de construção literária.

«Mistério» – referimos atrás a propósito das figuras femininas de Maria Judite de Carvalho e, em particular, destas aqui de *Flores ao Telefone*. Mas seria um atributo fácil e inexpressivo deixar a afirmação nestes termos. *Mistério* é um atributo fácil, místico e de efeito primário, com que alguns escritores [...] ornamentam as galerias femininas. É o *spray* formal, o alarde. E o importante é que em Maria Judite de Carvalho esse clima não se expõe, não se exibe com a frase e é mais mistério por isso mesmo. Surge, desprende-se numa concentração íntima; é um ocultar modesto que o pudor retém em cada personagem mas de que a escritora com estranha naturalidade levanta apenas indícios, como se ela, também, fosse dominada de pudor e de funda compaixão em não atraiçoar o íntimo segredo das personagens.

José Cardoso Pires

Diário de Lisboa, 30 de janeiro de 1969

FLORES AO TELEFONE

FLORES AO TELEFONE

A mulher pegou no auscultador subitamente vivo, ser-objeto preto e luzidio, às vezes repugnante quando vomitava coisas sujas de que ela não gostava, embora as devorasse, esfomeada, pegou-lhe e disse numa voz ausente, demasiado fria, voluntariamente fria, que estava, sim, que era ela, sim. Do outro lado da linha, muito longe ou muito baixa, outra voz, esta ansiosa, ou receosa, a de Flores. «Posso ir aí? Posso falar consigo? Era uma coisa... De repente, de um momento para o outro...» A mulher interrompeu a explicação que adivinhava longa e confusa, uma explicação de Flores. Que hoje não, disse. Amanhã, sem dúvida, a qualquer hora, quando quisesse. «Quando quiser, Flores. É domingo mas não tenciono sair, estou um pouco engripada. Mas agora, hoje, é impossível. Tenho um problema a resolver. O Pedro chegou agora mesmo a casa e eu...» A voz disse: «Compreendo, desculpe. Até amanhã, então.» Desligaram e a mulher colocou o auscultador no descanso, voltou-se para o homem. Um incitamento no seu olhar largo. Então? Vamos continuar? Estou aqui para te ouvir, que dizes?

Ele continuou: «É preciso que isto fique claro. De uma vez para sempre. Que não haja mais mal-entendidos. Somos adultos, não é verdade?»

A mulher repetiu: «De uma vez para sempre, sim. Somos adultos, de acordo. Há quanto tempo somos adultos!»

«Tenho estado a fugir a uma explicação, até porque a meu ver... Compreendo no entanto que tu...»

Ela pegou-lhe no primeiro ponto de vista, com precipitação: «A teu ver?»

«O assunto não merece uma explicação sequer. Melhor, já é tarde para qualquer explicação. Há seis meses, há três meses, seria lógico; agora já não.»

«Tudo merece ser explicado», assegurou ela com firmeza. «Tudo. Sem isso, as coisas ganham um valor que às vezes não têm. E nós pensamos, podemos pensar...»

«O quê?»

«Sei lá! Todas as coisas.» Todas entre o sim e o não, entre a vida e a morte, entre o amor e o ódio. «É necessário localizar a coisa em questão. Conhecer o seu valor. A sua intensidade. A sua possível duração. Estás a compreender?»

A voz do homem era subitamente suave. «Foi uma coisa frágil, acredita. Desde sempre. E já quase não existe. Há um resto dela, um simples resto, asseguro-te. Um vestígio, quero dizer.»

«Não sei se gostava de te acreditar», disse a mulher. «Não sei», repetiu pensativa. «Falas nesses problemas com uma naturalidade que sempre me arrepiou. Nunca tomaste a sério os sentimentos, pois não? Nem os teus nem os dos outros. Um vestígio, dizes tu. Um vestígio como?»

«Um vestígio e mais nada. Um resto. Uma mancha de tinta que não saiu quando lavei as mãos.»

«Por a tinta ser forte ou porque não quiseste lavá-las bem?»

«Porque tinha mais que fazer, talvez.» Olhou-a demoradamente, teve o seu branco sorriso irresistível: «Sempre tomei a sério a minha vida contigo, o meu amor por ti. O resto são acontecimentos, sem importância. Vêm e vão. Não *estão*, compreendes? Estar, só tu.»

«Devo habituar-me a esse vaivém lateral? Achas bem que me habitue a ele? Serei capaz, mesmo que queira?», perguntou ela de olhos brilhantes e boca apertada.

O homem passou-lhe o braço pelos ombros, puxou-a para si. «Nunca mais haverá outras pessoas», afirmou com uma convicção que ela já conhecia. «Nunca mais, acredita. E amanhã mesmo lavarei melhor as mãos. Com pedra-pomes.»

Ela encostou-lhe a cabeça ao peito e sentiu-se feliz uma vez mais, a terceira desde que estavam casados. E então olhou para o telefone e lembrou-se de Flores. «O que quereria a Flores, coitada? Achas que ligue lá para casa?»

O homem olhou para o relógio. «Não, não, deixa a Flores em paz. Temos que conversar mais um pouco. Tenho estado a pensar... Que tal se aproveitássemos este ano as férias para ir à Madeira?»

Ela riu alegremente. Era um sonho antigo em que gostava de pensar, embora soubesse que nunca se realizaria.

Quando o telefone começou a tocar, a mulher mais nova acabava de se levantar bruscamente e de dizer à irmã que ia sair porque estava até aqui, e colocara a mão um palmo acima da cabeça, em posição horizontal. Preparava-se para dizer mais coisas mas a campainha interrompera-a e ambas hesitaram, sem saber qual daria o primeiro passo, abandonando o problema sair-ficar, a fim de atender quem falava. Foi a irmã mais velha quem cedeu, como sempre, e deixou o seu lugar à mesa, porque a outra se recusava visivelmente a estender o braço direito e a pegar no aparelho. «Vou sair, vou sair agora mesmo», dizia pela segunda ou pela terceira vez. «Estou farta. FAR-TA!»

A mulher toda de negro, com a pele de um branco doentio, disse então: «Está lá?» E logo a seguir: «Ah, és tu? Que é feito de ti? Ao tempo que não apareces...» A outra sorriu porque na última frase havia uma censura muito nítida embora discreta. Não apareceste no funeral... Não apareceste na missa... Não mandaste pêsames... Tudo aquilo, no entanto, era dito numa intonação desinteressada, apressada talvez, a intonação de quem já não está onde estava agora mesmo, por falta absoluta de tempo e de interesse em permanecer. De longe a voz de Flores. «Vou indo. Pouco bem. Não propriamente doente, mas... Desculpa não ter dito nada, mas só soube dias depois. Não tenho lido jornais. Há mais de dois meses que não pego num jornal, sabes? Sofreu muito?» «Muito.» «Ah.» Calaram-se ambas, depois Flores rompeu o silêncio. «Posso ir aí?», perguntou. «Precisava *muito* de falar contigo.» A mulher disse: «Estou cheia de trabalho, não calculas. Primeiro fiquei exausta. Agora eu e a minha irmã estamos aqui aflitas à volta dos cartões de agradecimento. Faz amanhã um mês que ele morreu, compreendes? Tenho andado a tratar da papelada necessária, estes problemas burocráticos, não calculas... Hoje...» A voz disse surdamente: «Ah, sim, claro, a burocracia. E os cartões, compreendo. Para outra vez será então.» Ela concordou. «Sim, sim, outra vez. Quando te convier.»

Desligou, disse: «Era a Flores. Queria aparecer. As pessoas são incríveis. Queria aparecer mas não era para nos dar os sentimentos, não. Precisava *muito* de falar comigo. Foi isto que disse.»

«Eu percebi», assegurou a outra com ar ainda zangado. «E ouvi também o que lhe respondeste: Que não aparecesse, que estavas a fazer os cartões.»

«Estávamos.»

«Ou isso», concordou encolhendo os ombros. «Por mim... A verdade é que vou sair, não posso mais. Estou farta, farta, farta de agradecer sensibilizada, reconhecida, muito grata. Este ritual da morte em que mergulhaste com paixão, alguma vez havia de ser!»

«O que queres dizer com isso?»

«Oh, nada, nada. Falei por falar, como sempre.»

A outra sorriu com boa vontade, como quem se dirige a uma criança. «Mas é indispensável, não compreendes?»

«Indispensável porquê?»

«Os outros...»

Tinha falado baixo mas a irmã apanhou no ar aquelas duas palavras. Abriu os braços, soltou um «ah» entusiástico. Quase entusiástico. «Os outros! Lá chegámos, mana. O que te preocupaste sempre com eles! Não quiseste casar com o neto do ferreiro nem com o filho daquela mulher de quem se dizia... O que pensariam eles, os outros, mana! O papá coronel, estás a ver... Reformado, claro, mas coronel... Foste admirável, sim, sim, admirável. O pior é que não há ninguém para te admirar. NIN-GUÉM! Desconhecem as razões das atitudes que tomaste... Não é pena?»

«Cala-te!»

«Porque me hei de calar? Para não interromper o teu trabalho? Minha querida, enquanto as pessoas estão vivas, tudo. Agora...»

«Cada um pensa de sua maneira.»

«E tu pensas como a maioria. É contigo.»

«É um trabalho desagradável que tem de ser feito.»

«Porquê?»

«Todos o fazem, bem sabes. Ficavam ofendidos.»

«Grande pena.» Foi até ao quarto, voltou com um casaco de malha pelos ombros e uma mala na mão. «Até logo», disse.

«Aonde vais?», perguntou a irmã numa voz suplicante.

A outra parou, encarou-a. «Se te interessa muito saber, posso dizer-to. Mas não te aconselho tanto interesse. Vais criar problemas pelas tuas próprias mãos, vais levar o resto da vida a procurar uma censura no olhar dos outros. Não, não queiras saber aonde vou. É comigo, de resto. Sou maior...»

Ela não quis saber. Logo que a porta bateu voltou à sua negra correspondência.

«O senhor doutor está?», perguntou Flores, e agora a sua voz já não era ansiosa. Com o correr dos minutos havia-se tornado mais suave, mais serena, quase conformada. Na pergunta havia aparentemente a simples curiosidade de saber se o senhor doutor estava, como uma cliente que se sente levemente indisposta e quer marcar hora.

A empregada perguntou isso mesmo: «É uma primeira consulta?»

«Bem, não se trata propriamente disso. Era para falar com o senhor doutor. Era... urgente. Não venho tirar-lhe muito tempo.»

A voz tornou-se mais áspera, decidida. «Eu vou ver, vou perguntar, mas o senhor doutor está com um doente e há mais seis pessoas à espera. Não sei se poderá atendê-la. Quer dizer o seu nome?»

Ela murmurou com simplicidade: «Flores.»

A outra não compreendeu bem: «Disse Flores?»

«Flores. Ele sabe. O senhor doutor sabe.»

«Muito bem. Um momento.»

Tirou uma cavilha, meteu outra. «Senhor doutor?»

«Sim?»

O médico pediu desculpa ao doente, prestou atenção. «Que se passa?»

«Está ao telefone uma senhora...»

«Já lhe expliquei que...»

«Chama-se Flores. Disse que o senhor doutor a conhecia. Que era urgente.»

Ele hesitou. «Bem...» Depois perguntou à empregada: «Quantos doentes estão na sala?»

«Seis, senhor doutor.»

«Diga a essa senhora que me fale amanhã. Ou que passe por cá se quiser. Hoje é impossível atendê-la. Mas não se esqueça: que venha cá amanhã, que a espero. Às cinco horas. Não, às seis é melhor.»

Desligou, pediu desculpa ao cliente, um velho gordo, amarelento ou acinzentado que devia ter um mês de vida. Flores tinha sido alguém, em dada altura, na existência daquele homem. Importante, embora não durante muito tempo. Duas linhas convergentes haviam-se tocado num breve encontro de dois anos, depois seguido os seus caminhos respetivos, cada vez mais afastadas uma da outra a caminho do infinito pessoal de cada uma delas. Aquele nome, Flores, acordou nele a imagem de uma mulher complicada, melancólica ou excessivamente alegre, uma mulher que chorava e ria, que às vezes bebia demasiado. Que era boa rapariga. Quando desligou, porém, e olhou o velho, na sua frente, sentiu um certo pesar. Que quereria ela? Havia anos que não o procurava, era decerto qualquer coisa importante. Urgente, tinha dito. Estaria doente? Talvez precisasse de dinheiro. Talvez se sentisse de repente só, como dantes lhe acontecia. Enfim, amanhã veria o que se passava. Agora não havia nada a fazer.

«Não há nada a fazer», pensou ela também, no seu quarto, ajuizadamente sentada na borda da cama. «Nada. Não há também ninguém.» Tinha apontado três números de telefone num pedacinho de papel: o de uma colega de trabalho que sempre se mostrara simpática, o da sua melhor amiga, o do homem com quem fora casada. Ia gritar por socorro mas ninguém lhe dera tempo de o fazer. Tinham um marido, cartas a escrever, doentes. Era normal. Pensava em tudo aquilo com serenidade enquanto ia despejando na palma da mão – trémula apesar de tudo – o frasco dos comprimidos. Eram azuis, pequeninos como as contas de um colar que tivera em menina, e prometiam o esquecimento.

A ESTRANHA RESSONÂNCIA DO NOME DE ALMA

A mulher rompeu o silêncio e disse: «Queres ouvir, Hermes?»

Ele ergueu o olhar do álbum dos selos e compôs logo a sua expressão atenta, melhor, atenciosa.

«“Munique”», leu ela. Era uma mulher conscientemente feia, com o seu melancólico nariz comprido e uma boca grande, desconsolada, sem lábios nem sorriso. «“A vila de Garching, perto desta cidade”», prosseguiu, «“orgulha-se de contar, entre os seus habitantes, com um novo génio das matemáticas que não tem mais de oito anos.” Oito anos, estás a ver, Hermes? “Elmer Eder passa as horas livres a fazer cálculos integrais” – o que são integrais, Hermes? – “de logaritmos e de números complexos.”» Baixou o jornal, repetiu impressionada: «Oito anos! O miúdo cá de cima, o Janico, e olha que é esperto, tem oito anos e faz agora a terceira classe.»

O homem encolheu os ombros pondo deste modo fim ao ar pensativo a que a pergunta dela o obrigara, disse: «Histórias! Esses meninos-prodígios, quando na verdade existem, do que duvido muito, nunca chegam a ser ninguém.»

Ela concordou, embora parcialmente, com relutância, enquanto voltava a folha do jornal. «Houve o Mozart, por exemplo, se bem que a música... Bem, no fundo, talvez não esteja assim tão longe da matemática, pois não, Hermes?»

O silêncio desceu de novo entre ambos, alastrou pela casa onde não havia mais ninguém, tornou tudo estático. Um silêncio pesado que ela às vezes sentia necessidade de afastar de si como quem afasta a roupa da cama em noites quentes. Um pouco como se sufocasse. Disse pois outra vez, numa voz agora levemente gritada: «Hermes!»

«Hã?»

«Calcula que, pela primeira vez, diz aqui, um avião comercial enviou mensagens para a Terra através de um satélite. "Um *Jet Clipper* – sabes o que isto é, um *Jet Clipper*? –, em rota de São Francisco para Honolulu, enviou e recebeu mensagens da Terra através do Syincom III, um satélite que está em órbita estacionária – o que será isto, órbita estacionária? – sobre as ilhas Gilbert. As experiências provam con-clu-den-te-men-te..."»

O marido fez um gesto com a mão, já bastava. «Se eles se preocupassem com coisas na verdade úteis», disse. «Satélites, cosmonautas, mulheres no cosmos, foguetões, a Lua... Como se este nosso mundo não nos chegasse. Na minha opinião...»

Ela disse: «Talvez a resposta aos nossos problemas esteja precisamente fora dele», mas o marido não ouviu as suas palavras.

«Na minha opinião», repetiu, «essa gente foge muito simplesmente à realidade. Quer fugir-lhe, em suma. E a realidade, no fundo, é esta, a nossa vida. O autocarro, o emprego, a casa, os problemas do dia a dia. A época do heroísmo pessoal acabou, façam eles o que fizerem. Estes, de resto, são a meu ver heróis negativos. Fogem dos problemas cá de baixo. Há fome? Há guerra? Muito bem, nós vamos até à Lua passear.»

«Nem todos levam uma vida tão retirada como nós», disse ela, porque não tinha acompanhado o marido na sua digressão pelo infinito. Houvera na sua voz uma leve censura de que de súbito se deu conta, se apressou a esconder, dizendo apressadamente: «Parece que é útil.»

«O quê?»

«Isso tudo.»

«Que utilidade queres tu que tenha?»

A mulher, que se chamava Alma, não sabia, mas tinha lido coisas, nos jornais. E era útil. Não sabia a quê, mas era útil.

«Jornais!», disse ele. «Vamos é deitar-nos, que são horas. Dez e meia, estás a ver? Como o tempo passa.»

Ela acompanhou-o e sentiu-se de súbito, não sabia bem porquê, infeliz. Não era a primeira vez, claro, e, quando isso acontecia, costumava ir até ao espelho, olhava atentamente para aquele longo nariz, para aquela boca tão grande. Era uma visão desoladora mas ao mesmo tempo reconfortante. O único homem que quisera casar com ela tinha sido aquele, Hermes, um homem apagado, sem ninguém, vinte anos mais velho. Era no entanto um bom homem, não podia queixar-se. Sossegado, trabalhador, seu amigo. Um homem com quem viver não era divertido, mas ela nunca soubera o que fosse uma vida divertida e depois fora ele o único a achar natural ela chamar-se Alma, a não se ter rido do seu nome, a dizer mesmo que ele lhe ficava bem. Fora também o único a querer casar com ela. Era um homem limitado, decerto. O que se passasse para além dos muros que demarcavam os seus conhecimentos, as suas experiências diárias, era logo para ele suscetível de dúvida. Um Hermes física e moralmente sedentário, que nunca fora além desses muros, por falta de ocasião talvez, mas também por falta de vontade. Na sua conversa surgiam com frequência frases do género dubitativo e leves sorrisos de incredulidade perante o mundo exterior que o cercava, mas sem o tocar mesmo ao de leve. Para começar, Hermes não acreditava no homem. E como ao longo de uma existência de isolado poucos homens conhecera bem, que lhe permitissem um tal julgamento, sem dúvida precipitado, bastavam-lhe dois, que eram sempre, falasse-se do que se falasse, os seus exemplos: o patrão e Valdemar, a quem tinha salvo a vida.

O patrão de Hermes pagava mal e exigia muito. Hermes gostava de o criticar sempre que vinha a jeito e se falava do homem em geral. Quanto a Valdemar, a história era conhecida com todos os seus pormenores e por isso bastava uma ou outra alusão ao caso. Fora durante a vida militar de ambos. O referido Valdemar pegara distraidamente numa granada e, se não tivesse sido ele, Hermes, Valdemar teria morrido. «Pois bem, findo o serviço, alguma vez me procurou para me agradecer? Qual! Na altura, meu caro, tudo o que quiseres, amigos para a vida e para a morte, hei de falar em ti ao meu pai, sei lá! Nunca mais o vi. Parece que é médico e muito falado. Felizmente nunca precisei de Sua Excelência. Se o visse talvez nem o conhecesse.»

Nessa noite, já deitados, com a luz apagada, não falou do Valdemar mas referiu-se ao patrão, um explorador, e logo depois disse que Deus tinha posto no mundo homens feitos para se detestarem ou para ignorarem (no fundo, eram invejosos, vaidosos, traiçoeiros, sobretudo egoístas) e ordenara-lhes que se amassem. «Achas possível?» E referindo-se outra vez ao patrão: «Empregados, para ele, é como se fossem escravos.» Ela riu um pouco, às escuras esquecia mais facilmente a sua cara, disse: «Serão poucos os eleitos, que queres? Talvez fosse necessário serem poucos...»

Hermes não respondeu. Já estava a dormir. E ela ficou um grande bocado de olhos abertos no escuro, a pensar que era bela e se chamava Alma. Como o seu nome teria uma ressonância estranha e diferente se ela fosse bela!

Foi precisamente no dia seguinte que Hermes teve aquele encontro. Vendo bem, não se lhe podia chamar um encontro, antes uma brincadeira do Destino, e seria essa, de resto, em toda a sua vida, a única concessão que Hermes faria ao impossível que afinal sempre pode acontecer. Aquele encontro, porém, ficaria no domínio um pouco vago das coisas semi-irreais. Estava no escritório e o telefone tocou. Hermes atendeu e uma voz autoritária disse: «Fala o doutor Valdemar Couto.» Se estivesse à espera, se alguma vez lhe tivesse passado pela ideia a possibilidade daquele telefonema, Hermes teria desligado ou, pelo menos, não teria dito o que disse. Porque o que disse estava em completo desacordo com as suas tenções de duas dezenas de anos. Como, porém, não teve tempo de refletir, exclamou: «Homem, tu? Mas como é possível?» Do lado de lá a voz perdeu a segurança inicial, dobrou-se um pouco, atrapalhou--se. «Mas quem fala, quem fala?» «O Hermes, homem. Da tropa, homem! Lembras-te?» A voz lembrou-se. «Tu!», berrou com alegria. «Tu? Não desligues, com seiscentos diabos! Isto foi engano, mas um engano feliz. Queria era ligar para casa da marquesa de A. Não és o marquês, espero?» Riu com a graça e marcou um encontro. «Sábado às oito e meia no *snack* do Embaixador. Jantas comigo, claro. Uma destas!» Não voltava a si do espanto.

Jantaram, recordaram o tempo da tropa, o capitão Matias que era gago, o Costa Gordo, beberam um *brandy*, mas foi apesar de tudo um jantar falhado porque o brilhante cirurgião e o apagado empregado de um apagado escritório de comissões e consignações não tinham, gastas as recordações em comum, muito a dizer um ao outro. Numa dessas tentativas não conseguidas de atualização da conversa, Valdemar falou de si, da sua vida, dos seus triunfos (dizia com modéstia: tenho tido sorte; na verdade, tenho tido sorte), interrompeu-se de vez em quando para exclamar: «Uma destas!» Mostrou retratos dos filhos e da mulher. A pequena mais velha ia casar. «Vê lá tu como o tempo passa. E tu?» Hermes disse com secura que casara tarde, havia cinco anos, e não tinham filhos. A mulher era muito mais nova, ia fazer vinte e nove.

Valdemar olhava-o atentamente, com aquele seu olhar aguçado, já dantes era assim. «Feia, não?», perguntou com naturalidade. O outro sobressaltou-se: «Não é bonita», confessou encolhendo os ombros. «Mas é uma boa rapariga e somos felizes. Escolhi-a porque... Olha, porque me sentia só e ela me pareceu sossegada e pouco exigente. Os pais eram pobres e tinham onze filhos.»

«És feliz», pensou o médico. «Sempre desejaste uma felicidade assim. Como te era possível imaginá-la, tão discreta que não tivesses receio dela. Chegou tarde mas chegou. Muito bem, és feliz. Serás mesmo feliz? És capaz disso, és bem capaz disso... Em todo o caso...» «Sabes qual é a minha especialidade?», perguntou. «Faço belas as mulheres feias. Fiz a marquesa de M. (horrível) uma mulher interessante. Em tempos salvaste-me a vida. Ofereço-te em paga a beleza da tua mulher. Enfim, não a conheço, não sei quais as possibilidades, mas, enfim, farei o impossível. De acordo? Manda-a ao consultório a qualquer hora, e eu verei. Que diga o nome, recebo-a logo. Enfim, que diga o teu nome.»

Hermes agradeceu, disse que não dava a certeza porque ela talvez não quisesse. Sentia-se feliz assim, porque não se sentiria se ele gostava dela? As pessoas habituam-se, de resto, a si próprias, à sua própria cara. Mudar para quê? Em todo o caso, dizia-lho, claro, e ela que decidisse. «E obrigado, hã?, por isso e pelo jantar.»

«Até um dia destes, homem. Não te esqueças. Que diga o teu nome.»

«Não me esqueço.»

Quando voltou a casa, Alma foi abrir a porta, perguntou: «Que tal?»

Estava ansiosa por saber pormenores, havia sempre tão poucas coisas na sua vida, na vida de ambos. «Foi simpático», disse ele. «E o jantar uma maravilha, havias de ter gostado.»

Alma quis saber. Ele era médico de cirurgia estética, não era?

«É, sim», respondeu com espanto. «Como é que sabes?»

«Por acaso. A mãe do Janico apareceu aí, a pedir marmelada, ele não adormecia sem marmelada, calcula tu, crianças, e eu disse-lhe então que tinhas ido jantar com o doutor Valdemar Couto. Foi ela quem me falou nisso. Parece que faz coisas...»

«E que leva fortunas por elas...»

«Ah», exclamou com desconsolo. «Falou-te nos preços?»

«Está riquíssimo, já vês... Ultimamente tratou uma marquesa.»

«Ah. Claro.»

Claro. Foi ao quarto, viu-se ao espelho. Que coisa estúpida lhe passara de repente pela cabeça! A de que aquele homem poderia... Não é verdade? Que loucura a sua. O marido tinha razão, como sempre. Enfim, como a maioria das vezes. Deus pusera no mundo gente cheia de defeitos e ordenara a toda essa gente que se amasse. Como se alguém quisesse saber de alguém. No fim de contas, ainda era feliz, encontrara um homem que achava natural ela chamar-se Alma.

O CASAMENTO

O padre disse: «Hoje vamos dar, por assim dizer, uma aula prática. Só teoria já aborrece, não é verdade? A teoria é...» Ficou pensativo, como que imerso em pensamentos profundos, decerto místicos. «Simples palavras. Palavras», frisou abrindo mais os olhos que tinha grandes e inquietantemente claros, quase incolores, e erguendo as mãos bem abertas, magras, trémulas e transparentes. Olhou durante um instante a fila de rostozinhos graves e impenetráveis, diluídos e como que suspensos na luz crepuscular. Atentos ou distraídos? Olhou-a da esquerda para a direita, detendo-se por assim dizer um instante em cada um deles. «NÃO É VERDADE?», perguntou em maiúsculas. «Já cansa.»

Todos concordaram que já cansava, embora não compreendessem muito bem aonde ele queria chegar com aquelas palavras, vagas como sempre, hesitantes, entremeadas de silêncios difíceis. Isso, porém, era secundário. Pode muito bem concordar-se sem compreender, são coisas diferentes. As crianças concordavam geralmente com o padre embora raras vezes o compreendessem muito bem. Por uma questão de respeito.

«Estão de acordo?», perguntou ele, porque era um homem atencioso e que de modo algum gostava de abusar – mesmo com crianças – da sua autoridade de padre. Estavam, naturalmente, de acordo. E disseram-no, cada uma de sua maneira mas todas ao mesmo tempo. O padre declarou: «Muito bem. Vamos então tratar... Mas de que havemos de tratar hoje?»

«O batismo felizmente já foi», pensou Joãozinho, o mais pequeno, que fizera de bebé, ao colo da maior, a Lucinda, durante a última aula prática de catecismo. «Já foi, ainda bem, não deve ser outra vez.» Fez uma careta ao recordar o sal e a água na cabecinha rapada à máquina zero. Desagradável a água, era inverno. Desagradável a Lucinda-gorda, que era enteada do peixeiro e tinha sempre, por mais esforços que fizesse, um cheiro desagradável a peixe cru. Depois a Lucinda-gorda quisera ser maternal e Joãozinho sentira-se diminuído, ridicularizado, os risinhos abafados eram vinagre em carne viva. Sofrera atrozmente, por isso se fingira divertido e lançara o ridículo para cima da Lucinda, nada mais natural.

Esta receou por um instante que o padre quisesse fazer uma revisão e a obrigasse de novo a pegar no Joãozinho. Tinha sido uma experiência terrível. A Lucinda tinha doze anos e queria ir para freira. Ainda não compreendia, talvez nunca compreendesse, a razão por que quisera desde sempre ir para freira. Ou nunca a quisesse compreender. Era uma estranha mistura onde Nosso Senhor Jesus Cristo e a Virgem pouco tinham que ver, pelo menos de início, nesse tempo. Uma estranha mistura onde havia uma cama a ranger, depois um caixão que, esse, decerto, não rangia, mais tarde um padrasto pouco terno, o peixeiro, e desde sempre aquela cara gorda e desengraçada que estava na origem da alcunha e dos risos e do isolamento em que vivia. Pegar no Joãozinho fora, por assim dizer, uma provação. Ele tinha feito momices quando o senhor prior estava distraído, dissera que tinha vontade de mamar, exibira-se, enfim. Lucinda sentira uma grande vontade de chorar. Mas sorrira e pensara com força: «Quero ir para freira. Devo sofrer. Isto já é um sofrimento. Abençoado seja ele que me faz sofrer.» Ele era o Joãozinho.

O padre continuava pensativo, como que absorto. Acontecia-lhe aquilo nos últimos tempos. Como se o corpo se lhe esvaziasse de repente de tudo o que era espírito e só a matéria para ali ficasse, de súbito perdida e assustada. O que estava a dizer às crianças, o que lhes tinha dito? Que esperavam aqueles rostos redondos, ali pendurados, fixos nele, sem sorrir, sem falar? Demasiado atentos, suspeitosos, desconfiados talvez. Desconfiados de quê?

«Estávamos nós a dizer...», arriscou em voz baixa, uma leve bisca a ver se o ajudavam, se não era obrigado a mostrar a sua ausência, aquele horrível, inconfessável predomínio da carne bruta àquelas crianças a quem falava do espírito.

«O casamento!», gritou uma vozinha alta e dura, não um fio de voz mas um tubo delgado, ou um jato, ou uma serpentina a atravessar – de um modo estranho – a penumbra da igreja.

«O casamento?», disse ele olhando para Rute, ainda sem compreender.

«Sim, sim, o casamento», aplaudiram outras vozes menos firmes, mais amassadas, mas igualmente novinhas e entusiásticas. «O casamento, senhor prior.»

Ele lembrou-se de súbito, caiu em si, regressou. «Pois sim, o casamento. Mas, para o casamento, é preciso...» Procurou o que quer que fosse nas carinhas diluídas, que já não se mantinham fixas nele como há pouco. As meninas pareciam desinteressadas, os rapazes olhavam-nas com interesse, olhavam com especial interesse para Rute. Parecia haverem-no esquecido, a ele, padre Veríssimo, que ali estava para lhes ensinar a doutrina, para lhes dar bons conselhos, para lhes dizer que a alma... E que a matéria... Que Deus... E que os homens...

«António!», chamou de repente.

«Senhor prior?»

«Vem cá.»

António avançou. O seu rosto deixou de flutuar, adquiriu uma relativa estabilidade, pousou sobre ombros já largos, sorriu abertamente quando chegou junto do padre. «Pronto, senhor prior.» Tinha dez anos e o à-vontade sem exagero dos indivíduos sãos por dentro e por fora. Equilibrados. Adivinhava-se nele o futuro homem com todas as condições para ser feliz. Era bastante inteligente, bastante bondoso, bastante caridoso, bastante amigo, bastante desprendido. Bastante. Qualquer exagero poderia, passando a linha limite, vir a fazê-lo genial, parvo, perdulário em bens e em sentimentos, demasiado egoísta. Infeliz, portanto.

Os rostozinhos esfumados estavam agora todos – muitos deles – um pouco ansiosos e havia corações a bater. O que batia mais de todos era, porém, o de Josefa, que era neta do velho Gomes. O velho Gomes fora feitor numa casa rica e agora, velho e quase cego, com a neta a seu cargo, vivia de uma pequena pensão – as pessoas chamavam-lhe esmola – que os antigos patrões mandavam entregar-lhe no dia 1 de todos os meses. «São uns santos», dizia sempre o velho Gomes até ao dia 10, 15 quando muito. Depois começava a queixar-se do custo da vida e da impossibilidade de viver com aquela miséria e ainda por cima com mais uma boca. De 25 a 30 atingia o paroxismo porque a fome em vez de o abater o excitava terrivelmente. No dia 1 acalmava de novo e bebia mesmo o seu copo por aquela santa gente que tinha o seu lugar marcado no céu, à direita de Deus Padre Todo-Poderoso. Josefa era filha de uma filha do velho Gomes. A filha fora servir para Lisboa e regressara com aquele presente. Depois debandara e nunca mais ninguém lhe tinha posto a vista em cima. O velho Gomes, em conversa com a criança, dizia sempre *a porca da tua mãe*. Não era homem que dobrasse a língua, sobretudo no princípio do mês, quando tinha um copito a mais no bucho. Depois ia adquirindo uma maior exaltação no que dizia, mas o seu falar era apesar disso mais castigado porque o velho Gomes, quando sóbrio, fora sempre um homem pausado e mesmo bem-falante.

O pequeno coração de Josefa batia. «Meu Deus, que não seja eu, meu Deus, minha Nossa Senhora, pelas alminhas que não seja eu…»

E ao mesmo tempo: «Se fosse possível, se pudesse ser... se o senhor prior olhasse para mim...»

O padre fitava as crianças com atenção. De súbito, achava-as diferentes, perigosas, pequenos seres que nada tinham de comum consigo. Pequenos bichos agressivos? Estrangeiros? E essa palavra tinha para o padre um significado especial, espacial. Estrangeiros vindos lá de cima, não se sabia de onde, chegados de um azul que nada tinha a ver com o seu céu cristão, abóbada protetora de todos os homens-irmãos. As crianças tinham olhos parados, demasiado atentos, como quem se prepara... De súbito benzeu-se, apressadamente, e julgou ver leves sorrisos que voluntariamente desprezou. «Meu Senhor, estou a pecar. São simples criaturas de Deus, criaturas Vossas como eu. Pequenas criaturas indefesas. O seu olhar é simplesmente inocente, curioso, não sabem, ninguém lhes explicou. Sou eu quem deve, eu, Vosso servo, Vosso humilde servo padre Veríssimo, quem deve mostrar-lhes, explicar-lhes os Vossos mistérios.»

António era dos que sorriam, meio metro à frente da fileira como um belo capitão que se prepara para o ataque. Esperava sem impaciência, porque aquilo era para ele uma brincadeira como outra qualquer. A graça não estava no local nem no assunto que ia – talvez fosse – ser explicado, situava-se simplesmente no rosto do padre. Era um rosto miúdo, pálido e angustiado, terrivelmente solitário, mas para António-de-dez-anos tratava-se de uma cara gira com grandes olhos arregalados, que às vezes – nesse instante – pareciam cegos. Pensou, de súbito, que talvez o padre estivesse doente e lembrou-se de uma conversa, a meia voz, na farmácia do pai, em que se tratava do padre e das suas insónias e dos remédios – tranquilizantes? – que tomava.

«Pelas alminhas», repetia Josefa já esquecida daquilo que pedira, talvez nunca o tivesse sabido. Que a esquecessem? Que a lembrassem? Em geral era ser esquecida que desejava. Os seus cabelos curtos, pelo de rato, o nariz achatado, todo o seu aspeto de criança malnutrida e mal-amada, a pior nutrida e, com a Lucinda-gorda, a pior amada de todas, haviam-na ensinado a desejar a solidão, já que a companhia só podia trazer-lhe contratempos e aborrecimentos. Como o próprio sonho, o mais fácil, o mais natural de todos, lhe estava vedado, o de sonhar com a mãe, *essa porca*, dizia o velho Gomes, avançara destemidamente pelos sonhos impossíveis: a pastora – ela, Josefa, que na ocorrência até era linda, senhora dos negros cabelos da Isaura, dos olhos verdes da Rute, da figurinha alta e gentil da Lurdes – e o príncipe encantado que tinha sempre, mas então sempre, o rosto e o corpo e a voz do António.

«Pelas alminhas, minha Nossa Senhora...», pensava Josefa.

«Tou farto disto», pensava Joãozinho.

«Faz-se tarde e ele vai ralhar», pensava Lucinda.

«Começou a chover, vou molhar o cabelo todo», pensava Isaura.

«Tranquilizantes», pensava António. «O que serão tranquilizantes? Para que serão necessários?»

Rute tinha a mão no bolso e acariciava ao de leve o papelinho que António lhe passara havia pouco, discretamente. Estava ansiosa por o ler mas receava que o padre Veríssimo desse por isso ou que a Lucinda-gorda deitasse o rabo do olho e ficasse a par. Olhava, por isso, continuamente para o pequeno relógio de pulso que a madrinha lhe oferecera no último Natal.

«O casamento, senhor prior», lembrou Joãozinho, exausto.

E o padre deu de novo consigo, ali, num dos altares laterais da sua igreja àquela hora deserta – quanto tempo teria estado ausente a deambular pelo vazio? –, corou um pouco, disse: «Claro, claro, vamos a isso. António, não era?»

«Sim, senhor prior».

Passou de novo revista aos rostozinhos das meninas, um pouco ansiosos todos eles. A Rute? Não, a Rute de modo algum. Porquê não sabia mas parecia-lhe impossível. Os seus olhos dispunham-no mal, eram pouco humanos, dir-se-ia... Deteve-se, estacou ali mesmo, preocupado. «Estou doente, tenho de me tratar, é imprescindível. Um médico, como lhe chamam? Devo falar com alguém antes disso. Não posso tomar a iniciativa... mas suponho que é necessário. Ou não será? Nunca pensei nestas coisas... Será por não dormir? Será...» Ocorreu-lhe de súbito que o avô morrera louco, e essa ideia gelou-o, sentiu suores frios na testa, pegou maquinalmente no lenço, deu pancadinhas nas fontes. «Coragem», murmurou. «Coragem. Estou a deixar-me arrastar, não pode ser. Estou simplesmente cansado, preciso talvez de umas férias, é normal. Nunca fui muito forte. Nunca estive doente mas também nunca fui muito forte. É isso, umas férias.»

«Josefa!», gritou.

A ausência de resposta fê-lo procurar, informar-se melhor. Seria possível que ela não estivesse ali? No entanto, havia pouco... «Josefa!», repetiu. Ao mesmo tempo encontrou-lhe a cara larga, um pouco achatada também, como que pintada e não esculpida, esborratada talvez, e gritou subitamente zangado, ele que nunca se zangava com ninguém: «Não ouviste? Estás surda, não? Em que estavas a pensar?»

Ela avançou, receosa, veio colocar-se ao lado de António, discretamente, de olhos no chão, de modo a não o tocar.

«Em que estavas a pensar, diz lá.»

«Em nada, senhor prior. Eu...»

O padre, porém, já não a ouvia. Agora estava agitado, apressado, ansioso por acabar com aquilo o mais depressa possível e ir para casa, para o quarto, o único sítio do mundo onde se sentia bem, depois de pedir à criada que não fizesse barulho, de fechar a porta, de semicerrar a janela de modo a deixar entrar a simples réstia de luz que vinha de um candeeiro de iluminação pública lá fora. Deitava-se, encolhia-se todo, fazia por não pensar, por não existir. Por já não existir ou por *ainda* não existir? Às vezes, porém, os pensamentos atacavam-no, magoavam-no, obrigavam-no a sentar-se na cama, a levantar-se, a acender a luz para os ver melhor. «Não fazes o teu dever, padre Veríssimo», diziam-lhe esses pensamentos, essas vozes que não queria ouvir mas que eram ainda mais fortes se ele esmagava os ouvidos com as mãos. «Existes para me servir e serves-te a ti, só pensas em ti e nos teus pequenos incómodos físicos. A tua doença... Tão insignificante a tua doença. Que é uma doença? Que és tu, padre?»

«Quer que o ajude, senhor prior?», perguntou António.

«Não, tu não. És o noivo. Deixa-te estar quieto.»

«Os noivos estão quietos?», perguntou Joãozinho a rir, muito descontraído agora que estava certo de que não iria de novo ser batizado.

Todos riram um pouco e o padre Veríssimo gritou: «Silêncio!» Fez-se silêncio porque o grito do padre fora subitamente alto e forte, explodira no vazio da igreja como foguete nas mãos do fogueteiro, antes de tempo. O olhar dele deslizou de novo pela fila, com pequenas, breves paragens.

«Os padrinhos, são precisos os padrinhos. Tu, Isaura, e tu, José. E a Lucinda e o Joãozinho. Deste lado vocês. Vocês deste. E agora atenção. ATENÇÃO! O sacramento do matrimónio é a própria união conjugal validamente contraída entre batizados, elevada por Deus à dignidade de sacramento, o qual confere...» Deteve-se, subitamente preocupado com o facto de estar a recitar de cor um velho texto, e não disse mais nada. Deu uma volta, aproximou-se do altar, fez com as mãos um gesto de chamamento. «Vocês. Os noivos.»

António e Josefa aproximaram-se sem se olhar. Ele tinha um leve riso divertido mas atencioso aos cantos da boca, ela estava muito corada e com os olhos muito quentes, muito húmidos. Ajoelharam.

«O senhor António, digo eu, quer receber a senhora Josefa aqui presente por sua legítima mulher, conforme o rito da Santa Madre Igreja?»

Ficou à espera. António, atrapalhado, não respondeu. Na verdade, não sabia que dizer.

«Então, então... Vamos, diz: Quero.»

«Quero», disse António a rir.

O padre Veríssimo voltou-se para Josefa, fez-lhe a mesma pergunta.

«Quero», disse ela muito baixo, em voz trémula.

«Então diz tu. Eu, António, vos recebo, Josefa, por minha legítima esposa pelo sacramento do matrimónio indissolúvel.»

António repetiu. Josefa repetiu. «Indissolúvel, indissolúvel.» A palavra bailava-lhe no cérebro.

O padre Veríssimo fez um gesto bonito, a sua voz elevou-se, cantou, ecoou:

«*Ego conjungo vos in matrimonium. In nomine Patris et Filii et Spiritus Sancti. Amen.*» Na altura do ámen fez aquele gesto que convidava todos a acompanhá-lo. E prosseguiu: «Pela aspersão da água benta, Deus Omnipotente vos dê a Sua graça e a Sua bênção.»

Olhou em redor. «Os anéis, os anéis. Há alguém que tenha...» Tinham. Serviam razoavelmente.

«Adjutorium nostrum in nomine Domini.

Qui fecit caelum et terram.

Domine, exaudi orationem meam.

Et clamor meus ad te veniat.

Dominus vobiscum.

Et cum spiritu tuo.

Vá, vá, ponham as alianças. Assim, assim. Em nome do Pai e do Filho e do Espírito Santo. Ámen. Todos. Ámen.»

Disse mais coisas, mas as crianças já não o ouviam. António fazia momices, os outros, lá atrás, cochichavam. Só Josefa se entregava toda ao momento, acompanhou até ao fim as palavras do padre. Benzeu-se devagar. Acariciou ao de leve o anel que Isaura lhe emprestara, tirou-o lentamente, com pena.

Quando saíram da igreja, a correr, aos pulos a fim de compensar aquela hora de quietude e silêncio obrigatórios, Josefa deixou-se ficar para trás. Viu Rute, que também se atrasava um pouco, ler um papelinho, dar um jeito ao cabelo, sorrir. Não viu mais nada, porque havia muita confusão no seu espírito.

Ninguém na paróquia se admirou muito quando daí por oito dias o padre Veríssimo deu entrada numa casa de saúde para doentes mentais, depois de haver agredido o sacristão, a quem acusara de ter vindo de outro planeta e não ser, consequentemente, filho de Deus. Ninguém se admirou também quando Josefa começou a definhar e a ter aquele olhar de mulher traída sempre que via juntos o António e a Rute. E ninguém se admirou com isso porque ninguém reparou em tal pormenor. Josefa era daquelas crianças, seria mais tarde daquelas mulheres, em quem nunca ninguém se deu ao trabalho de reparar.

OS DOCES BRAÇOS DA NOITE

Estava ali a olhar para os pais e a ouvi-los, e ao mesmo tempo a sentir que algo de si ficara a vaguear, esquecido ou perdido, no escritório do tio Jaime, não viera com ela. Tinha gasto lá duas longas horas, na triste e monótona sala de espera, em cuja parede, frente à porta, havia um retrato diluído em tempo de um sujeito empertigado, de bigodes brancos e corrente ao peito, que, ao que diziam, fora seu bisavô. Nunca tinha ido ao escritório e ignorava, portanto, como tudo aquilo cheirava a velho, até o tio Jaime, que coisa estranha. Ele passava de vez em quando pela sua cadeira, sem a ver, e era em toda a sua glória que passava, atenciosamente cumprimentado pelos clientes e postulantes (estes últimos postos a andar em três tempos). «Impossível, meu amigo.» «Não pode ser, meu amigo», falando de alto – como a sua voz podia ser desagradável um tom acima do normal! – à datilógrafa de óculos, que trabalhava afanosamente por detrás de um pequeno balcão: «D. Celeste, então esse *dossier*? Então essa carta, D. Celeste?» Nada daquilo a interessava grandemente, sobretudo nesse dia. De resto, só viera procurar o tio Jaime (e descobrir de repente que não gostava dele, era o dia das terríveis descobertas) porque lhe parecera a única pessoa a quem podia contar aquilo, que podia dar-lhe um conselho, que podia decerto explicar-lhe as coisas. Faltara para isso à última aula. Para lhe dizer tudo. Para lhe perguntar depois, perante a sua total ausência de espanto, se já sabia.

Para o ouvir responder com um sorriso levemente divertido que sim, que sabia. Há muito tempo? Há muito tempo. Quanto? Sabia lá!

Ficara ali, na sua frente, de braços caídos e sem palavras. Depois, em vez de sair, sentara-se de novo, amarfanhada, abandonara o corpinho magro no enorme *fauteuil* de cabedal. Queria falar, mas sentia que a primeira palavra que pronunciasse arrastaria consigo todas as suas lágrimas. O tio tirara os óculos, que limpava sempre cuidadosamente com uma pequena camurça apropriada, e, entretanto, olhava-a com curiosidade como se nunca a tivesse visto. Dissera qualquer coisa como: «Compreendo que na tua idade...» E depois: «... não é caso para fazeres disto um drama.» Logo em seguida perguntara-lhe que idade tinha, como a uma estranha. «Que idade tens tu, afinal de contas?»

Respondera baixinho, sem fazer barulho, sem o olhar. Se o olhasse sentir-se-ia ridícula e ela não queria sentir-se ridícula, mas infeliz. Profundamente infeliz. Havia, é certo, outra coisa que precisava de saber, mas essa era ainda mais difícil. De resto, para que havia ela de a perguntar? A resposta era decerto não, era impossível que fosse outra. Depois, custava-lhe falar na mãe. Parecia... era quase um sacrilégio. Sentia-se envergonhada como se, só por conhecer o caso, ela própria se houvesse tornado, de certo modo, cúmplice de tudo aquilo. Não podia falar na mãe.

O tio, porém, ajudara-a. No fundo, parecia divertido. Ou comovido. Ou interessado, como sempre, na natureza humana. «A natureza humana apaixona-me», costumava dizer lá em casa, quando ia jantar.

«Suponho que vais viver muito preocupada com medo de que a tua mãe possa um dia vir a saber...»

«Sim, eu...»

«Ela está a par, não te aflijas. Está a par, mas o teu pai ignora esse pormenor e é importante que continue a ignorá-lo. A tua mãe sempre teve as suas ideias, e no fundo talvez tenha razão, é uma mulher inteligente. De resto, tomou o caso pelo lado melhor, não tem a vocação do sofrimento.»

Tomou o caso pelo lado melhor... Melhor? «Ela... nunca lhe disse nada?», perguntou quando pôde falar, agora já sem receio das lágrimas, tinha-as esquecido. «Ao teu pai? Estou a dizer-te...»

«A si.»

«Por alto, por alto.» O tio Jaime tinha agora o rosto cortado por um largo sorriso. «E não me venhas perguntar o que me disse, já não sei. Só te posso oferecer coisas vagas, mas tudo isso é muito complicado para meninas de treze anos. Não te ponhas a querer entender os adultos. Fazes-te adulta antes de tempo e é uma pena. E agora, adeus. Tenho muita gente à espera e são quase seis horas. Dá lá cumprimentos em casa, diz que me encontraste na rua e não penses mais nisso. Todos passam perfeitamente sem a tua colaboração. Olha que não vale a pena, acredita.»

Conseguira por fim juntar os destroços e achou-se outra vez em frente dos pais, com um livro do Tim-Tim aberto sobre os joelhos. O pai dobrava o jornal que acabara de ler, e a mãe mirava-se – aparentemente – no espelho das suas longas unhas de madrepérola. Parecia enervada e olhava de vez em quando para o relógio.

«Sempre vamos amanhã ao *cocktail*?», perguntou com ar casual, sem deixar de fitar as unhas.

«Eu não devo poder», disse o pai acabando de dobrar o jornal. «Tinha-me passado por completo da ideia, vê lá tu. Um encontro de negócios. Inadiável. Mas nada impede que tu vás.»

«Claro que não. Tenciono ir. Mas preferia ir contigo.» O pai espreguiçou-se ao de leve, discretamente. Depois também viu as horas, disse com ar fatigado: «Ainda tenho que dar um salto ao London-Bar. Vai lá o Pinto. Mas não me demoro.»

A mãe disse: «Podias telefonar-lhe. Trabalhas de mais. Ou então dizeres-lhe que viesse cá.»

«Não pode ser, já combinámos. Mas à meia-noite estou em casa.»

A mãe levantou-se e tinha um leve sorriso aos cantos da boca. Como podia a mãe sorrir? E lembrou-se de dezenas de conversas semelhantes àquela, em que o pai mentia como agora estava a mentir, em que a mãe, soubera-o há pouco da boca do tio Jaime, alimentava a mentira, fingindo acreditá-lo. «Podias telefonar. Trabalhas de mais.»

O pai voltou a olhar para o relógio, endireitou maquinalmente o nó da gravata, levantou-se também e fez-lhe uma festa na cara, ao passar.

«Até logo», disse.

«Até amanhã», respondeu com secura, porque havia um objeto estranho, duro, dentro do seu peito. Tinha a boca cerrada, os olhos bem abertos fitos no *maple* onde ele estivera sentado. «Ainda tenho que dar um salto ao London-Bar. Vai lá o Pinto.»

Tinha sido a Alice quem na véspera, no liceu, lhe contara em segredo que tinha encontrado o pai na escada do prédio da avó dela, Alice. Como o conhecia de vista, falara nisso à criada, que lhe explicara que aquele senhor «era o amigo da do 4.º andar».

«O amigo?», dissera sem perceber.

«Em linguagem de criada, amigo é amante, vê lá tu. Engraçado, não é? Pois o teu pai parece que vai visitar aquela dama, que, por acaso, dizem que é uma tara, e já há uns três ou quatro anos. Tem automóvel e tudo, vê lá.»

«O teu pai já saiu?» Era a mãe outra vez.

«Já. Foi ao London-Bar.»

«Eu sei.» Nem uma alteração no seu rosto. «O que tens tu? Estás com uma cara esquisita.»

«Nada. Dói-me a cabeça.»

«Ah.»

Como era possível que ela soubesse de tudo? Como era possível? Não podia compreender. Seria o tempo que estragava as pessoas, que as apodrecia por dentro antes ainda de as apodrecer por fora? Era a vida? A ela talvez um dia acontecesse o mesmo e... Mas não, não queria, recusava-se a que a vida, ou o tempo, ou... Queria estar alerta, queria saber... Em que idade começariam as pessoas a mentir assim? A mãe, em que idade teria sido? E o pai? E o tio Jaime?

Vou-me embora, mãe, vou-me embora, não quero ficar, gritava em silêncio, cada vez mais alto. Não quero viver, mãe, compreendes? Não quero mentir, não quero fingir que não sei que os outros estão a mentir. Não quero! Vou-me embora. Mas para onde, para onde?

«Agora estás a chorar, que diabo te aconteceu?»

Levou as mãos pequenas à cara molhada, depois disse: «Estou com neura, não faças caso. Boa noite, mãe.»

O sono levou mais tempo a vir do que nas outras noites e ainda estava acordada quando a mãe falou ao telefone. «Saiu», murmurou a sua voz, em surdina. «Há bocado.» Depois continuou a falar durante algum tempo mas só dizia curtas frases sem sentido. «Sim», «Pois claro», «Que tontice», «Não», «Sim... Sim... SIM...» A menina mal a ouvia. As conversas da mãe, ultimamente, eram sempre esquisitas, ninguém era capaz de a perceber... Desistiu, entregou-se toda aos doces braços da noite, à noite ventre materno concedido a todos os humanos para que possam suportar outro dia de vida. E na manhã seguinte renascer com uma coragem nova.

Em *Flores ao Telefone* (Portugália Editora, 1968), seguia-se o conto «A Flor da Vida», que havia sido publicado em *O Seu Amor Por Etel*, pequeno livro dado à estampa pela tipografia do Fundão e que julgamos não ter chegado ao grande público, motivo pelo qual «A Flor da Vida» terá sido incluído pela autora nesta obra. Na presente coleção, *Obras Completas de Maria Judite de Carvalho*, encontra-se no volume II.

O HOMEM VOADOR E A MULHER QUE NÃO TINHA ASAS

Corredor de automóveis teria sido uma profissão para ele. Navegador solitário por esses mares de Cristo, daqueles com barba de meses e olhar sem tempo, que vêm na *Paris-Match* fotografados a cores, *in loco*, tê-lo-ia sido também. Como, porém, nascera pobre, não houvera para ele possibilidade, nem mesmo em sonhos, de possuir barco convenientemente apetrechado nem carro de corridas para chegar à meta sob os aplausos entusiásticos da multidão. À meta ou à morte. Mas essa era uma constante que não o assustava. Vencer ou morrer seria o seu *ex-libris*, se soubesse o que era um *ex-libris*, e, sabendo-o, lhe interessasse possuí-lo. O que não era o caso. Vivia, por assim dizer, em função da morte, embora não pensasse muito nela. Ganhava a vida, nada mais verdadeiro, ganhava-a à outra, que estava ali, à espera de um passo em falso, de uma distração ou de um reflexo menos bom. Sempre. Ganhava-a de uma maneira invulgar. Não lutando com a morte, mas enganando-a, tocando-lhe ao de leve, chamando-lhe a atenção. «Morte, estou aqui!», dizia ele, era como se o dissesse. «Vês-me, morte?» E a outra olhava-o, estendia os braços para o agarrar, quase lhe tocava. Quase. Aquele homem não era um herói mas um artista do heroísmo, ou talvez um herói prostituído. Sim, um herói prostituído, seria mais verdadeiro. Entregava-se às multidões, vendia-se-lhes em pequenos bilhetes amarelos, a preço mais ou menos fixo. E em cada uma dessas sessões de amor (uma por dia, duas ao domingo) ele podia morrer. Ao mesmo tempo – as contradições das criaturas – era um homem modesto na sua vida particular, e apagado, feliz na sua casa, jogando com a mulher o *crapaud*, ou no café, com ela e com os amigos, falando da sua arte. Essa arte era a de trapezista.

Logo de pequeno se sentira atraído – irresistivelmente – pelo circo, talvez porque, assim que passava o limiar daquela imensa, incomparável sala, o mundo se transformava, ficava outro, iluminado e fantástico, e isto não só na pista, até na geral não reservada, onde ele, por obra e graça do senhor François, se tornava uma parte atuante, embora diminuta, do respeitável público. Ali não havia como em sua casa mulheres amargas nem homens fatigados e sem esperança. Ali, os homens e as mulheres eram aves resplandecentes, feéricas, saltando de um poleiro para outro, os cavalos dançavam, as feras perdiam a sua crueldade e obedeciam às ordens que lhes eram dadas pelo homem dos alamares e do *stick* dominador. Tudo era luz, cor, alegria a jorros. Outro mundo. E impenetrável às coisas da vida cá de fora, como a escola noturna, a loja de fazendas para onde ia entrar como empregado de balcão, as queixas da mãe, as fúrias de homem fraco, incapaz, do pai.

Um vizinho arrumador, que implicava com a família dele por causa de uns pratos emprestados e nunca restituídos, deixou-o uma vez assistir aos ensaios e apresentou-o depois a uns trapezistas, os Delanos, por ver em tudo aquilo uma boa partida.

Os Delanos tinham-lhe achado queda e por isso (ou talvez a pedido do arrumador, sempre com a sua fisgada) haviam começado a ensinar-lhe coisas. Um dia, acompanhara-os. O arrumador rira até mais não poder, e os pais de Carlos, Karl daí em diante, insultavam o homem sempre que o viam.

Karl jogara alegremente a vida, hoje aqui, amanhã além, durante vinte anos. Não era um grande trapezista, daqueles que têm renome internacional e ficam em letra maiúscula e luminosa na história do circo. Era um modesto embora por vezes arrebatador artista, tanto mais arrebatador e aplaudido quanto o público perante o qual se exibia fosse virgem de companhias lá de fora e, portanto, mais contentável. Karl-o-Homem-Voador trabalhava, naturalmente, só. Durante dois anos, enquanto se formava, fizera parte dos Delanos. Atingida, porém, a maioridade artística, resolvera voar sozinho. E quando saltava de um trapézio para outro, e ouvia o suspiro de alívio da assistência suspensa, logo que as suas mãos agarravam a pequena trave oscilante, Karl sentia-se rei do mundo, daquele mundo fechado que era afinal o seu, o único onde se movia com relativo à-vontade.

O outro mundo, o de toda a gente, não lhe dizia nada. Aos quinze anos fugira da pobreza da casa dos pais, das discussões nascidas dessa mesma pobreza, embora na altura não se tivesse dado conta do facto e as atribuísse a causas bem diversas. Agora recusava-se a encarar a miséria das épocas de crise, era a sua maneira de lutar com ela.

Acontecia-lhe não ter contrato durante um, dois, três meses, às vezes mais, mas também nunca perguntava à mulher se precisava de dinheiro. A verdade é que esse assunto era, por assim dizer, tabu. Um dia sentava-se à mesa para almoçar e ela apresentava-lhe sopa da véspera, pão, meia garrafa de vinho. Era a comunicação, no alfabeto conhecido de ambos e de mais ninguém. Karl-o-Homem-Voador não lhe perguntava: «Que é isto?» E ela não lhe respondia: «É isto.» Levantava-se, ia até ao quarto, saía.

«Vou dar uma volta.» A mulher não queria saber onde era o passeio nem o que continha o embrulho que levava debaixo do braço. Podia ser a telefonia, o ferro de engomar, a salva de prata, até o sobretudo (se era verão). De outras vezes acabavam de jantar com grande à-vontade, conversavam muito como se não se conhecessem bem e desejassem deixar um ao outro a melhor das impressões, depois saíam e dirigiam-se maquinalmente para um café frequentado por gente da profissão. Contavam-se histórias engraçadas, mexericos, escândalos. Karl ria perdidamente, a mulher também. E voltavam a casa, de braço dado, muito juntos, ainda a rir um pouco. Ele trazia mesmo, às vezes, uma nota que «cravara» a um colega em atividade e com a qual tapariam por mais uns dias a boca à dona da casa onde moravam, ou ao merceeiro.

A mulher de Carlos – Karl – chamava-se Amélia. Era uma mulherzinha pequena e apagada, sobretudo se a comparassem, o que não era o caso, com aquelas criaturas de carne fluorescente e asas invisíveis que brilhavam na abóbada do circo. A carne de Amélia era baça e o seu corpo só sabia andar ou sentar-se ou deitar-se entre os fortes braços de Karl. Uma mulher igual a tantas. Para ele, porém, era única. Desde que um dia, Amélia, calma e respeitada burguesa de uma pequena cidade da província, mulher e mãe exemplar, abandonara tudo, casa e família, para seguir o trapezista no seu rumo incerto, ele nunca mais tinha olhado para outra mulher, a não ser profissionalmente, como os médicos olham as doentes que os visitam, mesmo as mais belas.

Amélia vira uma única vez Karl trabalhar, e então apaixonara-se por ele e tivera um medo horrível de perder o que ainda não tinha. Depois conhecera-o e deixara tudo para o seguir. Não estava arrependida. Nunca mais, porém, o tinha visto saltando em voo de um trapézio para o outro, não poderia fazê-lo. Ficava sempre em casa, com o coração a bater perigosamente e rezando a todos os seus santos para que nada de mau lhe acontecesse. Se andavam em digressão e ela o acompanhava, deixava-se ficar no quarto do hotel e sofria mil mortes. Um móvel que estalava parecia-lhe um mau presságio, a ambulância que passava na rua, com o seu apito lúgubre, a certeza de que acontecera uma desgraça. Quando ele entrava, depois do espetáculo, agarrava-o com força, abraçava-o, olhava-o longamente como se quisesse guardar para todo o sempre as suas feições.

Nunca se habituara à profissão do marido, embora se tivesse apaixonado por aquele atleta loiro, que voava tão sabiamente.

Conhecera-o depois e amara-o. Ao homem, não ao artista. Sabia, no entanto, soubera-o logo, que não lhe seria possível separá-los e ficar com o homem para si. Eles formavam um todo, e sem o circo Karl sentir-se-ia perdido como uma criança num mundo onde não sabia viver. A sua existência decorria em função do circo. O último espetáculo, o futuro, o que não se realizava por falta de verba, os colegas, os empresários, a cidade tal onde estivera em tal ano, o hotel X onde então se tinha hospedado. O público de Y ou de Z. Os empresários. A sua «forma». O que os grandes ganhavam. O que ele ganhava.

Cá fora o mundo ia girando, satélite do Sol; de quem seria o circo satélite, ele que girava tão independentemente? Havia guerras, um presidente fora assassinado, uma mulher subia numa astronave, havia mais guerras, guerra mundial talvez, de um dia para o outro, mas ele, Karl, girava com o seu circo e ignorava tudo o que os jornais diziam. Nada daquilo lhe interessava. Eram histórias do outro mundo. Mais grave seria se Pinito del Oro torcesse um pé.

Estavam casados havia quase vinte anos e o trapezista já tinha muito menos contratos (na verdade quase não os tinha) quando algo de estranho aconteceu. Não havia uma razão clara para essa coisa ter surgido e haver-se fixado ali, junto deles, entre eles. A coisa, porém, estava, persistia, não se ia embora, não se iria embora nunca mais se não lhe dessem uma ajuda. Amélia, que durante tantos anos fora feliz, completamente, sem nuvens, embora a sua felicidade velasse aquela eterna angústia, deu um dia consigo a meditar sobre a vida, que de súbito lhe surgia como que estragada, sem remissão. Aquilo viera decerto a pouco e pouco, era natural que tivesse nascido com as primeiras rugas e os primeiros cabelos brancos, mas um dia, nesse dia em que a filha (que nunca mais lhe tinha escrito) lhe escrevera (às escondidas do pai) para lhe participar o seu casamento, essa coisa atingiu não a sua plenitude, ainda não, mas em todo o caso um estado adulto. Ficou grande. Encheu a casa toda. Pesou-lhe sobre os ombros e sobre o peito. Que fizera da sua vida? Que fizera de si, mulher de sua casa, respeitada por todos, com uma filha pequenina? Que loucura tinha sido aquela? Se ele, Carlos, morresse...

Que seria de si se ele, Carlos, morresse?

Começou a não dormir, tinha insónias enormes que se prolongavam até ao nascer do dia. E ao mesmo tempo pôs-se a ter medo. Não era o medo antigo, essa angústia convivível que a torturava mas que esquecia logo, com a chegada dele, do seu corpo vivo. A angústia era agora constante e enorme. Um verdadeiro terror que não a largava. Não tinha uma hora só que fosse de tranquilidade, porque quando o marido não trabalhava ela levava as noites e os dias a pensar que um dia destes ele ia entrar em casa, alegre, e participar-lhe que tinha finalmente um contrato. Quando ele partia em *tournée*, então, era horrível. A angústia tomava posse dela, de todo o seu ser, e, no modesto quarto do hotel mais modesto da cidade, os seus olhos só viam, ao fecharem-se, imagens de pavor, e os seus ouvidos só ouviam gritos horrorizados. Karl-o-Homem-Voador jazia sempre no chão, mesmo no centro da pista, todo enrodilhado como um boneco sem serradura dentro. Mole e vazio. Às vezes adormecia pela manhã e depois acordava a gritar. Era um sonho mau, dizia ao marido, sem entrar em pormenores, quando este lhe perguntava, sobressaltado, o que era aquilo.

Gradualmente, sem ela se dar conta, o medo de que Karl morresse passou a ser o medo de que Karl lhe morresse. A morte possível, ou melhor, provável, daquele homem a quem tanto amava passou a doer-lhe, não como a morte dele, mas como a morte do seu amado. Gradualmente também ele fora deixando de ter existência legal para se transformar numa imagem, numa terrível imagem que ela via aterrorizada em pensamentos e em sonhos.

Depois de tudo o que aconteceu, as pessoas que os tinham conhecido perguntavam umas às outras, com pasmo, por que razão não se teria ela ido embora. E outras, mais cruéis, sugeriam mesmo: «Ou porque não se matou?»

Ela, no entanto, não podia fazer nenhuma dessas coisas.

Ir-se embora era-lhe impossível. Não conseguia imaginá-lo longe de si, a suportar os dias e os meses sem dinheiro, a cavaquear no café, a regressar a casa sem ser encostado a ela. Nunca mais seria o mesmo se ela o deixasse. Quanto a matar-se... Bem, no fundo, era a mesma coisa. Se ela se matasse, que seria de Karl-o-Homem-Voador, a julgar-se o culpado desse seu gesto de desvairamento? Amélia conhecia-o bem, viviam juntos há vinte anos. Que seria dele?

Pensou, pensou, e a única solução que viu, a melhor para ele, diria depois, quando a interrogaram, foi matá-lo. Não o fez, porém, a sangue-frio, não. Lutou consigo própria, discutiu consigo própria. Depois, uma noite, o terror foi maior do que tudo, venceu tudo, derrubou todas as barreiras. Quando se levantou, às escuras, estava coberta de suores e o coração não lhe cabia dentro do peito. Era um coração imenso e inquieto, quase a asfixiá-la. Pegou então numa caixa de madeira, pesada, onde costumava guardar velhas fotografias do marido, e avançou até onde ele estava, dormindo tranquilamente e com um sorriso – que ela não pôde ver – nos lábios. A mão esquerda procurou-lhe a testa, a mão direita bateu com força, uma, duas, três vezes, até que o corpo ficou mole e o braço direito caiu vertical e a mão roçou o tapete.

Sentiu-se subitamente calma. Vestiu o roupão, ajeitou o cabelo, foi bater à porta da dona da casa, que era uma mulher de sonos longos e pesados. Bateu, voltou a bater. «Matei o meu marido», disse por fim, quando a mulher aborrecida e ensonada lhe apareceu. «É favor chamar a Polícia.»

Foi presa e mais tarde internada num manicómio. Os psiquiatras consideraram-na louca. A casa onde estava era-lhe porém indiferente. Dormia horas e horas e tinha nos lábios um sorriso tranquilo. Gostava de conversar com as outras mulheres e passava dias a contar-lhes as proezas de Karl-o-Homem-Voador.

Em *Flores ao Telefone* (Portugália Editora, 1968), seguia-se o conto «Adelaide», que havia sido publicado em *O Seu Amor Por Etel*, pequeno livro dado à estampa pela tipografia do Fundão e que julgamos não ter chegado ao grande público, motivo pelo qual «Adelaide» terá sido incluído posteriormente pela autora nesta obra. Na presente coleção, *Obras Completas de Maria Judite de Carvalho*, encontra-se no volume II.

UM DIÁRIO PARA SAUDADE

Creio que em quase todos os colégios de meninas há uma ou duas extremamente bonitas e graciosas, geralmente alunas medíocres, de longos cabelos loiros e olhos azuis (têm quase sempre este tipo físico), a quem a maioria presta incondicional vassalagem. As colegas acham-lhes muita graça (as próprias mestras lha acham, quanto mais as colegas), consideram as suas ideias tão estupendas como os seus ditos a propósito, e estão sempre – quase sempre – um pouco apaixonadas por elas. Claro que não se dão conta disso, ainda não atingiram a idade de se darem conta de coisas dessas, mas detestam secretamente as preferidas das eleitas, embora, claro está, as suportem com um sorriso amável, porque são pequenas cortesãs *in herbis* e sabem de um saber decerto atávico que se arriscam à queda em desgraça e ao banimento, não aceitando de bom grado as favoritas da rainha. Esta – o ídolo – põe uma alcunha a uma professora e nunca houve coisa tão engraçada como aquela alcunha, puxa as tranças de uma «parva», e todas colaboram com entusiasmo, de modo a tornar impossível a vida da infeliz, que nem sequer é da oposição, se limita a viver à margem dessa política de palácio e que não admira. Só isso, não admira. É assim, decerto, em muitos colégios. O ídolo pode chamar-se Jacqueline, Hedda, Ann ou Luísa, mas as coisas passam-se decerto de maneira idêntica.

A Luísa em questão (Lu para amigos e admiradores, que naturalmente já tinha) possuía cabelos de seda e olhos imensos, luminosos, de bicho novo, lançado à descoberta da vida, ou melhor, à sua conquista, de bicho que tudo tem, até essa difícil qualidade de inspirar amor. Era ela a única que possuía um grande *Rolls-Royce* de motorista fardado, a levá-la e a buscá-la, a única que dizia com à-vontade que «aquela saia fora comprada em Paris», a única a anunciar que o pai lhe prometera um carro só para ela, um *Fiat*, quando fizesse dezoito anos. Por enquanto tinha catorze, mas todas sabiam que na devida altura teria, sem falta, o seu *Fiat*. O trocadilho era fácil mas ninguém o fazia, até porque não havia razão para tal. Lu podia confiar na sorte. Era a mais bonita, a mais esperta, a que tinha sempre a resposta mais pronta e as anedotas mais engraçadas para contar em voz baixa. Quando ria de alguém, a sua risada era terrível. Não vinha só, acompanhava-a sempre aquele olharzinho implacável, seguia-se-lhe aquele sorriso de cantos da boca, já desdenhoso, já cruel. Um sorriso adulto, que delapidava por ignorância, por não ter ainda aprendido que só devia utilizá-lo em ocasiões muito especiais e não em qualquer altura, com uma parva qualquer.

A parva em questão, a principal, a mais parva, chamava-se Saudade, um nome ridículo, mas a mãe era muito romântica, fora-o pelo menos. Era uma rapariguinha sorumbática, um pouco gorda, de óculos, e com cabelo ruço, ainda infantil, que usava curto e com franja certa, pelo meio da testa. Não tinha mãe, e isso via-se à distância nos seus sapatorros grandes e grossos (para crescer), no casaco um pouco comprido e na saia um pouco curta (feitos para durar), na falta de confiança com que encarava tudo e todos. Tinha uma madrasta que não era má pessoa, que até se esforçava por ser uma boa madrasta, mas entre ambas havia um fosso, e nenhuma delas desejaria atravessá-lo: a criança porque se o fizesse atraiçoaria a mãe (onde quer que ela se encontrasse), a mulher porque não era pessoa para se deter em pequenos problemas que considerava inúteis e piegas. Dava boa comida à enteada, vestia-a com roupas quentes, vigiava-lhe a saúde, levava-a regularmente ao dentista e ao médico dos olhos, trazia-a num bom colégio, mandava-a ao domingo à tarde ao cinema com uma criada, que havia de lhe fazer mais? Aquela mulher, a madrasta, era digna e honesta, uma boa mulher, uma dona de casa perfeita, enquanto a outra, a mãe, a que um dia fugira com um homem e nunca mais dera sinal de si (nem para saber da menina, sua filha), era a desorganização e o caos, que o marido desejava para sempre esquecer. Era também, no entanto, a alegria de viver, a ânsia de viver, a insatisfação, a esperança, e a pequena Saudade pensava nela – que falar no seu nome, até quando ele era a simples palavra «mãe», fora proibido e tornara-se mesmo perigoso – e isso, pensar nela, era doce. A mãe chamara-se Margarida. Havia uma prima com o mesmo nome, mas tinham passado a conhecê-la por Guida. Houvera também uma criada Margarida, a quem haviam muito simplesmente crismado, que passara a ser Maria «porque Margarida era muito comprido, não dava jeito». A menina fechava-se às vezes no quarto, deitava-se, punha-se a olhar para o teto e a pensar. Os seus lábios murmuravam baixinho: «Mãe, mãe, mãe, Margarida, Margarida...» E isso também era doce e consolador.

Certo dia em que fez anos, essa prima, Guida, ofereceu-lhe um diário, com chave e tudo, e ela descobriu que escrever as coisas que pensava era ainda mais agradável do que dizê-las num quarto vazio. Essas coisas tinham assim o ar de resistir ao tempo, como as coisas dos livros. Claro que começou a escrever, como sabia, mal, do seu problema. Se era o seu problema! Em primeiro lugar referiu-se à mãe, como não podia deixar de ser. Era a ausente, senhora portanto de todas as perfeições. Se a mãe tivesse ficado... Não gostaria dela? Não gostava, decerto, visto que a tinha trocado e ao pai por um homem qualquer, com quem se fora, sabe-se lá para onde. «Para o diabo!», dissera o pai quando ainda dizia o que quer que fosse sobre o assunto. Mas, se a mãe não gostara dela (pensava sempre no passado), quem gostaria? O pai, decerto... Mas o pai tinha sempre *muitas* coisas importantes em que pensar e, quando entrava em casa, à tarde, beijava a mulher e só depois lhe entregava a ela uma face distraída. Dantes talvez fizesse o mesmo, mas com a mãe era diferente, ela não reparava, não sofria, não sentia o coração apertado e aquele soluço preso na garganta. Dantes era um gesto natural como as coisas naturais, porque entre ela e a mãe não havia separação alguma. Um dia, porém, a mãe tinha fugido. Beijara-a muito, apertara-a muito de encontro ao peito, como se quisesse deixar-lhe para sempre as suas marcas, e pedira-lhe que nunca a esquecesse, jurava, jurava? Ela não percebia nada, murmurava baixinho: «Mas mamã... o que tens, mamã?» Tinha pegado na mala e lá se fora lavada em lágrimas diferentes das vulgares, lágrimas por assim dizer entusiásticas, criadoras. Nunca mais a tinha visto e, às vezes, nos primeiros tempos, perguntava por ela ao pai. Este chamou-a um dia junto de si e disse-lhe que era doentio falar continuamente dos mortos. Ouvia-o, por acaso, falar dos avós? «Mas a mamã não morreu, a mamã...» «É como se tivesse morrido. Pensa nela, se queres, mas poupa-me às tuas perguntas, a que, de resto, não sei responder. A tua mãe não era feliz connosco e procurou a felicidade noutro lugar. Descanse em paz.»

O pai era um homem definitivo e sem remissão. Para ele não havia dúvidas nem problemas insolúveis. A mãe fora cheia deles e encontrara na fuga a única solução para se libertar de uma caixa fechada, às vezes quase asfixiante. Isso, claro, não o sabia Saudade, não tinha idade para tanto, nunca, de resto, a teria. Limitou-se a contar no seu diário a maneira como um dia tomara conhecimento, pela Guida, de que a mãe fugira de casa para ir viver com um homem por quem se apaixonara. A mãe apaixonara-se. A revelação fora terrível, mas logo a seguir o vulgar verbo reflexo adquiriu um valor misterioso e místico, fatal e inapreensível. A mãe apaixonara-se. Por quem se teria apaixonado? *Ele* devia ser um homem extraordinário, qualquer coisa como o «Santo», para a mãe a trocar assim, e ao pai, e sair de casa e deixar tudo, até o colar de pérolas, até os vestidos... Seria feliz, ao menos? Era uma criança que a solidão fizera crescer, tornara refletida. Desejaria saber da mãe, ir ter com ela onde quer que estivesse – com quem quer que estivesse –, fazer com que a abraçasse de novo, como naquele dia, cinco anos antes. Não ver mais a madrasta entrar e sair, não a ouvir mais dar ordens firmes e suaves, devagar, com eficiência, como uma máquina que sabe de antemão que tem todo o tempo na sua frente.

O diário passou a ser o grande amigo de Saudade, o único até, já que não sabia criar amizades entre as colegas. Era um amigo compreensivo, a quem tudo podia ser dito, e que a acompanhava por toda a parte. Falava pois com ele, confiadamente, contava-lhe os seus desgostos em casa, onde se sentia tão só, na escola onde estava mais só ainda. Havia ela, mais sete, e depois o grupo da Lu e a própria Lu. Das sete, cinco formavam outro grupo, igualmente fechado. As duas restantes andavam juntas, mas sem entusiasmo, só porque a isso eram obrigadas. Saudade poderia dar-se com elas, se o quisesse, mas não o queria suficientemente.

O diário acompanhava todos os dias Saudade à escola, no fundo da pasta, e a chavinha estava sempre no porta-moedas. No dia em que verificou que também as professoras se deixavam seduzir por Lu-pessoa (não por Lu-boa-aluna) e que lhe retribuíam os sorrisos e as falinhas doces, Saudade encheu duas folhas na sua letra muito cuidada e miudinha. Sentia-se revoltada, mais só do que nunca porque Lu estava mais do que nunca acompanhada. Começava a detestar – a odiar – Lu e as respetivas cortesãs, com toda a sua alma. Não sabia talvez ao certo porque as detestava e que a mãe era a culpada disso tudo porque a deixara, ou porque não tentara levá-la consigo, e ao escrever metia um pouco os pés pelas mãos e nunca percebia bem a razão por que ela era ela, assim, diferente das outras. Detestava também as que não eram cortesãs mas se mantinham de parte, a observar friamente, cientificamente, o que se passava. E não sabia claramente qual o motivo por que também gostaria de não as ver mais.

Depois, um dia, nesse dia, ao tirar à pressa os cadernos da pasta, o diário caiu ao chão. Da carteira ao lado surgiu logo a mão ágil de uma das amigas de Lu, que o apanhou. E um rostozinho trocista acenou negativamente quando Saudade lho pediu. A professora, como estava de costas a escrever no quadro uma equação, não deu por nada. Saudade esperou o fim da aula mas sentia o coração apertado. Assim que a campainha tocou, chamou baixinho a colega que apanhara o livro. Esta, porém, já não o tinha, era Lu quem o exibia, entusiasmada, chamando a atenção da mestra.

Saudade não conseguia mexer-se, era como se de repente deixasse de ter sangue quente e móvel. Uma pequena estátua de gelo no meio da multidão.

«Senhora doutora!», gritou bem alto a voz cristalina, tão pura, de Lu.

A mestra, que já apanhara os livros e ia a sair, deteve-se, voltou-se. «Que foi?»

«A Saudade tem um diário! Está aqui. Está aqui, senhora doutora! Olhe, tem uma peninha cor-de-rosa na capa!»

«Um diário?»

A professora avançou, rápida, para Lu, e arrebatou-lhe o livro. «Vou entregá-lo à senhora diretora», disse deitando à pequena estátua gelada um olhar acusador e terrível. «Não tem vergonha? Trazer coisas destas para a escola... O que terá ela escrito num livro fechado à chave? Dê-me a chave imediatamente!» E sacudiu-a: «I-me-di-a-ta-men-te!»

Saudade acenou que não, foi tudo o que conseguiu fazer. O gesto, porém, nada tinha a ver com a chave que lhe exigiam, e cuja utilidade quase esquecera nos últimos instantes, era um simples pedido. Não leve o livro, implorava em silêncio, não o abra, não o leia. Não o leia, por favor. É meu, é tudo o que tenho. Se o ler é como se... como se... A mestra saiu, porém, de rompante, e houve uma algazarra que Saudade não ouviu totalmente porque ainda continuava a ser, de certo modo, estátua. As pequenas cortesãs saltavam com euforia, transformadas, de súbito, em bobos da corte, só lhes faltava dar cambalhotas de cooperativo entusiasmo.

De súbito, o gelo fundiu-se e as águas correram caudalosas. Assim, sem transição. E Saudade deitou a correr por ali fora, empurrando quem estava no caminho, descendo as escadas tão velozmente que nem mesmo a vigilante que estava lá em baixo, junto do vestiário, e o porteiro lendo à porta o seu jornal conseguiram detê-la. Desceu a rua correndo sempre e a certa altura atravessou-a sem olhar para os lados. Como um autocarro ia nesse momento a descer, Saudade foi colhida, até porque se lançou, por assim dizer, contra ele. Houve burburinho, apareceu logo quem censurasse o motorista e quem o ilibasse, as pessoas apearam-se para ver. Uma senhora perdeu os sentidos e outra sentiu-se mal.

A mestra ia a entrar no gabinete da diretora com a sua frase engatilhada (pensara-a e construíra-a durante o percurso), quando ouviu o barulho e estacou. «A Saudade foi atropelada!», diziam. «A Saudade está morta!» O braço descaiu-lhe, o diário tombou no chão e a peninha cor-de-rosa soltou-se. Apanharam-lhe as duas coisas, ela disse «obrigada». Nunca se tinha sentido tão infeliz e ao mesmo tempo tão ofendida. «Aquela estúpida rapariguinha sonsa!», pensava, como se tudo aquilo tivesse como único objetivo colocá-la mal.

Depois, no entanto, tudo correu bem. Provou-se que a morte fora casual, que a pequena ia a fugir do colégio (estas coisas herdam-se, infelizmente, e a mãe também fugira um dia, disse o próprio pai, melancólico); que o gesto de Lu fora uma simples brincadeira infantil, embora merecesse, naturalmente, uma lição moralizante que a professora indicada não deixaria de lhe fazer numa das próximas aulas; que no fundo todas gostavam da Saudade, criança retraída e isolada (evitaram a palavra antipática), que não gostava de ninguém. A estas palavras, a madrasta, também presente, suspirou fundo. Quanto ao motorista, esse, foi naturalmente inocentado de qualquer culpa, até porque, na verdade, não a tinha, e a menina atravessara a rua sem olhar para os lados.

O diário foi entregue ao pai (já sem a pena). Este meteu-o no fundo de uma gaveta onde ficou esquecido. A chavinha que o abria perdera-se na confusão.

O AQUÁRIO

O pequeno móvel ia atravessando a sala lentamente, em diagonal. Quando já estava perto da lisa parede verde-água onde iria encostar-se, ela deu-lhe um empurrão mais forte e o busto cor de ardósia da rainha Nefertiti caiu e fez-se em pedaços, porque era de barro pintado. Ainda bem. Irritava-a aquela carinha impermeável sem olhar lá dentro. Afastou os cacos com o pé, quase raivosamente, e, em seguida, recuou uns passos e observou a escrivaninha com um lento olhar crítico. Melhor não ficava. Enchia mais a sala, tinha-se mesmo certa dificuldade em passar. Era preciso dar uma pequena volta a contornar o móvel, desenhando um arco de círculo. Já não se podia entrar à pressa, em linha reta, sem olhar para os lados. A não ser, naturalmente, quando se tivesse adquirido um certo treino. Ao fim de dez, quinze dias, vinte o máximo. Mas nessa altura tudo voltaria à mesma, tudo seria igual ao que era dantes. E tornar-se-ia necessário mudar qualquer outra coisa. Talvez o aparelho de rádio, era uma ideia. Podia perfeitamente pô-lo em cima da mesa redonda. Ou levar o *fauteuil* para perto da janela. Ou trocar o sentido Norte--Sul do sofá por Este-Oeste. Ou até, no próprio quarto... Havia um sem-número de combinações a estudar. Mas por enquanto era cedo.

A escrivaninha dificultava a entrada. Não era a única dificuldade. Que importância podia ter mais uma? Dificuldade em acordar (acordar não, trocar uma coisa por outra coisa, já velha, já gasta, já vivida), dificuldade em repetir pela milésima vez que sim, que era feliz – em dias excecionais achava-se mesmo na obrigação de dizer que era *muito* feliz –, em sorrir (era preciso que sorrisse), depois em gastar o dia – tão longo – caminhando por ele fora e fugindo cuidadosamente às armadilhas, e em sorrir outra vez quando ele, no regresso, lhe perguntava se era feliz. Dificuldade em dizer outra vez que sim.

Era um círculo vicioso e necessário, tão necessário como a própria vida. Dir-se-ia que ele não podia sair de casa pela manhã sem ver onde ficavam os pensamentos e as palavras dela, nem entrar à noite sem verificar se estavam no mesmo sítio onde os deixara, dobrados e passados a ferro dentro da gaveta. Riu alto, ao de leve. Havia nesses momentos, durante aquela pergunta aparentemente natural, feita mesmo com excessiva naturalidade e até com desinteresse pela resposta, como que uma ligeira ansiedade. Qualquer coisa parava, detinha-se à escuta. Mas era uma impressão passageira, que logo esmorecia, se apagava, mergulhava no lago profundo e baço. E ela não deixava de sorrir.

O espelho quadrado lançou-lhe em rosto o sorriso de agora, que lhe surgiu maquinalmente na boca. O fim da tarde dava uma estranha profundidade às coisas e ela era simplesmente uma coisa, uma imagem qualquer apagada, a boiar na escura transparência das águas tristes e solitárias do seu aquário pessoal. Os outros passam e olham, leem o nome, seguem adiante, já se esqueceram. Pagaram o seu bilhete à entrada, podem parar e ler o nome. E seguir adiante. E esquecerem-se. Podem fazer isso tudo.

Estava sozinha, de bilhete na mão, a olhar para si própria dentro da montra de água onde se exibia para seu próprio regalo. Regalo? Era um espetáculo fascinante a que ela fugia sempre que possível. Qualquer pretexto era bom. Precipitava-se sobre o livro que começara a ler e não tinha sido capaz de continuar. Ia pegar outra vez na camisola de malha que abandonara logo ao princípio. Resolvia ir à Baixa fazer compras. Qualquer dessas coisas lhe servia. Outras ainda. Agora, porém, deixou-se ficar para trás, distraída, e foi apanhada na armadilha da sua própria imagem. Já não podia fugir. Estava amarrada de pés e mãos.

O seu rosto turvou-se, perdeu de súbito a nitidez, transformou-se numa leve mancha esbranquiçada a boiar na superfície rugosa e barrenta. Numa Lua chata e sem expressão. Mas as águas moviam-se ao de leve, ou seria ela quem se movia e se chegava para o lado direito, tentava fugir? Tentava fugir...

Nunca ninguém compreendeu por que ela fugia. Da escola, de casa, de toda a parte. Uma coisa tão simples, afinal. Mas não. As pessoas não eram capazes de compreender. Olhavam-na desconfiadas, como se ela... Era como se falassem outra linguagem... Falavam outra linguagem. A princípio, procurara explicar-lhes, dizer-lhes... Em vão. As pessoas abanavam a cabeça, não compreendiam. Recusavam-se a compreender. Tinham talvez receio, quem sabe? Olhavam-na de lado. Para compreender era preciso... E os outros, os que não eram essas pessoas, podiam pensar... E no entanto era tão simples, pois não era? Compreender que a certa altura as coisas deixavam de ali estar e que as pessoas iam morrendo à sua volta e que ela tinha de procurar outras coisas e outras pessoas vivas, porque senão... Senão... Por isso trocava tudo e compunha cenários novos. Para não ter de fugir outra vez.

A sala estava agora diferente. Tinha uma estante e uma escrivaninha e deixara de ter uma rainha Nefertiti (quebrara-se, fora uma sorte). Parecia mais pequena, tinha de se entrar em arco de círculo e não em linha reta. E logo do corredor se via a escrivaninha e não a estante que antes se encontrava ali e em que já ninguém reparava. Tinha de se dar uma volta para não lhe tocar. Mas daí a oito, a dez dias, já não seria assim porque as pessoas teriam decorado o caminho e ela seria então obrigada a mudar qualquer outra coisa. O aparelho de rádio. O sofá. O *fauteuil*. Os quadros. O espelho. O sofá. O aparelho de rádio...

«Feliz?», perguntava-lhe ele ao acordar e ao chegar a casa ao fim da tarde. E tinha aquele olhar ansioso enquanto ela o não sossegava. Cheio de medo, coitado, de ter de a levar outra vez àquela grande casa a que ele chamava hospital. Hospital! Coitado... Coitado... Coitado...

Riu-se, riu-se por ali fora, e no aquário o peixe já sem formas, quase apagado pela hora, diluído em noite, riu-se também, e isso agitou a superfície tranquila e rasgou a imagem em farrapos, que ondularam à sua volta. Ela dizia-lhe que sim, que era feliz. E ele acreditava. Em tudo. Em tudo. Hoje ia dizer-lhe – o que havia de ser? –, ia dizer-lhe que a escrivaninha ficava ali melhor, que era muito mais fácil entrar. Em arco de círculo. Não parava de rir. Não podia, era mais forte do que ela. E o peixe, inexpressivo, continuava a rir também, todo em pedaços, perdido aqui e além no seu exíguo metro cúbico de água turva.

O AVIÃO É O MEIO DE TRANSPORTE IDEAL

A mulher contou uma vez mais como tinha sido. Possuía uma cara balofa e inexpressiva, de uma palidez de reclusa onde os olhos rosados ficavam mal. Tinha também uma voz mole, incaracterística, como que segura entre duas linhas paralelas que decerto nunca ultrapassara. Contava, tinha que ser. Aquela era a décima vez? A vigésima? Contava como sabia, como julgava saber. Os últimos degraus do patamar rangiam junto à porta, era o anúncio, ouvia-se tocar discretamente, como convinha num caso daqueles. Ela levantava-se com um suspiro antes mesmo do toque, ia abrir, deixava-se abraçar, beijar, chorava depois um pouco, era normal. Há oito dias que chorava um pouco, de vez em quando, sempre que vinha alguém, um pouco porque chorar fora sempre difícil para ela, desde menina, desde sempre. Quando estava só não chorava. Olhava como quem não acredita – como quem ainda não acredita – para a mesa redonda onde ele trabalhava todas as noites, tinha um grande olhar fixo, um pouco atoleimado. Depois vinham pessoas, ela sentia-se lamentada e isso era agora quase reconfortante. Dantes tinha-o a ele («Estás com mau parecer, sentes-te mal, sentes-te doente?»). Agora estava só, por isso as palavras dos outros a comoviam, a faziam chorar um pouco. Por ele, que morrera tão mal. Por ela, que ficara tão só. Por ela, Rita. Chamava-se Rita. «O que vai fazer agora, Rita?» Sabia lá o que ia fazer.

Ainda não tinha tido tempo de pensar a frio. Sabia lá o que ia fazer. Talvez fosse para casa de uma sobrinha que vivia na província. Talvez fosse trabalhar de costura pelas casas.

Os degraus, a campainha, o abraço grande, apertado – «Mas como foi, como foi?» –, ela a contar. Pela décima ou vigésima vez a contar.

Estavam no café. Tinham aquele costume há muitos anos. Jantavam, iam tomar o cafezinho. Nem se vestia, ela. Um simples casaco pelos ombros se não estava frio, bem abotoado se o frio chegava. Era o vício dele, o único. Tinha as suas manias, isso sim, agora vícios... Não gostava do café feito em casa, pronto. Que na máquina italiana era outra coisa... Ela acompanhava-o, às vezes nem bebia café, tirava-lhe o sono, mas ia sempre com ele, e isso era agora uma boa recordação. Só depois, no regresso, lavava a loiça do jantar e ouvia um pouco de música enquanto cosia a roupa, em surdina, para não o perturbar no seu trabalho.

Tomavam quase sempre o café ao balcão. Sim, o Caetano era pelo café que saía à noite, não pela conversa nem para encontrar amigos, que os não possuía. Amigo é o trabalho, costumava dizer. Ah, tinham sempre vivido um para o outro. Agora... É certo que às vezes aparecia uma ou outra pessoa conhecida, viviam no bairro há tantos anos... Então demoravam-se um pouco mais, acontecia – mas era raro – sentarem-se a uma mesa. Coisa de dez minutos, um quarto de hora. O Caetano tinha a escrita, trabalhava sempre à noite para ajudar, porque o ordenado do escritório era insuficiente, e a vida estava sempre a encarecer...

A senhora que estava agora ao seu lado, delicadamente vestida de preto, com expressão delicadamente pesarosa, sentida, dorida, interrompeu-a, perguntou: «Mas não sabiam disso do coração? Ele nunca tinha sentido nada?»

Não sabiam. Ele nunca sentira coisa alguma. Cansava-se às vezes ao subir a escada, claro, mas atribuía a fadiga aos anos que iam passando e também aos degraus, que eram difíceis, altos e estreitos, degraus antigos.

«Estas escadas!», divagou a senhora, que tinha um fôlego pequenino e delicado. Uma senhora fina, como a própria Rita, na boca de quem a palavra *fina* tinha um valor especial, quase místico. «As minhas também são um horror, tem reparado? E depois, um quinto andar... Penso às vezes em quantos milhões de degraus terei subido à hora da morte. Os suficientes para chegar ao céu, sem dúvida. Mas estava a dizer...»

Hesitou um instante, depois encontrou-se. No café, ficara no café. Estavam ambos, como já dissera, sentados a uma mesa porque alguém insistira muito para que eles se sentassem. O Caetano ainda se fizera rogado, havia a escrita, no dia seguinte tinha que estar às oito e meia na paragem do autocarro. Mas o tal senhor doutor insistira. Era um senhor importante mas muito dado e atencioso, que vivia ali perto e fazia o favor de simpatizar com o Caetano. Já de outras vezes se tinham sentado à sua mesa. Ela não sabia muito bem, mas parecia-lhe que tinha herdades no Alentejo ou no Ribatejo ou... Lavrador importante, em todo o caso. Mas fino. Que se sentassem, insistira. Que, francamente, dez minutos de conversa não escangalhavam a vida a ninguém.

Era uma pessoa muito amável, e ela, Rita, sentia-se no meio de tudo aquilo envergonhada. Bem, na verdade, tinha coisas mais graves em que pensar, com que se preocupar, o desgosto, o seu incerto futuro, mas não conseguia libertar-se de uma desagradável sensação de vergonha. Nunca mais seria capaz de olhar de frente para aquele homem, se o encontrasse, e isso era natural, morava ali perto. Chamava-se doutor... Silvano... Silvestre... uma coisa assim. Parecia-lhe que era Silvano, embora não tivesse a certeza. Pois o tal senhor tinha sido muito atencioso. Já por várias vezes tentara reconstituir a cena para ver se encontrava o que quer que fosse que pudesse explicar... Mas não, não conseguia. Tinha-lhes oferecido cigarros americanos, e o Caetano tinha tirado um, embora raramente fumasse. O doutor, digamos Silvano, acendera-lho com o seu isqueiro e ela nesse instante tinha reparado na sua mão muito branca e num brilhante enorme, que parecia ter mil luzes. Um senhor brilhante!

«Mas de que falaram?»

Pois era isso. De coisas triviais. Do tempo. Do Eusébio. De uma notícia que tinha vindo nessa manhã em todos os jornais. Dois políticos brasileiros faziam as pazes em Lisboa. Isto não era trivial, claro, mas por trivial queria dizer... Houvera também uma história qualquer de emigração e o doutor, digamos Silvano, queixara-se da falta de homens e dissera umas verdades sobre as mulheres deles, que só queriam lazer permanente e usar roupas interiores de *nylon*. Caetano, muito sério, perguntara – o que a deixara espantada, era pouco dele aquele tipo de brincadeiras – como sabia se elas usavam ou não roupas de *nylon*, deixando-a mesmo tão atrapalhada que nem sabia muito bem o que o outro respondera. Mas não tinha ficado zangado, isso não. Não tinha tomado a coisa por mal. E depois, ainda a propósito do mesmo, falara da sua última viagem. Chegara havia três dias, disso lembrava-se bem. As viagens sempre tinham sido o seu fraco, dela, Rita. Enfim, nunca tinha podido ser, paciência, há coisas piores, mas durante muitos anos, à noite, quando fechava a luz, pensava que lhe saía a sorte grande ou qualquer coisa no género e que podia fazer a sua viagenzinha a Madrid. Um dia, em criança, fora com o pai a Badajoz e falava muitas vezes nisso ao marido. Ele ria. Que nem que tivesse escalado o Himalaia...

Calara-se um pouco, voltara atrás. O tal senhor tinha feito uma viagem extraordinária com a mulher. A Alemanha primeiro, depois a Holanda, a Bélgica, a França, a Inglaterra, novamente a França. Falara das várias sensações que tivera. Era espantoso andar de avião. «Um pouco impressionante, suponho», tinha dito Caetano. O outro rira. «Qual! Não há nada melhor. O meu amigo salta, por assim dizer, de um país com língua e hábitos próprios para outro absolutamente diferente, em poucas horas, sem possibilidade de habituação.» Voltara-se para ela, acrescentara: «Minha senhora, não queira viajar de outro modo. O avião é o meio de transporte ideal.» Haviam passado alguns dias em Paris, depois tinham descido até Nice e aí alugado um automóvel a fim de poderem percorrer todo o Sul. «Ah, tudo isto durou três meses mas valeu a pena.» Tinha dito mais coisas, sem dúvida, falado de cidades, de rios, da cor do Mediterrâneo. Era um homem muito culto e que sabia ver as coisas. Ela estava a gostar muito de o ouvir quando o Caetano tinha posto os três escudos em cima da mesa e se tinha levantado. Depois...

«Depois?»

«Foi então que ele disse aquela palavra que não me atrevo a repetir, ele sempre tão delicado, tão fino, a senhora D. Berta sabe, que o conheceu. Pois não é verdade?»

«Sem dúvida, senhora D. Rita.»

Dissera-a em voz baixa, a essa palavra, depois gritara-a tão alto que todos, no café, o tinham olhado com espanto. Gritara-a olhando bem para o senhor doutor Silvano, que se fizera muito branco, sem perceber. Mas já Caetano cambaleava, caía de novo sobre a cadeira, estava morto. «Morto, senhora D. Berta. Assim. Morto em pecado de ira. E porquê? Porquê?»

«É a vida. Momentos destes... Reze por ele, senhora D. Rita, reze por ele.»

Aquela foi-se, outra viria. Entretanto a mulher ficou só na pequena saleta, olhou sem a ver a mesa vazia onde o marido costumava trabalhar à noite enquanto ela cosia a roupa da casa. Tinham sido vinte anos de vida modesta, difícil às vezes, mas nunca uma palavra mais alta, nunca um azedume. Amor? Talvez fosse amor. Os dois a trabalhar, a recear o futuro, amigos sem necessidade de outras amizades.

Agora está só e não compreende o coração do marido, tão traiçoeiro, nem aquela cólera de homem tranquilo, a primeira e a última que lhe conheceu. Não compreende e sente-se envergonhada perante toda a gente que estava no café, principalmente perante aquele senhor tão agradável, que fazia o favor de distinguir o Caetano. Isso ainda é para ela mais importante do que juntar os seus próprios destroços e pensar no que vai ser de si. Maior do que isso só o receio que sente – não muito grande porque a sua crença não é muito profunda – pela alma talvez perdida de Caetano.

CARTA ABERTA À FAMÍLIA

Foi no último domingo de outubro – encontrávamo-nos sempre no último domingo do mês, de todos os meses (porquê no último e não no primeiro ou em qualquer dos outros?, pensei eu muitas vezes até ter deixado definitivamente de pensar nisso) –, foi nesse domingo de céu cinzento e chuva miúda mas constante que a ideia, que ainda o não era, me aflorou mais uma vez com a brevidade quase inexistente de um vislumbre.

Ele estava sentado na sua frente, cortando o bife que tinha em cima uma rodela de limão. «É um bocado duro, não é, mãe?», dissera há dez segundos ou há dez minutos – e a mãe tinha acenado que sim, que era, enquanto lhe olhava com a admiração de sempre para o risco muito certo do cabelo alourado e para as unhas cor-de-rosa e imaculadas. Eugénio mastigava compenetradamente, de boca bem fechada, e deitando, de vez em quando, olhares curiosos em volta, discretos, porém, e bem-educados, como não podia deixar de ser. Tinha só doze anos mas era Cercal.

«O pai e a tia Lena querem que eu aprenda equitação», comunicara a certa altura, com gravidade – era uma criança grave –, depois de um silêncio em que decerto tinha remoído aquele acontecimento futuro, para ele tão importante.

«Ah sim?», dissera ela mostrando-se interessada.

«Começo daqui a quinze dias. Vou ter que comprar umas botas.»

«Claro que vais. E umas calças apropriadas também.»

«Pois é.»

Limpara a boca, devagar, bebera um golinho de água do Luso, depois tinha perguntado com à-vontade, para fazer conversa:

«A mãe sabe montar a cavalo?» E acrescentara: «A tia Lena sabe. Parece que até ganhou taças, quando era nova. Um dia destes prometeu que mas mostrava.»

Dissera-lhe que era natural que a tia Lena tivesse ganho taças, mas que ela... «Tivemos uma infância e uma adolescência muito diferentes, sabes? A tua tia e o teu pai...»

Mas o Eugénio compreenderia que eu... e que eles... Detive-me ante aqueles olhos amarelados e quietos, senhores da estranha capacidade de estarem longo tempo fixos num ponto qualquer – na ocorrência, os meus olhos –, muito atentos, de pálpebras imóveis. Chamei o criado para tomar uma atitude e pedi-lhe gelo. Com o Eugénio eu nunca sabia até onde podia ir, como podia ir, conhecia-o tão pouco e tão mal. Uma vez por mês durante sete anos dá 84 vezes. Tirando as doenças do Eugénio e os meses de verão que ele passa no Algarve... Era meu filho, aquele rapazinho, mas nos nossos breves encontros eu nunca descobrira nele nada de meu. Às vezes, depois de o deixar à porta da casa onde dantes também morei, sentia-me desolada e também cheia de desespero, como perante um ato irremediavelmente falhado. No fundo, porém, havia anos que esperava pelo dia em que a descoberta se fizesse e algo de mim surgisse de repente por detrás daquele rostinho sério e fechado, Cercal, daquelas palavras refletidas e precoces, quase adultas, a sonegarem constantemente o que ele sentia. Mas o que sentiria o Eugénio?

«As notas têm sido boas?», perguntara aereamente, só para iniciar um assunto, outro assunto.

Tinha-a olhado com nítida reprovação e com espanto. «Mas só comecei as aulas este mês, estamos em outubro...»

«Tens razão, que cabeça a minha.»

«Preciso de estudar a valer, é ano de exame... O pai prometeu-me uma viola se eu passar, mas não sei se será elétrica. As elétricas são melhores, não são?»

«Devem ser, é natural que sejam, para isso são elétricas.»

«A mãe não sabe?»

«Não percebo grande coisa de violas. E tu?»

«Um amigo meu tem uma. Suponho que não deve custar muito aprender a tocar.»

«Também me parece, filho.»

«O piano é mais difícil, com certeza.»

«Muito mais.»

«E o violino?»

«O violino também.»

A mão de Eugénio passeava sobre a toalha, juntando migalhinhas de pão, formando com elas uma flor.

«Almoça aqui muitas vezes, mãe?», perguntara num tom inexpressivo.

«Não. Como sempre em casa. Só quando vens almoçar comigo...»

«Ou alguém me convida», pensei.

Ele interrompera-lhe, porém, os pensamentos: «Quem lhe faz a comida?»

Podia ter rido um pouco, encolhido os ombros, respondido com à-vontade: «Eu, claro, quem havia de ser?» Mas aí está, não fui capaz. E mais uma vez me sentia inferiorizada e mais uma vez afastava o olhar de uns olhos amarelos, agora os do filho, dantes os do pai, e então ri um pouco, sim, mas era um riso desolado, à beira das lágrimas, e depois disse «Sou eu, claro», mas nas minhas palavras havia vergonha e até acusação, até isso. Acusação a quem, a quê?

O meu pai disse-me um dia: «A vida é uma luta constante. Há assassinos e assassinados. Tu nasceste para ser morta, tem cautela. Deixas-te ficar a um canto, de joelhos à boca e cheia de rancor, não pode ser.» «Se fosse religiosa ia para um convento, teria quem resolvesse por mim, quem me dissesse tens de fazer isto, tens de dizer aquilo, quem tomasse as responsabilidades, compreende?» Foi isto que lhe respondi.

Estava ali à mesa do restaurante, a lembrar-me do meu pai, e de repente ocorreu-me... Não, não me ocorreu coisa alguma. Houve a tal imagem resvaladiça e fugidia, uma réstia de imagem de uma coisa qualquer, sem forma nem cor, e ainda sem significado. O Eugénio falava de uma amiga da tia, que tinha um D. S. *«extraordinário, mãe, não pode calcular», e eu mergulhara dentro de mim e corria não sei por que caminhos de cabras em busca daquilo – de quê? – que de repente se tornara tão necessário como o pão ou como o ar. Eu sabia subitamente que estava nisso, para mim, a única solução.*

Depois fora a sala escura do cinema. Eugénio inclinara-se para ela e perguntara baixinho:

«Acha que o rapaz e a rapariga se casam?»

«Acho que sim. O rapaz e a rapariga, quando gostam um do outro, casam-se sempre e são muito felizes.»

«Acha que o homem rico...»

«Ora, o homem rico perde a partida, vais ver.»

Eugénio endireitara-se, tranquilizado.

Casei-me mas não gostava do meu marido, nem dele nem de ninguém, valha a verdade. A minha mãe dizia: «Olha que não te aparece outro casamento assim. Lembra-te de que o teu pai está velho e doente e de que é a altura de fazeres qualquer coisa por nós. A verdade é que tu não me interessavas, Ricardo, nunca me interessaste. Para ser franca, aborrecias-me com aquelas longas tiradas sobre os teus antepassados, o mais antigo dos quais, e o mais célebre, era um mata-mouros qualquer que eu conhecia desde pequena porque vinha na História. O ar com que tu declaravas: «Sim, porque eu sou Cercal!» Eu olhava para a minha mãe e perguntava-lhe se estava a ver-me casada com um indivíduo assim, se estava a ver-me Cercal...

Um dia viu-me Cercal e tudo o que isso significava e foi, disse--me ela, o dia mais feliz da sua vida. O meu pai também chorou um pouco na igreja, durante a cerimónia.

Mary era loira, tinha grandes olhos azuis e estava apaixonada. O pai contrariava-lhe, porém, a inclinação, porque tinha em vistas o proprietário de um rancho. A rapariga, porém, lutou e, como não podia deixar de ser, venceu. *Eu não lutei porque não tinha por que lutar, não valia a pena. Só mais tarde é que o problema surgiu, estava casada havia cinco anos. Foi quando me apaixonei. Tive então um gesto pouco hábil que poria contra mim pai, mãe e amigos, não falando, claro está, do Ricardo: fui ter com ele e contei-lhe tudo. Depois saí de casa.* Mary corria a cavalo pelos campos. Ia prevenir Jack de que o fazendeiro arranjara dois assassinos profissionais para o liquidarem nesse mesmo dia, ao pôr do Sol. *Houve um erro de datas. Se eu o tivesse encontrado uns anos antes... Mas nessa altura, vejo-o agora, eu não era Cercal, longe disso, não ia a um bom cabeleireiro, não vestia modelos, não tinha casaco de* vison *nem joias de família. Ele teria reparado em mim, dantes? Duvido. De resto, dantes, ele também não me teria agradado, era cedo. Agora, também não, é tarde. Surgiu na altura inconveniente e o amor deu-me forças ignoradas para tomar uma decisão, que, devo dizê-lo em abono da verdade, ele me desaconselhara vivamente. Com a qual ficou mesmo assustado.*

«O filme era muito bonito, mãe!», tinha dito Eugénio, já na rua. «Muito bonito na verdade.»

«Ainda bem que gostaste.»

«Gostei muito. E a mãe?»

«Sabes, não é o meu género.»

«Qual é o seu género?»

Hesitara um pouco. «Ora deixa ver... talvez filmes com menos agitação. Mais quietos, compreendes?» Eugénio não compreendia muito bem, e ela então dissera que ia poucas vezes ao cinema.

«Porquê?»

Porque não tenho dinheiro, era lá resposta que lhe desse!

«Falta de tempo, filho. Aos dias de semana é o escritório e à noite estou cansada. Ao domingo há sempre coisas a fazer em casa, visitas que aparecem...»

Não aparecia ninguém ao domingo, era o dia em que o tempo era maior, estático às vezes, quase morto. Eu arrumava gavetas arrumadas, olhava uma vez mais para velhas fotografias, rasgava cartas ou lia-as pela centésima vez e só para me certificar de que elas tinham sido autênticas – um dia. Falo no passado, porque enfim... Bem, falo no passado. Às vezes encostava-me à vidraça, deitava um olhar lento à rua onde morava, que era uma rua larga, com uma igreja no topo e árvores de ambos os lados. Eu não sabia que árvores eram, assim como ignorava também qual seria o santo a quem a igreja tinha sido consagrada. Era a igreja, um simples ponto de referência. Havia coisas e pessoas e lojas para cá da igreja e para além dela. Havia o relógio da igreja e os seus sinos. Havia também as senhoras que ao domingo iam ver a Deus de véu à espanhola, livro na mão e colar ao pescoço, acompanhadas pelos filhos pequenos e pelas filhas casadoiras, e que eu via da minha janela, caminhando lentamente, como se arrastassem atrás de si um pesado manto. Mais rápidas, no entanto, do que aquele lento tempo dos domingos.

Agora subiam a avenida e ela gostaria uma vez mais de saber o que pensava o filho do facto de ela ter um dia abandonado tudo, de o ter abandonado mesmo a ele. Que lhe teriam dito? E de que maneira? Gostaria de se defender, de lhe apresentar as circunstâncias atenuantes do seu ato, mas sentia que tudo o que dissesse seria improfícuo. Valeria então a pena fazê-lo?

«Sentes a minha falta?»

A pergunta saíra quase sem dar por ela. Uma ave quieta, bem escondida e que, de repente, se escapara da gaiola. O filho tinha-a olhado atentamente, como que surpreendido. Era uma pergunta insólita aquela, exageradamente pessoal, quase descabida.

«Não compreendo, mãe.»

«Se sentes a minha falta. Às vezes, claro está», disse olhando-o com atenção, numa expectativa e com o coração inquieto.

«Oh, com certeza. A tia Lena é muito minha amiga, mas sinto a sua falta.»

Ali estava uma resposta Cercal. As palavras estavam certas, mas a verdade é que não havia nelas nem um pouco de calor. Tudo frio, igual e bem-educado. Atencioso era o termo exato. «A tia Lena é muito minha amiga, mas sinto a sua falta.» Dava vontade de rir.

Foi então que a imagem voltou. Imagem? Só soube que voltou porque compreendi que estava muito, muito cansada e que não valia a pena insistir mais. Havia uma porta, uma única, e essa estava ali não sei há quanto tempo, embora só nessa altura eu a tivesse visto, e de relance. Uma porta aberta. Compreendi de repente muitas coisas, meu pai, minha mãe, todos os Cercal que lerem esta carta, incluindo o meu filho quando for homem. «Deixas-te ficar a um canto, de joelhos à boca e cheia de rancor.» Sei lá, talvez tenha sido assim. E uma vez que me levantei do meu canto e caminhei em frente, tinha havido engano. Engano de datas. Seguiram-se-lhe outros enganos, naturalmente. Como não podia deixar de ser.

«Deve estar cansada, mãe», dissera Eugénio. Era a sua maneira de lhe lembrar que estava fatigado, ou aborrecido, quem sabe, e que um táxi não seria mal recebido. «E já é um pouco tarde», acrescentara olhando para o relógio. «Hoje vão lá jantar os primos Madureira.»

«Gostas deles?»

O filho olhara-a espantado: «Claro que sim, mãe. São simpáticos e...»

«E...?»

«Bem, são meus primos, não é verdade?»

«Nunca reparaste que ele só fala de si próprio?»

«A tia Lena diz que o primo Madureira é um homem de muito valor.»

«Sim, tem muito dinheiro...»

Houve um silêncio, e entretanto ela parou, olhando em redor à procura de um táxi mas sem descortinar nenhum.

«Queria dizer-te uma coisa», murmurou.

«Que é?»

«Se eu morresse...»

«Ora, mãe!»

«Sim, sim, nunca se sabe, não é verdade? A vida é uma coisa tão incerta... É tão fácil haver uma fuga de gás, enganarmo-nos num medicamento, ficarmos atropelados... No fundo, não há nada tão fácil na vida como morrer. Nós é que nunca pensamos nisso, é o que vale.»

«Sim, mãe.»

«Gostava que soubesses...»

O filho olhava-a com delicada atenção, à espera, e de repente ela verificara que afinal não tinha nada para lhe dizer, ou melhor, que o pouco que tinha não sabia como comunicar-lho. «Não tem importância!», declarou encolhendo os ombros. «São parvoíces. Não me sinto muito bem, sabes? Tenho dormido mal ultimamente.»

Eugénio olhava outra vez para o relógio e ela então tinha chamado um carro que ia a passar lentamente, «Táxi, táxi!», e mandara seguir para casa do filho.

«Depressa, por favor», acrescentara este ao sentar-se.

CORREIO SENTIMENTAL

O doutor Pinho dizia que ela dava complexos de inferioridade às pessoas, de tanta perfeição moral. E todos, mesmo aqueles que não saberiam dar, se lha pedissem, uma razoável definição de complexo de inferioridade, sorriam, acenavam que sim, estavam plenamente de acordo. O doutor dizia também que a Carmo merecera, ao longo da vida, todas as frases feitas que as senhoras bem-pensantes da terra haviam pronunciado em sua intenção. E exemplificava, contando-as pelos dedos brancos e delicados, muito femininos: fora *uma filha exemplar* (dedo mínimo), *uma-rapariga-que-não-parece-deste-tempo* (anelar com anel, e de brasão), era *amiga dos seus amigos* (médio), *séria como poucas* (indicador, e, em aparte, uma referência às outras senhoras, todas elas seriíssimas, fora uma maneira de dizer), *prestável* (polegar), *esposa e mãe amantíssima* (mínimo outra vez), *tinha umas mãos de fada* (anelar) e ainda por cima *qualquer coisa de seu* (médio e ponto final). *Qualquer coisa* significava em Vilaveiros *muito e sólido*, era dos livros. Simples eufemismo usado por todos em relação a todos. Eram mais ou menos primos, ou, pelo menos, aparentados, e referiam-se assim uns aos outros, discretamente. Quando estava à vontade com gente amiga, o doutor Pinho gostava de terminar aquele rosário de avés com um balde de água fria, que já não era tão fria como isso porque todos mais ou menos o esperavam. «Mas, meu Deus, é tão magra e tão feia!» As senhoras presentes, que quase nunca deviam muito a Deus no capítulo da beleza e que eram todas elas bastante gordas (o mesmo doutor Pinho atribuía o facto – entre homens, claro está – à forçada subalimentação dos antepassados ainda relativamente próximos, que as levava a empanturrarem-se de bolos), as senhoras, dizia, moviam-se na cadeira, sensibilizadas, como se o doutor, aludindo à magreza de Carmo as houvesse elogiado em conjunto. «Não é tanto assim», diziam. «Não é tanto assim... Se acha a Carmo feia, então o que dirá da Ofélia?» E ficavam à espera, com os coraçõezinhos de pomba a bater. Pinho levantava o dedo indicador da mão direita, dava pancadinhas no ar com a esquerda, de cima para baixo, a pedir atenção. «A Ofélia não é feia», dizia em voz baixa, porque as paredes têm ouvidos. «É... (e procurava a palavra adequada) repelente!»

«Ó doutor! Repelente! Não é cristão da sua parte. Pobre Ofélia!»

Pinho explicava-se, insistia nisso. Empregava a palavra no seu verdadeiro sentido. O que era atraente, atraía; o que era repelente, afastava. A história dos polos, lembravam-se? A Ofélia não era repelente no vulgar sentido da palavra. Repelia, era tudo. Não iam negar a evidência, pois não?

Não iam. Todas elas, e os maridos, e os filhos, a vila inteira, sabiam que a Ofélia Branco, amiga de Carmo e sua vizinha, nunca tivera um pretendente, um só que fosse. Ora a verdade é que Ofélia *também* tinha qualquer coisa de seu, e esse *qualquer coisa* era mesmo pronunciado mais compenetradamente, com maior unção do que o dos outros. Era um *qualquer coisa* quase a entrar no domínio das fortunas máximas da região. Possuía várias herdades de vinha e olival, cinco prédios em Viseu e um número de todos ignorado de papéis de crédito, cujos rendimentos ia receber três vezes no ano. Era sua também a grande casa apalaçada onde nascera, crescera e morava.

Ofélia Branco era uma mulher de quarenta e muitos anos, alta e gorda (os bolos, etc.), com uma carnação mole e leitosa, fanada, e feições grandes, moles também, um pouco esborratadas. O cabelo, que fora castanho, começava a perder a cor com a mistura de algumas brancas. E as senhoras da vila, suas primas e amigas, diziam em aparte, sempre que se falava nela: «Que velha que está a Ofélia, coitada!» O *coitada* era obrigatório, assim como a expressão pungente que tomavam ao falar.

Uma dessas senhoras, a mais sua amiga de todas elas, a que segundo o doutor Pinho possuía todas as perfeições exceto a beleza – mas que apesar disso casara a seu tempo e tinha filhos –, Carmo, precisou um dia de escrever a alguém com quem travara relações dois anos antes, durante uma estada nas termas. Esse alguém era uma mulher que havia muito tempo mantinha num jornal diário uma coluna de «Correio Sentimental», assinada com o pseudónimo de Petula. «O que a vida de província tem de pior», pensou Carmo de caneta entre os dentes e papel quase em branco, «é que nunca acontece nada, os dias são todos iguais, não há nada que contar, e isso acaba por ser um pouco inferiorizante.» Para mais, detestava escrever cartas, mas Petula escrevia-lhe, e ela sentia-se de certo modo lisonjeada com a atenção daquela mulher cujo nome vinha todos os dias no jornal. Geralmente solucionava o caso enviando-lhe cartas mais ou menos abstratas em que glosava temas como o amor do próximo, a caridade, a vanidade das coisas deste mundo, o conforto da religião. Quando as acabava não voltava a lê-las porque sabia que iria achá-las um pouco ridículas, tanto mais que Petula lhe contava coisas apaixonantes passadas com ela, com o marido e com o irmão, rapaz muito inteligente que estava a ganhar mundos e fundos nunca disse em quê. Enfim, coisas com interesse.

Nessa tarde não ocorria, porém, nada a Carmo, e então lembrou-se de falar de Ofélia e agarrou-se ao assunto como a uma mísera tábua de salvação, a única de momento ao seu alcance.

«Vou falar-lhe de um caso que, no fundo, está dentro dos seus interesses», escreveu ela. «Trata-se de uma amiga minha, amiga de sempre e uma excelente pessoa. Tem perto de cinquenta anos e dinheiro. Enfim, pode dizer-se que é rica. Os pais já morreram há muito e era filha única. Herdades, prédios em Viseu, papéis de crédito. Muitos papéis de crédito, segundo penso. É feia, está bem, e depois? Não há tanta gente feia? Eu, por exemplo... Quer crer que nunca apareceu nenhum homem, Petula? Nenhum. Ou melhor, apareceram dois ou três, em tempos, pararam, olharam, deram meia--volta e adeus. Há dias, numa reunião aonde não fui, o médico – que tem fama de não gostar de mulheres e lhe sai a sorte grande sempre que pode cortar em qualquer de nós – disse (houve quem mo contasse) que ela é *repelente*. Quer com isto dizer que repele, afasta. Mas o pior de tudo, e aqui é que está o drama da pobre Ofélia – Ofélia, veja lá! –, é que ela desconhece essa sua qualidade (poderá chamar-se-lhe qualidade?) de repelir, nunca se conformou com o seu estado de solteirona e ainda hoje sonha com o casamento. Suponho que para ela o caso se situa mais no âmbito do sonho do que no da realização desse mesmo sonho. Sonho de rapariga, se me faço compreender. Sonho que não se realizou, melhor, que *ainda* não se realizou. Quero dizer: na minha opinião ela vive perfeitamente, em ótimo entendimento com a sua velha virgindade. Quem só conhece o negro vive perfeitamente às escuras, não é verdade? Estou convencida de que um homem lhe transtornaria completamente a vida e ela acabaria por se sentir infeliz. *Já* não poderia suportar que se imiscuíssem nas suas contas, lhe sujassem a casa e os cinzeiros. No entanto, vive torturada porque não se casou e porque as outras (eu entre elas) casaram. Não que seja invejosa, não que nos queira mal. É uma excelente pessoa, incapaz de um mau pensamento. A sua irritação – se assim se lhe pode chamar – não se dirige a ninguém em especial. É um estado de espírito um pouco ansioso, só isso. Expectativa. Desilusão. Expectativa. Agora está na expectativa.

Cada homem que passa (e Deus sabe que não foram muitos os que passaram por esta vila perdida, e que a olharam, tentados pelo seu dinheiro: um primo do Pinho, que veio passar umas férias, um amigo do Mendes da fábrica de fiação, negociante do mesmo ramo e à beira da falência, ao que constou... Mas nem assim). Dizia eu... com a fiação já perdi o fio ao discurso, querida Petula, que cada homem que passa é uma esperança e um sonho desfeito. Se ela até pôs as suas vistas no Pinho! Talvez depreenda de tudo isto que ela me faz as suas confidências... Que ideia! Fá-las a toda a gente, sem as fazer. O seu olhar, o seu sorriso, logo depois a sua expressão de tristeza, tem dezasseis anos, não lhe disse? Ficou aí, não cresceu mais. É uma rapariguinha ingénua de quase cinquenta anos de idade.

»Diga-me o que pensa de tudo isto. Há muitas mulheres assim por este mundo ou a pobre Ofélia é modelo único? Gostava de fazer qualquer coisa por ela, mais que não fosse convencê-la de que a sua felicidade está possivelmente nesse vácuo que sente em redor de si, e qualquer modificação da sua vida poderia ser – sê-lo-ia com certeza – catastrófica. Não acha que tenho razão? Um abraço da sua amiga *Maria do Carmo*.»

O irmão de Petula deixara, pelos vistos, de ganhar mundos e fundos porque, no dia em que a carta de Carmo chegou ao seu destino, estava ele instalado, e melancolicamente, em casa da irmã. A verdade é que nem dinheiro tinha para pagar o hotel. Não saíra, e isso porque também lhe faltava o indispensável para não fazer má figura, e consolava-se bebendo um conhaque do cunhado e fumando-lhe um charuto. A irmã, sentada à máquina, escrevia com ar pensativo a carta de «Jovem e sem esperança», a que depois havia de responder, e estava precisamente a meio de uma frase profundamente humana – «...sempre que vejo o pouco que a vida trouxe aos que me rodeiam, querida Petula, tenho receio de ser obrigada a viver uma existência vulgar e desinteressante...» – quando a campainha tocou e o correio lhe trouxe notícias de Carmo. Para descansar, abriu a carta, leu-a por alto, voltou ao princípio, leu-a de novo e com mais atenção, pô-la, como quem não quer a coisa, em cima da mesa, em lugar de relevo, quase ao pé do cinzeiro. Depois lembrou-se subitamente de que tinha de ir comprar qualquer coisa. Quando voltou, passada meia hora, reparou que o sobrescrito estava colocado noutra posição. Sorriu vagamente e voltou ao trabalho. No fundo sempre esperara que uma mulher rica e só lhe escrevesse um dia a pedir conselhos. Arranjar-se-ia para lhe responder vagamente, insistindo no interesse de uma resposta pessoal. A coisa acabara afinal de contas por acontecer por pessoa interposta.

Tinha acabado de responder às hipotéticas consulentes do dia, quando o irmão se espreguiçou com à-vontade e perguntou apontando para o sobrescrito com o queixo: «Onde diabo fica Vilaveiros?»

Petula não respondeu logo a Carmo e quando o fez não se mostrou grandemente interessada. O caso não era muito original, disse. Havia dezenas de mulheres nas condições da amiga dela, e só não dizia centenas porque a maioria era pobre ou iletrada. «Escrevem-me muitas vezes a pedir conselho e é difícil dá-lo porque as pessoas não esperam uma consolação mas um milagre, e ficam desoladas se lhes dizemos que não pensem mais nisso, até porque o seu tempo já passou e a fealdade é doença que nunca melhora.»

Daí por dois ou três meses chegou a primavera e com ela o homem no seu velho *Volkswagen*. Trazia consigo uma mala de tamanho médio, livros, um dicionário, vários blocos de papel pautado e cinco ou seis esferográficas verdes que meteu logo num copo requisitado para o efeito, como um pequeno ramalhete a que houvessem decepado as flores. Disse na pensão que vinha para escrever e que desejava uma relativa tranquilidade e uma lâmpada forte. Mesmo que tivesse que pagar a diferença não podia prescindir de uma boa luz, porque costumava trabalhar até tarde. Um amigo falara-lhe daquela terra por causa do seu sossego e da beleza dos seus arredores. Que amigo? Deu um nome sem hesitar, espantou-se muito por não o conhecerem. Até lhe tinha falado na pensão... Havia mais alguma pensão em Vilaveiros? Não, aquela era a única... Estranho. Não compreendia... Fora, no entanto, ali que ele estivera, dois anos antes. Em Vilaveiros, na pensão de Vilaveiros. Haveria outra terra com o mesmo nome?

Chegou-se à conclusão de que sim, de que havia outra, no Norte, quase na fronteira espanhola. No rosto do homem, um rosto moreno, inquietante, de olhos demasiado escuros e dentes brancos de mais, espalhou-se um grande pasmo. Uma destas. O amigo fora para o Brasil e ele lembrara-se, tinha procurado no mapa, achara Vilaveiros, no Centro. Quem ia adivinhar que havia Vilaveiros no Norte? Bem, já agora deixava-se ficar por ali, até mais ver.

«Vai dar-se bem», acudiu a proprietária. «Sossego, comidinha caseira... Verá, senhor...»

«Vaz. Júlio Vaz.»

«Verá, senhor Vaz.»

E, voltando-se para a criada, espantada com todas aquelas confusões, estupefacta mesmo por haver quem pudesse enganar-se, confundir com outra aquela terra para além da qual ficava o inimaginável, gritou-lhe: «Depressa! Vai mudar a lâmpada e põe uma de sessenta velas. Olha! Leva também a mesa que está no meu quarto. Assim o senhor Vaz sempre trabalha melhor.»

Depois do jantar o homem foi dar uma volta para travar conhecimento com a vila. Ainda era dia e ele entrou no café aonde as forças vivas e os notáveis iam sempre àquela hora recompor-se dos afazeres e mais frequentemente dos lazeres dos seus longos dias provincianos, segundo depreendera de uma conversa, durante o jantar. Nesse mesmo dia, graças à grande facilidade que sempre tivera em meter conversa, travou relações com o maior proprietário da região e com o espirituoso doutor Pinho, de quem já ouvira, por assim dizer, falar. O proprietário, que se chamava Vargas, convidou-o logo para sua casa, quando o ouviu confessar – com modéstia – a sua qualidade de escritor, porque as pequenas eram dadas à leitura e haviam de gostar de o conhecer. O homem aceitou, «encantado», apresentou-se: Júlio Vaz. «Nunca ouvi falar», declarou o proprietário, que, em consequência de ser o mais importante da região, se podia dar ao luxo de dizer sempre o que pensava, embora pensasse pouco e raramente. O doutor Pinho, no entanto, que prezava muito a sua qualidade intelectual, declarou logo que sim, senhor, que o nome não lhe era estranho, e declarou-se muito honrado com o conhecimento.

A bem dizer, confessaria Júlio no dia seguinte, agora em casa de Pinho aonde fora tomar uma bebida – o doutor dizia um *drink* para se mostrar atualizado –, ultimamente só se tinha dedicado a traduções. Ideias tinha-as aos centos, mas estava convencido de que precisava de calma e serenidade para as pôr no papel. E serenidade em Lisboa... Era disso precisamente que vinha à procura. De serenidade. Tinha a certeza de que ali ia escrever bastante. Diria o mesmo dias depois, durante o jantar em casa de Vargas. E todos os presentes acharam que o homem era uma criatura franca, que não gostava de se enfeitar com penas de pavão. Entre os presentes estava Ofélia Branco. Como vinha precavido, achou-a melhor do que a carta o levara a pensar e a recear. Num momento em que pôde ficar calado, observou-a discretamente e tentou fazê-lo com a maior objetividade, como a uma paisagem vista pela primeira vez. Não se podia dizer que a observação o tivesse deixado satisfeito. Não, Ofélia não era, de facto, absolutamente nada atraente, tinha uma voz estrídula, colocada muito alto e uma palavra-tique que repetia sem cessar, interrogativamente: «Sério?» Dizia-a a propósito de tudo e de nada, como se a vida à sua volta fosse suscetível de inspirar, de lhe inspirar, a maior desconfiança. «A Fulaninha forma-se para o ano», disse alguém. E logo ela ecoou, dubitativa, «Sério?», como se tal lhe parecesse impossível, uma lança em África demasiado pesada para a referida Fulaninha. Depois foi a dona da casa que disse que alguém, um cunhado?, um primo?, casara pela segunda vez. «Sério?»

Júlio Vaz aproximou-se dela e falou-lhe do tempo, porque não achou, por mais que pensasse, coisa melhor. Ofélia fitou-o, sorrindo.

«Ah, o tempo. Tem estado bonito, tem. Que, afinal de contas, já é primavera...»

O bonito horrorizou-o, mas falou da capital onde infelizmente tinha nascido – e dizia infelizmente porque a vida nas grandes cidades era, a seu ver, antinatural –, das casas sem panorama, das janelas sem sol, dos dias que passava sem mesmo reparar no céu.

«Sério?»

Estremeceu, mas depois encheu-se de coragem.

A esperança numa vida sedentária tornara-o sempre extremamente ativo. Procurou com o olhar, descobriu uma cadeira vaga, foi buscá-la, instalou-a ao lado de Ofélia. Preparava-se para dizer mais uma banalidade qualquer, mas ela antecedeu-o, talvez para dominar a leve perturbação que começava a sentir, ou, então, também era possível, para lhe abrir caminho.

«Como é possível que o senhor, uma pessoa culta, um escritor, enfim, venha para aqui? Esta terra não tem nada de extraordinário...»

Que novidade. Disse-lhe, porém, que sempre idealizara viver no campo, mas emendou logo a seguir, era bom não exagerar, viver pelo menos uma parte do ano no campo, porque a cidade, verdade seja, também tinha os seus atrativos: o teatro, os amigos, a família, claro. Se bem que ele, nesse capítulo...

Fez uma expressão compungida, ela correspondeu. Mudou de conversa para aligeirar o ambiente.

«... E... tem trabalhado muito?»

Sorriu, atirou o olhar à distância. «Alguma coisa. Estou *relativamente* satisfeito. Estaria mais se não fosse o ruído. A pensão, claro, é uma pensão.» Abriu os braços, bateu com as mãos nos joelhos.

Por alguns instantes receou que ela dissesse «Sério?», mas não, o rosto de Ofélia exprimia total adesão. «Compreendo», acabou por dizer. «Também não gosto de barulho. Uma questão de hábito. Vivo numa casa grande, talvez tenha reparado, o prédio cor-de-rosa, de dois andares, que fica na praça. Dá para o campo, é de uma serenidade...»

«Mas é uma casa lindíssima!», exclamou ele, e depois calou-se logo, com receio de ter exagerado, emendou: «... se é a que eu penso. Uma casa com varandins bojudos...»

«É essa mesmo», confirmou. Baixou os olhos, que tinha pequenos e apagados, quase sem pestanas, curvou-se para apanhar qualquer coisa, disse antes de voltar a olhá-lo: «Apareça amanhã à hora do chá. Podemos tomá-lo no jardim. Tenho um bonito jardim, com rosas. É agradável, à tarde. Fresco.»

Ele disse-lhe que iria sem falta, fitou-a com o seu olhar dos grandes momentos, lento e pesado. Um olhar que dizia muito e simplificava, por isso, as coisas. Foi, porém, interrompido por Carmo – soube nessa altura que era Carmo aquela mulherzinha escura e mirrada, de grande cabeleira hirsuta e uma gota de sangue negro, talvez –, que veio dizer a Ofélia que passava um dia destes lá por casa para lhe pedir a receita da *charlotte*. E logo a seguir (parecera-lhe ouvir falar em rosas) perguntou-lhe que tal estavam as suas este ano. As dela, Carmo, um desastre. Na sua opinião, o criado não as tinha podado convenientemente.

Minha querida:

Não venho escrever-te uma carta descritiva porque, como sabes, sou contra o género epistolar. Sou mesmo contra todos os géneros literários, com exceção talvez do policial, lido em pequenas doses à hora de dormir. Tu sabes disso. Pois vê lá tu que estou passando neste momento por um escritor em potência que veio procurar no silêncio e na calma de uma vila beiroa o ambiente propício à feitura da sua obra. Agora ouve: tudo arranjado. Amor à primeira vista, casamento marcado, etc. És formidável. A cartinha esquecida foi um achado, adoro-te. A cerimónia, à qual não podes, como é óbvio, assistir, deve realizar-se dentro de um mês. O enxoval da noiva está pronto há pelo menos trinta anos, calcula como deve ser atual. Imagino camisas de folhinho até aos pés. Estou, no entanto, convencido de que tudo vale a pena. Devo chegar aí por estes dias a fim de tratar dos papéis. Vou acompanhado, porque se dá o caso de ser esta uma das alturas – de resto bem-vindas – em que ela recebe os seus rendimentos. Vai, claro está, aproveitar para fazer algumas compras indispensáveis, entre elas o vestido da cerimónia. Convenci-a a ir a um costureiro – uma vez não são vezes – para ver se ficará menos ridícula do que se fosse à sua modista habitual. Quando vai a Lisboa hospeda-se no Francfort, onde vai esperar ansiosamente a tua visita. Conto contigo, escusado será dizer, para não apareceres por aquelas bandas. Já lhe disse que discordas por ela ser um pouco – um pouco! – mais velha. Abraça o teu irmão Júlio e pede aos teus santos, querida irmã, que não haja entraves.

Entrave houve-o, e grande, embora não perigoso, afinal de contas. Ao menino e ao borracho... Ele era o borracho. Veio precisamente de onde era de recear que viesse, de Carmo, que sua irmã conhecera dois anos antes, nas termas, e que lamentava não acontecer nada ali, na sua terra. Ela estava mesmo tão certa disso, de que ali nada acontecia, que aquele acontecimento a tinha deixado, por assim dizer, siderada. As outras pessoas falavam, davam opiniões, discutiam o caso, troçavam um pouco – ou muito –, o doutor, de dedo no ar e voz de falsete, dava a mão à palmatória, dizia que afinal de contas talvez a Ofélia não fosse tão repelente como isso, concordava que o dinheiro era um véu que tapava muitas, muitas coisas. Carmo, porém, cogitava, e o casamento inesperado da amiga de infância e a carta que ela, Carmo, escrevera havia meses a um vago conhecimento das termas, Petula, conselheira sentimental, baralhavam-se-lhe na memória, enrolavam-se uma na outra e ela não percebia muito bem o que estavam a fazer ali juntas no seu pensamento. A verdade, porém, é que não conseguia separá-las por mais que quisesse, e ainda o não conseguira naquele dia quando, logo a seguir ao almoço, se tirou dos seus cuidados e, sem dizer nada ao marido e aos filhos, foi bater à aldraba da porta de Ofélia. Esperava que àquela hora Júlio Vaz ainda não tivesse chegado para fazer a sua corte, decentemente, sempre na presença de um terceiro, D. Alzira, prima da vila inteira, velhinha pobre e já senil, que sorria vegetativamente sempre que lhe punham na frente chá e bolos.

Quando Carmo entrou, a noiva riu com satisfação. Estava nitidamente rejuvenescida – o que podia ser –, de vestido verde, pregador de brilhantes e ar um tanto ou quanto eufórico. «Dois minutinhos e sou toda ouvidos», disse. Sentada à mesa da sala de jantar, com a ponta da língua de fora, terminava um trabalho importante, o de passar a limpo a lista dos convidados. Quando terminou, secou tudo muito bem com o mata-borrão e foi instalar-se no velho sofá, ao lado de Carmo. «Ora então diz lá.»

Assim era difícil. Em conversa talvez... De resto, nem sequer tinha provas de estar na razão... Poderia falar em tais condições? Olhou-a atentamente, depois observou as unhas, que estavam a precisar de lima, voltou a olhar para ela, que esperava, espantada e de boca entreaberta. Enfim, tinha que ser. Já que ali estava...

«Tu sabes perfeitamente aquilo que fazes», disse. «Mas terás procurado informar-te acerca da pessoa com quem vais casar?»

Uma onda de sangue subiu ao rosto de Ofélia, alastrou até ao pescoço, tão quente que os olhos lhe ficaram húmidos, como se fossem chorar. «Também tu?», espantou-se. «Julguei que tu ao menos... Têm vindo todas, de pezinhos de lã. Claro, eu compreendo. Numa terra onde nada acontece, ou melhor, onde tudo o que acontece tinha que acontecer, estava-se à espera, isto foi um choque. Mas, francamente, não podiam meter-se nas vossas vidas e deixarem-nos sossegados? Anda, diz lá, não podiam?»

Carmo ia falar, mas ela não deixou, estava na verdade exaltada. «Tu ao menos foste franca. De resto sei que falas por amizade, não te quero mal. És uma amiga no meio de tanta gente invejosa e maldizente. Mas porque havia eu de procurar saber... e o quê? Se ele é rico? Sei que é pobre, não me quis enganar. Que mais? Não, na verdade, basta-me aquilo que já sei.»

«E o que sabes tu?»

«O que todos sabem, enfim, a verdade. É um homem só e que não foi feliz. Espero que o seja de hoje em diante.»

«Não tem família?», perguntou Carmo quase com ansiedade.

«É como se não tivesse. Uma irmã casada, com quem não se entende. Muito... moderna.»

«Ah, compreendo.»

«Sério?»

Carmo calou-se, hesitante. «Na verdade, porque havia de falar?», pensou. Não era, porém, uma mulher racionalista e não buscou por isso as razões. O doutor Pinho diria mais tarde que ela falara por ser uma rapariga-que-não-parece-deste-tempo, amiga dos seus amigos e muitíssimo prestável. Por essas razões entre outras. Se tivesse tido conhecimento da última fase da história, acrescentaria: por ser uma mãe amantíssima. Quanto a Carmo, ali, na sala de jantar de Ofélia, só sabia que era necessário e até urgente salvar a pobre rapariga de uma desgraça daquelas. E, para a salvar, tinha que dizer tudo, não havia outra maneira. Por isso lho contou. Pormenorizadamente.

«Há alguns meses», disse, «escrevi uma carta a uma amiga, enfim, a uma conhecida que às vezes me escreve e a quem, logicamente, respondo. Às vezes. Numa dessas cartas falei-lhe, não sei já porquê, de ti. Escusas de me perguntar porque o fiz, já não sei ao certo, mas a intenção era boa. Disse-lhe que não tinhas casado e que gostarias de casar. Disse-lhe que eras rica. A minha correspondente, a Petula, já te tenho falado, que se chama na realidade Qualquer Coisa Soares, Vaz em solteira, ficou pois a par de tudo por mim. Ah, esquecia-me do principal. Ela tem um irmão.»

O corpo grande de Ofélia Branco dir-se-ia ter amolecido, esqueleto inclusive, e poder mesmo, de um momento para o outro, desabar, ali, sobre o chão encerado, luzidio como um espelho. Quando se recuperou e voltou ao seu estado inicial de corpo ereto (tanto quanto era possível), e encontrou de novo palavras para dizer (tinham-se também liquefeito), gritou:

«Vai-te embora, não te quero ver mais! Nem a ti nem a mais ninguém desta maldita terra! Corja de invejosos! Rua! Rua!»

Tinha pegado numa grande jarra que fizera em nova com cacos de chávenas chinesas (a alegria que devia sentir quando se partia mais uma chávena – a destruição ao serviço da arte) e fizera menção de a atirar a um alvo que não estava longe, a grande cabeça hirsuta de Carmo. Esta correu para a porta, abriu-a de par em par, galgou, correndo, a pequena distância de passeio entre a casa da amiga, que o fora, e a sua, tocou furiosamente a campainha. Ninguém, no entanto, a perseguia, e quando espreitou pela porta entreaberta (já do lado de dentro, claro está) viu que o largo permanecia calmo como sempre.

Carmo levou o resto do dia fechada em casa, já não com medo (fora uma reação passageira) mas a contas consigo própria, num dize tu direi eu pegado. «Corja de invejosos», dissera Ofélia. Pensaria, de facto, que ela a invejava? Mas de quê, de que teria ela inveja, se casara, tivera filhos, fora feliz? Pensou no seu jardim de onde ultimamente avistava, todas as tardes, a outra, sentada numa cadeira de verga, a rir com as graças citadinas de Júlio Vaz, enquanto D. Alzira comia maquinalmente bombons. Teria esquecido a sua felicidade serena de uma vida inteira, para invejar aquele noivado serôdio? Era possível? Mas não, não era. Falara porque era amiga de Ofélia e não queria a sua desgraça. Porque odiava a mentira. Essa conclusão final a que chegou acalmou-a um pouco. Tinha procedido bem, pronto, era o que interessava. E terminou com chave de ouro a sua discussão a sós: ficava com a consciência tranquila. O doutor Pinho esquecera-se desse pormenor, importantíssimo em qualquer retrato moral de Carmo: ela ficava sempre, findos os seus atos, com a consciência tranquila.

Tinha-a menos na manhã seguinte depois de o marido a acordar aos safanões (o que não estava dentro da sua índole, era habitualmente um homem suave) para lhe comunicar, tão emocionado que baralhava as palavras e o sentido resultara confuso de início, que a casa de Ofélia estava fechada, janelas de madeira e tudo, e o *Volkswagen*, o Vaz e a própria Ofélia se haviam volatilizado sem dizer água vai a quem quer que fosse, a não ser, de certo modo, à dona da pensão, que, mesmo essa, ignorara tudo até às seis da manhã desse dia, quando o hóspede a tinha acordado a fim de pagar o que devia e dando como pretexto daquela súbita partida a tradicional doença de uma pessoa de família. Só de noite, segundo tinha dito, resolvera ir-se embora. Quanto à senhora D. Ofélia Branco, nem uma palavra.

Esse silêncio de Júlio Vaz seria, no entanto, largamente compensado pelas falas de Vilaveiros em peso, que durante tempo ilimitado não tratariam de outra coisa. De resto, ainda hoje aquela manhã é recordada com cópia de pormenores, a pessoas que, pela idade ou por se acharem ausentes na altura, a não tinham guardado na memória.

Carmo não fez o seu *mea culpa* porque não estava arrependida, embora lamentasse, sem dúvida, as consequências que do seu ato tinham advindo. O padre Franco, de resto, libertá-la-ia de qualquer réstia de remorso, se réstia houvesse. A verdade é que tinha agido na melhor das intenções abrindo os olhos à senhora D. Ofélia acerca de um caçador de dotes, procurando evitar-lhe um futuro certamente desagradável. Se a referida senhora, cega pelo amor, a não quisera escutar... E o padre abria os braços que era a sua maneira de lavar as mãos.

Depois o tempo foi passando. Um dia apareceu gente de fora e soube-se que as propriedades de Ofélia Branco tinham sido vendidas. Houve quem falasse também dos prédios de Viseu, mas tratava-se talvez de um boato sem fundamento. Em todo o caso a residência do largo continuava de janelas cerradas, como se naquela manhã tivesse morrido definitivamente. Agora alguns vidros estavam mesmo quebrados pelas bolas das crianças. Uma sorte para elas. Ali, ao menos, podiam brincar à vontade sem serem enxotadas. E o jardim, que tivera lindas rosas, era a selva das suas aventuras.

Um dia, algumas janelas apareceram abertas. A casa enchia-se de ar novo, respirava. As pessoas que tinham vindo, dois homens, olhavam para fora, debruçavam-se, faziam cálculos em voz alta como se ninguém os ouvisse ou, se os ouvissem, isso lhes fosse indiferente, pareciam francamente satisfeitos. Alguém segredou «Credores», e a palavra correu mundo, o pequeno mundo fechado de Vilaveiros. Eram, de facto, credores. A casa tinha mudado de dono ou ia mudar, não se sabia muito bem. E Ofélia, onde estaria? Fora-se há dez anos, com quase cinquenta. Teria portanto agora... As senhoras contavam pelos dedos, preocupadas em não lhe dar um mês que fosse de vantagem. «Cinquenta e nove anos e dois meses», declarava Pinho, que sabia a idade de toda a gente. Devia estar velhíssima, concluíam as mais novas. Carmo preferia não falar nisso porque não andavam muito longe uma da outra. Dois, três meses... «Mês e meio», afirmava Pinho, cujas fichas eram implacáveis. Carmo não falava portanto nisso e até preferia não pensar em tal coisa, o que, de resto, era fácil. Tinha uma vida bastante ocupada. A Betinha ia casar, o marido passava mal do coração e ela própria deixara-se contaminar por uma epidemia que dizimava ultimamente as senhoras de Vilaveiros e de todo o país: a canasta.

Os outros recordavam às vezes *aquela manhã*. Ela, porém, nunca o fazia.

Foi só, a bem dizer, quando a carta chegou ao seu destino, isto é, às mãos dela, que Carmo voltou a encontrar-se frente a frente com o passado. Vinha metida num sobrescrito de papel vulgar e ela julgou reconhecer a letra pequenina e laboriosa, com rodriguinhos, de quem escrevera a direção. Seria possível? Recebia pouca correspondência e, nessa fase da sua vida, quase nenhuma, já que as cartas de Petula haviam desaparecido. Uma carta era sempre, portanto, um acontecimento. Aquela, porém, passaria Carmo perfeitamente sem ela. Segurava-a cuidadosamente como quem segura uma bomba e antes de a ler foi mesmo fechar-se à chave no quarto para ninguém dar pelos estragos, se os houvesse.

Já várias vezes pensei em te escrever mas desisti sempre, e se hoje o faço é porque não tenho outra saída. Na verdade conheço poucas pessoas suscetíveis de me poderem valer. Por isso recorro a ti, que sempre foste minha amiga e que, se me fizeste mal, foi por bem que o fizeste.

Talvez fiques espantada se eu te disser que, se estou hoje na miséria e na solidão, a culpa é tua. No entanto, nada mais verdadeiro. Se não tivesses ido a minha casa só para me contares tudo aquilo que eu de antemão sabia (pois julgavas-me tão louca ou tão parva que imaginasse que o Júlio ia casar comigo por outra razão que não fosse o dinheiro que eu tinha?), se não tivesses lá ido, eu não me teria visto na necessidade, urgente para o meu amor-próprio, de sair o mais depressa possível de Vilaveiros. Antes que todos soubessem. Claro que nunca foste intriguista, mas falavas (todos falam) e dentro em pouco toda a gente estaria a par da história da Petula, do consultório sentimental (se soubesses como ele é feito...) e do irmão à caça de uma mulher com dinheiro, fosse ela qual fosse. Eu sabia isso tudo, Carmo, mas gostava dele e esperava que ele fosse bom para mim. Talvez o tivesse sido, noutras circunstâncias. Mas não, eu vim-me embora por tua causa, e ele soube que eu estava a par de tudo quando caí em lhe dizer que tinhas cá estado e me tinhas dito coisas desagradáveis a seu respeito. «Venha comigo», disse-me então, e eu senti que, por tua causa, não podia fazer outra coisa. De outras vezes tinha suportado alguns risinhos, um ou outro dito mais ou menos pérfido, mas tratava-se de desilusões passageiras, mortas ainda na casca. Eu, de resto, não queria desistir. Porque o faria? Já não tinha muitos anos na frente, não é verdade? Então... Esse homem era a minha última possibilidade e eu gostava dele. Loucamente, ridiculamente, que queres tu? Trouxe as joias, o dinheiro que tinha em casa, algumas roupas. Fechei tudo. Deixei tudo.

Se aí tivesse ficado, talvez a minha vida – estes dez anos de vida – tivessem sido bem diferentes. Estava no meu meio, sentia-me forte porque tinha as minhas raízes cravadas no chão. Aqui, esperava-me um mundo fascinante, assustador e sem raízes. Tudo era móvel, onde havia eu de descansar? Ele, as mulheres a quem dava o meu dinheiro, a irmã, o cunhado, os amigos deles. Tinha que ter o cofre aberto para que me aceitassem nas noitadas que eu pagava. Agora já não há cofre e já não há Júlio. Há meses que não o vejo e estou aqui, por esmola, em casa da irmã. Para onde hei de ir? Não sei. Por tua culpa, Carmo, só por tua culpa. Se não me tivesses vindo dizer o que eu já sabia, estava a estas horas na minha casa, um pouco mais pobre talvez, mas isso não tinha grande importância. É natural que ele de vez em quando desaparecesse, para voltar quando precisasse de mais dinheiro. E então? Eu já sabia que era de dinheiro que ele precisava antes de casar. Assim, que hei de fazer? Espera a tua ajuda a Ofélia.

Ultimamente Carmo tinha tido muitas despesas com o casamento da Betinha, que estava por pouco. O noivo era o filho do proprietário mais importante da região, aquele Vargas em casa de quem Ofélia e Júlio se haviam conhecido, e as coisas não podiam ser feitas de qualquer maneira. A carta deixou-a, porém, preocupada. Sentia-se de súbito um pouco responsável, embora não culpada, naturalmente, e tinha sinceramente pena de Ofélia. Mas como poderia ajudá-la? Mandar-lhe cem ou duzentos escudos não lhe resolvia a situação e, se lhos mandasse, com dificuldade porque ultimamente todo o dinheiro tinha sido pouco para o enxoval da Betinha e para a cerimónia que se aproximava, as cartas iam suceder-se umas às outras, era normal.

Procurou então o padre Franco em casa dele e expôs-lhe o problema. Não se estava a confessar mas sim a pedir conselho a um amigo. O padre meditou longamente, perguntou por fim se, de facto, ela não tinha possibilidade de ajudar a pobre senhora D. Ofélia.

«Mas, senhor padre Franco, é que nesta altura, com o casamento da pequena... Se não fosse o casamento...»

Claro. A Betinha. O padre ficou pensativo.

«Quem sabe se a pobre senhora não poderia ser-lhe útil durante a cerimónia... Vai ter muito trabalho e...»

«De maneira nenhuma. Isso então, nem pensar. Já estou a ver toda a gente a visitar-me para ver com os seus olhos a célebre Ofélia. Nem pensar. Ela, de resto, sentir-se-ia mal.»

«Se assim é... Cada um dá o que pode, minha querida senhora», disse ele então. «Se vê que, de facto, lhe é impossível ajudar de outro modo a senhora D. Ofélia, ajude-a com as suas orações, que bem precisada deve estar delas. Podem ser-lhe igualmente úteis.»

Carmo prometeu que assim faria.

O REI DAS CANETAS MEU PADRASTO

Ele, os pais, a casa maravilhosa. «Maravilhosa, meu amor. Já não há casas assim; em Lisboa, quero dizer. Todos desejam ter prédios de rendimento, vá de demolir as velhas casas.» Aquela era de azulejos verdes, uma vivenda ampla, de escada interior. Com dignidade, compreendia? O rés do chão era quase todo uma grande sala de espessas carpetes que amorteciam os passos, seguia-se a casa de jantar Renascença, a copa, a cozinha sempre tão cheirosa. Lá em cima, os quartos. Recordava camas de dossel, daquelas de bilros, estava a ver como eram? Fininhas, delicadas, de uma beleza... Em baixo a sala, como já dissera. Sofás de veludo, mesas, uma escrivaninha com embutidos, indo-portuguesa, descobrira um dia ao folhear uma revista – ou ao visitar um museu? Já não se lembrava. Havia também quadros a óleo, escuros, quase negros, estalados, retratos de damas e cavalheiros, o avô talvez, a avó, a avó do avô, sabia lá. Na casa de jantar, pratas. Salvas grandes, pesadas, um serviço de chá. A mãe com um bule na mão muito lisa, diáfana, que o grande anel de safiras brancas tornava mais pequena. «Limão, minha querida?» «Leite, não é verdade?» As senhoras estendiam chávenas da China, mexiam o líquido cor de topázio com pequenas colheres de prata trabalhada. Ele entrava, a mãe ficava repentinamente séria. «Então isso são modos? Então não se pede licença, Chico? Foi ao menos lavar as mãos, queridinho?» Ele ia entrando devagar, com o fito de tirar um bolo de mel, valia a pena suportar os beijos das senhoras, as suas exclamações: «Que lindos olhos! Que linda criança, Marília!» (Marília era a mãe.) «Você por uma pena, minha querida!»

«Claro que mudara muito», dizia encolhendo os ombros. «Sim, sim», insistia. Em pequeno era, de facto, parecido com a mãe, e a mãe... Ah, era a mulher mais bela que jamais vira. «Perdoas, sim, amor? És bonita, decerto, mas a minha mãe era a imagem da beleza.» Uma mulher alta e delgada, de um moreno-claro, de marfim, imensos olhos negros absolutamente nada pestanudos (ah, ele detestava os olhos negros e pestanudos), nariz direito, boca grande, sem exagero. Um pescoço alto, uma cabeça pequena, e toda ela leve, flexível, uma haste ao vento. Incapaz de resistir muito, uma haste, compreendia?

«Como te lembras de tudo, com tanta nitidez?»

Como se lembrava? Era estranho, sim, mas lembrava-se. Como se tivesse guardado certas imagens numa gaveta. Protegidas do tempo, imaculadas. A mãe era uma fada. Ou uma princesa?

«Rainha não?»

«De modo nenhum. As rainhas são velhas. Uma princesa bela, melancólica, infeliz. No dia em que saiu de casa...» Nunca lhe tinha falado nisso? Pois a mãe tinha-se ido embora, um dia. Agora, vendo bem, achava natural, quase natural. A mãe e o pai, não era possível. Ele era um homem notável, não dizia que não, mas muito mais velho, sempre às voltas com a sua coleção de moedas, uma mania.

«Tinha biblioteca, a tua casa?»

«Sim, ao fundo da sala. Subia-se um degrau – ou descia-se? – e era a biblioteca, com grandes estantes até ao teto. Daquelas com arame doirado. Império, não é?»

«Não percebo nada de estilos.»

O homem fechava os olhos, deitava a cabeça para trás, havia nos seus lábios um sorriso. A mãe. Como não ficara com nenhuma fotografia, confundia às vezes a sua imagem – que coisa estúpida – com a da Greta Garbo. Havia com certeza o que quer que fosse de comum entre ambas, embora a mãe tivesse olhos e cabelos pretos. Talvez a boca, aquela suave reentrância das faces, o perfil. Muitas vezes pensara que a mãe seria convidada a fazer um filme, e ele poderia vê-la, sentado na plateia do Tivoli, ao lado da tia Florinda. A mãe vivia nessa altura nos Estados Unidos. Casara outra vez, com um americano, rei das canetas Hilton ou Milton, uma coisa assim, e nunca mais a tinha visto. Quanto ao pai, deixara-se morrer de desgosto. Estava velho e não resistira. Enfim, ele aos doze anos estava órfão. Ah, não, se nessa altura a mãe não viera buscá-lo, a culpa não tinha sido sua mas do destino. O marido, o homem das canetas, que a adorava, prontificara-se mesmo a acompanhá-la, mas, aí está, um desastre de avião em pleno oceano e a mãe lá se fora. Viera no jornal, tinha o recorte guardado. «O senhor John Hilton II, grande industrial norte-americano, e a senhora D. Marília Hilton, portuguesa de nascimento, encontraram a morte no terrível acidente ocorrido...»

«Ficaste então só.»

A tia Florinda também já se fora com uma cirrose. Completamente só. Houvera um tutor mas preferia não falar nele. O colégio interno, querida. De início foi desagradável. Depois até o colégio interno passou à história porque o tutor provara, com razão ou sem ela, que a própria casa de azulejos verdes já lhe pertencia por altura da morte do pai. Empregara-se. Trabalhara. Nunca mais tinha deixado de trabalhar.

«Pobre querido!»

«Tenho-te a ti, que mais quero?»

Um longo beijo, reconfortante. Aquela mulher chamava-se Rosina. Antes dela houvera uma Alda, uma Rosa, uma Ilda... Haveria outras depois, ali, naquele sofá ao seu lado. «Pobre querido!», tinham dito. «Pobre querido!», diriam. Havia também amigos e conhecidos, ou simples companheiros de trabalho com quem se trocam às vezes algumas palavras, com quem se comentam as notícias mais importantes dos jornais. Aquele horrível acidente de aviação em que não escapou ninguém, por exemplo.

A mãe dele e o marido, que era americano e rei das canetas Hilton (ou Milton), tinham morrido assim, num acidente, trinta anos antes.

Rei das canetas, ena! Um padrasto rei! E ele não recebera nada?

«Tinha filhos, era casado pela terceira ou pela quarta vez. Os filhos é que herdaram, claro está. Eu não tinha nada a ver ali.»

«Esses tipos é que a levam direita.»

«Que tipos?»

«Esses americanos. Casam, descasam, voltam a casar. Nós aqui, é aguentar até ao fim a donzela suave que nos jurou amor eterno, que se transformou física e moralmente numa megera e nos culpa ainda por cima de todas as suas frustrações. Tu és esperto, não casaste.»

«Tive um exemplo em casa. Os meus pais foram infelizes.»

«Era bonita, a tua mãe? Para casar assim com um milionário!»

«Era linda. Nunca vi mulher mais bonita do que ela.»

«Apre! Nem mesmo no cinema?»

«Se te digo que nunca vi!»

«Esses americanos! *Self made men* uma figa. A maioria deles já herdou a massa dos pais. O teu padrasto era assim? Devia ser. Olha os Kennedy, olha os Rockfeller... Dinastias, como os reis.»

«É assim mesmo!»

«A tua mãe escrevia-te?»

«Claro que sim. Tenho cartas dela... O meu pai não gostava nada de que me escrevesse, tinha medo de que eu quisesse ir ter com ela. Contava-me coisas. Um baile onde tinha dançado com um príncipe a sério, uma viagem que ia fazer às ilhas Havai. Coisas assim.»

Bebia a última cerveja, despedia-se. Ia indo, estava a fazer-se tarde. Apertava mãos subitamente mais calorosas, subia a Avenida, subia a escada da casa onde alugara um quarto havia já três anos. A proprietária era boa senhora, compreensiva, fechava os olhos às

Rosinas, às Rosas, às Ildas. «Um senhor que tivera tão bons princípios!», gostava de dizer. E depois uma vida tão infeliz, enfim, tão só. Ah, lamentava-o muito. E depois tão simpático, tão dado, até já lhe mostrara o recorte do jornal que tinha guardado numa caixinha. Homem mais sensível! Lá vira, sim senhora, John Hilton II e a mulher D. Marília Hilton, portuguesa de nascimento. Rei das canetas qualquer coisa, lá era assim. Os ricos eram reis, os cantores, duques ou condes, dissera-lho ele. Lamentava-o na verdade muito.

O homem não queria, porém, que o lamentassem, bastava-lhe que o ouvissem, que o acreditassem.

Não teve infância, coitado, diz-se às vezes de alguém. Não teve juventude. Homens pequeninos a ganhar o pão que o diabo amassou, a cozê-lo talvez, quando se vai por ele está queimado e a infância perdida. Mulherzinhas de três palmos a cuidar dos irmãos mais pequenos, mãezinhas em botão, é isso. Quando são mães a sério, um dia, não há nada de novo, mais um trabalho, mais uma boca. Deus, como aos vinte anos estão cansadas! É assim, é a vida.

E aqueles que foram vítimas desse *hold-up* mas reagem, mas se insurgem contra ele e, de certo modo, até certo ponto, triunfam, que podem fazer senão inventar uma infância e não se sentirem assim tão roubados? Uma fotografia de Greta Garbo, uma notícia num jornal antigo, muita solidão que as Rosinas não conseguiam romper.

Quanto à infância que não fora infância, à verdadeira, aquele homem recusava-se terminantemente a pensar nela.

A QUE FORA QUERIDA

Houve um instante em que tudo se deteve e o próprio tempo parou. Há momentos assim. Na vida dela sempre os houvera, descansos, breves interregnos sem história, talvez fosse essa a razão por que parecia mais nova. Isto pensou-o depois (com um leve sorriso quieto bem dentro de si, na área secreta onde os sorrisos se formam e às vezes morrem, sem força nem desejo de vir à superfície), quando o momento passou e a vida foi de novo vida, com gestos, pensamentos e palavras. Por enquanto, porém, tudo se conservava estático, esquecido do passado e sem futuro algum no horizonte. Sem horizonte. Era aquilo, ali, mais nada. Duas criaturas episodicamente desmemoriadas, dois corpos sem alma sentados em frente um do outro e sem se verem, tão estranhos que dir-se-ia nunca se terem conhecido antes, estarem ali por simples acaso, uma brincadeira do destino. O homem esquecera-se mesmo do cigarro que tinha entre os dedos da mão esquerda e cuja cinza, já longa, curvada, se quebrou de súbito, caiu metaforicamente numa flor azul do tapete. Era um homem de cinquenta e muitos anos, com cabelos lisos, bem penteados, do branco quase total que só os cabelos que foram louros conseguem ter. Na mão direita segurava com força exagerada um copo vazio, que, havia pouco, tivera um velho, precioso conhaque francês, como se ele, esse copo, fosse um prolongamento de si, tanto como os dedos magros que lhe pegavam, que o apertavam quase perigosamente. A mulher era baixa e direita, ainda direita como dantes, mais talvez se fosse possível, e como se isso, o manter-se bem ereta, lhe tivesse sido sempre necessário para mostrar ao mundo a sua não inferioridade, ou até a sua superioridade. Era como se forças ocultas lhe puxassem continuamente a cabeça para cima ou como se desejasse tocar com ela no céu, um céu talvez particular, sem nada de muito transcendente, e essa preocupação não a abandonasse um momento sequer. Tinha um pescoço alto e magro, que essa ginástica constante adelgaçara mais ainda, e uma cabeça pequenina, de cabelos escuros, talvez pintados. Teria cinquenta anos mas parecia menos, parecera-o sempre, estava habituada a ouvir a mesma frase, de princípio detestável, depois exaltante, mais tarde consoladora, por fim habitual. O homem ainda há pouco dissera, antes desse momento de ausência, de aparente serenidade, que ela não parecia ter a idade que tinha, e ela respondera «Não, de facto não pareço», que era a sua maneira de receber o cumprimento, não como quem aceita um ramo de flores, ou uma caixa de bombons, com risos e exclamações de gozo, mas como quem aceita, depois do jantar, com naturalidade, uma chávena de café. Nunca tivera jeito para palavreado de sala, e ele devia sabê-lo. Agora, porém, o homem não sabia nada, nem ela. Estavam. Estacionavam. Persistiam ali. Os seus corpos, que pensamentos não os tinham ainda. Momentaneamente perdidos na floresta ou naquela sala, o que era quase o mesmo. Perdidos não no seu terror mas do seu terror. Sem mesmo se lembrarem de que ele existia algures naquela casa, lá para dentro, e podia desencadear-se de repente sobre ambos. Um instante de acalmia necessária ao que talvez viesse.

O olhar dele fixara-se, para além da mulher na sua frente, numa cabeça de mármore, sobre a estante. Não via, porém, a escultura, não a comentava em silêncio, não a situava no tempo nem no espaço. Era um objeto, nada mais, que o seu olhar tocou, onde se encostou, por assim dizer, a descansar um pouco. Uns olhos vazios, salientes, um pouco oblíquos, um nariz fino, de narinas delicadas, simples cartilagens sem carne, uma boca pequena, de lábios cheios, faces mansamente cavadas. Ela vinte anos antes. O homem, porém, não a reconheceu, não pôde fazê-lo. Não estava ali nem em parte nenhuma.

Depois houve um ruído qualquer, muito leve, passos miúdos a raspar o silêncio, uma porta a abrir-se devagar ou a fechar-se. «Tenho que lhe mandar pôr óleo», pensou ela, e logo regressou, e ele também. O homem procurou um cinzeiro com o olhar, levantou-se, foi esmagar o cigarro apagado e côncavo, aproveitou para pousar o copo. A mulher disse: «Vou ver.»

Levantou-se, e de pé ainda era mais baixa e direita. Era também muito magra, um peso pluma, embora isso não se visse bem porque estava toda envolvida numa grande *écharpe* vermelha que a cobria quase por completo.

O homem olhou em redor e fixou de novo, agora de um modo diferente, a cabeça de mármore. Não pensou, no entanto, em quem a teria esculpido nem quando teria sido feita, porque tais pormenores estavam longe das suas preocupações de momento. Limitou-se a achá-la parecida porque isso foi uma verificação que veio por si, sem esforço algum da sua parte. Era, de facto, a mesma cabeça magra, que dir-se-ia querer fugir por ali acima, soltar-se do caule que a prendia à terra, voar. «Voar», pensou simplesmente o homem, sem saber porquê, assim. A palavra surgira-lhe decidida, solta, liberta de caminhos até lá. Encolheu os ombros, dirigiu-se maquinalmente para onde ela estava, tocou ao de leve, com o dedo, na asa breve daquele nariz, no contorno tão nítido da boca. Julgou reconhecer pelo tato o rosto dela, embora duro e frio. «Uma máscara mortuária», pensou. Deu alguns passos vagarosos, pôs-se a olhar para os quadros, embora só parcialmente os visse e o melhor da sua atenção se projetasse lá para fora, aonde ela tinha ido e onde ficara, porquê? Gostaria de a ter acompanhado, mas não sabia se isso lhe faria mal a ele, ignorava se a sua presença não iria desgostá-lo ou agitá-lo, se não iria emocioná-lo de novo, como havia pouco, quando lhe agarrara na mão e perguntara: «Acha que vou morrer?» No fundo conhecia-o tão mal, sempre fizera na sua presença um pouco de cerimónia, nunca estivera ali por completo. Havia sempre uma parte de si, alerta, a criticar o que a outra parte dizia, a segurá-la, a puxá-la para trás ou a empurrá-la para a frente, receosa de esbanjamento excessivo ou de usura. Que sentiria ele, que pensaria naquele momento, quando lhe tinha feito aquela pergunta? Sofreria muito?

Estacara diante de um quadro retangular, alto e estreito, que ainda não vira porque estava atrás de si. A pouco e pouco reuniu-se, concentrou-se o melhor possível na imagem. Esta representava uma mulher sentada, muito diluída, um óleo mais ou menos impressionista em bonitos tons de rosa. Sorria vagamente e estava um pouco retraída, encolhida a um dos cantos do grande *fauteuil* de orelhas, de que ele ainda se lembrava, e que também era cor-de-rosa. E era outra vez ela, muito nova ainda, há vinte anos, há menos? Ela de cabelos loiros, nunca a imaginara assim, era uma imagem insólita, quase ofensiva. A verdade é que fora feliz naquele instante, via-se-lhe no rosto. Tinha uma expressão que não enganava, que não o enganava. Vira-lha muitas vezes, algumas, pelo menos, nos primeiros tempos. A cabeça descaía-lhe um pouco, ficava de lado, esquecida daquela urgência de subir. Procurou a assinatura e leu Gérard. Quem seria Gérard? Julgara encontrar outro nome, mas não, era aquele. Não havia, de resto, mais nenhum quadro na sala. Foi de novo até à estante, tirou um livro, abriu-o maquinalmente na primeira página. *À Querida, com o meu amor, para sempre*, leu. Sorriu melancolicamente, voltou a guardá-lo onde estava, entre o teatro de Cervantes e a poesia de Lorca, perto de um romance de Salvat. O livro que tinha aberto era o *Don Quijote*. Ela fora sempre relativamente arrumada, relativamente lógica – relativamente? –, embora a seu modo. Espanhóis com espanhóis, até quando estes eram catalães, porque não? Nunca conseguira convencê-la a separar a poesia da prosa, o teatro da narrativa. Entendia-se, porém, perfeitamente, dentro da sua desarrumação arrumada, sabia sempre onde estava tudo. Mesmo sem as fichas de Raquel.

Os seus passos leves e miúdos, era ela que voltava. Um pedacinho de mulher envolta na sua *écharpe* vermelha. «Não queres nada? Sabes onde é o bar...»

Acenou afirmativamente – sabia onde era o bar – e perguntou como estava ele. Sem palavras, com um simples gesto de cabeça, um olhar para a porta. Ela passou a mão pelo rosto. «Na mesma. A enfermeira deu-lhe a injeção, foi o ruído que ouvimos há pouco. Teve que ir à cozinha ferver a seringa. Agora adormeceu.»

«É bom ter adormecido?»

«É sempre bom. Repousa.»

«Pensas que...»

Ela disse sem o olhar: «Não sei. O médico acha que só pode pronunciar-se por volta das três horas. Se a febre baixar...»

«Sim, claro», murmurou o homem. E acrescentou: «Senta-te. Ele quis que a enfermeira viesse para não te cansares.»

«Ele?»

«O médico. Não estávamos a falar do médico?»

«Sim, do médico», concordou molemente. «O meu pobre, velho coração!», disse logo em seguida. «Pareço mais nova do que sou, não pareço? No entanto, este motor perro e enferrujado, maníaco, pode parar de um momento para o outro... Sem eu esperar, até sem nenhuma razão aparente, à traição. Achas que me faz uma coisa dessas?»

Sentiu-se um pouco perdido. «O quê? Quem?», perguntou. Ao mesmo tempo, porém, ou logo em seguida, compreendeu. «Não, decerto que não. Estás a tratar-te, não há razão para tal...»

Ela não se sentou, foi até ao bar, tirou uma garrafa de *Napoleon*. «Queres outro conhaque? Ou preferes *whisky*? Tu dantes não gostavas muito de *whisky*, creio eu. A não ser que tenhas mudado.»

«Não mudei. Continuo a não gostar *muito*. Prefiro outro *brandy*.»

«*Grand Marnier*?»

«Não, não, outro *brandy*. E tu o que tomas?»

«Oh, eu, café com leite. Café de cevada, entenda-se. Só o leite é que não é *erzatz*. Vicissitudes... Trazem-mo daqui a pouco, com o remédio. A Rita continua a ser um relógio suíço.»

«Nunca se lhe partiu a corda?»

«Só uma vez em que se apaixonou. Mas foi passageiro.»

«A paixão?»

«Também. Mas eu referia-me à corda.»

«Claro.»

«Claro porquê?»

«Não sei. Claro. Não me ocorreu outra palavra.»

«Ah.»

O homem viu as horas, disse: «Dás-me licença que telefone?»

Acenou afirmativamente, sentou-se sobre os joelhos. Uma pequena imagem de marfim envolta em roupagens purpúreas. Ele marcou o número devagar, enganou-se, voltou ao princípio. «És tu?», perguntou por perguntar. «Não, não posso ir ainda», prosseguiu depois de ouvir quem falou. «É possível que não apareça senão de manhã.» Outro silêncio e ele disse: «Não sei. Só às três horas é que é possível ter-se uma certeza. Se a febre baixar...» Falaram outra vez e ele respondeu em voz mais alta ou perguntou: «Mas porque hás tu de esperar? Detesto isso, bem sabes. Detesto os sacrifícios desnecessários.» Olhou para a mulher como que surpreendido daquela irritabilidade, acrescentou serenamente: «Bem, boas-noites, até logo. E vê se dormes, ouviste?» Era quase afetuoso, quase terno, dava vontade de rir, pensou ela enrolando-se melhor na *écharpe* e muito séria. Ele, entretanto, desligara, sentava-se outra vez onde estivera antes, em frente da-que-fora-Querida e do seu busto de mármore.

«Três horas», disse.

«Três horas», repetiu ela.

«É longo, três horas.»

«É. Sobretudo quando se está cá fora, à espera. Ele não me quer lá, fica excitado.»

«Pensa que te faz mal...», disse o homem. «E tem razão, faz-te mal.»

«Pensou sempre em tudo.»

Houve uma pausa e depois ele perguntou: «Ainda vais esperá-lo ao aeroporto? Quero dizer, sempre?»

Olhou-o espantada. «Sabias? Foi ele que te falou nisso?»

O homem acenou afirmativamente e Querida fungou um pouco, engoliu com dificuldade. «Ultimamente não. Nem sempre, quero dizer. De resto iam – podiam ir – outras pessoas que eu não desejava encontrar. Nos primeiros tempos é que ia sempre. Mas nunca o dizia a ninguém, havia no meu silêncio uma espécie de ritual que era necessário respeitar. Um silêncio só para iniciados. Os outros não podiam – nem deviam – penetrar nos mistérios», disse como quem troça de si mesma.

«E ultimamente?»

Encolheu os ombros. «Oh, ultimamente! Ir esperá-lo sempre seria uma estupidez, mesmo que não houvesse outras razões... Vai-se lá esperar uma pessoa que chega de França, da Alemanha, de Itália, agora de Inglaterra, pelo menos todas as semanas? Esperava-o quase sempre aqui.» Disse aquilo e envolveu-se mais na *écharpe*, bruscamente, como se tivesse tido um arrepio. «Espero-o aqui», emendou com dureza. «Aqui, nesta sala! A morrer de medo, se queres saber. Ele traz-me sempre lembranças, um colar bonito, um lenço de seda muito original, isto... Trouxe-me outra, preta», murmurou, e a sua voz apagou-se, quase deixou de se ouvir.

O homem compreendeu a razão por que ela se envolvera naquela grande *écharpe* vermelha, que lhe ficava mal (o vermelho nunca fora a sua cor, era demasiado violento), e sentiu um aperto no coração ao pensar que também tinha escolhido antes de sair (já estava deitado quando recebera o telefonema) uma gravata azul-pavão, um pouco berrante, que lhe tinham oferecido pelos anos e que ele raramente punha. Bebeu mais um gole de conhaque, murmurou: «Devias ir descansar. Eu estou aqui. Se for preciso alguma coisa...»

«Não, não, era lá capaz! Descansar? Mas eu estou a descansar, enfim, como é possível. Ele não me quer lá dentro, dizes tu – ele ou o médico? –, enfim, não me querem lá, muito bem, fico aqui a descansar. Daqui a bocado talvez feche os olhos. Aqui. Por enquanto não. Sinto-me bem.» Emendou: «Razoavelmente. Como pode ser.» Olhou-o com ar atento e ponderativo, depois disse: «Fizeste bem em vir.»

«Não esperavas decerto outra coisa.»

«Mas... na verdade não esperava nada. Nem que viesses nem que não viesses. Telefonei-te porque ele me pediu que te telefonasse. Que te queria ver.»

«Viu-me e mandou-me embora.»

«Não disse que te queria junto de si mas que te queria ver. Tu ficaste, é contigo.»

«Sim, tens razão.»

Aquela frase, tão simples, pôs de súbito em funcionamento um complicado, invisível mecanismo que lhe lançou de chofre em rosto outras frases ditas e reditas num passado já longínquo. «Tens razão.» «Tens razão, Querida.» «Deves ter razão.» O mal com ela fora esse, ter quase sempre razão, e isso acabara ao fim e ao cabo por se tornar cansativo e ser mesmo inferiorizante. Um homem precisa de tudo, menos de verificar continuamente por *a* + *b* que está em erro, e isso era afinal de contas o que lhe acontecia a ele. Ela sempre fora de uma lógica a toda a prova.

O homem semicerrou os olhos e lembrou-se de Luci. Nunca soubera muito bem se se apaixonara por ela ou pelo olhar dela, tão atento durante as aulas (atento aos seus lábios, não às suas palavras), e também pela sua voz de contralto, pedindo-lhe que lhe explicasse outra vez o que era a latitude. «Creio que não sou muito esperta», acrescentara depois da aula, nesse dia em que tinha falado de coordenadas, «mas os meus pais querem por força que eu tire o curso.» Se se apaixonara logo de início pelo facto de ela raramente ter razão.

Era uma rapariga alta e branca, de cabelos escuros, com aquele género de pernas que se mantêm direitas e adolescentes enquanto o corpo, lá para cima, desabrocha. Tinha olhos tão pretos que não se lhes via a íris e que às vezes, quando ela se irritava (mais tarde irritar-se-ia bastante embora controladamente), se assemelhavam a dois buracos sem fundo. Nessa altura, porém, eram diferentes, simples olhos bonitos e atentos, demasiado atentos, que lhe tiravam a ele todo o à-vontade durante as aulas, mas que irresistivelmente o atraíam de modo a tornar-se impopular, dedicando-lhes as suas lições. Luci foi lá a casa uma vez buscar um livro e Querida gostou de a conhecer. Depois ausentou-se e eles ficaram sós, ali, naquela sala, ele no sofá de *chintz*, ela no *fauteuil* em frente. Ele aproveitou para lhe explicar algumas coisas que ela não compreendera ainda. Não tirava apontamentos? Não, Lucília não os tirava, só o fazia sobressaltadamente quando ele lhe chamava a atenção, já nas aulas era assim. Escutava-o como um melómano inculto escuta a 9.ª Sinfonia executada por uma grande orquestra sinfónica. Sem perceber nada mas atentamente porque é bonito. Suspensa, de olhos fixos e lábios entreabertos. Claro que estava apaixonada por ele, não era difícil de compreender. «Esta mocinha está apaixonada por ti?», perguntara Querida, ao jantar, com naturalidade.

«Que ideia a tua!», exclamara com espanto exagerado.

«Não era a primeira, decerto. As alunas apaixonam-se frequentemente pelos mestres. Olha, a minha primeira paixão *a sério* foi um professor de Matemática que tive no colégio. Gaguejava um pouco e devia ter metro e meio de altura, calcula tu.»

Ele agarrara a parte final do assunto, para se libertar da primeira.

«Nunca me falaste dessa tua paixão.»

«Não? Tens a certeza?» Olhara-o um pouco perplexa e sem o ver. «É possível. Há tantas coisas esquecidas nas camadas mais profundas do subconsciente! Isto do professor, por exemplo... Nunca mais me tinha lembrado dele, vê lá tu.»

Nesse tempo Querida era muito linda. A do retrato, a do busto de mármore não eram muito mais velhas. Uma mulher pequena e delgada, sem ossos visíveis, com aquela cabecinha fugidia e dois grandes olhos verdes a condizerem com o anel de esmeralda que sempre usara, que continuava agora no seu dedo anelar. A esmeralda era a mesma, mas os olhos eram bem diferentes, pensou fitando-a com atenção. O verde-verde antigo secara com o tempo, amarelecera um pouco, era um ainda-verde de folhas mortas, sem clorofila bastante. A esmeralda tornara-se quase chocante, de tão viva, na sua mão pequena e magra, já engelhada na junção das falanges, esquecida sobre os joelhos. Sobre a cor purpúrea da *écharpe*, parecia um anel eclesiástico para ser reverenciado e beijado com unção.

Pegou-lhe na mão inerte, beijou-a. «Desculpa», disse logo depois. «Foi uma necessidade urgente. Olhei para a tua mão e...»

Ela não se mostrou espantada, nunca fora de grandes espantos, sobretudo quando estava a pensar, como naquele momento, em qualquer outra coisa mais importante.

«Estava a pensar...», disse, «na última vez que aqui estiveste. Foi há vinte e tantos anos e não foi uma conversa agradável a que tivemos.»

«Não falemos nisso», pediu ele.

«Porque não? Agora tudo passou e tudo se tornou com o tempo insignificante e ridículo. Houve depois, para nós ambos, coisas e pessoas mais importantes. Agora então... O meu filho talvez morra esta noite. É tão breve a vida! Tão frágil!»

«Cala-te!», exclamou ele. E levantou-se para a amparar.

Ela, porém, continuava muito direita e o seu rosto era completamente inexpressivo. Dir-se-ia que nem sequer o vira levantar-se, inclinar-se para ela.

«É um motivo de conversa como qualquer outro», acrescentou friamente, implacavelmente. «Temos três horas diante de nós. Pelo menos. Ou na melhor das hipóteses.»

A criada entrou nesse momento com o tabuleiro, que pousou numa mesinha baixa. Depois colocou tudo junto dela. «Quer que sirva, menina?» Menina, não era engraçado?, perguntaram subitamente os olhos de Querida. Tinham nascido no mesmo ano, mas Rita conhecera-a solteira e chamava-lhe menina. Menina na sua idade...

Era noite alta quando ele entrou, e ela, Querida, estava à sua espera, ali, na sala, sentada no seu *fauteuil* dantes-cor-de-rosa e a ler um romance americano. Ele fechou a porta devagar e foi até onde havia luz, em bicos de pés para não acordar o pequeno. «Ainda estás levantada?», perguntou. Se havia coisa que a enervava eram as perguntas feitas a partir de imagens que já eram, por si, uma resposta. Ainda estava levantada. Como podia verificar. Ou melhor, sentada. A ler. John dos Passos. *Manhattan Transfer*. Página 101. Estava bem?

«Para que é tudo isso?»

«Para nada. Perguntaste se eu estava levantada e eu dei-te todas as explicações antes que fizesses mais perguntas. Eu, por exemplo, não sou curiosa e não te pergunto: "Só agora é que chegas? De onde vens? Com quem estiveste?" Já verifiquei que chegaste agora e não quero saber as tuas razões.»

«Detesto que esperem por mim. Quanto às razões, posso dizê-las.»

«Oh, não, por favor. POR FAVOR!», repetiu com impetuosidade. «Poupa-me às tuas histórias construídas enquanto sobes a escada. Não vale na verdade a pena, podes crer. Não sou curiosa, como sabes, nada curiosa.»

Ele ficou silencioso, depois foi ao bar e serviu-se de um conhaque, que nesse tempo era *Courvoisier*. «Não és curiosa. Mas às vezes, Querida, chega uma altura em que temos que saber as coisas que não queremos saber.»

Olhou-o atentamente.

«Chegou essa altura?»

«Receio que sim.»

Ela repetiu a frase, mas em voz baixa, melhor, sem voz, só o seu pensamento a modelar palavras. «Receio que sim.» Ele receava que sim, não dava vontade de rir?

«Aquela pequena, a tua aluna? Lucília, não é?»

Acenou afirmativamente, em silêncio, nem mesmo se espantou por ela ter posto logo o dedo na ferida. Limitou-se a acenar, a consentir.

«Ah. Sempre pensei, vê lá tu...»

Sempre pensara que ela fosse menos esperta e ele um pouco mais. Não lho disse, porém. Deteve-se prudentemente. Olhava-o, isso sim, com atenção, procurava-o no fundo dos olhos e ele estava ausente. Antes de ela casar a mãe falara-lhe muito dos homens em geral, como as mulheres de certa idade – nessa altura a mãe tinha para ela certa idade – gostam de o fazer. Como se os tivessem conhecido a todos, a muitos pelo menos, a um número deles suficiente para poderem fazer uma média. A maioria delas conheceu um homem, e mal. A mãe, coitada, dissera coisas e loisas, sorrindo com ar sabedor. Mas eis que de repente a mocinha de olhos pretos escolhera para marido, não para amante, o marido dela. Um caso fora dos conhecimentos da mãe. Era esperta, afinal de contas.

«Queres então divorciar-te», dissera sem interrogação, como quem verifica uma realidade.

Acenou de novo, consentiu de novo.

Queres casar com ela? Sentes-te responsável por ela? É amor o que sentes? Ou é simplesmente ela que gosta de ti? Ou nem isso, ela que quer casar contigo ou até simplesmente casar? Eram tudo perguntas que não lhe fez porque não valia a pena fazê-las, conhecia de antemão as respostas que ele lhe daria. Luci tinha, de resto, todo o ar de uma rapariga de boas famílias – do que é hábito considerar-se boas famílias –, cujo objetivo na vida era arranjar um marido, uma vida organizada, clara, sem meios-tons. Uma rapariga que não desejava só um casamento mas decerto uma cerimónia de branco e com música adequada. Uma entrada sensacional na vida, à vista de todo o mundo. Um sacrifício público, enfim.

«Não há problema», disse-lhe. «Casámos civilmente. Foi bom, afinal de contas, parecia que adivinhávamos.»

«O quê?», perguntou ele sem compreender.

«*Isto*.»

«Ah. Não penses...»

«Não penso?»

«Que *isto* é fácil para mim, que é agradável», disse precipitadamente, atropelando um pouco as palavras.

Ela pensou «Não é?», mas poupou-o, deixou-o prosseguir.

«Hesitei muito, pensei muito, custa-me fazer-te sofrer.» A-que-fora-Querida poupou-o ainda, engoliu palavras ácidas, a quererem saltar. «Acredita que me custa, mas não posso fazer outra coisa. Não posso, Querida.» Querida. Fora assim mesmo, Querida, que ele dissera. Mas Querida era Querida, não querida portanto... «A Luci tornou-se muito importante para mim», prosseguiu. «Mais do que tu. Mais do que o Luís. Não posso desistir.»

«Quem te pede uma coisa dessas? De resto, não queres fazê-lo.»

«De acordo. Não quero.»

«Muito bem. Já compreendi, é escusado dizeres mais nada.»

Também era um dos seus defeitos de mulher. Explicar liberta-nos às vezes, até porque as explicações podem originar atritos e esses atritos darem razão, mesmo momentânea, a quem começou por não a ter. Mas ela compreendia as coisas antes de serem totalmente explicadas. E recusava mais explicações, por desnecessárias. Terminantemente. Ele saiu de casa nessa mesma noite. No dia seguinte veio buscar a roupa, mais tarde foi mandando buscar os livros que lhe iam fazendo falta, os livros de estudo e os de consulta.

«Às vezes vejo o teu nome no jornal», disse ela. «Um dia, há anos, fui ouvir uma conferência tua. No fim ainda pensei em ir falar-te, mas não fui, claro. Era natural que estivesses acompanhado e... Era sobre quê, a conferência?»

«Onde foi? Quando?»

Ela riu um pouco. «Claro. Como havias de saber? Bem, creio que foi no Instituto Britânico, há uns cinco ou seis anos. Não, espera, não foi. Mas onde terá sido? Foi sobre umas ruínas quaisquer, romanas creio eu, que apareceram no Norte. Ou no Sul?»

«Já sei, já sei. Um dia, mais tarde, quis publicá-la... Andavam atrás de mim para publicar qualquer coisa e... Pois bem, tinha desaparecido. Nunca mais a vi.»

«Continuas a perder tudo?»

«Muitas coisas.»

«A Luci?», perguntou ela com intenção.

«Perdi-a voluntariamente, se é isso que queres dizer. E depois de ter sido perdido por ela. Sabes que nunca fui pessoa para me debruçar muito sobre o passado, acho cansativo. Durante um ou dois anos ainda tive, naturalmente, notícias suas. Amigos comuns... Comuns?» Riu-se um pouco antes de prosseguir: «Depois essas pessoas afastaram-se, ou talvez tenha sido eu quem se afastou, não sei bem.»

«Não durou muito.»

«Ela era o género de mulher... Era, como direi? Demasiado cooperativa. Capaz do que quer que fosse para o bem do casal. Muito consciente daquilo que considerava os seus deveres de esposa», disse com objetividade. «Era uma pessoa amoral.»

«Compreendo.»

Compreendia, ali estava Querida toda inteira. De vez em quando deitava um olhar à porta, inclinava um pouco a cabeça como que para ouvir melhor o silêncio da noite. Entretanto, porém, ia compreendendo. E ele estava certo de que, se lhe perguntasse o que tinha compreendido, a ouviria dizer pelo menos algumas verdades. Ficou silencioso, a pensar.

Os deveres de esposa de Luci. Os seus magníficos jantares, para os quais, é certo, concorria grandemente a bolsa sempre aberta do pai dela, e em que juntava toda a gente suscetível de lhes ser útil ou de poder vir a sê-lo num futuro mais ou menos próximo. Sentira-se radiante no dia em que a um desses comensais fora atribuído um alto cargo. Era como se dele compartilhasse um pouco. Cansava-se muito nesses dias e nos seguintes arvorava uma expressão crispada, de quem não quer dar parte de fraca mas está absolutamente exausta, talvez à beira do colapso. A mãe, que aparecia todas as semanas para lhe dar apoio moral, lamentava-a. Que não podia ser, que Luci precisava ab-so-lu-ta-men-te de ir a um médico. E olhava-o com agressividade. «*Ninguém* dá por nada. *Ninguém* repara que ela está num horrível estado de fraqueza.» Luci suspirava um pouco, *acedia* depois de muito instada a tomar umas injeções. Os amigos (tinham sempre inúmeros à sua volta) lamentavam-na também. «Devia reparar na sua mulher», diziam-lhe. «Olhe que ela está cansadíssima. Olhe que pode estar à beira de qualquer coisa grave. Porque não a obriga a fazer umas análises? Não estará, pelo menos, anémica?» Ele sabia perfeitamente que a sugestão fora dada pela própria Luci, lançada de passagem e como quem não liga grande importância a si própria, como quem só vive para se consagrar aos outros, mas deixava-se arrastar, obrigava-a, *obrigava-a* literalmente a ir ao médico e depois ao analista. E mostrava-se muito aliviado, liberto de um grande peso, quando viam que ela não tinha nada.

Outra das notas tocadas com frequência era o facto de se sentir muito só. Por isso convidava pessoas para a noite, por isso jantava fora tantas vezes, por isso arranjara um amante, por se sentir muito só. *Também* por essa razão. A casa enchia-se de gente e ele fechava-se no escritório, na outra extremidade do corredor. Um ou outro mais íntimo ia até lá, batia com os nós dos dedos, conversava um pouco, sem se sentar, censurava-o de passagem: «Você abandona a pobre Luci. Lembre-se de que ela ainda não tem vinte anos e gosta de se divertir, é natural. Faça um esforço, homem, saia da concha.»

«Pensaste naturalmente que casavas com uma rapariga que podia ser tua filha para continuares metido na concha», disse ela, a-que-fora-Querida. «Pensaste? És capaz disso...»

Ele estremeceu. O quê? Capaz de quê? Ah, sim, na concha... Tirou um cigarro da caixa de prata que ela lhe oferecera num dia de anos e tinha ficado esquecida, acendeu-o. «Dás licença?», perguntou depois de lhe ter aspirado o fumo. «Não te incomoda?», acrescentou apressadamente.

Era a segunda vez que fazia aquela pergunta mas não se deu conta disso. Ela disse que não e levantou-se. «Vou espreitar», anunciou com brevidade. «Já volto.» O homem seguiu-a com o olhar, pequenina e arredondada pela grande *écharpe* vermelha, que arvorava em desafio ao destino, como os soldados sitiados mas ainda com esperança, ou até sem ela, arvoram a sua bandeira. Ouviu uma porta a abrir-se, lentamente, depois murmúrios de vozes, tão bichanados que lhe pareceram uma simples alucinação auditiva, como às vezes tinha, por falta de sono, nas noites em que ficava a escrever até pela manhã. Ela voltou, porém, logo em seguida e tinha os olhos brilhantes.

O homem levantou-se. «Ele...?»

«Não, não, pelo contrário. A febre baixou. Tem trinta e oito e está a suar muito... A febre baixou antes das três horas!»

Atirou fora a *écharpe* porque, de súbito, tinha calor, e ela tombou no chão como uma enorme mancha de sangue. O homem apanhou-a, colocou-a ao seu lado, no sofá. «Meu Deus!», exclamou. E abraçou-a. Querida olhou para a *écharpe* com um olhar incerto ou ausente e voltou a pegar-lhe, voltou a envolver-se nela.

«Gostas muito do Luís...», murmurou. «Nunca pensei... Enfim, não deste muitas provas.»

«Não», concordou. «Não dei. A família, os laços do sangue, etc., nunca tiveram grande importância para mim. O Luís era uma criança por quem eu sentia ternura, mais nada. Não foi um grande problema deixá-lo. Talvez na altura tenha exagerado um pouco a fim de valorizar o meu gesto. Agora quero ser verdadeiro.»

«Ninguém te pede que o sejas. Bem vês que...»

Interrompeu-a. «Por isso mesmo. Porque ninguém mo pede. Disseste há pouco que tínhamos de ter um assunto de conversa para estas horas... Então... Não, não gostava *muito* dele. Gostava, simplesmente. O barulho que fazia incomodava-me, não me deixava trabalhar. Talvez fosse essa a razão. Nunca suportei as pessoas que me impediam de trabalhar.»

«Foram muitas?»

«Ele e os amigos da Luci. Uma multidão de pessoas a conversar, a discutir o último filme do Fellini e o último livro da Sagan, ou então a gastar o tempo com jogos de sala. Se fosse flor que flor seria? Se fosse móvel... Gente de gastar o tempo... Mas isso é outra história. O Luís...»

Querida, a que o fora, não o interrompeu. Estendeu a mão pequena para a caixa de prata, tirou um cigarro que ele se apressou a acender. «Desde quando fumas?»

«Não fumo. Só às vezes em condições especiais. Agora, por exemplo. Tenho as mãos a tremer, vês? Sinto-me tão feliz! Precisava de chorar, precisava mesmo, mas as minhas lágrimas são difíceis e estúpidas. Só vêm em ocasiões absolutamente incríveis, por exemplo, durante um filme melodramático, que depois me dá vontade de rir. Compreendes uma coisa destas? Escorrem-me pela cara abaixo, um horror. Depois, nestas alturas, quando sofro muito, ou estou muito feliz, nada. Sinto-me ressequida, sem uma gota de sumo para deitar. Tão ressequida que até me doo.»

«Mas... dizia eu...»

«Falavas de outra história. E do Luís.»

«Via-o de passagem, nunca tinha muito tempo e não sabíamos o que dizer quando nos encontrávamos frente a frente.»

«Tu intimidava-lo.»

«Achas que sim? Nunca tive grande jeito para lidar com crianças, só com alunos. É diferente. A verdade é que foi só quando ele fez vinte e um anos que me apaixonei por ele.»

«Tanto assim?»

«Tanto. Convidei-o, deves lembrar-te, para um fim de semana já não sei onde. Tínhamos um quarto grande, com duas camas, e eu resolvi não trabalhar. Queria falar com ele, conhecê-lo. Não esperava muito daquilo, mas parecia-me de repente importante. Conhecer o meu filho. Saber qual era a sua conceção da vida, as suas aspirações. Saber o que pensava de mim. Aguentar a pé firme tudo o que ele me pudesse dizer. Ou defender-me? Veríamos.»

«Não aconteceu nada disso.»

«Sabias?»

«Conheço o Luís. Esqueces-te de que sou mãe dele?»

Não tinha, de facto, acontecido. Não houvera censuras nem nada que mostrasse ressentimento. Dera com um rapaz cujos problemas – mas seriam mesmo problemas? – se situavam todos na pura abstração. Uma abstração por vezes figurativa, mas só muito vagamente. Não havia na sua tela pessoal um só rosto que fosse. Pessoas. Gente. Amigos. Chatos. Miúdas. Preocupava-se – um pouco – com a fome dos deserdados, com o horror das guerras, com a injustiça em geral – mas não daria um passo a favor de nada ou contra nada. Na sua opinião ainda não se descobrira coisa alguma que fosse verdadeiramente eficiente, e a verdade é que não acreditava em política, fosse ela qual fosse.

O seu riso era largo, aberto, um pouco alto. Tinha cabelos loiros, como ele tivera, e olhos claros, esverdeados, que herdara da mãe. Andava sempre com o colarinho aberto e sem gravata. «Creio que vivo noutro planeta», dissera-lhe nesses dias em que tinham estado juntos a passar o fim de semana. «Não tenho grande lugar cá em baixo. Estão todos demasiadamente ocupados por pessoas-de-viver-em-terra. Hesitei entre a marinha e a aviação e optei pela segunda. Não há maior liberdade, pai.»

«Uma águia no alto de uma serra», pensava decerto. O ar, as nuvens, a tempestade, tudo aquilo devia parecer-lhe uma tela abstrata, a tal em que se comprazia. Um homem a olhar o azul liso do céu, quando as nuvens se diluíam. Lá em baixo, muito longe, a pincelada dura do mar ou os vagos rabiscos das planícies e das montanhas. Uma águia. Seria ele um simples mitómano?

«Achas que só podes viver a todos esses quilómetros do solo? Quero dizer, achas-te superior aos outros e por isso...»

Tinha-se posto a rir. «Não, que ideia. Nunca me senti superior a ninguém. Longe, isso sim. E desde que me sinto longe, porque não hei de estar longe, pelo menos algumas horas por dia? Não me sinto senhor do mundo nem sequer do avião que conduzo e das pessoas que lá vão dentro. Não penso nisso. Sinto-me é senhor de mim. São as únicas horas em que me sinto completamente distendido. Se a mãe soubesse isto, coitada, ficava tristíssima. Mas é verdade. Quando aterro é como se aterrasse de emergência numa região suspeita, onde talvez haja antropófagos. Compreende?»

«Não o caso em si. Mas compreendo-te. És um isolado.»

«Também não sou um isolado. Confraternizo com os antropófagos, se assim pode dizer-se. Gosto de me divertir e na realidade detesto estar só. Sou incapaz de me fechar entre quatro paredes a ler, como o pai.»

«A tua mãe falou-te nisso?»

Ficara perplexo. «Deve ter falado, senão como o saberia?»

«Decerto.»

«Enfim», dissera ele à guisa de posfácio, «és um egoísta. Prezas acima de tudo a liberdade, mas a tua, e tanto que até arranjaste umas asas. A fome, as guerras, a prepotência, tudo isso fica afinal de contas em plano muitíssimo secundário. São ideias que te ocupam um pouco, quando te ocorrem, em que chegas a comprazer-te (é o teu contributo), mas que logo abandonas porque são horas da partida e o céu é azul. Hã?»

«Talvez, de certo modo, seja assim. Acha que procedo mal?»

«Não, não», dissera precipitadamente. «Eu nunca acho que as pessoas procedem mal, enfim, quase nunca. Seria um juiz absolutamente perigoso, que absolveria todos os assassinos. "Vão em paz e não voltem a aparecer-me", diria eu. As pessoas procedem sempre de determinada maneira por qualquer razão especial, até de ordem física. Todos têm a minha absolvição. Até porque também sou egoísta.»

«A mãe acha em todo o caso que eu não fujo às responsabilidades, quando as tenho.»

«É porque não foges, ela tem sempre razão. De resto, se fugisses, pobres passageiros!» Ficou pensativo, depois disse: «É tarde, vou deitar-me. Se queres ficar a ler, não me incomodas.»

Luís lera, de facto, até tarde, um livro policial. Depois tinha apagado a luz e logo em seguida ouvira-lhe a respiração serena e igual de quem dorme. Dormia de facto, como uma criança, um bem-aventurado ou um pobre de espírito. Em qual das três categorias poderia situá-lo? Desejou que não fosse na última porque compreendera subitamente que amava o filho mais do que a Raquel, a mulher com quem agora vivia.

* * *

«Deixava-la então sozinha...», murmurou Querida subitamente. «E a pobre Luci não gostava de estar só.»

E a pobre Luci não gostava de estar só. Não havia naquele comentário objetivo o mínimo rancor por ela, pela Luci-que-não-gostava-de-estar-só, nem troça feita a ele, nem amargura pelo que tinha acontecido. Era uma frase que queria simplesmente dizer aquilo, mais nada, que ela, a pobre da Luci, gostava de companhia. Nada mais natural numa rapariga da sua idade. A mulher, a-que-fora-Querida, estava ali, sentada na sua cadeira, e falava para gastarem o tempo, não ludicamente como os amigos de Luci, mas utilitariamente, para que ele não parecesse tão longo. E Luci era, naturalmente, um motivo de conversa atraente para ela. Não para ele, claro está.

O homem disse: «Não foi bem assim.»

E ela perguntou: «Assim, como?»

«Como estás a pensar.»

«Não?»

«Não. Quero dizer, não foi esse o motivo. Nem sequer se apaixonou por ninguém. Julgo-a, de resto, incapaz de tal coisa.»

«Ah!», disse.

«Como vês, sou modesto.»

«Ah!», repetiu.

«A tal solidão de que se queixava através dos amigos e da mãe foi um simples pretexto e uma simples explicação. Depois, todos se lembraram de que eu "a deixara sempre muito só", é natural. A razão, porém, era outra. Queria ajudar-me, em suma. Não a mim mas ao marido dela, que por acaso era eu. O erro foi não me ter pedido autorização. Queria que eu subisse, que eu tivesse cargos importantes. Por isso aqueles jantares. Tudo gente bem situada na vida e com poder bastante para situar os outros. Eu, na emergência.»

«Quem diria... Parecia tão pouco inteligente», disse com naturalidade. «Oportunista, decerto, mas pouco inteligente. Era a impressão que dava. A quem não estivesse apaixonado, naturalmente.»

«Era pouco inteligente. Mas esperta. E possuía uma memória fabulosa, embora mal dirigida. Tinha também um espírito de intriga bastante desenvolvido. Como a mãe. Era assustadoramente parecida com a mãe, só reparei nisso mais tarde. Quase todos os seus amigos deixaram, não sei porquê, de me falar. Deve ter-lhes contado coisas abomináveis a meu respeito. Já me tinha afastado dos meus amigos dizendo-me deles isto e aquilo.»

«Em que tu acreditavas.»

«Em que eu acreditava. "Quando tu fores reitor do liceu, quem sabe...", dizia às vezes no início de um passeio pelas hipóteses. Eu encolhia os ombros enervado. Queria lá saber! Estava bem como estava e ela tinha que se conformar com a ideia de que casara com um modesto professor sem ambições. Sem ambições de nenhuma espécie.»

Olhava-o de sobrancelhas franzidas, desconsolada, desiludida, ofendida talvez. As íris alargavam-se-lhe, inundavam toda a pupila logo buraco sem fundo. Mas era um estado passageiro, e um sorriso rápido banhava-lhe o rosto, chegava aos olhos, que clareavam, sorriam também. «Não sejas parvo e deixa correr.» Sê parvo e deixa correr ou não sejas parvo e finge que não sabes, seria mais verdadeiro. Ele, porém, fora parvo até certa altura; mas, depois, não deixara correr.

«Era uma mulher capaz de fazer a fortuna do marido», disse. «Há casais assim, mas eu não era dotado e, no dia em que soube o que se passava, saí de casa. Nesse mesmo dia.»

«Foi sempre assim», disse ela.

«O quê?»

«Saíste sempre de casa *no mesmo dia*. No dia-de-tudo-em--pratos-limpos, quero dizer.»

Encolheu os ombros. «Com a Luci os pratos nunca chegaram a ser limpos, era desnecessário. Já de antemão o estavam, não havia possibilidade de engano.» O homem em questão era um indivíduo poderoso capaz de lhe ser muito útil. Na verdade já estava a ajudá-lo sem ele se dar conta. «Creio que...» Sorriu vagamente. «Creio que devia estar grato à Luci, pelo menos era este, creio eu, o seu ponto de vista.»

«É natural que fosse.»

«E a Luci de após o dilúvio?», pensou ele. Bem, a Luci não era pessoa para sofrer grandemente com as intempéries. De resto, talvez nem se tivesse tratado de uma intempérie. Uma simples mudança de temperatura. Ela suportava, porém, essas mudanças, dominava perfeitamente os elementos. Depois da partida daquele esposo aborrecido, os pretendentes começaram (ou continuaram) a chover, e depressa eram substituídos. Às vezes acontecia mesmo um deles ainda não ter partido totalmente quando o próximo chegava. Mas tudo aquilo era muito discreto e Luci tinha um talento especial para fazer com que todos à sua volta fossem muito amigos e não a amassem demais (o que criava sempre problemas graves), só o bastante para lhe dar uma certa satisfação pessoal, ao mesmo tempo moral e física. A vida de Luci não lhe dera, porém, muito que pensar. Ela morrera no momento preciso em que ele, seu marido, entrando por acaso mais cedo – a infalibilidade dos métodos tradicionais –, a encontrara em grande intimidade com o homem poderoso.

Sempre mataste de um só golpe, quase sem sangue, pensou a-que-fora-Querida. A pessoa nem sequer tem tempo de se debater. Chegará algum dia a vez da atual? Feres a fundo e tudo acaba logo. Nem um sopro de vida no que fica, nem em ti um leve remorso. Não podias ter feito outra coisa, nunca podias ter feito outra coisa.

Nunca. Ali estava na sua frente o rosto envelhecido, sim, sim, subitamente envelhecido, agora, de uma mulher, Querida, a quem tinha amado, que o tinha amado. Fora uma coisa bela, o amor de ambos. E de súbito viera Luci, essa Luci que nem sequer o enganara de início, a oferecer-se e a recusar-se, a consentir e a impor limites, e Querida morrera. Porque quando ele, naquela noite, ali, naquela mesma sala onde ela lia *Manhattan Transfer*, lhe dissera que às vezes chegava uma altura em que tínhamos que saber as coisas que preferimos ignorar, o fizera friamente, já sem remorsos, porque também ela, Querida, morrera dentro de si. O que restava era um cadáver importuno, subitamente estranho, do qual precisava em absoluto de se libertar, para casar (já que casar era necessário) com a outra. Marcara atentamente o alvo e ferira o melhor possível, mas só por uma questão de piedade, não que o sofrimento silencioso dela lhe causasse a mínima mossa.

«Sou um homem horrível», disse sem a olhar.

Ela sorriu vagamente. «Porque dizes isso? Creio que todos nós somos mais ou menos horríveis. Bons só os santos. O pior é que nos é unicamente dado conhecê-los por tradição. E nenhum dos nossos conhecidos encontrou um só que fosse.»

«Estava a pensar...»

«Não penses demais. Fala mas não penses demais. Não vale a pena. Só para gastar o tempo. É preciso gastá-lo já que queres ficar. Tens o copo vazio...»

«Não, obrigado.»

«E um café?»

«Um café, talvez.»

Levantou-se. «Vou espreitar e de caminho digo à Rita que faça um café bem forte. Também nisso não posso, infelizmente, acompanhar-te.»

«Mas não te incomodes...»

«De qualquer maneira ia ver como ele está.»

O homem olhou de novo para o busto, levantou-se e foi tocar com os dedos no nariz tão fino, nos lábios redondos, nos olhos vazados. O telefone tocou então, e àquela hora o seu toque era quase agressivo. Pegou-lhe apressadamente para o deter, perguntou quem falava.

«A senhora, por favor», pediu uma voz fraca, receosa, como que envergonhada. «Sei que é tarde mas... É possível falar com a senhora?»

Respondeu com firmeza: «Receio que não possa atendê-lo. Tem o filho muito mal; estamos à espera do médico.»

«Eu sei», disse a voz docemente. Uma voz fraca de homem, uma voz forte de mulher? «Eu sei», repetiu. «Queria precisamente saber notícias.»

«Posso dar-lhas eu próprio. A febre começou felizmente a baixar. O médico vem às três horas e só então poderá dizer qualquer coisa de concreto. São...» E olhou para o relógio. «É uma e meia.»

«Agradeço-lhe muito a sua atenção», murmurou o homem. Era um homem. A voz tornara-se de súbito mais forte. Era um homem de voz receosa, ou atenciosa, ou envergonhada. «Ainda bem», disse, mas sem grande convicção. «O senhor é... alguém da família?»

«Sou o pai do Luís.»

«O pai do Luís», ecoou. «Pensei...»

«Vim vê-lo. Estamos à espera do médico.»

«Do médico, claro.» Ficou silencioso, depois perguntou, como se aquele breve silêncio lhe tivesse dado novas forças ou uma coragem nova: «Se eu aí fosse, senhor doutor, agora, quero dizer... dentro de dez minutos... seria possível falar consigo? Eu sei que é um abuso, mas trata-se para mim... Bem, não exagero se lhe disser que é um caso de vida ou de morte.»

«Tanto assim?»

«Tanto assim, senhor doutor.»

«Pois venha.»

O homem respondeu com simplicidade «Obrigado» e desligou.

«Vêm aí falar comigo», disse-lhe quando ela voltou a sentar-se, depois de ter dito que Luís continuava a dormir serenamente. «Espero que não te importes. Um homem de voz mansa, excessivamente bem-educado. O excesso de delicadeza dos subalternos. Sabes quem é?»

Ela disse: «Sim. Receio que sim. Vais recebê-lo, disseste?»

«Porque não? Mais uma maneira de passar o tempo. Deves lembrar-te de que nunca me recusei a falar fosse com quem fosse. De resto, o assunto estava a esgotar-se, parece-me.»

Endireitou-se mais. «Não estava. Ainda não te falei de mim. Nem tu da tua terceira mulher. O assunto está virgem. Não recebas esse homem, não vale a pena.»

«Porque não? Quem é ele, afinal de contas?»

«O pai de uma rapariga com quem o Luís teve um *flirt*, quero crer que tenha sido um *flirt*. Absolutamente nada o género de mulher que lhe convém. Ele, felizmente, aborreceu-se e acabou, mas ela aproveita todos os meios para se impor. Telefona, vai ao aeroporto quando sabe que ele chega ou que ele parte – encontrei-a lá várias vezes –, finge-se doente. A última descoberta é essa, finge-se doente.»

«Ah», disse ele.

«Dá-se uma desculpa quando ele vier. A Rita diz-lhe que tiveste que sair.»

«Pede para falar contigo. Foi, de resto, por ti que perguntou. Eu fui um simples suplente.»

«Comigo não fala, podes estar certo disso. Tenho mais em que pensar.» Enrolou-se com força na *écharpe*. Depois cedeu porque o conhecia. «Já que insistes... Vou dizer à Rita que o mande entrar para aqui. Entretanto vou para o meu quarto. Tem cautela», recomendou.

«Que queres tu que eu faça?»

«Não sei.»

Levantou-se e saiu. Depois a campainha da porta tocou ao de leve, cerimoniosamente. A porta demorou a abrir, demorou a fechar. O homem surgiu no limiar da sala. Era baixinho, meio calvo e usava óculos. Vestia um sobretudo demasiado comprido e as calças, largas e de dobra, tombavam-lhe sobre os sapatos de sola grossa, muito ruços. Disse: «Boa noite, senhor doutor», como se não tivessem falado havia pouco ao telefone.

«Boa noite», respondeu-lhe. «Tenha a bondade de se sentar.»

Tenha a bondade. Estava a deixar-se arrastar, bolas. Tenha a bondade. O outro teve-a, sentou-se, mas vagarosamente. Os seus gestos eram tão lentos como as palavras que viriam depois. Palavras e gestos acanhadamente conformados, receosos de ofender, ofendendo, logo pedindo desculpa com humildade. Aparentemente não sabia como principiar. Tirou os óculos, limpou as lentes a um grande lenço de barra azul, pô-los de novo.

«Falei-lhe num caso de vida ou de morte, senhor doutor», acabou por dizer. «Olhe que não exagerei, pode crer. Tenho uma filha e...»

«Bem sei.»

«Sabe?», perguntou um pouco perplexo. «Sabe?»

«Pouca coisa. Só que ela e o meu filho gostaram um do outro e que isso acabou, mais nada.»

«Se tivesse acabado eu não estaria aqui», disse o homem.

«Ele acabou, em todo o caso. E basta uma das partes acabar, como sabe. O que pode fazer a outra?»

O homem, porém, não o ouviu. «Claro que cada um é livre de gostar e de deixar de gostar», disse. «Mas não é assim. Nunca houve, no fundo, um rompimento. Nunca, senhor doutor. Ele escreve-lhe postais dos quatro cantos do Mundo e quando vem traz-lhe sempre uma lembrança. Coisas sem valor. Uma garrafinha de *Chianti*, uma torre Eiffel de latão, um cinzeiro de louça com a Torre de Londres desenhada. Coisas assim. Depois anda por aqui e por além com esta e com aquela. E um dia, inesperadamente, aparece lá em casa com um grande ramo de flores, das mais caras, senhor doutor, tantas que a casa parece uma capela. Chego a pensar que é isso mesmo, que ele leva flores a um funeral. Nunca perguntei à minha filha o que há entre eles. Ela tem vinte e dois anos, devia saber o que faz. Nos dias em que ele não aparece – e em que cá está – ela procura-o, telefona-lhe, parece doida. É horrível vermos uma filha perder por completo a dignidade. As outras mulheres que se arranjem, mas a nossa filha... Depois cai num estado de total apatia. Mete-se no quarto, fecha-se à chave, não quer sair. Trabalhava num escritório mas dispensaram-na o mês passado porque faltou uma semana inteira sem dar explicações. Passou-a fechada no quarto, quase sem comer. Quando soube, há dois dias, que o seu filho estava doente, perdeu por completo a cabeça. Não tem comido nem dormido. Há bocado pediu-me pela alma da mãe que telefonasse a saber. A ela desligam-lhe o telefone. A mim também, de resto, mas em todo o caso... Eu não estou apaixonado pelo seu filho», disse encolhendo os ombros.

«Mas quem...»

«A criada, decerto», apressou-se a dizer. Ficou um instante calado, pensativo, depois acrescentou: «Foi sempre assim, de resto. Desde criança.»

«Sempre assim como?»

«Gostou sempre, desculpe o senhor doutor a franqueza, não quero ofender ninguém, de criaturas pouco estimáveis. Teve um gato, um bicho preto, nojento, que tinha todos os defeitos que um gato pode ter: era ladrão, porco, traiçoeiro. Um dia o carro da Câmara levou-o e ela deixou de comer. Não perdeu o apetite, não foi isso. Deixou de comer fosse o que fosse. Como se quisesse morrer. Tinha oito anos nessa altura.»

A comparação feriu-o um pouco mas não disse nada. Olhava aquele homem de ar modesto que só tinha no mundo uma filha e que queria, mas afinal de contas o que queria ele?

«O que posso fazer por si?», perguntou.

«Dizer ao seu filho, quando ele melhorar...»

Interrompeu-o. «O meu filho está em perigo de vida, sabe?»

A cara pálida do homem ficou de repente lívida. «Meu Deus, não pensei que fosse uma coisa tão grave... Agradeço-lhe muitíssimo o ter-me recebido. Há de pensar...»

Encolheu os ombros. «Deixe lá! O que quer que eu diga ao meu filho?»

O homem tirou os óculos, limpou-os de novo, e tinha os olhos brilhantes e um pouco avermelhados. «Que fale com ela. Ou sim ou não. E se não, que nunca mais lhe escreva postais nem lhe traga lembranças. Que lhe diga que não gosta dela e que desapareça, compreende? Que desapareça. É natural que tudo seja difícil, mas antes assim. Não posso mais ver-lhe aquele olhar sempre ansioso, não posso mais ouvi-la telefonar para aqui e ver a sua cara quando lhe dizem que ele não está ou até quando lhe desligam o telefone, sem uma palavra. Não posso mais ver flores naquela casa. Fico louco com todas aquelas flores que me cheiram a câmara-ardente. Sim, acho que um de nós endoidece, ou ela ou eu. Que um de nós morre. Que ela morre. Creio que não é muito, isto que lhe peço.»

«Esteja descansado. Eu falo com o Luís. Se tudo correr bem falo com ele logo que seja possível. E se quiser notícias ligue para a minha casa.»

Levantou-se e o homem imitou-o. «Muito obrigado», disse despedindo-se. «Muito, muito obrigado.» E à porta da rua, onde ele o acompanhou, ainda disse numa voz que tropeçava, logo se erguia para ir bater em invisíveis obstáculos, que não sabia como agradecer-lhe, que falava com dificuldade mas que... mas que... «Senhor doutor, um seu criado.»

Ela voltou logo a seguir, como quem estava ali por perto. «E então?»

«É um pobre homem que tem uma filha única.»

«E eu uma pobre mulher com um filho único», disse ela com dureza. «Por quanto tempo?», perguntou.

Calaram-se porque a criada entrou logo em seguida com a bandeja e a máquina do café. Ele reconheceu a leiteira e o açucareiro de prata que alguém tinha oferecido a Querida pelo casamento. Deitou uma gota de leite, serviu-se de açúcar, pôs a chávena sobre a mesa redonda, de pé de galo, que estava junto de si, ao lado do copo vazio.

«Como está ele?», perguntou quando a criada saiu.

«Na mesma», disse um pouco agressivamente, como quem pensa: «Pior e é bem feito, é o que mereces.» Entretanto pôs-se a fornecer pormenores acerca da enfermeira que o médico tinha arranjado. Era bem claro que desejava dar, de momento, um novo rumo à conversa, e ele pensou que isso era preferível porque não sentia forças para lhe fazer uma lição de moral, mesmo camuflada. Não lhe agradava pregar moral a quem quer que fosse; a ela, porém, sentia-se incapaz de o fazer. Ouviu-a pois, atentamente, como se tivesse esquecido por completo a visita de há pouco, como se aquilo que ela lhe dizia acerca da enfermeira fosse extremamente importante e digno de interesse. Quando o assunto morreu, ficaram calados. Ela embrulhou-se melhor, era um tique, a mão da esmeralda, única parte do seu corpo que, com o rosto, estava à vista, acariciou maquinalmente o *mohair* que o filho trouxera na mala, talvez ao lado de um pequeno cinzeiro de pechisbeque.

Ela era outra vez uma imagem religiosa. O anel, o manto púrpura, os olhos apagados no rosto baço. Um dia destes, de súbito, as pálpebras iam murchar, as faces iam descair. Ele disse, com a intenção de quem abre a janela de uma sala onde vinte pessoas estiveram a fumar:

«Que bonito, aquele teu retrato.»

Teve um leve sobressalto. «Aquele?», perguntou, e ele sorriu porque não havia ali outro e aquela era uma das tais perguntas desnecessárias que ela dantes tanto detestava.

«Aquele, sim», limitou-se, porém, a dizer. E levantou-se, não para o ir contemplar mais de perto, o que realmente fez, mas a fim de estabelecer uma certa ordem nas ideias de ambos, fazendo-as calmamente regressar ao passado, mais confortável e menos perigoso. Ele, que sempre fora homem de olhar em frente, sentia-se quase ridículo nesse seu papel mas continuava a representá-lo porque ela lho propusera. Pensando bem, era muito preferível. As coisas passadas podem dar origem a reflexões amargas mas nunca a lutas corpo a corpo.

Observava a tela, que, de perto, perdera condensação e se dissolvia em tons de rosa, belos mas quase abstratos. Gérard, leu de novo. Quem seria Gérard?

«Não, não é do Guilherme», disse ela em voz baixa, adivinhando-o. «Não tenho nenhum quadro dele. Dei-os todos. Eram dez ou doze.»

«Deste-os?»

Estava espantado, a olhar para ela e sem perceber. «Mas sabes o que fizeste? Sabes quanto vale hoje uma tela, mesmo pequena, do Guilherme Werner? Uma brincadeirinha qualquer do Guilherme Werner? A quem os deste?»

Fez um gesto vago com a mão. «Por aí. Já nem sei.»

E ele pensou que aquilo era pouco dela, dar assim, ao desbarato, objetos não só de valor real como estimativo. Ela sempre apreciara as suas coisas e não as largava de mão com facilidade. «À Querida com o meu amor, para sempre», pensou. E dera «por aí, já nem sei» todos os quadros que o Guilherme Werner pintara durante o tempo da sua ligação.

«Esse retrato», disse ela, «foi feito por um amigo do Guilherme, um rapaz belga, ou suíço. O Guilherme gostou muito e comprou-lho para mo oferecer.»

O homem recuou um pouco e os tons acentuaram-se de novo, relativamente compartimentados. «Muito bonito», disse. Depois sentou-se. «Disseste há pouco que ainda não tinhas falado de ti.»

«Disse. Para não receberes aquele homem.» E uma feia ruga apareceu-lhe entre os olhos. «Mas recebeste-o.»

«Não podia fazer outra coisa.»

Mordeu o lábio inferior como quem se recusa terminantemente a falar de determinado assunto. Por mais que faças, parecia dizer o seu rosto. Ele sentiu um súbito desejo de a contrariar, talvez por causa dessa expressão teimosa que desconhecia.

«Conheces a pequena?»

«Quem?», perguntou já não agressiva mas voluntariamente distraída.

«A filha dele. Do homem que aí esteve.»

«Ah, creio que sim, vi-a uma ou duas vezes. É possível que a tenha mesmo visto muitas mais, mora aqui perto. A verdade é que não a fixei. Pareceu-me vulgar.»

«Vulgar... como? Há várias maneiras de se ser vulgar, não é verdade?»

«Vulgar como... uma caixeira bonita que sonha fazer cinema. Vulgar assim... serve-te?»

«E que pode chegar a ser uma boa atriz?»

«De modo nenhum. Que vem sempre em último lugar no genérico.»

«Queres dizer com isso que não tem jeito para representar.»

«Não, não», acudiu ela. «Nada disso. Até pode ter jeito, mas é vulgar e só poderá fazer papéis vulgares, acessórios. A atriz principal pode ser ordinária mas nunca vulgar.»

«É uma opinião», disse ele.

«É a verdade.»

«Desculpas-me se não acreditar cegamente na tua verdade?»

«Com certeza. Nós nunca acreditamos cegamente na verdade dos outros, pois não? Só quando coincide com a nossa. Limito-me a desejar que as nossas sejam coincidentes. Sem grande esperança, de resto.»

«Porquê?»

Suspirou vagamente e não olhou para ele quando disse: «A Luci.»

«Era... vulgar?»

«Terrivelmente.»

Ali estava uma razão de peso. Ainda havia outra que ela lhe deu logo em seguida: «O Luís desinteressou-se de uma rapariga que julgo muito inferior a ele. Achas que como mãe me competia convencê-lo a casar com ela?»

Tinha razão. Uma vez mais. Calara-se e parecia, de súbito, adormecida, ou melhor, ausente. De novo ausente. A *écharpe* descaíra um pouco e o seu pescoço alto era subitamente mais alto e a cabeça, em oposição ao volume aumentado da *écharpe*, ao descer, mais pequena. Era um pescoço e uma cabeça que ele comparou, de repente, a algumas flores campestres que não secam com facilidade porque foram sempre um pouco secas, flores de pé alto e corola reduzida, quase sem pétalas.

«Querida», disse de súbito, foi uma necessidade urgente que sentiu. «Não tiveste muita sorte, pois não?»

Ainda não lhe tinha chamado assim nessa noite, fugira a chamar-lhe o que quer que fosse, porque dantes tinha sido sempre Querida, e ela olhou-o por isso com curiosidade e longamente. Era um olhar que tinha às vezes, e que também ele não lhe vira ainda nessa noite. Um olhar que se tornava estático, que pesava onde quer que poisasse, e depois se prolongava por ali fora um pouco como se se sentisse colado e não conseguisse descolar-se de onde estava. Só por fim, fechando completamente os olhos.

Quando os abriu de novo, sorriu com nitidez como quem quer mostrar que sim, embora a expressão e as palavras estejam em pleno desacordo. Sorriu pois.

«Estás enganado. Tenho sido *muito* feliz. Até ontem. E também, claro está, quando ele não anda a voar. Nessas alturas sinto-me angustiada. Nunca olhei tanto para o céu como nesses dias. Olho, olho, não é ridículo?» Já falava no presente, o terror ia-se lentamente desvanecendo.

«O Guilherme Werner...», disse ele olhando-a com fixidez. «Foi importante, não foi?»

«Muito. Mais do que tu.»

«Já mo tinhas dito.»

«Sim? Não me lembro.» Ficou levemente estupefacta, à procura. «Bem, é possível. Isso, de resto, é sem importância.»

«Com certeza.»

«Durou... cinco anos. Só durou cinco anos.»

«Foste feliz?»

«Espantosamente. Sem nuvens. Era um homem extraordinário. É-o ainda, decerto. Suponho eu. Nunca mais o vi.»

«Continuas a gostar dele?»

Ela olhou para a porta, de fugida. «Não me agrada falar disso... hoje... neste momento. Não me agrada nada.»

«Porquê?»

«Não sei. Ou melhor, sei. É uma razão pueril.»

«Nunca foste pueril.»

«Todos o somos às vezes. Com maior ou menor frequência. De resto, ter medo da morte não é uma puerilidade.»

«Que tem a morte a ver com isso?»

«Não sei», disse. «Não sei. Por isso mesmo é que receio... Prefiro não falar desse assunto.»

«Como quiseres.»

«Não vais pensar que é uma questão de pudor, espero? Tive um amante durante cinco anos e fui feliz. Imensamente feliz. O último dia foi igual ao primeiro.»

«Com a diferença de que foi o último.»

«Não me deixou, se é isso que estás a pensar. Fui eu quem pôs o ponto final. Eu.»

«Mas então...»

«Prefiro não falar hoje desse assunto. Outro dia, se quiseres.»

«Pode não haver outro dia.»

«Pode. Mas creio que tu passas perfeitamente sem isso.»

«Com certeza, Querida.»

Calou-se, ela também. Ele pensou na rapariga, filha daquele homem. Imaginou-a fechada no seu quarto a não comer porque Luís ou um gato preto, criaturas pouco estimáveis, a haviam voluntária ou involuntariamente abandonado. A querer morrer porque Luís morria ou porque Luís vivia demais. Luís que era a liberdade de asas abertas! Se se prendesse a uma mulher sentir-se-ia para sempre um pássaro preso, preso mesmo quando voasse por entre nuvens. Pobre rapariga, pobre pai que dera a vida a uma filha romântica, romântica no tempo em que o romantismo era como que uma doença vergonhosa do espírito.

Outra vez o telefone. Agora era o médico a saber o que se passava. A enfermeira veio falar com ele, e entretanto ela, a-que-fora-Querida, ficou lá dentro junto do doente.

«Há meia hora tinha trinta e oito, senhor doutor. Agora suponho que deve ter menos. Tenho-lhe tomado o pulso, claro. Está a dormir. Sim, muito sereno. Sim, ninguém. A mãe tem estado aqui na sala, só agora é que lá ficou para eu vir ao telefone. Coramina? Claro que tenho coramina, nunca por nunca ser... Parece-me bem-disposta. Não, não tem estado sozinha. O pai do doente, creio eu. Exatamente», assegurou após um gesto afirmativo dele. «O pai do senhor capitão. Muito bem, eu digo-lhe. Acha então desnecessário... Até amanhã, senhor doutor.»

Desligou e disse: «O médico pede-lhe que não deixe a senhora sozinha. Está *muito* mal do coração e ele receia que ela vá para o pé do filho. Aqui, consigo, sempre está distraída. E se houver qualquer coisa é só chamar-me.»

«Muito bem. Ignorava que ela... E o meu filho?»

«O médico considera-o livre de perigo. Só vem amanhã de manhã. É, de resto, natural que ele durma até lá. Deve estar exausto.»

«Livre de perigo...»

«Os meus parabéns.»

«Obrigado.»

A enfermeira retirou-se e ele suspirou fundo. Sentia-se de repente leve, apetecia-lhe fazer algo de insólito. Ocorreu-lhe, de súbito, que seria uma boa coisa telefonar àquela pequena, como diabo se chamaria, a preveni-la, mas verificou que não sabia o número dela nem sequer o nome do pai. A-que-fora-Querida entrou nesse momento e no seu rosto havia uma expressão de entusiasmo.

«Já sabes?», perguntou. «Sabes com certeza. Meu Deus, será possível... Meu Deus, tive tanto medo. Tu não?»

«Não te excites, Querida», pediu ele. «Não te enerves, não há razão. Claro que tive medo, um medo horrível, mas agora tudo passou.» Levantara-se, abraçava-a, como a uma criança medrosa a quem dissesse que não devia ter medo da noite nem das bruxas. Ela ergueu o rosto.

«Achas isso? É verdade, não é? Não estão a enganar-nos, pois não?»

«Não, Querida. Decerto que não.»

Ela sentou-se, deixou cair a *écharpe* e ele viu o seu corpo magro, que uma camisola preta, justa, emagrecia mais ainda. Dantes fora uma rapariguinha delgada, de ossos miúdos que não se viam, daquelas rapariguinhas que a aragem parece levar quando sopra mas que estão bem firmes no seu posto. Fora também uma mulher assim. Uma haste flexível e delicada. Agora era a tal flor seca. Olhou-o atentamente, disse: «Vou falar-te do Guilherme.»

«Não. Para quê? Pode fazer-te mal.»

«Mal? Só me pode fazer bem. Fui outra durante cinco anos. Outra. Deixei de me chamar Querida, de viver na tua sombra, esquecida a maior parte das vezes, deixei de ser *a mulher* de alguém, compreendes?»

«Foi assim tão importante?»

«Nem calculas. Comecei a viver quando julgava tudo acabado. Pintei o cabelo de loiro», disse apontando para o retrato. Chamava-me sempre pelo meu esquecido nome. Achava que eu devia chamar-me assim, que com aquele nome estava certa. Que era um belo nome. Eu passei a ser importante, e o pior é que não o desejava. Não, na verdade não o desejava. Só queria que ele o fosse, compreendes? Durante cinco anos. Depois, um dia, acabei. Sabes porquê?»

«Não mo disseste ainda.»

«Porque no liceu, um colega do Luís lhe foi dizer que eu tinha um amante, ouvira-o aos pais. E porque ele não me veio perguntar se era verdade. Se assim fosse, é natural que eu lhe tivesse explicado um certo número de coisas... Mas não. Veio simplesmente dizer-me, indignadamente, que esmurrara um tipo *que me tinha insultado* dizendo que o pintor Guilherme Werner era meu amante. Talvez não compreendas, também aches pueril, mas foi assim. Ainda há pouco te disse que todos somos pueris, às vezes. Disse ao Guilherme que já não gostava dele, e o Guilherme acreditou. É esta a minha história. Dei os quadros para não ter recordações, dei-os nessa altura, nesse momento de exaltação. Depois ele foi para Paris e nunca mais o vi. Leio o nome dele em jornais e revistas e vejo reproduções de quadros seus. É tudo.»

E como sacrificara a sua felicidade ao filho, queria agora que ele lhe sacrificasse a dele... Mas não, não era assim... O Luís já não gostava da rapariga. Mas não gostaria mesmo ou ter-se-ia deixado convencer por ela? Era um caso a ver. Ele seria um bem-aventurado ou um pobre de espírito? A pequena agradava-lhe, pensou o homem, embora nunca a tivesse visto nem sonhasse que ela existia havia uma hora. Se fosse mais novo talvez até se apaixonasse.

«É então essa a tua história? Queres que te diga o que penso dela?»

«Oh, não, não vale a pena. Não poderias compreender. Nunca te esforçaste por compreender os outros. Forçava-los a viver a teu modo, continuas decerto igual ao que eras.»

«Suponho que sim.»

«Só durante aqueles cinco anos compreendi como eras egoísta.»

«Sim, e formaste cuidadosamente um egoísta. Sacrificaste-te alegremente e ele sente-se no seu direito exigindo outros sacrifícios. Estou, de resto, certo de que o aprovas e de que o aplaudes. Não importa que sofram por sua culpa, desde que o pássaro continue livre, entre as nuvens e o ninho. O teu ninho, o que lhe preparaste.»

«E és tu, *tu*, que me dizes isso?», perguntou espantada.

Compreendeu que fora duro e sentiu receio. «Querida, fazes-me dizer coisas de que me arrependo. Sou eu, claro. Os teóricos nunca se dedicam a trabalhos práticos. Eu sou um teórico, Querida. Mas começámos a falar calmamente do passado, em forma narrativa, e eis-nos mergulhados na discussão. Sou incorrigível, Querida, não sou? Desculpa. Ouve, dás-me outro conhaque?»

«Com certeza.» Apontou vagamente o bar. «Traz a garrafa, é mais simples. Mas... não te fará mal? Não preferes um *whisky* para variar?»

«Um *whisky*, pode ser...»

«Vou buscar-te gelo e água do Castelo.»

«Não, não. Tomo-o puro e sem gelo.»

«Continuas a ter um bom fígado.»

«Não posso queixar-me, tenho uma saúde razoável. Decente para a minha idade, porque também não é excessiva. Tenho um ponto fraco, o reumatismo.»

«Mas o álcool...»

«Lérias, Querida. Só me faz bem.»

Foi buscar a garrafa e um copo. Serviu-se largamente e olhou durante um instante o líquido doirado. «Não gosto *muito*, mas tomo-o para variar. A seguir, as bebidas que prefiro ainda são mais agradáveis.»

«Aí está um raciocínio de homem.»

«Talvez.»

Ela agitou-se um pouco, olhou para a porta com aquele seu olhar inquieto. «Vou espreitá-lo.»

«Deixa-me ir a mim. Faz-te mal estares sempre a levantar-te.»

«Pois sim.»

Ele saiu, de copo na mão, atravessou alguns metros de corredor, afastou o reposteiro do quarto de Luís. A enfermeira soergueu-se no seu divã, levou um dedo aos lábios, perguntou em silêncio, apontando para o lado da sala, se havia alguma novidade. Ele acenou negativamente e sorriu-lhe. Depois olhou para o rosto quieto do seu filho único, um perfil a desenhar-se na almofada branca, que a luz fraca de um pequeno candeeiro iluminava. Achou-o estranhamente quieto, como se na verdade tivesse morrido. Quando fora isso? Quando, no decorrer daquela noite? «O seu filho único», pensou. «O meu filho.» Mas sentiu-se frio por dentro e absolutamente nada emocionado. «É o filho da Querida», emendou. «Não tem mais nada, deixemos-lho. Vai esperá-lo ao aeroporto, aconselha-o a não se deixar prender por uma mulher vulgar. Está no seu direito, pobre Querida. Sacrificou-lhe o seu grande amor... Tem todos os direitos. E eu? Que estou aqui a fazer, agora que o perigo passou? A acompanhá-la a ela? Mas a acompanhá-la porquê? Tem uma enfermeira, tem os seus pensamentos, tem o telefone para desligar quando a outra lhe pergunta pelo filho, tem o seu grande gesto, os quadros que deu "por aí, já nem sabe", ao desbarato, para nada ficar a sujar-lhe a imagem. Se a outra morrer de amor, paciência, morre tanta gente. Mas haverá quem morra de amor?» Fez sinal à enfermeira de que partia, voltou lentamente à sala.

A-que-fora-Querida estava no seu *fauteuil*, envolta no vermelho manto real. O seu olhar ansioso perguntou em silêncio: «Como está ele?»

«Bem. A dormir. Creio que vou indo.»

«Deves estar cansado.»

«Não, mas vou indo, estão à minha espera.»

Ela sorriu vagamente, quis levantar-se. Ele, porém, não deixou, era um homem bem-educado. Beijou a pequena mão onde brilhava a esmeralda, mas agora foi sem unção que o fez; ela já não era uma imagem. «Amanhã telefono a saber.»

«Quando quiseres.»

Ele saiu, foi até à porta, que abriu com cautela, que fechou muito devagar. Alguém deixara entreaberto o elevador, que não funcionava por mais que carregasse no botão. Já dantes era assim. Desceu as escadas, devagar, e sentiu-se, de súbito, cansado, como se tivesse envelhecido muitos anos durante aquela noite.

Raquel estava de facto à sua espera, deitada mas a ler um romance. Ia irritar-se porque sempre detestara que o esperassem, mas dominou-se, disse-lhe que o filho estava livre de perigo e anunciou-lhe o provável telefonema de um homem, no dia seguinte, enfim, pela manhã, a saber notícias. «Diz-lhe que está melhor e que...»

«Que...?», ajudou ela, prestável como sempre, ansiosa por lhe ser útil.

«Se pedir para falar comigo, não estou. Nunca estou.» Era uma atitude indefensável e ele sabia-o. Não queria, porém, deter-se nisso.

«Muito bem. Mas como hei de saber que é *esse* homem e não outro qualquer?»

«Tem uma voz esquisita e é muito delicado.»

«Um homem de outra classe, não?»

«Exatamente, Querida.»

Depois deitou-se e adormeceu. Ela ficou longo tempo de olhos bem abertos na noite. Era um homem frio e distante mas ela amava-o. E ele, ainda gostaria dela? Às vezes pensava que não, que isso tinha passado, mas ele dizia «Querida» e ela enroscava-se na sua crença. Se não fosse ele chamar-lhe «querida», há muito que o teria deixado. Era também um homem amargo e egoísta. Mas talvez se tratasse de simples cansaço da parte dela. Tinha quarenta anos e pensava que a viagem era curta e estava quase no fim, não valia a pena apressar-se nem debater-se.

OS IDÓLATRAS

A FLORESTA EM SUA CASA

Pintava a lindas cores como um velho artista do passado, que se chamara Douanier Rousseau; simplesmente, os seus bichos não eram ingénuos nem agressivos mas perigosos. Não terríveis, não assustadores: perigosos, embora um pouco engraçados também.

Espreitavam ou estavam alerta ou resfolegavam ao de leve (era como se resfolegassem) ao preparar o salto. Havia sempre folhagem a dissimulá-los, a mantê-los numa quase ilegalidade graciosa, bonitas flores bojudas, de carne rosada, a tornar por assim dizer impossível, a ridicularizar, a sua ferocidade. Não se via o tigre a atacar o búfalo, mordendo-o já, começando a dilacerá-lo. Não. O tigre, quando tigre havia, estava meio escondido por uma das tais flores, maior do que a sua cabeça. E sentia-se que ele já avistara a presa, que a espiava, que só estava à espera da altura mais conveniente para agir.

Era um jovem leão ágil, esse a que o pintor dava os últimos retoques. Um jovem leão já sabedor, a olhar bem de frente para quem o olhava. Tinha uma grande juba redonda e escura, de que só se via metade, e um corpo amarelado que à primeira vista parecia exíguo. Exíguo porque atrás de si havia um tronco de árvore em cuja largura caberiam sete leões e que servia de pano de fundo a uma amálgama de lianas, de longas folhas gordas, carnosas, de arbustos que se erguiam do chão ou que tombavam de cima, em cascata. A juba estava semiescondida por uma dessas folhas, grande e lobada, quase vermelha, quase animal.

«Era assim a floresta?», perguntavam com um arrepio breve e muita admiração as pessoas que visitavam o *atelier* do pintor. Ele abria os braços, punha-se a rir. Como havia de saber? Há séculos que os desertos e as grandes florestas e os densos bosques pintalgados de sol tinham desaparecido da face de um pequeno mundo superpovoado, porque a terra era pouca para edificar e para cultivar. Por isso se cultivavam também os oceanos. Nas antigas florestas da Amazónia havia deslumbrantes cidades de vidro, aeroportos imensos, belas autoestradas. O mesmo nas da África e da Ásia, o mesmo nas do resto do mundo. E os animais, os poucos que tinham sobrevivido ao arrancar das raízes, encontravam-se em três ou quatro pequenos jardins de aclimatação.

Aquelas estranhas florestas eram, no entanto, as que ele imaginava. Velhas, luxuriantes florestas de há séculos, com uma vida que vinha do princípio das coisas. Florestas com túrgidas flores que nasciam, cresciam e morriam em poucas horas, que, por assim dizer, renasciam e onde o perigo espreitava por detrás de cada folha.

Os seus quadros eram muito procurados porque eram decorativos, tinham belas cores e nunca acabavam de ser vistos. Ali, estava o leão, mas, olhando melhor, procurando, avistavam-se as três corças, todas encolhidas, como que receosas, a cobra a rastejar, e, mais além, confundindo-se com as lianas, a aranha caranguejeira. Havia também ângulos dos quais se podiam ver animaizinhos escondidos, aqui e além. Um, dois, cinco, mais?

Era um herdeiro de Rousseau e um charadista. Mas as charadas tinham desaparecido com os almanaques. Um pintor portanto original, criador, muito apreciado. «Tenha a floresta em casa» era o seu *slogan* publicitário. E as pessoas gostavam de ter em casa um pedaço dessa floresta, era refrescante. A maioria delas nunca tinha visto um leão nem um tigre a não ser nos livros de zoologia, porque os jardins onde havia animais eram poucos e os próprios animais tendiam a desaparecer, como se o mundo atual já não lhes pertencesse. As fêmeas procriavam com dificuldade, algumas espécies estavam praticamente extintas, outras tinham mesmo desaparecido por completo. Assim, já não havia elefantes, nem ursos nem leopardos.

O casal que comprou ao pintor a sua última grande tela, a do leão, tinha filhos pequenos, um de cinco, outro de sete anos, e as crianças andaram semanas de volta do quadro, até que lhe descobriram todos os segredos, os bichos semiescondidos, espreitadores, prestes a devorar ou prestes a ser devorados. Era um jogo apaixonante.

«Ainda há mais», dizia um.

«Aposto que não», respondia o outro.

E em primeiro plano, fitando-os com serenidade um pouco trocista, o leão de juba redonda, grandes, plácidos olhos amarelos, corpo inquieto.

As crianças ouviram dizer que no jornal viera a notícia da morte, no jardim de Choa, junto ao Nilo Azul, do último leão do mundo. E isso pareceu-lhes apaixonante, era como se estivessem, também eles, à beira de um precipício e lá em baixo fosse a outra era, aquela em que não haveria leões.

«Nós temos um leão», disse o mais pequeno quando estavam deitados e de luz apagada.

«É de pano pintado.»

«O resto é de pano pintado. Ele não.»

«És parvo.»

«Os olhos dele são olhos a sério. É um leão. E deve ter fome.» Sentou-se na cama. «O que comerá um leão?»

«Não é fácil alimentar um leão», disse o mais velho com paciência. «Não é nada fácil.»

«Não deve ser. O que comem os leões?»

«Não sei. Talvez outros animais, os mais saborosos. Gente, quando têm muita fome. Agora vou dormir, tenho sono.»

No dia seguinte continuaram a sua ronda entusiástica em volta do quadro. E o mais velho estacou de repente:

«Gilles!», chamou em voz baixa: «Quantas são as corças?»

«Três», respondeu Gilles sem hesitar.

«Também me parecia», declarou com fingido à-vontade. «Também me parecia que elas eram três. Mas hoje, *agora* são duas!»

«Não pode ser!»

Podia. O coração de Gilles batia com intensidade. «Vamos dizer à mãe? Vamos *já* dizer à mãe?»

«Não», disse o mais velho. «Não. É um segredo. Jura que não contas a ninguém. É um segredo, ouviste? Como... descobrir um tesouro. Anda, jura.»

«É um segredo. Juro que não conto a ninguém.»

«Pronto.»

Gilles levou o dia a passear diante do quadro, e o velho leão a fitá-lo com os seus tranquilos olhos amarelos. Alex, o irmão mais velho, parecia haver-se desinteressado e olhava os carros que passavam pela estrada, a poucos metros. Olhava-os como quem sonha. Como quem pensa. Como quem procura?

No dia seguinte só havia uma corça e no outro algumas folhas haviam preenchido o lugar, lá longe, onde elas tinham estado, quase escondidas, mas não totalmente, pelo enorme tronco da árvore. Durante dois dias não houve modificação; o jovem rei digeria. Mas depois desapareceu um pequeno macaco risonho. Restavam a cobra e a aranha. O leão parecia não se decidir.

«Olha para ele, Alex.»

«O que tem?»

«Os olhos dele. Não sei. Tenho medo.»

«Medo de quê? És parvo. És um miúdo, é o que tu és. Medo de quê?»

De quê? Não sabia. Mas medo. Queria ir deitar-se, não olhar mais para os olhos amarelos, tão brilhantes, não sentir mais o peso daquele segredo.

Na manhã seguinte a mãe sacudiu-o com força: «O Alex? Onde está o Alex?»

Sabia lá! Mas levantou-se porque todos procuravam, faziam muito barulho, a mãe chorava, o pai dava gritos, ameaçava toda a gente, nunca o tinha visto assim, parecia doido. E ele soube então – e viu – que a roupa da cama do irmão estava dilacerada, como se a tivessem cortado à navalha, e que havia sangue pelo chão. A Polícia dentro de casa. Dois vagabundos presos e que nesse mesmo dia confessavam o crime, ou melhor, não tinham reagido bem ao detetor de mentiras. Culpados. Condenados decerto a prisão perpétua.

«Jura que não contas a ninguém. É um segredo, ouviste? Como descobrir um tesouro. Anda, jura.»

«É um segredo. Juro que não conto a ninguém.»

Uma noite, a mãe. E então o pai preso, os vagabundos libertos. O detetor funcionara mal, todas as máquinas podem avariar-se, não é assim? Era estranho, mas Gilles ficou contente por o pai ter sido preso. E por os tios terem chegado, todos de luto, a fim de tomarem conta dele, pobre menino de cinco anos só no mundo. Fecharam portas e janelas, e levaram a chave e Gilles também para uma cidade distante onde tinham uma casa modesta, sem quadros. Quiseram que o menino esquecesse o passado; ele, porém, recusou-se a isso. Terminantemente. Era, de resto, uma recordação tão estranha que, com o decorrer dos anos e as palavras da tia, acabou por a julgar um sonho, um sonho mau mas apaixonante.

Muito tempo depois, já homem, já casado, voltou ali. Meteu a velha chave na fechadura, abriu a porta que o tempo emperrara. Um cheiro estranho a bafio. Seria mesmo a bafio? Entrou devagar, foi entrando, e a primeira porta que abriu foi a da sala e a primeira coisa que olhou foi a tela. Lá estava o leão com o seu ar caricatural e perigoso, e as corças e o macaco, e Gilles teve então de acreditar na tia que durante anos e anos lhe dissera que ele fora uma criança demasiado imaginativa. O pai tinha simplesmente enlouquecido e morto primeiro Alex, depois a mãe. Os corpos, assegurava ela, tinham sido encontrados mais tarde num barranco. Agora Gilles, ali em frente da tela, já não tinha razão para duvidar da tia nem dos médicos que haviam internado seu pai num manicómio. Mas sentia--se profundamente dececionado e arrependido de ter vindo.

OS IDÓLATRAS

Lá fora o silêncio do mar. O jovem deu consigo a pensar isso mesmo, o silêncio do mar, mas soube imediatamente que aquelas palavras não lhe pertenciam, que as lera em qualquer parte, num dia qualquer, numa noite qualquer. Que as ouvira a alguém, também era possível. O silêncio do mar, em todo o caso. Um silêncio longínquo e ameaçador mas que ao mesmo tempo, de certo modo, o tranquilizava. Um ruído sem vozes, que as grossas paredes faziam recuar para muito longe, mas que estava bem perto dele, um ruído imenso de onda forte que rebenta não só à superfície mas também em profundidade.

Joel, o amigo, deu a volta à chave, entrou, fechou apressadamente a porta: «Não saias ainda», disse em voz trémula. «Não é prudente. Não é nada prudente.»

«Tanto assim?», perguntou.

«Tanto assim. Não saias. Há este divã. Fui agora mesmo informar-me, podes dormir aqui. Eu fico muito bem naquela cadeira. De manhã cedo tudo terá passado e então vamos. De manhã cedo estão eles a dormir.»

O jovem ficou pensativo. Não tinha o hábito de falar muito. O que tinha a dizer era de outro modo que o dizia, era outro o seu meio de expressão. Tinha talvez dezanove anos e era franzino. Um belo jovem franzino. Usava uma grande e grossa camisola negra, cuja gola alta dobrada uma, duas, três vezes, lhe diminuía o tamanho da cabeça já de si pequena, uma bonita cabeça loira que parecia assentar num pedestal de ébano. Tinha olhos rasgados, doirados às vezes, trémulos quando a luz incidia neles, e uma boca fresca e risonha.

«Não estás a exagerar?», perguntou com à-vontade.

O amigo não sorriu, não respondeu logo. Sentou-se, alargou com o dedo um colarinho que subitamente o incomodava. Era mais velho – ou menos jovem –, menos belo também. Suava. Olhou em volta antes de prosseguir, como se aquele silêncio e a pergunta do outro o não houvessem sequer aflorado: «É confortável.» Estendeu a mão para o aparelho de aquecimento: «Tudo certo, que mais queres? Mando vir uma ceia, uma garrafa de qualquer coisa. *Whisky*? Ou apetece-te antes champanhe, para comemorar?»

«Para comemorar o quê, sempre gostava que me dissesses?»

O quê? era afinal de contas uma pergunta sensata e pertinente. O que havia para comemorar? Aquele oceano, lá longe, tão seu conhecido, sempre tão desejado? Os dezanove anos que faria no dia seguinte? O facto de tudo ter corrido bem? Seriam comemorações estúpidas. Só amanhã faria anos, estava habituado a tudo lhe correr bem. *Será assim durante quanto tempo?,* costumava pensar ainda despreocupadamente. *Quando me acharão velho?* Quanto ao oceano lá fora... Então?

«Então?», disse em voz alta, desinteressada.

O amigo continuava a suar. Não o olhara ainda de frente, olhos nos olhos, desde que ali entrara, e esse olhar fugidio era uma coisa nova. Limpava a testa com o lenço, olhava para cima da cabeça do jovem, para a sua esquerda, para a sua direita, como se o amigo fosse de repente uma coisa horrível de ver e ele não conseguisse dominar o seu nojo.

«Olha para mim, Joel!»

O olhar inquieto fixou-se, mas sem naturalidade, nos olhos claros, esvoaçantes, de Vic. Fixou-se, dobrou-se, tombou. Estava no chão, aos pés do amigo, como se fitar os sapatos deste fosse subitamente importante.

«Vic...», murmurou.

«O que é?»

«Vic...», voltou a murmurar. «Vais rir-te de mim.»

«Porque hei de rir-me de ti? É meu costume rir das pessoas?»

«Tive um sonho, Vic. Esta noite.»

O outro encolheu os negros ombros. «Tu e os teus sonhos! Não me contes mais esse, por favor, podes criar-me complexos. Guarda-o para ti. É teu, afinal de contas. Que tenho a ver com os teus sonhos?»

«Já têm acontecido, bem sabes.»

«Mesmo assim. Não me interessam. Acreditar é, de certo modo, uma interdição, e eu quero ser livre.»

«Tu, livre, Vic Prosperi?»

«Eu, livre, à minha maneira.»

«Em todo o caso...» Calou-se porque Vic já não o ouvia. Talvez no fundo tivesse razão. O que tinha ele com os seus sonhos, mesmo quando os habitava? Mesmo quando havia nesses sonhos, como acontecera naquela noite, um ruído semelhante àquele que ouvia agora, maior, muito maior do que habitualmente?

Alguém batia à porta ao de leve. Dois dedos discretos, logo uma voz: «Vic?»

O amigo foi abrir porque reconheceu aquela voz raspada, difícil, que gritava quando tal não era necessário, murmurava quando fazer-se ouvir era importante. O homem entrou apressadamente e de novo a chave rodou na fechadura.

«Vais sair, não é verdade, Vic?» O homem era gordo, já calvo.

Joel respondeu por ele. «Acho que seria melhor ficar aqui umas horas, já te disse. Acabam por se aborrecer, por dispersar. Acabam por ficar cansados.»

«Não sei. Podem arrombar-me a porta. Vão partir tudo, sabes como é.»

«Porque não chamas a Polícia?»

O gordo teve um sobressalto. «A Polícia? Estás doido? Mas isso era um desastre. A Polícia afasta as pessoas. Para a outra vez não vinha ninguém. Vivo disto, bem sabem. Não sou um homem rico. Não posso dar-me ao luxo... Ah não, tudo menos a Polícia.»

Joel murmurou: «Tudo.» Depois aproximou-se dele, olhou-o com intensidade: «Tudo? Tudo mesmo?»

«Mesmo o quê?»

«Nada.» E encolheu os ombros. «Não me sinto bem.»

Vic sorriu: «Teve um sonho. Ele e os seus sonhos!»

«Tu e os teus sonhos!», repetiu o gordo, rindo alto. «Então?»

Joel agarrou-lhe o braço, gritou: «Disseste-me há pouco que ele podia passar aqui a noite.»

«Estavas muito enervado e incapaz de compreender as minhas razões. Disse-te o que tu querias ouvir e vim falar com o Vic, que é uma pessoa com a noção das responsabilidades. O Vic sabe que a sua profissão não é só tocar guitarra e falar de amor. Tem que receber os jornalistas, deixá-los contar histórias a seu respeito, mostrar-se, sorrir aos admiradores... assinar autógrafos. O Vic sabe que não pode fugir a um certo número de coisas que fazem parte das suas obrigações. De resto hoje só tem que sair, que lhes sorrir, que atravessar o passeio, nada mais. O carro está em frente da porta e eles estão prevenidos de que não haverá autógrafos. Não é assim tão difícil. Ou será?»

O gordo ria aos altos e baixos, Vic soltava também o seu bonito riso branco. Ia fazer dezanove anos amanhã e estava sempre pronto a gostar, a admirar, a saborear, a rir.

«Vamos lá!»

Levantara-se, e agora estava junto da porta com a guitarra na mão. O gordo passou-lhe o bracinho rechonchudo pelos ombros, disse que o espetáculo tinha sido um êxito e que já tinha a casa vendida para o dia seguinte. Se ele pudesse ficar mais dois ou três dias...

«Não», disse Vic. «Tenho a *tournée*. Partimos na segunda-feira.»

«O Joel vai contigo?»

«Naturalmente. Sem o Joel sentia-me perdido. É o meu cérebro. Eu faço melodias, faço poemas, canto. Mas o Joel é o meu cérebro.»

A porta ficou aberta atrás deles e agora sentia-se melhor a proximidade do mar em cólera, e Joel teve um arrepio. Seguiam pelo corredor do teatro, àquela hora já deserto, quase escuro, e que contornava a sala em arco de círculo, e a pouco e pouco as ondas rebentavam mais perto e havia mesmo um barco naufragado que batia nas rochas, enquanto os quase-afogados gritavam por socorro, gritavam pela vida. Mas não, não era pela vida que gritavam mas por Vic. Viiiic!!! As vozes cresciam, eram imensas, havia gritos histéricos de mulher, havia berros selvagens, assexuados. Viiiic!!!

Quando ele apareceu no limiar da porta, sorrindo e erguendo a guitarra bem alto, como era seu costume (assim o reproduziam os enormes cartazes de todas as cidades por onde passava), houve um instante de silêncio ou de hesitação. Ele desceu um degrau, outro, outro ainda, sorrindo sempre. E então o mar, momentaneamente chão, encapelou-se e a multidão correu, sequiosa de relíquias.

O MEU PAI ERA MILIONÁRIO

«O meu pai era milionário – os automóveis Rog –, e eu sabia que ia morrer. Tinha dezoito anos, casava daí a três meses com um príncipe italiano muito belo e muito pobre. E de repente adoeci e nenhum médico pôde fazer por mim o que quer que fosse. Então pedi ao meu pai que falasse com o senhor H. J. Farrow, um homem inteligente e empreendedor que inventara umas cápsulas hibernantes onde os cadáveres podiam ser conservados, dizia ele, até ao dia em que a imortalidade fosse descoberta, o que, segundo constava, era uma questão de alguns anos. O próprio regresso à vida, fosse ele barato ou dispendioso, era abrangido pelo contrato. Tudo isto li ao acordar, no documento que me acompanhava. O senhor H. J. Farrow, ou os seus sucessores, encarregava-se de tudo. Assim foi. Por enquanto não me lembro muito bem do passado. Imagens vagas, sensações. De concreto, isto que acabo de dizer e que estava escrito. Havia também o meu nome, claro está. Chamo-me Pamela Rog e tenho dezoito anos.»

Nesse dia as pessoas interessaram-se apaixonadamente pela jovem que acordara no seu gélido caixão cilíndrico. Era a grande notícia das últimas horas e por causa dela saíram novas edições dos jornais e fizeram-se programas especiais na rádio e na televisão. Tratava-se da primeira experiência com cadáveres supercongelados que tivera um resultado feliz.

A imortalidade tinha sido naturalmente descoberta havia anos, embora só com cadáveres recentes, mas acabara por ser considerada sem interesse pelos sociólogos e cientistas que viam o mundo cada vez mais pequeno e mais apertado. Claro que havia homens cujo regresso à vida seria útil; a imortalidade de outros, pelo contrário, resultaria perigosa. Após muitas e intermináveis conferências de alto nível tinha-se chegado à conclusão de que o melhor aos Farrow, até porque era quase certo falharem, ainda era deixar as coisas como estavam.

Os casos Farrow eram, no entanto, um bico de obra. O velho H. J. dera a sua palavra de honra aos clientes de que a firma faria tudo para que os corpos em seu poder voltassem à vida. E o velho dera essa palavra de honra porque lhe tinham afirmado que a podia dar. Fizera-se pois uma concessão a todas as tentativas. Tinham, de facto, falhado todas elas. Exceto a que dizia respeito a Pamela Rog.

Levaram-na pois à televisão logo que ficou em condições, houve um *cocktail* em sua honra e também uma conferência de imprensa. Mas logo na manhã seguinte, os jornais traziam a notícia esperada havia muito da chegada à Terra do primeiro homem enviado com êxito a Marte. E Pamela Rog foi esquecida, quem sabe se voluntariamente. As pessoas olhavam para o futuro; não se interessavam – não queriam interessar-se – por aquela jovem pálida, de ar antiquado, que estivera cinquenta anos dentro da sua cápsula, gelada e à espera de viver um pouco.

Foi quando começou a lembrar-se do passado, e as sombras se tornaram algumas pessoas e os sons algumas palavras, que deu pela sua total solidão num mundo desconhecido e terrivelmente indiferente. Os Farrow, para quem aquele triunfo era afinal de contas um problema, haviam-na instalado num hotel de terceira categoria e tinham-lhe entregue uma soma mais do que modesta (o dinheiro desvalorizara-se muito) que o pai lhes dera a guardar para a hipótese extremamente vaga e ultrafalível de tudo correr bem. Depois, lavavam dela as suas mãos, haviam-lho dado a entender com fria gentileza.

Era tão grande essa solidão presente que Pamela procurou apressadamente entre as imagens do passado alguma que pudesse valer-lhe. Um rapazinho de dez anos, ruivo e sardento, tão ajuizado, Jim, seu único irmão... O príncipe Vittorio Castelnuovo... Emily Smith, sua amiga de infância...

Jim para começar. As suas esperanças eram, de resto, para ele que convergiam. Lembrou-se da casa, lembrou-se da rua. Enfiou um dos três vestidos que os Farrow lhe haviam comprado num armazém de roupas feitas e dentro dos quais não se sentia à vontade porque eram demasiado curtos e ela não estava habituada a mostrar as coxas magras a não ser na praia e nas piscinas. Caminhava por isso de olhos baixos e cheia de vergonha. Ainda não tivera tempo de perceber que ninguém a olhava, até porque era feia. Dantes fora rica e esse facto tinha dominado todo o resto. Dantes os colunistas mundanos escreviam a seu respeito que ela tinha uma expressão introspetiva e que era muito distinta. Ah, e que os seus olhos eram bonitos. Dantes ela acreditara em tudo isso.

Um homem gordo, velho e envelhecido, tão sardento... Um homem de aparência mole, um pouco curvado, com uma pasta na mão. Descia cautelosamente os degraus de pedra, estava no último, quando ela parou na sua frente, a sorrir.

«Jim», disse numa voz trémula. «Jim Salpicadinho. Que velho estás, Jim Salpicadinho!»

Ele teve um sobressalto, olhou-a com intensidade: «Quem?»

«É complicado, Jim. Temos de falar. Se fôssemos para casa? Quem dorme no meu quarto, Jim?»

O homem tinha a boca aberta e os olhos exorbitados.

«Pam? És tu, Pam?»

«Sou eu.»

«Quer dizer que aquela história sem pés nem cabeça... Quer dizer que foi possível... Que *contigo* foi possível...»

«Sim. Foi possível comigo.»

Ele, no entanto, arrastou-a para o carro em vez de voltar atrás. *Lá* não estavam à vontade. A mulher, os filhos, os netos...

«Espero que o pai tenha pensado em ti porque eu não vou poder ajudar-te», declarou precipitadamente. «O pai gastou contigo mais do que lhe era possível, e os meus não veneram a tua memória, enfim, quero dizer, o teu nome. Se fores para os tribunais levarás tempo até provares que estás viva. De resto, pouco ganharás com isso. No fundo estiveste na origem do descalabro. Depois os automóveis Rog desapareceram do mercado, não sei se sabes. Novas marcas, tudo morre.» E calou-se, de súbito, compreendendo o despropósito das suas últimas palavras.

Subiam por avenidas de que ela não se lembrava, largas todas elas, mas sombrias como vales profundos.

«Julguei que tivesses ouvido falar de mim. Falou-se muito nestes dias.»

«Nestes dias, sim. Vagamente. Mas não percebi bem o nome. Acontece tanta coisa.»

«Marte?»

«Espera-se muito de Marte.»

Pamela calada, ele calado. Depois ela perguntou:

«Não devo aparecer, é isso, Jim?»

«Custa-me dizer-to, mas é isso. A verdade é que um dos meus genros é rico e a pequena, a minha neta, vai casar com um político importante. Rapaz ambicioso, há de ir longe. Deves admitir que há um aspeto altamente ridículo neste teu caso... Tens, ora deixa ver... sessenta e oito anos...»

«Tenho dezoito, Jim. Olha para a minha cara. Não vês que tenho dezoito anos?»

«É contigo, Pam.»

«Jim...»

«O quê?»

Ela sorria. «Agradecia-te se parasses. Lembrei-me agora mesmo de que tenho de ir falar com os Farrow. Distraí-me; esqueci-me, quero dizer. Estão com certeza à minha espera.»

Jim deu-lhe o número do escritório e disse-lhe que telefonasse sempre que precisasse de qualquer coisa.

Ela correu pela rua fora, ia sendo atropelada porque não conhecia as novas regras do trânsito e aqueles estranhos carros agressivos, que já não eram Rog, andavam demasiado depressa. Tropeçava, empurrava as pessoas que iam pela sua mão, que se indignavam um pouco, que a insultavam um pouco, que riam também um pouco, julgando-a embriagada. Achou-se de repente perto de um jardim para onde costumava ir brincar em menina pequena, com a *nurse* inglesa. Emily ia também para aquele jardim, mas Emily tinha uma *mademoiselle* que lhe dizia constantemente: «*Ne soyez pas méchante, regardez Pamela, elle est une petite fille comme il faut, Pamela. Elle sera très heureuse, j'en suis sûre, Pamela.*» Sentou-se num banco à sombra de uma grande sequoia. Que iria fazer? Quem poderia procurar? Vittorio? Mas parecia-lhe impossível encontrá-lo ali, naquela cidade, cinquenta anos depois, e compreendeu que não pensava assim por ter encarado a hipótese de o noivo ter morrido, continuava a vê-lo jovem como dantes, mas porque sentia que ele não a amara, que só estivera para casar com o dinheiro de seu pai. Compreendeu-o, não como a rapariga que fora, apaixonada e crédula, ainda por cima pouco inteligente, mas como uma velha de sessenta e oito anos, que viveu e aprendeu à sua custa. Ela, porém, não tinha vivido e nada sabia. Pelo menos nada devia saber.

Passou horas e horas sentada naquele banco. Folhas verdes, prateadas, cor de cobre, esvoaçavam à sua volta, pousavam-lhe nos cabelos baços que um cabeleireiro amigo dos Farrow tinha cortado. Onde estaria Emily? O pai de Emily era quase tão rico como o seu.

Com quem teria ela casado? Como poderia saber? Esquecera o nome da rua onde a amiga morava, e Smith era um apelido demasiado vulgar. Castelnuovo não. Procuraria na lista dos telefones Castelnuovo.

«Está triste, Miss?»

Um homenzinho sem idade, sentado na outra ponta do banco. «Está triste, Miss?»

Verificou que estava triste, sim, que estava a chorar como uma fonte, e encolheu os ombros.

«Estou, estou triste. O meu pai era milionário, sabe? – os automóveis Rog –, lembra-se?»

«Rog, sim, senhora, tenho ideia de ouvir falar.»

«Pois é. Eu sabia que ia morrer. Tinha dezoito anos, casava daí a três meses com um príncipe italiano muito belo e muito pobre.»

O homem falou, mas ela não o ouviu, não ouvia nada, ouvia-se a si própria, isso bastava.

«E de repente adoeci e ninguém pôde fazer por mim o que quer que fosse. Então pedi ao meu pai que falasse com o senhor H. J. Farrow, um homem inteligente e empreendedor que inventara umas cápsulas hibernantes onde os cadáveres podiam ser conservados, dizia ele, até ao dia em que a imortalidade fosse descoberta. Assim aconteceu. Estive cinquenta anos dentro de uma dessas cápsulas. Devia ter sessenta e oito anos, mas tenho dezoito.»

«Boas tardes, só a mim...» O homem já estava longe. Porque não lia jornais nem via televisão? Porque a julgava louca? Porque a simples ideia de ela ter estado morta...

Chorava de novo. Não sabia fazer nada, fora uma menina rica, filha de um milionário. Ia ser princesa, o pai comprara-lhe um marido pobre mas com História. Um príncipe encantado, nada menos do que isso. Lembrou-se de repente da maneira de ele falar com os outros, à mesa, como se falar fosse uma concessão, da maneira de ele sorrir... Um pouco como se casar com ela e aceitar o dinheiro dela fosse um favor que lhe fazia... A viagem de núpcias seria a

Veneza, onde ele nascera e tinha o seu *palazzo* em ruínas. O pai prometera fazer as obras necessárias para que o *palazzo* tivesse todas as comodidades modernas e ela pudesse alojar-se lá sempre que fosse à Europa, e então Vittorio hesitara antes de concordar, de aceitar. Aceitara por fim e decidira que se fixariam ali, naquela cidade, mas que iriam à Europa todos os anos para ela conhecer o mundo e comprar vestidos. E depois, ao ver a morte próxima, tivera uma pena louca de deixar a vida tão cedo, sem a ter vivido, e então pedira ao pai, pedira ao pai...

Levantou-se, foi andando devagar, sem objetivo. Entrou num pequeno *drugstore,* perguntou onde estava a lista dos telefones. Fizeram-lhe um gesto, em silêncio, e ela não deu porque sorriam, ficou apalermada diante do quadro cheio de botões coloridos e letras e números, que tinha no centro um pequeno *écran* de televisão. Um empregado aproximou-se. Se não se sentia bem. Nada bem. Que tinha estado doente, que tudo aquilo lhe fazia confusão. Poderia ajudá-la? Castelnuovo. Vittorio.

«Dez dólares.»

Procurou na mala, entregou-lhos.

Que fosse dizendo as letras. Foi-lhas dizendo e o *écran* apareceu iluminado diante dos seus olhos atónitos e nele a senhora de idade, muito penteada, muito cuidada, de óculos. Meteram-lhe na mão um estranho bocal transparente, muito leve, e disseram-lhe que podia falar, a ligação estava feita, não via?

«O príncipe Castelnuovo?», perguntou em voz trémula, receosa.

«É de casa do príncipe, mas ele está ausente.»

«Na... Europa?»

«No seu *palazzo* de Veneza, sim. Pode deixar o nome, se quiser.»

Depois de uma breve hesitação, disse «Pamela», e do lado de lá a senhora olhava-a com intensidade, tirava os óculos para a olhar melhor.

«É uma amiga do meu filho, suponho?»

Aquela voz, de onde vinha aquela voz? «Emily?», perguntou a medo. «És tu, Emily Smith?»

«Sou, fui, quem está ao telefone?» Havia ansiedade e subitamente espanto na sua voz e também na boca pequena e quase sem lábios, toda ela rugas concêntricas a prolongarem-se como uma flor já seca.

A mão de Pamela foi descendo, e no estranho bocal a voz de Emily a apagar-se, e no *écran* o seu rosto transtornado a perder lentamente a nitidez, a ficar branco e liso como o esquecimento.

Foi até ao balcão, trepou para um dos bancos, sentou-se.

«Dê-me uma *sandwich* e uma cerveja bem fresca.»

A mulher empurrou o copo. «Não está nos seus dias, hã?», perguntou.

«Não, não estou nos meus dias. O meu pai era milionário – os automóveis Rog –, e eu sabia que ia morrer. Tinha dezoito anos e casava daí a três meses com um príncipe italiano muito belo e muito pobre. E de repente adoeci e nenhum médico pôde fazer por mim o que quer que fosse...»

A mulher encolheu os ombros, riu-se. «Que doença era a sua?», perguntou. «Mitomania?»

«Nunca me disseram o que tinha.»

A mulher encolheu novamente os ombros. «Não lhe pedi que me contasse a sua vida. Só perguntei se não estava nos seus dias. Beba a cerveja, ande. Coma. Quando sair daqui terá tempo de pensar no príncipe de Gales.»

«Castelnuovo.»

«Ou isso. São trinta dólares.»

Procurou de novo na carteira, pôs o dinheiro sobre o balcão, saiu. Verificou, suspirando, que lhe restava de que viver durante oito dias, quando muito.

Fez sinal a um táxi que passava, mandou seguir para o hotel. O seu quarto ficava no segundo andar mas o pequeno empregado não tinha obrigação de o saber. Por isso disse: «Último andar.»

Só ela e o negrinho na grande sala ascendente.

Primeiro, segundo, terceiro... «O meu pai era milionário – os automóveis Rog –, e eu sabia que ia morrer. Tinha dezoito anos e casava daí a três meses com um príncipe italiano muito belo e muito pobre. E de repente adoeci e ninguém pôde fazer por mim o que quer que fosse. Então pedi ao meu pai que falasse com o senhor H. J. Farrow, um homem que inventara umas cápsulas hibernantes, onde, mediante uma soma muito elevada, os cadáveres podiam ser conservados, dizia ele, até ao dia em que a imortalidade fosse descoberta. O próprio regresso à vida ficava pago.»

O negrinho interrompeu-a: «Onde é que eu já ouvi essa lengalenga, Miss?»

Sentiu-se quase feliz. «Na televisão.»

OS DIAS DA COR DE LONGE

Dar a volta à chave era necessário e a determinada hora tornava-se mesmo urgente. Havia aquele leve ruído redondo e logo sobre ela se cerravam, unânimes, as portas do céu. Os móveis, que, quando a mãe ou os irmãos por ali andavam durante o dia, eram simples móveis toscos, talhados em madeira – numa modesta madeira sem nome –, móveis nos quais era possível tropeçar, que era também possível ignorar, adquiriam imediatamente uma aparência viva e próxima. Apetecia tocar-lhes, acariciá-los; era o que ela fazia. E gostava mesmo de os imaginar a florir como no seu sumptuoso tempo vegetal. Flores, tulipas talvez, porque não?, a crescerem, brancas e verticais sobre o tampo da cómoda, rosas sem espinhos a debruçarem-se da alta cabeceira da cama sobre o seu rosto, pétalas esvoaçando à simples aragem da sua respiração. Não que se deitasse logo, longe disso. Passeava, descobria o quarto, reencontrava-o, tinha sempre saudades a matar. De dia era um quarto como os outros, pouco acolhedor, feio até, mas a noite transfigurava-o.

A mãe vinha até à porta, perguntava: «Já te deitaste?» – «Estou a estudar», respondia na sua vozinha calma, mas era mentira. À noite nunca estudava. Viajava através do quarto, descobria nós no soalho, e no teto manchas de humidade que pareciam rostos terríveis ou simplesmente fascinantes – seria assim o rosto *dele*? –, aspirava com prazer o aroma inexistente das flores imaginadas, dançava ao som de uma música muito suave que mais ninguém seria capaz de perceber, mas que ela ouvia tão nitidamente como se a tocassem no andar de cima. Mas o andar de cima havia muito que não estava habitável e servia de simples arrecadação: malas, cestos que talvez ainda pudessem servir, cadeiras e brinquedos partidos que era pena deitar fora, nunca se sabe, batatas, maçãs para todo o ano.

Sabia que os irmãos faziam troça dela e que os pais a observavam de testa franzida ou com um húmido olhar de incompreensão quando a julgavam desatenta. Sabia tudo isso e ainda outras coisas, mas nada podia fazer por eles. Eram estranhos com quem morava, sempre o tinham sido, e sentia-se tão desligada de todos, mesmo da mãe, como um ou outro ramo que às vezes avistava levado pela corrente do rio, lá em baixo, longe das margens, sem possibilidade de ser detido por nenhum junco. Ela estava ali no seu quarto de quatro paredes, mas era quase o mesmo. Não tinha raízes, não sentia aquilo a que eles chamavam amor de família, e que fazia os irmãos pequenos chorarem se a mãe estava doente ou se o pai se demorava a chegar a casa. Ela pensava que era natural as pessoas adoecerem e que chegar tarde não era uma tragédia, e achava estranha essa ideia de morte, melhor, esse receio de uma coisa de que ainda não deviam ter consciência, mas que já afligia as crianças.

A mãe dizia simplesmente que ela não tinha coração. O pai disse um dia, julgando-a fora de casa, que ela não era normal e que teriam de a levar a um psiquiatra. «Às vezes fala sozinha no quarto, eu bem a ouço. Não está a estudar. É como se dialogasse com alguém; com quem, pergunto eu? Em pequenina todos achavam graça às suas extravagâncias. Agora tem catorze anos, é quase uma mulher.»

Tinha catorze anos, chamava-se ou chamavam-lhe Mea e gostava de estar no seu quarto. Jantava aparentemente sem pressa mas também sem perda de tempo, despedia-se de todos, dizia com tranquilidade «Vou estudar» e não se importava com o facto de a acreditarem ou não. Tal pormenor era-lhe mesmo indiferente. Dava a volta àquela chavinha de metal amarelo e soltava sempre um leve suspiro de libertação.

Os móveis amigos que sorriam quando ela lhes abria uma simples gaveta, principalmente *aquela*, que estalando lhe diziam «Estou vivo», as flores com que sonhava, a música que ouvia, era tudo uma preparação – há quantos anos! – para as dez horas de domingo, de todos os domingos. Logo na segunda-feira começava essa preparação, essa espera alegre mas secreta. Uma menina que tem o seu primeiro namorado mas não pode confessar tal segredo a ninguém porque se o confessasse diriam – a própria mãe, o pai – que ela estava a enlouquecer. Não se tratava, porém, de amor, nada disso. Tratava-se simplesmente de um objeto, mas rico de quantas possibilidades! Uma pesada barra azul-céu, de uns vinte centímetros, não mais, que ela certa manhã tinha encontrado ao acordar, sobre a mesa de cabeceira. Perguntara à mãe o que era aquilo, mas a mãe não sabia, nem o pai, nem os irmãos. A matéria parecia nova, tinham dito, o que seria? Pedra? Metal? Plástico? Guardara-a no fundo de uma gaveta que também tinha chave, logo que o achado caíra no esquecimento dos outros, e essa chave passou a andar consigo, pendurada no fio, juntamente com a medalha. Tinha nessa altura oito anos.

Todas as noites abrira a gaveta, acariciara com a mão pequenina, depois maior, aquela superfície fria e acetinada. E uma noite – Mea tinha dez anos e era domingo –, a coisa falou, e continuou a falar todos os domingos às dez horas. Não eram palavras que pronunciava; não eram mesmo sons que emitia. Ela tocava-lhe com a palma da mão e a coisa falava através da pele de Mea. E a menina compreendia tudo. «Quem és?», disse no primeiro dia; nunca, de resto, se habituou a falar-lhe em voz baixa. «Quem és?» E a coisa agitou-se, embora à vista se mantivesse quieta, disse que estava longe, muito longe, mas que apesar disso alguém – ou alguma coisa? – havia de vir buscá-la se ela quisesse partir. Já estava a caminho há quanto tempo! «Partir para onde?» Para a terra da coisa. «Eu, porquê?» Porque ela gostava dos seres inertes. Porque estava num mundo para ela errado, onde não podia ser feliz. «Há com certeza muitas pessoas que não podem ser felizes, não sou só eu.» Havia, decerto. Mas fora ela a escolhida. «Porquê?», repetira. Porque, dentro do seu quarto, conseguira ser escutada para além de muitas estrelas. «Muitas?» Muitas. «Quantas?» Não sabiam. Quisera fazer mais perguntas nessa noite, mas a sua mão deixara de sentir o que quer que fosse e voltara a tocar numa espécie de pedra fria e sem mistério. Como se uma lâmpada de fraca voltagem se apagasse e como se ela acordasse ao mesmo tempo de um sonho irreal.

Soube mais coisas, mas de modo sempre vago, ao longo desses anos. *Como era lá?* Era belo. *Onde ficava?* A muitos anos de distância. *Como era a gente?* O que era *gente*? Muitas vezes as respostas eram perguntas e isso tornava o diálogo difícil. *Gente. Pessoas. Homens e mulheres. Crianças. Velhos.* Sim, a coisa compreendia, tentava compreender, mas com esforço, Mea sentia-o. Ela era gente? *Claro que sim. Uma rapariga. Uma mulher jovem.* O que era uma mulher? A menina pensava, dizia por fim: *As mulheres têm filhos.* O que eram filhos? *Pessoas pequenas, que se formavam na barriga, cresciam, que mais tarde eram homens e mulheres.* Um momento de expectativa. A coisa pensava. Ah, compreendia, julgava compreender. Mas era estranho.

«Vê se estás calada e dorme!» Era o pai. Ela estremecia e logo a barra esfriava; Mea sabia que era escusado esperar mais. Nesses momentos detestava o pai. Mas dizia em voz calma: «Muito bem. Estava a estudar. Pronto, vou deitar-me.»

As mulheres têm filhos, dissera. Na barriga. E aquilo, o facto de as mulheres terem filhos, havia tempo que a afligia. Aos catorze anos ainda lia histórias de fadas, porque nessas histórias tudo era puro e assexuado. O príncipe e a princesa casavam e pronto, era o fim. Mais nada para além dele. No liceu as companheiras riam do seu puritanismo. Achavam-na parva. Mas isso também lhe era indiferente.

Sentia-se detentora do maior segredo do mundo, e o seu mundo era muito maior do que o dos outros.

Aquele segredo um dia foi mesmo tão grande que ela começou a escrever, a encher um caderno com as suas conversas, e a fechá-lo à chave junto da barra azul-céu. Agora sentia-se mais liberta, e, quando chegou o verão, ia às vezes até à margem do rio que ficava perto, de olhos fixos nos pequenos objetos que a corrente arrastava.

Se fosse menos criança e menos secreta, se fosse outra, enfim, mas como podia ela ser outra?, teria ido a um médico ou teria lançado àquele rio implacável a linda pedra azul. Ela, porém, estava só no mundo. Ela e a voz calada que vinha de além-estrelas. Anormal, dissera o pai um dia. Anormal e louca seria o mesmo?, pensava. Mas também não se detinha no caso. Domingo fora ontem ou era amanhã; isso, sim, era importante. O mensageiro quando viria? E ela seria capaz de o reconhecer, de o acompanhar?

«Como é ele?», perguntava às vezes. Diferente. Que devia estar preparada para tudo. «Diferente como?» Que era impossível dizer. Que, se ela própria explicasse como era, a coisa não a compreenderia. Não havia termos de comparação. Quereria ir? Devia pensar muito, resolver, *lá* não se obrigava ninguém a fazer nada contra vontade. *Lá* era assim. «Quando *o* vir, resolvo», declarava com firmeza. Muito bem, muito bem. E a luz apagava-se na palma da mão de Mea.

Quando ela desapareceu, e pela manhã o pai arrombou a porta do quarto e os móveis estalaram alto como se gritassem mas sem ninguém os ouvir, todos choraram e se lamentaram. A janela estava aberta de par em par e então correram para ela e os olhares fixaram-se no rio, lá adiante, vazio e impassível naquela manhã serena. Um rio que dir-se-ia haver parado, não ter de súbito nascente nem foz.

«Ela costumava ir sentar-se na margem, escorregou com certeza», disse um dos irmãos.

A margem era agora percorrida por homens que afastavam os juncos e magoavam com grossos paus as águas quietas, expulsando dos seus buracos os peixes prateados. A gaveta não foi arrombada; estava aberta. A barra azul e o caderno lá estavam lado a lado. A mãe dormia porque lhe tinham dado um sedativo muito forte; as crianças, inquietas, não sabiam que fazer, passeavam pela casa como almas penadas; o pai, de olhos inchados, lia o caderno onde a filha falava, na sua letra bem feitinha, ainda infantil afinal de contas – ou está bem de ver? – daqueles curtos diálogos apaixonantes e do mensageiro que havia de chegar, que vinha a caminho. Que vinha a caminho desde quando?

À tarde o pai foi até ao rio-afluente, lançou às águas aquela barra azul e inerte. Olhava intensamente, raivosamente para o rio a abrir-se e logo a fechar-se; nunca olhou o céu anuviado, velando todos os seus mistérios.

O PONTO MÓVEL

Gostava de compreender mas não consigo, é demasiado difícil para mim. Faço por me concentrar num determinado ponto, esforço-me depois por recuar no tempo, por recuar o mais que me é possível no tempo. Construo hipóteses, encaro possibilidades, caminho, perco-me de mim mesmo, já nem me vejo. Às vezes fecho os olhos, tapo os ouvidos, não quero ver nem ouvir, não quero. É como se pairasse. Faço por me concentrar num determinado ponto, mas o ponto move-se, afasta-se, é cada vez mais pequeno, quase invisível, invisível. Estou perdido.

Volto apressadamente. Quero pensar como dantes pensava. Ter pontos de referência. Moedas romanas, esculturas romanas. Os romanos portanto. E antes deles os celtas, os iberos. Mas antes? *Mais longe? Muito mais longe?* Sou um homem vulgar. A certa altura estaco, nem mais um passo. Diante de mim um areal imenso varrido por um vento que passou há minutos, há dias, há anos, há séculos. Há quantos séculos? Há milénios. Há quantos milénios?

Haveria homens no tempo daquilo? E animais? Animais decerto. Lembro-me de ter lido: «E disse Deus: produzam as águas com abundância répteis de alma vivente; e voem as aves sobre a face dos céus.» Mas o meu problema continua sem solução. Porque no meu problema não há aves nem répteis de alma vivente. Quando aconteceu *aquilo*? Como? Qual o seu significado?

Vivo há muitos anos numa pequena quinta que cultivo, tenho um trator, uma escavadora e um arado eletrónicos, e vários *robots*. É uma quinta longe de tudo. Vejo as máquinas trabalharem a terra, cuido delas, vigio com a minha mulher os trabalhos, leio os meus livros de mecânica agrícola. Perdão, lia-os. As coisas mudaram ultimamente. Em todo o caso, a quinta foi durante anos o meu mundo, aquele onde me era grato viver. A minha mulher também gostava do campo. Não tínhamos filhos nem ambições. O presente era o nosso tempo.

Todos os dias pela manhã dava uma volta pela quinta, a fim de verificar se tudo corria bem. Foi numa dessas voltas que avistei as moedas, brilhantes ao sol, por entre a terra avermelhada e fofa. Apanhei-as. Eram quinze moedas já bastante gastas. Levei-as para casa e a minha mulher, que estudou numismática, observou-as à lupa com atenção. Moedas romanas, declarou por fim. Sestércios do tempo de Cómodo.

Na manhã seguinte fomos os dois até ao local onde eu os tinha encontrado. Íamos munidos de duas pás antigas que eu guardava num sótão por curiosidade e cheios de súbito entusiasmo por uma velha, esquecida – ou abandonada – ciência. A minha mulher gostaria muito de possuir uma ânfora ou uma estátua – quase não dormira a pensar nisso – e dizia-me com entusiasmo que a quinta podia muito bem esconder uma povoação romana. Encontrámos mais algumas moedas nesse dia; ao fim da tarde uma bela cabeça de homem com a orelha direita quebrada. Nos dias que se seguiram continuámos a cavar em profundidade mas nada mais apareceu. Também em largura não fomos mais felizes. Dir-se-ia termos extraído daquele pedaço de terra tudo o que ele podia dar. Apesar disso, resolvi recorrer à escavadora. Não a tinha ainda utilizado por recear que as suas mandíbulas de ferro quebrassem qualquer objeto frágil. Estava, porém, fisicamente cansado, tal como a minha mulher, mas sem vontade de desistir. A escavadora portanto. Pergunto agora a mim mesmo qual a razão de tudo aquilo, principalmente qual a razão por que me interessava muito mais escavar verticalmente do que no sentido horizontal. O que queria ou desejava encontrar? A minha mulher desinteressara-se do caso, não assistiu portanto a nenhum dos trabalhos que se seguiram. «Já se viu que não há mais nada», dissera, feliz com a bela cabeça de mármore e esquecida de que fora ela própria a pôr a hipótese da existência de uma povoação.

Um, dois, três, cinco dias. Aos meus pés havia agora uma quase-cratera com uns seis metros de diâmetro, com uns dez metros talvez de profundidade. Parei a máquina, desci por uma escada de pedreiro. Todos os dias, depois de procurar na terra remexida, ia até lá abaixo ver o que se passava. Nunca se passava nada.

Nesse dia, porém, passava-se o que quer que fosse, soube-o ainda a meio da escada. Ouvi. Um ruído estranho. Voz? Talvez não fosse uma voz de pessoa mas era uma voz sem dúvida, e suave. Poisei os pés na terra dura que os dentes da escavadora tinham arranhado em sulcos profundos e vi a caixa encostada a uma das paredes. Um tubo delgado, verde e vítreo, saía do solo, atravessava-a – dava pelo menos essa impressão –, escapava-se dela, entrando de novo na terra. A caixa era transparente e inofensiva à vista. Aproximei-me, ia tocar-lhe, ao de leve, a medo, mas verifiquei que a minha mão não conseguia avançar, era como se ali houvesse uma parede invisível. E a voz pôs-se a falar muito depressa, atropelando palavras que eu não sabia isolar umas das outras, como quem descreve uma coisa precipitadamente, agitadamente, com receio de não ter tempo para dizer tudo o que era necessário, ou com entusiasmo? Com entusiasmo porque ao fim de tantos séculos, de tantos milénios... E para além da superfície vidrada, bobinas enrolavam-se e desenrolavam-se, fitas cruzavam-se, esferas independentes resvalavam umas sobre outras, lentamente quando a voz se atrasava, apressadas quando nela se sentia urgência. Sentei-me no fundo da cratera, a uma distância conveniente, tentei escutar. Uma voz, sem dúvida, mas de quem?

Mas precisará de ser de alguém, uma voz? Aquela afigurava-se-me a voz das esferas tangentes, das bobinas por onde corriam fitas metálicas, a voz de tudo isso, mas também... Uma voz em todo o caso que contava – a quem? –, que transmitia – para onde? – o que uns olhos (uns olhos?) *finalmente* observavam.

Quantas por esse mundo fora?, pensei. Quantas, desde *esse* tempo, escondidas e à espera de que as fossem desenterrar? À espera de poderem dizer lá para cima – lá para cima, que tontice!... A contarem, em todo o caso... A prevenirem, decerto...

Sou um homem simples mas descontente. Um homem que para além do passado encontra o futuro. Um homem que gostaria de saber... Mas saber o quê? Um homem triste desde aquele dia. Os *robots* trabalham com eficiência, o trator e o arado também. A minha mulher sorri esquecidamente àquela cabeça de homem, de estranho olhar vazio. Deixei de ler; penso. Faço por me concentrar num ponto, esforço-me depois por recuar no tempo, por recuar o mais que me é possível no tempo. Cobri novamente de terra a máquina – uma entre tantas! – que *eles* cá deixaram talvez na sua última visita. Tapei-a para não pensar nela e não consigo pensar noutra coisa. Fecho os olhos, tapo os ouvidos para não a ouvir. É como se pairasse. Faço por me concentrar num determinado ponto mas o ponto move-se, afasta-se, é cada vez mais pequeno, quase invisível, invisível. Estou perdido.

BAÍA TRISTE

A mulher esperava. Tinha olhos largos na cara magra, abismos talvez perigosos no olhar e um vestido curto, tricotado em pétalas de rosa que um tratamento especial transformara em fio dúctil. Esperava, sentada num *fauteuil* cor de mel, que o homem na sua frente, para além da enorme secretária branca, lacada, folheasse até ao fim o *dossier* que ali a trouxera. As suas mãos pequenas, quase transparentes, apertavam-se, torturavam-se, pareciam exangues, para logo se colorirem. Eram a única parte do seu corpo que consentia em mostrar, por distração talvez, como ela estava ansiosa. Quando o *dossier* se fechou, a mulher disse: «Então?» E a sua voz, essa sim, mostrava, melhor ainda do que as mãos, a sua angústia. Uma simples palavra, «Então?», mas uma voz quase animal, mais som do que palavra. Um som arrancado do seu próprio corpo, trazendo consigo fibras sangrentas de coração, de nervos, de sexo? Um som antigo de meia hora, à espera de sair logo que o *dossier* se fechasse, saindo mal, por fim. «Então?»

O homem olhou-a. «Compreendo o seu estado de espírito», disse. «Há cinco anos que aquilo dura, não é verdade?» E olhou maquinalmente para o teto.

«Há cinco anos», disse ela numa voz subitamente calma, como se o salto inicial a tivesse feito cair por terra, de repente sem forças para se endireitar. «Há cinco anos, dez dias e quatro horas.»

«Compreendo o seu estado de espírito, mas, no fundo, creio que não é a mim que deve recorrer, mas a um médico. Ele poderá ajudá-la a recuperar uma certa tranquilidade. Uma cura de sono ser-lhe-á muito útil, pode crer.»

«É tudo?», disse ela levantando-se com precipitação, quase fazendo tombar uma mesa.

O homem esboçou um gesto suave pedindo-lhe que se sentasse de novo, que o ouvisse. «O seu caso não é único no mundo. Há dezenas. Haverá centenas dentro em breve. Compreendo que é difícil para as mulheres, para os pais, para os filhos.»

«É difícil. Não pode compreender como é difícil.»

«Claro... claro...» Falava-lhe com suavidade.

«As pessoas habituaram-se a um certo número de acontecimentos inevitáveis e esse era um deles. Durou... quantos séculos? Mas não há nada totalmente seguro, creio eu, todas as certezas acabam um dia, temos que encarar novas hipóteses, temos que as reconhecer como aos novos países. Eu sei que era... por assim dizer... confortável. Aceitamos melhor as coisas que acontecem a todos, e que aconteceram sempre. A morte, o cadáver ali, em determinado lugar, sempre o mesmo, a terra. Tínhamos uma ideia poética de flores a nascer da podridão, mesmo quando uma grossa lousa impedia qualquer erva de nascer. Eu sei. As pessoas iam lá – vão lá – e não pensam no que está ali mas num homem, numa mulher, como os viram pela última vez, adormecidos. Está *ali*, que serenidade. E depois, a lei de Lavoisier... Ajudou-nos muito, esse velho sábio. Meteu-nos à força numa engrenagem.»

«Continue», disse ela. «É isso mesmo.»

«Sei que é. Vou todos os anos ao cemitério visitar um retângulo de terra onde deixei, ainda eu era novo, a minha mãe coberta de gladíolos. Não penso, vou lá, é um rito. Se refletisse não iria, mas recuso-me a refletir. Por isso a compreendo. Mas nada posso fazer por si. Suponho que não veio para ouvir os meus conselhos.»

«Não, não foi para isso que vim. Quero saber o que eles pensam.»

«Embora sem a mínima esperança, fiz a pergunta que me pediu que fizesse. Nada. Todo o dinheiro é pouco para tentativas de triunfo, não é possível gastá-lo para reaver os despojos de um fracasso. Lembra-se da História, do tempo dos navegadores? Eram espanhóis, portugueses, ingleses. Tinham sido *vikings*, sei lá! Era como aparelhar naus e galeões, não para descobrir e conquistar novas terras, mas para trazer a uma mulher, entre centenas de mulheres, o seu marido morto lá longe, numa ilha perdida. Só que a ilha atual se move a uma velocidade enorme e o oceano também é vertical. Deve compreender.»

«Devo. Mas há uma diferença entre compreender e aceitar.»

«Domine as suas emoções. Quando o conseguir, aceitará. Por isso a aconselho a ver um médico.»

«Não quero ver médico nenhum.»

«Porquê?»

«Porque não quero aceitar. Se o médico for bom, se se interessar pelo meu caso, posso ficar serena, achar natural o que o não é, começar a dormir bem, gostar outra vez de nadar e andar de barco e comer e beber. Posso pensar até em casar de novo, que diz?»

«Pode. É jovem e bonita.»

«É isso que não quero.»

«Está a reagir como uma criança. Ou como uma jovem romântica do passado. Que idade tem?»

«Vinte e oito anos.»

«Ainda pode ser muito feliz.»

«Não quero ser muito feliz. Oponho-me a isso.»

O homem sorriu. «Porque comprou então esse vestido de rosas?»

«Foi o vestido do meu casamento. Visto-o de vez em quando.»

Ele levantou-se, abriu os braços, suspirou:

«Gostaria de a ajudar, mas não sei. Creia que lamento muito. Se puder ser-lhe útil em qualquer outra coisa...»

A mulher estendeu-lhe a mão e saiu. Era uma mulher alta e delgada, de cabelos pretos, e o seu vestido ainda cheirava a rosas frescas, embora não tanto como na manhã em que o estreara para se casar. Agora, porém, era tarde, e esse aroma discreto tinha o que quer que fosse de incongruente. A noite começara havia pouco a descer devagar, muito devagar, envolvendo a cidade de arranha-céus naquele véu transitório que lhe ia protegendo as cores, atenuando-as, num caminhar invisível mas contínuo. A mulher pensou que não desejava ir para casa, essa casa-gaiola, pequena e vazia, hostil, que a esperava num vigésimo andar. Passeou durante longo tempo pelas ruas sem céu. Montras iluminadas de lojas que já tinham fechado, candeeiros com as suas poças de luz fluorescente, ruas escuras, quase desertas porque as pessoas estavam a jantar àquela hora nos restaurantes ou em suas casas. Parou a certa altura porque sentiu frio e verificou, estremecendo, que era noite fechada e que estava junto da baía. Havia luzes pelo mar e essas luzes uniam-se estranhamente às da redonda abóbada celeste. Eram centenas, milhares, milhões, as quietas estrelas dessa noite agora transparente e ainda nova, que iluminavam aquela imensa superfície côncava. Dir-se-ia estarem mais baixas do que nas outras noites e bastar estender o braço para lhes tocar. Mas talvez nas outras noites ela não as tivesse olhado tão longamente, com tanta concentração. Sentou-se num banco, deitou a cabeça para trás e pensou mais uma vez no marido, que fora um homem bom, saudável e entusiasta. Um homem inquieto também, insatisfeito. Queria sempre fazer mais, fazer melhor, ir mais longe. Estava sempre a partir, a começar. Estável só o seu amor por ela, um amor de quando ambos tinham quinze anos. Pensava nesse tempo, quando lá em cima, em frente dos seus olhos abertos, uma luz pequenina mas extremamente viva e aguda começou – ou continuou – uma inesperada viagem da esquerda para a direita. O seu movimento era vagaroso, parecia-o pelo menos, mas não hesitante, de modo algum, e ela soltou um grito abafado, sentiu de repente o coração enorme porque *soube* que se tratava dele, do astronauta feito estrela. Procurou seguir a luz, abrindo muito os olhos, e fê-lo até lhe ser possível, até ela desaparecer por detrás de um aglomerado de nuvens brancas. E então, quando ela se ausentou, porque a sua viagem era sem fim e não consentia demoras, a mulher voltou para casa devagar. Tinha o rosto molhado de lágrimas e uma grande tranquilidade no coração. Sentia-se subitamente apaziguada e quase feliz.

CASA DE REPOUSO PARA INTELECTUAIS E ARTISTAS

Claro que «repouso» era um eufemismo. Asilo estaria mais perto da verdade, asilo confortável, é certo, com pessoal gelado mas atencioso e eficiente. A palavra «asilo» fora, porém, banida de todos os dicionários do mundo e só os de linguagem arcaica, guardados em velhas bibliotecas para estudiosos do passado, mantinham a definição de «estabelecimento para educar crianças pobres e recolher inválidos, velhos ou doentes». Asilo não era a única palavra proibida. Havia, naturalmente, muitas outras.

Repouso sugerira em tempos uma coisa transitória. Ali, porém, nada de transitório. Os artistas que se encontravam a «repousar» sabiam perfeitamente que aquela era, por assim dizer, a sua penúltima morada, uma antecâmara, por assim dizer. A outra, a definitiva, ficava não muito longe, num campo onde todos estariam de pé, para todo o sempre de pé porque o mundo era cada vez mais reduzido e não consentia posições desnecessariamente confortáveis.

Por enquanto todos tinham uma pequena cela quase monástica, mas claro que com telefone à cabeceira e televisão na parede em frente, dentro de um nicho. Dispunham também de um elevador que todas as manhãs de sol os descia, às dez horas prefixas, como um comboio, até ao pequeno jardim-horta-pomar onde lhes era permitido e mesmo vivamente aconselhado passear um pouco ou sentar-se durante duas horas, prefixas também, a tomar ar. Havia ainda a sala de convívio, onde, em cadeiras confortáveis, conversavam durante a tarde, jogavam, sonhavam que ainda eram quem tinham sido. À noite recolhiam cedo aos seus quartos, com o pequeno *écran* por companhia facultativa. Todos eles eram velhos e revelhos.

Formavam-se grupos, naturalmente. Aquele era um desses grupos. A mulher branca e gorda, de rosto ainda bonito, muito liso para a idade, Klava Brown, fora atriz, uma das maiores do seu tempo, com quilos de correio diário, sete secretárias-datilógrafas, casa com piscina em forma de coração, três automóveis, quatro maridos, quatro divórcios. Os seus filmes a cores e em relevo tinham ido a toda a parte através da Mundovisão. E houvera suicídios por sua causa. Um dos homens do grupo fora escritor e chamava-se Delamare. Um escritor dez vezes premiado e já esquecido, era natural. Mas havia trinta e cinco anos ainda os grandes *magazines* o disputavam a golpes de zeros à direita. Algumas pessoas ainda se lembravam mesmo de um processo entre o *Hebdo* e o *Flash*, e entretanto ele, Delamare, sorridente e à espera. Agora o *Hebdo* e o *Flash* já não existiam, tinham sido comprados por um grande *trust* mundial (comprados para serem mortos), e até isso não causava espanto porque tudo morre e toda a gente. Ele, por exemplo, Delamare, ou melhor, o seu corpo, ali estava prendendo por um delgado fio de vida, dia a dia mais fino, mais esfarelado, essa coisa invisível que era a sua alma imortal. Havia ainda no grupo um pintor, Marcelo Fontana, que sofria de insónias; um cineasta com reumático, Werner; uma poetisa de lentes de contacto e movimentos sacudidos, Raquel Nordling, que, diziam, não sofria de nada de concreto e não queria que lhe falassem da velhice; um dramaturgo, com dois enfartes de miocárdio e lapsos de memória, Pablo Mell.

Era o único grupo heterogéneo. Em geral, os velhos artistas gostavam de procurar pessoas com interesses muito semelhantes. Por vezes tinham sido até inimigos, concorrentes a um mesmo lugar, a um mesmo prémio. Agora, porém, tudo estava esquecido, e a proximidade da morte unia-os. Por exemplo, aqueles dois poetas que se haviam insultado de tudo, agora passeando sempre inseparáveis, de braço dado e riso fácil.

Havia uma razão para que o grupo fosse diferente. Todos eles se tinham conhecido cá fora – no mundo, diziam como os religiosos – e houvera mesmo um longo idílio entre a poetisa e o pintor, com fotos nos jornais e entrevistas na rádio. «Tencionam casar?» – «Qual a opinião de ambos sobre a vida em comum?» – «Acham que as vossas respetivas carreiras, embora próximas, embora de certo modo se completem, podem vir a afastá-los?» Perguntas dessas tinham-lhes sido feitas às centenas. Quanto à atriz, Klava, essa fora mesmo casada com Werner, o cineasta, e depois da separação – o casamento durara três meses e fora o primeiro de Klava – tinham ficado sempre inimigos dedicados. Fora pois um prazer doentio (mas exaltante) para ela encontrá-lo ali, na casa de repouso. Houvera como que um regresso ao passado, embora à exaltação se misturasse uma certa amargura. Estava velha, feia, esquecida, pobre, porque, tal como os outros, delapidara alegremente o que ganhava. O escritor, Delamare, esse, conhecia-os a todos há muitos anos e, a bem dizer, fora em torno dele que a pequena colónia se formara. Tinha sido durante a vida inteira um homem admirado e respeitado, e dava receções estrondosas, às quais todos os do grupo tinham ido, receções essas onde se bebia muito e se discutiam os problemas de todos eles. Agora, era dolorosamente agradável, doce e amargo, recordar esses momentos do tempo em que eram novos e admirados, brilhantes e ricos. Amados também, claro está, embora as recordações amorosas fossem, agora, para eles, as menos importantes.

«Eras lido pelo mundo inteiro», dizia-lhe Raquel. «Meu Deus, como me fizeste chorar com as tuas histórias. Houve uma tal Sharon...»

«Lembras-te?», perguntava ele com uma certa ansiedade. «Consola-me saber que ao menos, em dada altura...»

«Todas as mulheres te liam, todas. As coisas que escrevias eram, como direi?, emocionantes. Ou talvez emocionantes não seja bem a palavra. As mulheres entravam na história; eram Sharon ou Brunilde ou Cini. Não pensavam, sentiam. E de noite podiam sonhar.» Era ainda a poetisa que falava.

«Os *magazines* onde colaboravas esgotavam-se em poucas horas», afirmava a atriz, Klava. «Foste um homem feliz, que mais podes desejar?»

«Sim, foste um homem feliz», concordava Raquel. «Agora eu...»

«Tu? Mas foste a maior de todas!», exclamou o cineasta. «Ainda sabemos de cor os teus versos, Raquel. Ouvíamo-los todas as noites, todas as noites...»

Depois era a vez do cineasta, em seguida do pintor, mais tarde do dramaturgo. Adulavam para que os adulassem, era-lhes tão necessário como respirar. A velhice era uma coisa triste mas não tanto como o esquecimento a que tinham sido votados. O escritor murmurava às vezes, de si para consigo: «Dantes havia umas coisas chamadas literaturas... havia bibliotecas... havia livros...» Mas só se lembrava disso quando estava só.

Junto dos outros recordava o tempo, esse início do século XXI, em que havia sido magnífico com as suas disputadas fotonovelas. O cineasta lembrava os seus folhetins televisionados (séries de um ano) de que Klava fora a deslumbrante e arrebatadora intérprete. A poetisa pensava nos belos *slogans* rimados ou em verso branco que escrevia, inspirada, para os belos e coloridos cartazes publicitários do pintor. O dramaturgo nem sempre se lembrava do que tinha feito – passara tanto tempo – mas alguma coisa fora, decerto, para ali estar. Ah, sim, aquelas longas peças, dadas a dez minutos por semana. Quando tinham a sua dose de elogio mútuo – a idiolatria não se atenuara com a idade –, levantavam-se consolados, despediam-se até ao dia seguinte. Sozinhos no quarto pensavam no que então diriam, no que recordariam em voz alta, num ou noutro facto de que se haviam esquecido até então e que o subconsciente, amigo ou benemérito, subitamente lhes oferecia. Ajudando-os a ignorar que estavam mortos.

AS MÃOS IGNORANTES

O mundo era muito velho naquele dia e, como velho que era, sabia muitas coisas, embora ultimamente houvesse esquecido ou baralhado algumas delas, era normal. A memória enfraquecera-lhe, aquela jovem memória dos seus tempos de descoberta, de luta, de entusiasmo salutar, de admiração. Agora tudo estava realizado, visto e revisto, etiquetado, armazenado, coberto de pó, esquecido. Já não existia também tempo a perder. O tempo deixara de ser fluido, de escorrer se necessário, de tomar a forma que quisessem dar-lhe dentro do seu continente de vinte e quatro horas. Dantes, melhor, outrora, no passado, as horas podiam estender-se ou encurtar-se, e aquilo que as enchia obedecer a um certo critério de preferência, ou até urgência, de escolha pessoal ou de obrigatoriedade pessoal também. Mas o mundo, com o decorrer da idade, fora aperfeiçoando cálculos e planos matemáticos, e agora tudo estava realizado e perfeito e ele podia mesmo dar-se ao luxo de cabecear um pouco. O tempo deixara pois de ser fluido. A sua matéria dir-se-ia sólida e inquebrável. Vinte e quatro cubos de tempo em cada dia. Um para preparar o sono, oito para dormir, dois para comer, nove para trabalhar (peças soltas de uma imensa máquina), um para cuidados médicos (os cuidados que as máquinas exigem para estarem sempre em boa forma), coisas assim. Todos os anos uma viagem de férias, nunca em família para o descanso ser completo. As pessoas podiam escolher a Lua, Vénus, Marte, a Terra, há gostos para tudo.

As poucas obras de arte que restavam das últimas guerras mundiais estavam todas elas reunidas numa cidade-museu da América; os livros numa cidade-biblioteca no centro da Europa. Mas mais ninguém escrevia, nem esculpia, nem pintava. Por falta de tempo mas também por falta de interesse. Tudo fora feito e durante uma longa sucessão de séculos a arte e a literatura tinham tido importância e as pessoas gastavam o tempo a escrever, a pintar, a ler, a olhar atentamente para as telas. Houvera mesmo quem tivesse quadros e livros em suas casas. Uma ou outra pessoa, embora isto fosse raro, preferia passar as suas férias numa dessas cidades-museu e não nos planetas estrangeiros. Mas tratava-se geralmente de seres a quem a longa viagem aérea assustava, ou a quem ela era proibida pelos médicos. Tal proibição era, porém, difícil de provar e por isso as pessoas se envergonhavam de dizer que conheciam de vista a princesa Nefertiti ou a *Guernica*. Isso equivalia a poderem ser consideradas cobardes. Os raros indivíduos que se interessavam pelo passado e iam visitar a cidade-biblioteca durante as férias também não falavam muito no caso e preferiam, tal como os outros, exibir um certo ar misterioso quando lhes perguntavam de onde tinham vindo.

Fran, um homem que sofria de vertigens e fora passar as férias à cidade-biblioteca, descobriu, num velho livro que por acaso se pusera a folhear, uma coisa louca e de certo modo apaixonante. Tinham existido outrora seres malignos a quem chamavam bruxas ou feiticeiras e que prestavam culto ao deus das trevas, Satanás. Essas mulheres reuniam-se nas florestas e matavam à distância as pessoas, reproduzindo-lhes a imagem e espetando-lhe depois um alfinete no coração. E nas clareiras das florestas, brancas e nuas, prestavam culto ao senhor do Mal. Esse homem sorrira, encolhera os ombros. Mas à noite, no seu quarto de hotel, dera consigo a pensar naquilo. Porque um homem desse claro mundo sem mistério podia sentir-se atraído por coisas escuras e ilógicas. Podia sentir-se incompleto e um pouco angustiado nesse mundo de passado esquecido e já sem possibilidade de futuro. Angústia tornara-se, porém, uma palavra tabu e as pessoas já lhe desconheciam mesmo o sentido nesse ano, nesse mês, nesse dia em que Fran descobriu o feiticismo.

Uma mulher, por exemplo, Gilia, não sabia o que era angústia mas sentira-se desde sempre angustiada. Um ano antes tinha ido ao médico que a aconselhara a casar-se depressa. Segundo ele, ficaria bem depois disso. Gilia tinha-se dirigido à agência que se encarregava de tal género de casos e daí por um mês estava casada. Não era muito bonita mas agradável à vista, e durante algum tempo julgou-se feliz junto do marido que parecia gostar dela. Um dia, porém, a angústia voltou. E Gilia pensava olhando as mãos: «Devo fazer qualquer coisa, *tenho* de fazer qualquer coisa.» Mas o quê? Ela era uma das trezentas analistas de um grande laboratório, e todos os dias as suas mãos brancas e leves tocavam tubos de ensaio, carregavam em botões, enchiam e esvaziavam frascos. Mas não era aquilo que as suas mãos pediam, ela sabia-o. O que seria, então?

No fim do seu ano de trabalho, recusara a viagem a Marte que lhe era oferecida e, dizendo claramente que tinha medo, escolheu a cidade-museu, algures na América. Quando voltou sabia o que as suas mãos desejavam, embora ignorasse ainda como agir.

Uma noite, nessa noite, foi até ao rio durante a hora considerada de preparação para o sono. Ficava perto, o rio, e nas suas margens havia juncos e havia barro. Ela deteve-se um pouco a olhar para as estrelas, algumas das quais se moviam porque não eram estrelas mas navios de passageiros, depois apanhou com ambas as mãos aquele barro avermelhado e pegajoso, que meteu na mala. Entrou em casa devagar porque o marido já dormia (eram peças diferentes da enorme máquina, e ele ajudava a fazer os tubos de ensaio com que ela trabalhava). Dirigiu-se para a cozinha, abriu a mala, tirou o barro, que colocou sobre a mesa.

Que iria fazer?, pensou. Lembrou-se de uma pequena figura de Tanagra e sorriu. Se conseguisse... E se conseguisse reproduzir com aquelas mãos inexperientes mas tão entusiastas o rosto do marido, o seu corpo? Seria engraçado ver o espanto dele na manhã seguinte... Olhou para o relógio, verificou que estava, pela primeira vez na sua vida, a infringir uma lei. Devia estar a dormir, eram horas. Não havia tempo a perder e ela ia perdê-lo. Estava a dar-lhe forma como àquele barro que as suas mãos apertavam, depois tocavam ao de leve, moldando-lhe um nariz, rasgando-lhe os cabelos com as unhas. Esqueceu-se do tempo, deixara de ser quadriculado para ela, Gilia. Deixara de comandar a sua existência. E pela primeira vez também se sentiu feliz, completamente feliz. Era aquilo o que as suas mãos sempre haviam pedido.

«O que estás a fazer?» Era manhã, que estranha coisa, e ela nem sequer dera por que a noite passara nem por aquela claridade que vinha da janela. Agora o marido estava ali e dizia numa voz estranha: O que estás a fazer?

«Não vês?»

Fran de barro sobre a mesa de plástico cor-de-rosa. Não vês? Não gostas? Estás zangado? Porque estás zangado? Achas que é proibido, achas que fiz *mal*? Tudo isso perguntavam os olhos de Gilia durante o longo silêncio que se fez. Entretanto, Fran pensava, recordava o que quer que fosse.

«Sei o que isto é», disse por fim brandamente. «Sei. Li um livro. Nunca te falei nisso, mas estive na cidade-biblioteca. Um livro antigo, chamava-se... como se chamava esse livro? Enfim, um livro com séculos e séculos... Alemão. Isso aí» (e estendia um dedo acusador) «é feitiçaria. Agora, quando eu cheguei, ias espetar um alfinete no meu coração. Onde está o alfinete? O alfinete?»

Ela ignorava o que era um alfinete e só sabia acenar negativamente. Mas, quando o viu abrir a gaveta e tirar aquela faca aguçada, soube que tinha que fugir depressa. Era alta, corria bem. O jardim, pensou. O jardim. Atrás dela o marido e os seus gritos: «Queria matar-me, queria matar-me! É uma bruxa!» Atrás do marido a gente que acordava, espreitava, que finalmente o seguia. E quando Gilia chegou perto das árvores, vozes de homens e de mulheres gritavam: «À morte! À morte!» Um grito que ela nunca tinha ouvido, mas que voltava, incólume, da noite dos tempos.

Gilia continuava a correr, já quase não podia respirar quando atingiu a parte mais cerrada do jardim, onde as árvores eram maiores, mais copadas e mais próximas. Uma mulher de branco naquela madrugada de outono, de olhos exorbitados e sem poder respirar. As suas roupas estavam quase rasgadas e ela toda ferida pelos cardos que mal via, e de súbito quase nua. Depois, não pôde mais e deixou-se cair numa pequena clareira.

Foi aí que eles a encontraram.

ESTÃO TODOS LÁ FORA?

A mesa onde tomávamos as nossas refeições num silêncio místico era uma vulgaríssima mesa de elion, em forma de rim, dessas que se vendem nos grandes armazéns, com os talheres colocados, naturalmente, só de um lado, o reentrante. O *écran* ocupava o centro da parede fronteira, levemente inclinado para baixo, a fim de as imagens se manterem perfeitas. O aparelho, escusado será dizer, estava metido no nicho competente. Todas as divisões de todas as casas de todas as cidades que vi até hoje têm nichos idênticos, um pouco mais largos uns, mais altos outros, conforme as preferências do arquiteto. Acha que não vale a pena dizer isto, comissário? Acha que todos o sabem? Claro que sabem, mas... Terão reparado mesmo na existência desses nichos que já ali estavam quando nasceram? Melhor, terão algum dia pensado que eles podiam não existir? Que as paredes podiam ser totalmente lisas? Estou a afastar-me do problema? Pronto, voltemos ao problema. Mas qual era ele, vendo bem? Pode chamar-se-lhe problema, comissário?

Desculpe, eu sei que não tem tempo a perder. Desculpe, comissário, mas a verdade é que não sei falar de outro modo. Às vezes o meu pensamento flutua um pouco, solta-se, aí vai ele, que será isto? Enfim, regressemos. Como eu estava a dizer-lhe, uma mesa em forma de rim. Ao centro a minha mulher, à sua direita eu, à sua esquerda o nosso filho. Os cotovelos tocavam-se mesmo que não quiséssemos.

Uma família unida, pode acreditar. Porque me estou a rir? Sei lá porque me estou a rir! Talvez tenha dito uma coisa engraçada, ou talvez a tenha pensado. Comíamos os três em silêncio, suspensos – eu, pelo menos – do pequeno *écran* onde Vana falava e sorria e distribuía gratuitamente sonhos das nove às dez da noite. Havia anúncios, claro está. Fume cigarros *Marsch*. Beba cerveja *Ambar*. Use meias *Nerol*. Prefira carros *Zeli*. Eu sou esperto, visto *Label*! Mas depois Vana chegava. Posso falar-lhe do sorriso de Vana, da sua voz? Claro que acho importante. Cada um vê as pessoas a seu modo, e a sua Vana e a minha são, estou certo disso, diferentes. Pensou algum dia ao vê-la, ao ouvi-la, em música do velho Stravinsky, em taças de cristal, daquelas que cantam se lhes tocamos ao de leve, em fontes de inverno? Poesia! Qual poesia! Vana lembrava-me essas coisas, só isso: música, fonte, cristal. Mulher, naturalmente. A sua maneira de falar, de sorrir... Uma frase, um sorriso a pontuá-la, e esse sorriso era alegre, triste, melancólico, compreensivo, levemente trocista, levemente astuto. Como nós queríamos. Vinte anos, não é verdade, inteligente, graciosa, bela. Aqueles olhos de esmeralda, comissário. Aqueles cabelos loiros... Cheia de amor para *me* dar... Não se ria. Eu sei que todos os homens estavam mais ou menos apaixonados por ela, que o meu caso não era único. Eu sei. Mas não se trata disso. Naquela noite, Vana... Perdão, vamos por partes... Quer ou não quer perceber as coisas, comissário? Então...

Conhece Marcus Ball, naturalmente. Ele toca harpa elétrica e diz ao mesmo tempo: «És tu aquela por quem sempre esperei. Vamos gastar o domingo passeando pela Via Láctea...» É o que ele diz. E a minha mulher, que tem quarenta anos e é ruiva, comia e bebia num completo mutismo, e corava e empalidecia ao vê-lo e ao ouvi-lo. E quando à noite nos deitávamos, eu sabia que éramos quatro: eu, ela, Marcus e Vana.

Eu sei, comissário, que Vana e Marcus foram colocados pelo Grande Protetor, ali, nas nossas casas, para que se faça sem problemas aquilo que deve ser feito. Quando as eleições se aproximarem, Vana dirá «Votem comigo no Grande Protetor», e os homens precipitar-se-ão a votar nele. As mulheres ouvirão Marcus Ball e segui-lo-ão. As crianças... Essas felizmente ainda não votam. Essas treinam-se no tiro ao alvo, porque devem treinar-se desde pequenas, e Steve Darc, o seu herói, nunca falhou um tiro e é assim que vence os homens de Vénus nos filmes que interpreta. Toni, o nosso filho, ficava em transe sempre que via a série *Astronauta invencível*, com Steve como protagonista. Esses filmes não nos interessavam, nem à minha mulher nem a mim, e nessas alturas conversávamos um pouco. Eu disse que conversávamos? Pura distração. Já não sabíamos conversar. Limitávamo-nos a mudar de canal, porque Toni também tinha um nicho no quarto, e deixávamo-nos arrastar pelos nossos pensamentos.

O pior, dizia eu há pouco... O pior? Não, disse simplesmente que Vana, naquela noite... Eu estava sozinho em casa. A minha mulher deixara uma refeição fria sobre a mesa e fora ao cinema ver o último filme de Marcus Ball, em *écran* panorâmico. O meu filho fora até um dos fan-clubes de Steve Darc que ficava no nosso bairro. Senti-me feliz como há muito não me sentia, comissário. Lembro-me de que suspirei, sorri sem saber de quê, sentei-me à mesa quando o relógio elétrico marcou as 9 horas. Momentos antes tinham sido os anúncios. Fume cigarros *Marsch*. Beba cerveja *Ambar*. Eu sou esperto, visto *Label*. Então Vana chegou e eu comecei a comer sem dar por isso. Lembro-me de que deu notícias de todo o mundo e se referiu à próxima tentativa de chegar a Saturno. Coisas importantes, sem dúvida, mas que ouvi muito vagamente, porque, como já lhe disse, a voz dela era música, cristal, água. Coisas que se tomam na sua totalidade, coisas que não se analisam. Depois disse: «Agora vou falar-vos de Steve Darc.» E sorriu. Era um sorriso longo, como sabe. Começava ao de leve, alargava-se, mostrava aqueles dentes muito certos, obrigava os olhos oblíquos a fecharem-se, depois voltava a ser pequeno, e a imagem apagava-se para voltar de novo com ela já noutra posição. Nessa noite, a posição foi inesperada. A imagem, de resto, não se apagou. Foi como se a câmara tivesse recuado de súbito, e o rosto de Vana pôs-se a diminuir de tamanho, e o seu corpo começou lentamente a aparecer. Eu nunca tinha visto o corpo de Vana, só o seu rosto, em primeiro plano. E ali estava o seu corpo. Um vestido metálico, decotado, curto, mostrando-lhe as coxas altas. O vestido era esverdeado e ela usava pequenas botas da mesma cor. Quando estava toda inteira no *écran*, dobrou a perna direita e saiu cá para fora. Custou-lhe a sair porque a mesa retangular que a minha mulher encostara à parede do nicho ficava bastante abaixo deste. Vana, no entanto, era alta, verifiquei-o nesse momento. Saltou ao de leve, aflorou com os pés a grande taça onde boiavam nenúfares de matéria plástica. No *écran* pude ler que, devido a um acidente inesperado, o programa ia ser interrompido, seguindo-se alguns anúncios. Fume cigarros...

«Olá!», disse Vana.

Levantei-me para a ajudar a descer da mesa e ela perguntou-me se se podia sentar um pouco. Melhor, se eu desejava que ela se sentasse um pouco. Respondi-lhe com entusiasmo que a sua companhia me faria muito feliz e vi-a sentar-se com à-vontade mas um pouco perplexa, embora não tanto como eu.

«Como é possível...», comecei.

Ela interrompeu-me. «Um acidente. Já houve outro, não sabia? Os engenheiros estão preocupados e perturbados. Um desarranjo no "espaço" e a força da atração a atuar como um íman. Você foi o íman, eu a agulha. Aqui estou. O que me quer dizer?»

Eu? De repente senti-me mudo, comissário. Gostaria de falar, claro, mas sabia lá. Quase como se me encontrasse, Deus me perdoe, diante de Deus. O que pode uma pessoa dizer a Deus, assim, de repente, sem preparação?

«Na semana passada foi o Marcus. Estava a cantar e de repente... A mesma coisa, só que era uma mulher que o esperava, uma mulher ruiva, já não muito nova. Deve haver qualquer coisa nos aparelhos. No seu, no dela, noutros decerto. É aborrecido para nós.»

Falava e sorria, e os olhos fechavam-se-lhe e o sorriso alargava sobre aqueles dentes muito brancos.

«Posso ir?», perguntou. «Posso voltar?»

«Dê-me uma das suas botas como recordação.»

Ela riu. «Está bem», disse tirando-a logo. «O Marcus chegou sem gravata.» Entregou-me a sua verde bota metálica, depois explicou que, se eu fosse para outra sala, ou para a varanda talvez, ela poderia voltar para dentro do *écran*. E acrescentou: «É que há milhões de pessoas à minha espera, não vê? Nas suas casas, nos fan-clubes, nos restaurantes, nas *boîtes*...»

Olhei-a uma vez mais, entrei no quarto de dormir onde reparei pela primeira vez numa gravata que nunca fora minha e estava pendurada à cabeceira da cama. Quando voltei, o rosto de Vana era, no *écran*, uma flor a desfolhar-se em sons. Senti-me ao mesmo tempo feliz e frustrado, mais frustrado do que feliz. «Steve», entoava ela, «fale-nos de si. Acha que os jovens da atualidade são muito diferentes dos do século XX?»

O rosto de Steve. «Estive há pouco num fan-clube e mesmo à porta, cara amiga, deu-se um caso...»

A campainha da porta tocou então, comissário. Era um guarda com o meu filho. O meu filho de doze anos e com um ar indiferente. O guarda parecia aborrecido. «Senhor», disse ele. «Este garoto é seu filho?» E, perante o meu gesto afirmativo, explicou que, à saída do fan-clube de Steve Darc, Toni tinha dado dois tiros certeiros no professor de Música Clássica que ia a passar e lhe dissera que Darc era um asno. E acrescentou: «Eu compreendo que um professor dessa música não serve para grande coisa, mas, francamente, era um homem, e o pequeno tem que ser castigado. Que tal dois anos na casa de correção psicológica?» E lá o levou.

Nesse mesmo dia, a minha mulher foi conduzida ao centro psiquiátrico com aquilo a que o médico chamou «extrema agitação emocional». Não ligou grande importância ao caso do pequeno, mas meteu na mala vários *magazines* com fotos de Marcus, artigos sobre ele e uma gravata.

Foi então que entrei na casa de jantar e esmigalhei o *écran*. Não, comissário, juro-lhe que nem reparei que Vana estava nesse momento a conversar com Marcus e com Steve. Juro-lhe também que não sabia que o meu gesto podia matar os três. Ignorava que o problema com o meu aparelho de televisão era tão grave. Eu amava-a, comissário. Eu amava-a.

Que me querem matar? Percebi isso logo que chegou, logo que vi a sua expressão, por isso estou a falar, para que compreenda. Quantos são eles, comissário? Todos? Estão *todos* lá fora? Quantos disse? A rua? O bairro? A cidade? A CIDADE INTEIRA, comissário?

O *ROBOT*

Uma noite qualquer, sem motivo aparente – era um homem rico e que triunfara na vida –, Jerónimo Gall tentou suicidar-se. Não foi um suicídio para a galeria, a determinadas horas, com determinado número de comprimidos, nem mais um. Ele sabia perfeitamente que a sua morte provocaria algumas exclamações de pesar ou de espanto mas que, à exceção do pai e da mãe – e mesmo esses... a distância atenuava os desgostos –, as pessoas, até as que lhe eram mais chegadas, não teriam tempo para muito mais. A vida era uma longa, longa corrente móvel que não se detinha em coisas tão insignificantes como a morte de um homem. Jerónimo Gall desejava simplesmente acabar, e esse desejo não era recente. Acabar; não representar um papel. Escolheu por isso a noite e tomou um frasco inteiro de comprimidos. Não escreveu a ninguém porque sabia que ninguém poderia compreendê-lo, nem mesmo lhe interessava que o compreendessem. Deitou-se, ficou à espera. Só um acaso, uma possibilidade em mil, fez com que a empregada, que dormia fora, se tivesse esquecido de fechar uma torneira. Os inquilinos do andar de baixo acordaram era noite alta com o ruído da água a cair, e a senhora, enquanto o marido esmurrava a porta de Gall, afirmava à porteira, acordada à força, tê-lo encontrado na escada, seria talvez uma hora, quando voltava do cinema. O senhor Gall subia muito depressa, aborrecido talvez por o elevador estar avariado, mas dera-lhe mesmo assim as boas-noites. Era um homem atencioso e um bom vizinho.

Esteve em coma alguns dias. Depois, uma tarde, entreabriu os olhos e sentiu pela primeira vez (pela primeira vez?) aquela leve mas tão quente e cariciosa coberta de sol sobre as pernas. A sua terceira mulher, que saíra de casa semanas antes, veio vê-lo, atribuindo aquele gesto dele ao seu abandono e cobrindo-se de recriminações. Chorava ao perguntar-lhe: «Queres recomeçar?»

Ele ainda falava com dificuldade, e os pensamentos custavam a isolar-se uns dos outros, juntos e apertados ainda numa massa qualquer, viscosa, que os havia envolvido. Podia simplesmente dizer – mas as palavras ter-lhe-iam mesmo obedecido? – que não era nada disso. Maia não o ouviu, porém (ou foi ele que não falou?), porque prometeu muitas coisas, entre elas compreensão, adaptação às circunstâncias, naturalmente amor. A enfermeira veio, salvou-o. Que não podia cansar-se, que os cinco minutos tinham passado. Com ela aquele aroma asséptico a farmácia de categoria, que dominava o *Eleven* que Maia trouxera de Londres. Ela saiu, lançando-lhe da porta o seu sorriso irresistível número 1, aquele que costumava dedicar aos fotógrafos ou aos jornalistas quando a entrevistavam acerca do seu último papel no seu último filme. Depois foi-se embora e ele ficou sozinho naquele quarto branco e lacado, com paredes verde-água, onde os sons do exterior chegavam atenuados, fofos, tão leves. Os olhos fechavam-se-lhe. Gostaria de ficar ali muito tempo, com sono, com aquele cansaço quase bom no corpo enfraquecido, assim, flutuando entre a vida e a morte, nem cá nem lá.

Isso, porém, era impossível. Dias depois estava curado. Que não fizesse outra, ameaçavam-no sorridentes, de dedo espetado, enquanto ele procurava com a mão aquela mística, inexistente mas necessária dor de cabeça. Maia esperava-o, insistiu em levar a mala. Acompanhou-a como um rapazinho dócil. Quando chegaram, ele olhou maquinalmente para a caixa do correio, a abarrotar, mas não procurou a chave, ainda não. Entrou no elevador, entrou em casa, sentou-se. Maia sentou-se também, no braço do *fauteuil*, disse «Querido!», e ele sentiu-se na obrigação de lhe explicar as coisas, de lhe dizer que ela não compreendera, que não era responsável por nada daquilo. De lhe dizer que não fora por sua causa e que não desejava refazer a vida na sua companhia.

«Outra mulher?»

«Não.»

«Julgas que sou parva?»

A mão a aflorar a testa. «Não podes compreender, Maia.»

Ela então falou, falou, mas Jerónimo não a ouvia ou então ouvia-a pouco, aqui e além. Que ele era um egoísta, que mal pudera falar com ele durante os dois anos em que tinham estado casados, que voltara ao teatro para se agarrar a qualquer coisa, já que dele não havia nada a esperar. Que... E que... E que... Devia ter razão, tinha-a de certo modo.

«Não podes compreender.»

Quando Maia saiu, humilhada e cheia de indignação, Jerónimo Gall pensou longamente, procurando outra porta de saída. Talvez houvesse outra, afinal. Outra sem os comprimidos. Uma busca, um reencontro. Dantes...

O telefone. Era do escritório. Tinham sabido que ele regressara a casa, vinham perguntar como estava. A menina Gui, sua secretária, em nome de todos os empregados. «Está a fazer tanta falta, senhor Gall! Há tantas cartas que exigem resposta e não sabemos, na verdade...» Que pusesse de lado. «Já estão, naturalmente. Quando pensa vir, senhor Gall?» Daí por uns oito dias, talvez. «Só?» Só. «E o congresso em Moscovo? Quer que alguém o substitua?» Sim, que o substituíssem. «Quem?» Ela, menina Gui, não gostaria de ver Moscovo? Então... A menina Gui sem fala. A menina Gui feliz, sem saber que talvez começasse nesse instante a ser peça de máquina. Desligou, deu alguns passos pela casa, foi até à sala. Dantes, há muitos anos, gostava de se deitar com um bom livro. Havia ali tantos que nunca tivera tempo de ler. Pegou num volume ao acaso, levou-o consigo, mas não conseguiu ir além da página vinte. A leitura já não o interessava.

A criada só apareceu ao fim da tarde, com o correio. Não sabia que o senhor Gall já viera, que a desculpasse mas tinha tido o marido doente. Jerónimo disse-lhe que podia ficar em casa dois ou três dias. Estava a pensar em ir ver os pais.

«Faz muito bem, senhor Gall. O que precisa é de descansar.»

Descansar não era bem a palavra que ele empregaria, se pudesse. Ou se soubesse? Ainda não se sentia capaz de guiar, por isso tomou o comboio, um velho comboio lento e sacudido, que muitas horas depois se detinha, como que sem fôlego, naquele apeadeiro. Era o da aldeia onde nascera e fora criança, onde os pais ainda viviam numa pequena herdade. Não os via há quanto tempo? Há cinco anos? Há seis? Como estariam?

Estavam na mesma. Eram gente remediada, ficaram espantados ao vê-lo. Por ali? Que tinha acontecido? Estava doente?

Julgou desnecessário contar-lhes o sucedido. Ouviu-os falar, dizer aquelas coisas que sempre lhes haviam preenchido a existência. Esforçou-se por lhes responder, por se interessar. Depois deitou-se, dormiu mal no seu colchão de rapaz, acordou com o sol a entornar-se-lhe sobre o corpo, e a mãe de pé e a olhá-lo, sorridente. Tinha nas mãos o tabuleiro do almoço. «Dantes gostavas muito deste pão, ainda quente. Chegou agora do forno.» Gostava?, hesitou. Na realidade pareceu-lhe sensabor, igual a todos os pães que já comera. Levantou-se, arranjou-se, saiu, seguindo pelo pequeno carreiro que conduzia à lagoa. O aroma antigo da terra, o piar alegre ou angustiado dos pássaros, lá estavam. E também a iridescência azul-verde que nunca mais tinha encontrado em parte alguma. Já havia calor àquela hora, e tudo lhe pareceu igual ao que era dantes. Como que estático. Dir-se-ia que as plantas não tinham secado nem nascido nem crescido, que eram as mesmas de há vinte anos, quando ele tinha vinte anos. Sentou-se numa pedra, a mesma onde dantes se sentava, e olhou para aquela água aparentemente quieta mas tão cheia de vida e cuja voz mansa ele podia escutar. Um pequeno cardume passou, misturando-se com as folhas que caminhavam devagar, ao sabor do vento. Estendeu o braço, mergulhou a mão, agitou-a naquela água tão clara ali na margem, tão tépida. Dantes, quando ali vivia, e mais tarde, quando vinha passar as férias, havia uma grande alegria no seu coração. Nadava naquela lagoa, conhecia-lhe de cor os pegos e os lugares perigosos onde havia pedras aguçadas. A mãe, lá de cima, gritava: «São horas do almoço!» Mas ele fingia-se surdo, porque o tempo de almoçar era tempo perdido, e queria aproveitar todo o que pudesse.

«São horas do almoço!», gritou a mãe numa voz diferente da antiga, um pouco trémula.

Ele voltou lentamente mas sem hesitar pelo carreiro tão seu conhecido. Almoçou, mas aquela sopa, tão boa noutros tempos, não lhe soube bem.

«Estás doente, vê-se», disse o pai. «Dói-te a cabeça, não dói? Trabalhas de mais. É necessário trabalhares tanto? A tua mulher também ganha, não é verdade?»

Era a Maia a quem se referia ou àquela que a precedera? Ou à primeira?

«É necessário?», insistia.

Necessário? Ele não trabalhava por gosto nem por necessidade, mas simplesmente porque tinha de fazer determinadas coisas num determinado espaço de tempo.

«Porque não largas tudo e não vens para cá?», disse a mãe, certa de que ele era um homem só.

Também pensara o mesmo, por isso ali estava. Mas a sopa não lhe soubera bem, a lagoa não o atraía como dantes, o tempo seria grande, sem fim. Que fazer de um tempo não compartimentado, sem necessidade, sem obrigatoriedade de ser gasto? E o seu problema era esse, o tempo. Ou gastá-lo, fiando-o na máquina dos dias, ou... Ou isso.

Partiu no dia seguinte e voltou ao escritório. Leu, assinou, ouviu, deu ordens, atendeu Maia, que não desistia, ao telefone, almoçou a correr, voltou ao escritório, falou com Gui – em trânsito para Moscovo –, aceitou outro convite para outro congresso, esse em Berlim (Gui, uma sorte, também falava alemão), combinou um jantar para essa noite com uns estrangeiros de passagem com quem tinha negócios, esteve com eles até às duas horas, prometeu que os levaria no dia seguinte a dar um passeio pelos arredores.

No dia seguinte diria, faria, resolveria. No outro... Depois no outro... E para a semana... E para o mês que se seguia... E para o outro mês... Maia tinha razão, e, no entanto, as razões de Maia... e as dele...

Antes de se deitar, Jerónimo Gall verificou atentamente se todas as torneiras estavam bem fechadas.

GRETCHEN

O homem que estava em primeiro lugar, sentado no *fauteuil* mais confortável, perto da porta, era frágil e baixinho. Tinha cabelos de neve, ralos e talvez esvoaçantes, e um rosto de carne tão esbranquiçada, tão transparente, que era quase estranho não se avistar através dela a sombra dos ossos. Um homem de muita, muita idade. Não havia, de resto, naquela sala gente nova. Eram velhos ou quase velhos, bem nutridos na sua maioria, bem vestidos sem exceção. Expressões de quem tudo sabe, em tudo naturalmente limitado às possibilidades ou aos interesses de cada um. O homem que estava junto da porta era, porém, o mais velho e talvez o que mais sabia.

Todos esperavam com serena dignidade a chegada do funcionário que havia de os atender. Era sempre assim à tarde, das seis às oito horas. Perto do velho que chegara em primeiro lugar, uma mulher alta e forte, que viera logo a seguir, de negros olhos egípcios ainda belos e audaciosos na cara engelhada. Respirava com dificuldade, ou ansiosamente, e tinha ao pescoço um colar de esmeraldas muito puras. Naquele ano as mulheres usavam joias indiscretas mesmo de dia, mesmo numa sala de espera.

Claro que não era uma sala de espera vulgar, dessas em que as pessoas travam conhecimento umas com as outras, muitas vezes só porque estão cansadas do silêncio a que as obrigam ou indignadas com tão longas esperas. Ali, as pessoas não falavam. Não olhavam umas para as outras. Não se conheciam. Não desejavam de modo algum tornar-se notadas. Eram pessoas que custava a imaginar à espera do que quer que fosse; era mais fácil vê-las fazendo-se esperar. No entanto ali estavam, pacientemente enterradas em *maples* confortáveis. Tudo em volta era, de resto, luxuoso e acolhedor. Alcatifa no chão, quadros de autor nas paredes, grande lustre de cristal no teto alto.

Depois alguém abriu a porta e disse: «Entre por favor o primeiro.» Não se diziam também nomes em voz alta, era da praxe.

O velho, que era o mais velho de todos, entrou.

De pé era mais baixinho ainda, mais frágil. A alcatifa muito espessa abafava-lhe os passos pouco firmes, um, dois, dez, que deu em arco de círculo, como se estivesse um pouco embriagado, até ao gabinete onde o homem de óculos e bata branca, esse ainda novo, o esperava.

O velho, que era o mais velho de todos, entrou. Depois refletiu, teve um breve risinho cacarejado. «Claro que não se pode lembrar. Era outra pessoa que cá estava nessa altura. Chamo-me Teodoro Rich.»

O da secretária fez uma vénia atenciosa àquele nome que era o de um dos homens mais ricos do país, pediu-lhe que tivesse a bondade de se sentar no amplo *fauteuil* de orelhas, onde o velho pareceu de novo perdido, perguntou por perguntar:

«O que posso fazer por si, senhor Rich?»

A palavra *senhor* fora pronunciada com grande nitidez, mas o velho estava habituado àquele género de atenções. Não era afinal tão frágil como podia parecer à primeira vista. Endireitou-se mesmo, disse o que queria sem rodeios, embora a voz lhe tremesse, tão enrugada como o rosto. Compras e vendas eram o seu forte há uns bons noventa anos. Começara cedo e orgulhava-se disso.

«Um pouco mais de tempo», declarou.

«Quanto?», quis saber o funcionário, lacónico.

«Dois anos bastam-me. Dois anos certos.»

O funcionário carregou num dos muitos botões coloridos da sua torre de comando, disse: «Mande o *dossier* do senhor Teodoro Rich.»

«É... necessário?», preocupou-se o velho.

«Indispensável. Tem que haver um certo equilíbrio nas doses vendidas. Espero que o senhor Rich me compreenda, não interprete mal este meu gesto. São ordens que recebo.»

«Claro que compreendo...», disse o velho, sonhador.

«Reparou nas pessoas que estão à espera? Vêm do mundo inteiro. É assim todos os dias. Claro que a matéria-prima também vem de toda a parte, principalmente de onde há guerras, mas a verdade é que nem toda pode ser utilizada. E sabe lá o que gastamos, o trabalho que temos para conseguir uma simples cápsula!»

«Claro... claro...»

«Enquanto o *dossier* não vem, quer contar-me o seu caso? Enfim, as razões que o levam a desejar mais esses dois anos? Tem que ficar apontado.»

«Talvez ache ridículo», disse o velho. «Acha com certeza. A verdade é que no dia em que terminava o meu prazo conheci uma mulher. Chama-se Margarida e podia ser minha neta, admito-o. Ou minha bisneta?», refletiu pensativo. «Mas que quer? Estou apaixonado por ela.»

«E ela?»

«Suponho que está loucamente apaixonada pelo meu dinheiro. É um bom negócio de parte a parte. Dois anos para mim, o resto da vida para ela. Honesto, não acha?»

Uma pequena porta abriu-se na parede, o *dossier* foi lançado sobre a secretária. O funcionário folheou-o rapidamente. «Mas já é a terceira vez, senhor Rich. Da primeira quinze anos, porque não tivera tempo para viver, depois mais dez para assistir ao casamento do seu filho. Está a exagerar.»

«Só peço dois. O meu filho morreu num acidente antes de casar. Só dois.»

«Mesmo assim. Impossível, senhor Rich. Ainda trabalhamos em regime de pequena indústria. É certo que utilizamos todas as crianças que morrem de morte natural – de fome, se prefere, não estamos aqui para fazer bonitas frases –, é impossível recorrermos às que morrem com doenças infeciosas, seria perigoso. Mesmo assim, o medicamento escasseia. Veja a injustiça, senhor Rich. Há centenas de pessoas à espera. Um mês, é tudo o que posso fazer por si.»

O velho gemeu: «Só um mês? Pago o que for preciso. O que é um mês?»

«Todos pagam o que for preciso, não vê? Porque querem *ainda* fazer o grande negócio da sua vida, amar um pouco mais, viver um pouco mais. Por qualquer razão, senhor Rich. Todos têm uma.»

«Pago o dobro, o triplo. Quanto?»

«Impossível. Não somos venais, senhor Rich. Um mês, nem mais um dia.»

O velho pensou, acabou por encolher os ombros estreitinhos. «Pronto. Um mês. Duzentos contos, não é verdade?»

«Dois mil. A vida está cada vez mais cara; o remédio encareceu também, é normal.»

«É normal.»

O velho assinou um cheque, recebeu o frasco de cápsulas cor de tangerina e saiu.

A senhora do colar de esmeraldas entrou logo a seguir. Os olhos muito grandes e negros pareciam devorar-lhe o rosto.

A ESTRANHA DEFORMAÇÃO FÍSICA

O primeiro foi um negro americano, humilde lavador de automóveis numa bomba de estrada vicinal, algures para o sul, que, naturalmente, lincharam e a história ficou por aí. O segundo, uma espécie de louco visionário que apareceu um dia numa aldeia oriental onde o tempo dir-se-ia ter parado há séculos. Um homem frágil, de longos cabelos lisos, pés descalços e camisola preta, que gritava coisas a que ninguém ousava dar atenção. A sua vida também não foi longa, era normal. Seguiram-se outros, quantos? Mas sempre em países distantes, em vilas e aldeias de nomes difíceis, muito ásperos, que nenhum mapa se dá ao trabalho de situar. No desconhecido, portanto. E as coisas que se passam no desconhecido não conseguem ganhar uma aparência real, emocionar, afligir. Têm sempre um ar de mentira; «pode lá ser», dizem as pessoas. As notícias dos jornais eram, de resto, curtas e pouco elucidativas. Referiam-se sempre a «uma estranha e monstruosa deformação física» que estava na origem da violência. Se não a desculpava claramente, explicava-a, de certo modo, tentava pelo menos compreendê-la, a essa violência. Mas tudo em cinco, dez linhas quando muito. O negro chamava-se Joe Clay; o outro, Ali. Mas criminoso nunca o havia. Só a multidão. E é impossível julgar e condenar seiscentas, novecentas, mil criaturas.

E depois, um dia, essa coisa estranha e inominável aproximou-se sem ninguém dar por ela, nem mesmo o próprio interessado, aconteceu ali mesmo, numa cidade pequena mas conhecida, com passado, com história. Tinha lojas de modas, teatro, museu, dois cinemas, vários restaurantes, alguns hotéis, um dos quais luxuoso. Uma cidade que, para mais, ficava à beira não de uma estrada vicinal mas de uma autoestrada turística que se dirigia para o sul, para o sol, para o mar. Muitas pessoas passavam por essa cidade, detinham-se para almoçar, para jantar, às vezes deixavam-se ficar até ao dia seguinte. Pois foi aí, nessa cidade. E o homem a quem a coisa aconteceu não era louco nem era *colored*.

Poderá chamar-se-lhe «coisa»? Dizer-se que aconteceu? Que se aproximou? Claro que não, é tudo uma maneira de falar. Até porque os sábios compreenderiam depois, no seu devido tempo, muito, muito mais tarde, que aquilo tinha um velho nome. Nessa altura, porém, ignoravam tal facto, e, com mais razão ainda, os habitantes da cidade, e entre eles Ivo, que seria o principal interessado. Melhor, a vítima.

Ivo era empregado de carteira e bom homem. Se alguém perguntasse como ele era ou quem ele era, dar-lhe-iam decerto uma destas respostas: «Bom homem.» Ou então: «Empregado na Câmara.» Ou ainda: «Casado com uma megera.» Era o que se sabia a seu respeito. Na verdade Ivo não era muito mais do que isso. Um homem tão apagado que não se reparava nele, casado com uma mulher que lhe era inferior, pai de dois rapazes que adoravam a mãe e viam no pai todos os defeitos que ela constantemente desfiava em voz alta, denegrindo-o, nesses dias maus em que o acusava da sua frustração. Porque era de facto uma mulher frustrada, uma mulher que, sem dúvida, teria sido feliz com outro homem. «Com *um homem*», dizia a quem a queria ouvir, naquele seu metal de voz áspero e traumatizante. E punha os pontos nos ii, e nem ela sabia como tinha razão. *Um homem* era para ela, e nisso não era original, um ser do sexo masculino que fabrica (como, isso é com ele) o dinheiro necessário ao bem-estar da família, um ser que se interessa pelos problemas da mulher com quem casou, que se interessa por ela como mulher, um ser que não se deixa calcar pelos superiores, um ser que os superiores *não podem* calcar, um ser, enfim, de quem a família se orgulha. Era isso um homem para ela. Ora Ivo, seu marido, era precisamente o contrário: ganhava pouco, não era apreciado pelos superiores, parecia ausente junto dela, mesmo quando ela se limitava a contar-lhe os seus problemas. Estava ausente. Pensava. Em quê? Pois bem, nos outros. Não nela, não nos filhos, que não precisavam de nada. Nos outros. No casal de velhos desprezados a quem ajudava sempre que podia, os que moravam na barraca do caminho velho; nas notícias de que falavam os jornais que lia, acontecidas no cabo do mundo, nem ela sabia onde, era uma mulher inculta e que gostava de apregoar essa incultura, julgando diminuir assim o marido, diminuindo-o. «Sou uma pessoa simples, sei lá onde fica o Malawi, mas, apesar de toda a sua sabedoria, quase passaríamos fome se não fosse o que eu ganho.» Dizia-o, implacável, quando ele voltava costas, dizia-o na sua frente. No fundo, considerava-o nulo. O homem encolhia os ombros. Que tivesse paciência. Havia pessoas mais infelizes do que ela. Nunca dissera «do que nós», decerto porque se considerava feliz. A mulher resmungava que bem-aventurados os pobres de espírito.

Ivo também sofria no trabalho. O chefe era um homem autoritário e gritador, muito sensível à lisonja. Dissessem-lhe que era inteligente, que parecia mais novo, que estava mais magro, e tinham tudo dele: aumentos, folgas, saídas mais cedo. Ivo não tinha, por isso mesmo, nada. Só palavras azedas, gritos histéricos, sorrisos superiores, e também aquele ordenado – o mais baixo de todos e o mais estático. Porque para o patrão de Ivo ele nem sequer era bom homem mas parvo. Ou talvez fosse ambas as coisas *ex aequo*. No seu dicionário pessoal, parvo e bom eram sinónimos.

E depois um dia aquilo começou. Dores nas costas, de início. Nas omoplatas. Aquela posição curvada em que trabalhava há tantos anos. Reumático talvez. Que voltasse no dia seguinte para fazer uma radiografia, disse-lhe o médico que procurou. Mas Ivo não desejava fazê-la. Não saberia dizer porquê se lho perguntassem. Só que não desejava deixar-se radiografar. As dores, porém, eram cada vez mais intensas, dir-se-ia que as omoplatas lhe queriam espetar a carne e a pele. «Estás a ficar marreco», diziam os colegas. «Homem, até parece que trabalha muito!», exclamou o chefe uma tarde, com graça. Todos riram, cortesanescamente.

Ivo começou a juntar dinheiro para um capote. Não sabia bem porquê, mas um capote afigurava-se-lhe de súbito necessário e mesmo urgente. Muito mais do que a radiografia. Durante meses não pôde ajudar os velhos da barraca, e isso pareceu-lhe terrivelmente doloroso. A compra do capote, porém, consolou-o um pouco e passou a usá-lo sempre, pretextando frio ou dizendo que estava constipado. Como era inverno, a coisa foi aparentemente aceite, embora com alguns sorrisos de incredulidade. Muitos pensavam que o objetivo dele era tapar o fato coçado. Em casa, a mulher ralhava, quando ele, de noite, gemia com dores. Que ia ficar entrevado um dia destes, e ela, a moura... Ivo não respondia, sabia que não valia a pena dizer nada, sabia que algo de muito estranho ia acontecer. O quê, ignorava-o.

Uma noite teve muita febre e não pôde ir de manhã ao emprego. «Queres que chame o médico?», ofereceu ela como quem dá uma esmola de má vontade, só para que os outros vejam. Os outros eram os filhos, mas esses nem à porta do quarto chegavam. Ele acenou negativamente. Para quê um médico? Para quê tanta coisa incluindo a voz áspera dela, a voz autoritária do chefe, tão necessitado de afirmar o seu poder, as vozes aduladoras dos colegas? Tudo era tão falível... Tudo estava tão à beira de qualquer coisa, tão prestes a mudar... Tão iminente essa mudança... Tinha mais de quarenta graus e sentia-se morrer. Recordou as suas preces de menino mas elas pareceram-lhe insensatas naquele momento. Como se fosse tarde para elas e urgente arranjar outras. «Meu Deus», murmurava. «Meu Deus.» E ficava por aí.

Estava sozinho em casa. A mulher fora para o trabalho, os filhos estavam na fábrica. O homem levantou-se porque subitamente a febre se fora e as dores com ela e se sentia muito leve e feliz. Totalmente feliz, mais do que era costume. Um adejar. Olhou espantado em volta. Uma ave algures naquele quarto. Hirto, de ouvido à escuta. Nada. Um silêncio total. E depois outra vez. Um ruído leve, puro, tão próximo. Atrás dele. Junto dele. Em si próprio? O coração cresceu, tornou-se-lhe imenso, não cabia dentro de si. E pulsava, pulsava, quase o via pulsar. Desabotoou o casaco de pijama, tirou-o, ficou quieto diante do espelho do guarda-vestidos, com medo de se voltar. Voltou-se por fim, muito lentamente. Das suas omoplatas já não salientes, haviam-se libertado duas pequenas asas de pássaro novo. Só que ele era um homem.

As breves notícias de jornal surgiram de súbito diante dos seus olhos. «Uma estranha e monstruosa deformação física», dizia-se nelas. Seria aquilo? Mas porquê a ele, porquê a ele, Senhor? Era um homem simples, nunca fizera mal a ninguém, nunca quisera mal a ninguém... Isso mesmo. Nunca nenhuma dessas coisas.

Fechou-se à chave, tinha que pensar com serenidade. Era impossível ficar, aparecer à família, ao chefe, aos colegas. De novo lhe ocorriam ao espírito as notícias explicando a violência. Não era um mundo de anjos, este mundo. De anjos? Hesitou, fez um esforço de raciocínio. Era outra coisa, ele sabia que era outra coisa. Seria possível que os homens, um dia, não hoje decerto nem amanhã, mas um dia... Claro que não haveria logo compartimentos estanques, claro que não haveria linhas divisórias bem demarcadas. Ainda havia homens – tantos – em estado larvar... Talvez daí a dois séculos, a dez, a mais ainda.

Um negro americano lavador de automóveis (o primeiro?), uma espécie de louco visionário, outros em países estranhos, ele... Ele, Deus do céu, que iria fazer, que poderia fazer? Uma deformação monstruosa, diriam. E haviam de troçar dos filhos e dos netos e dos bisnetos, se antes disso não houvesse, enfim, não acontecesse...

Vestiu-se à pressa, embrulhou-se no seu amplo capote, seguiu pela cidade fora até à estrada, deteve-se na barraca de caixotes e zinco onde morava aquele triste casal insociável. A velha abriu a boca desdentada: «Meu senhor, meu bom senhor!» E voltando-se para um monte de trapos, lá dentro: «É o nosso benfeitor! Vem depressa!»

O velho apareceu, e a sua cara era uma máscara leonina desenhada a sulcos profundos. Ivo tirou então o capote e voltou-se para que eles o vissem bem. Tombaram de joelhos ao mesmo tempo, os rostos encostados à terra já tão próxima, e a esperança, bem se via, enchia-lhes os corações.

O homem suspirou, pesaroso. Não, não era aquilo. O seu coração estava tépido como dantes e as suas mãos eram impotentes. Vestiu de novo o capote e seguiu pela estrada fora. Caminharia até aguentar, até onde não o conhecessem. Dormiria nas valas, pediria um pouco de pão. Depois, quando estivesse exausto, entregar-se-ia ao que viesse.

A CIDADE DO ÊXITO

Era a última casa velha da cidade e desfeava-a na verdade muito. Uma espécie de dente podre numa bonita boca jovem. Dantes, quando todas as casas eram baixas e escuras, de contornos incoerentes, meras extravagâncias da imaginação nem sempre feliz dos seus proprietários, aquela parecia vulgar, não existia. Uma casa modesta, discreta, saudavelmente indigna da atenção de quem passava. Depois iniciara-se o comércio com Marte, os homens tinham enriquecido por assim dizer de um dia para o outro, e uma das primeiras consequências desse êxito brusco fora sentirem-se possessos do desejo frenético de demolir, de destruir, de não deixar pedra sobre pedra, para nos mesmos lugares e em tempo competitivo fazerem nascer e crescer altos prédios quadriculados de metal e vidro, que, à noite, vistos de longe, pareciam queimar o céu. Havia quem dissesse que eles destruíam assim até aos alicerces a recordação de infâncias miseráveis, de adolescências baças e difíceis. Era possível. A verdade é que a cidade era agora outra cidade e os homens outros homens. Modernos e atuais, ativos e empreendedores era como se consideravam, homens de hoje e mesmo de amanhã. As próprias palavras de que se serviam tinham mudado, e agora não abriam a boca que não falassem em lucros, em vantagens, em rendimentos. Quanto à cidade, os próprios arquitetos diziam, orgulhosos, que ela era uma cidade do futuro. Ruas largas, direitas, jardins que seriam magníficos quando tivessem crescido tanto como as casas, avenidas côncavas e subterrâneas ou aéreas e convexas, piscinas imensas, cinco campos de aviação (muita gente tinha o seu avião particular), enormes salas de espetáculo. E os arquitetos pensavam assim porque a sua imaginação de homens era, embora ampla, limitada, e para eles o futuro não podia ser mais do que aquilo.

Mas eis que, mesmo no centro da cidade, entre o prédio de sessenta andares da Organização Cinematográfica Welt e o bloco de cem de que o maior dos hotéis, o Astronave, era formado, a pequena casa de rés do chão e primeiro andar, onde nascera, vivera e morria a velha senhora Bruce, continuava a existir. As pessoas pensavam que a senhora Bruce «morria», mas isso era uma simples suposição, até porque a maioria delas não a via há muito tempo e esquecera mesmo as suas feições. A senhora Bruce era, de certo modo, a casa, e, só quando passavam por aquela rua e a viam, se lembravam da pessoa que estava lá dentro. A verdade é que era uma mulher já muito velha e não lhe seria decerto possível aguentar muito mais tempo, sobretudo nas condições quase miseráveis em que vivia. Só tinha no mundo aquela casa e uma pequena pensão, visto que nada ganhara com o comércio com Marte (era mesmo talvez a única habitante da cidade a poder gabar-se ou lamentar-se disso), e dizia-se que passava fome por orgulho, para não pedir nada a ninguém. Recusava-se a entrar num recolhimento para pessoas de idade onde teria tudo aquilo de que necessitasse, recusava-se a receber uma pequena fortuna que para ela seria enorme e deixar demolir aquela casa. «Não preciso de dinheiro», dizia. «Ou precisarei? Já pedi dinheiro a alguém nesta maldita terra? Para que vêm então oferecer-mo? Estou na minha casa e não conseguem tirar-me de cá.» Quando se enervava (geralmente levava as coisas com um sorriso), levantava-se, com dificuldade mas sem um lamento, da cadeira de baloiço onde passava os seus dias, um pouco como uma rainha que dá por finda uma audiência desagradável. Nos últimos vinte anos o proprietário do hotel e o da Organização Welt tinham ido quase todos os meses visitá-la, com muito cuidado para não se encontrarem um ao outro, o que seria aborrecido visto disputarem a mesma presa: uns tantos metros quadrados de chão e um longo sonho aéreo de andares sem fim. Mais quatrocentos quartos, refletia o hoteleiro. Inteligente e necessário alargamento das instalações, pensava Welt. A senhora Bruce recebia-os séria ou sorridente conforme os dias e mandava-os entrar. Eles olhavam em redor (um de cada vez, naturalmente, mas do mesmo modo impessoal, eram, de resto, parecidos), estudavam aquela sala escura sobrecarregada de *bibelots* sem valor, de recordações de família, de velhas fotografias amarelas, de quadros de flores de um género *démodé* que já ninguém de um certo nível gostaria de ter em casa.

«Custa-me, pode crer que estou a falar verdade», dizia o hoteleiro (ou o cineasta) com uma expressão dolorida. «Como é possível, Mrs. Bruce?»

«O quê?», perguntava ela, dando-lhe a deixa, pacientemente ou com ar divertido.

«Que a senhora viva aqui, seja capaz de viver aqui nesta casa escura, quando podia ter um belo andar cheio de sol, mobílias claras, uma bonita vista sobre a cidade. Com o dinheiro que eu lhe pagasse por isto – (a maneira desdenhosa, implacável, como dizia *isto!*) –, a senhora...»

«Não sou pássaro, meu caro senhor. Nunca gostei das alturas e não é agora que vou começar. Sinto-me bem aqui, deixem-me tranquila. Tenho mais de noventa anos, já não vão esperar muito. Mas não gosto de pensar nisso e detesto que venham periodicamente lembrar-me a idade que tenho.»

«Mas eu não disse...»

Claro que não. A senhora Bruce, porém, sabia o que eles vinham procurar a sua casa. Não o faziam com o intuito de a convencer; há muito que a sabiam irredutível. Vinham era vê-la, observar se estava muito caída, se as mãos lhe tremiam mais do que da última vez, se a sua voz era menos firme ou o seu espírito menos lúcido. Um deles, já não se lembrava qual, chegara mesmo a aparecer um dia com um médico seu amigo, indivíduo de olhar atento e agudo, que tentara convencê-la a fazer algumas análises e falara de colesterol, uma coisa esquisita e muito perigosa que se acumulava nas paredes das artérias. Dissera-lhe que não precisava de remédios, que se sentia perfeitamente, e apetecia-lhe rir de tudo aquilo. A sua velhice nada tinha de senil, mantinha-se alerta apesar das privações por que o seu corpo passava. Às vezes saía para receber a pensão ou para fazer algumas compras ali por perto e, quando regressava, e via aquela quase-cabana atarracada, tão escura e apertada entre as duas imensas torres luxuosas de vidro e aço, não podia deixar de sorrir como que tranquilizada. A sua casinha negra, meio torta, com varandins bojudos, despintados, e vidraças rachadas, parecia-lhe a única coisa bela da cidade, a única que merecia ser olhada. Uma casa que fora nova quando os pais eram novos, que com ela fora envelhecendo. Que faria num andar com sol e móveis funcionais, desses que não existem por si só e se compram com o próprio andar? Nunca se sentiria à vontade, pensava. Estaria deslocada, faria, sem dúvida alguma, cerimónia, talvez nem mesmo tivesse pena de morrer. Sua era aquela onde fora menina, onde casara, onde depois ficara só, onde gastara os dias pintando flores. Agora já não pintava porque as tintas eram caras, a sua vista deficiente e as suas mãos demasiado inquietas, mas gostava de ter as pequenas telas perto de si e de pensar: «Quando fiz estas rosas estava o Johnny perto de mim.» Ou: «O papá gostava muitíssimo daquelas dálias.»

A senhora Bruce levava parte dos dias a dormitar e as noites inteiras a recordar, sorrindo esquecidamente. Uma coisa que a perturbava era pensar na mãe e no pai como em pessoas muito mais novas do que ela e, apesar disso, senti-los sempre mais velhos, protegendo-a. Os pais adoravam aquela casa que tinham comprado com dificuldade, porque no tempo deles a Terra era o centro do mundo e ainda não havia contactos com Marte nem com qualquer outro planeta. Mas a senhora Bruce nunca quisera saber – mesmo em nova – de viagens espaciais, nem de astronautas, nem de lucros. E não invejava nada nem ninguém. A verdade é que achava que, numa idade já tão avançada como a sua, até não devia comer muito e que talvez essa sobriedade a levasse a conseguir mais uns anos de vida. Era pelo menos isso o que dizia a Norma, a rapariguinha que lhe ia limpar a casa uma vez por mês.

O seu desejo de viver tinha algo de doentio. Ou de muito saudável? Ela sabia que a sua vida há muito que estava morta e que até ao fim repetiria incessantemente aqueles gestos já tão repetidos, e só eles. As compras uma vez por semana, as visitas dos dois vizinhos, o rapaz do supermercado, o negrinho que lhe trazia o leite, os dias a recordar um passado já tão longo e longínquo que às vezes se detinha hesitante: «Era eu aquela menina loira? Fui eu que disse tais palavras? Terá sido comigo que tal coisa se passou? Terei sido eu que me casei, toda de branco? Eu que enviuvei, toda de preto? Eu que depois disso voltei a vestir-me de branco e a ser mulher, e a amar? Eu?» Pensava assim porque o espírito às vezes se lhe ausentava inesperadamente, sem avisar, e ela se soltava das vagas presenças antigas para dar consigo dentro de um corpo que o reumático fazia existir demasiado. Desejava apesar disso viver. Porque fora uma rapariga alegre e uma mulher contente que adorava a vida. Gostara de comer, de beber, do campo e das flores, dos homens e das crianças. Gostava de mandar, de fazer o que lhe apetecia. Mesmo aos noventa e muitos anos, ainda gostava da vida. E agora a vida era para ela recusar-se a ceder, estar atenta, dizer não ao *relax* iminente. «Hão de esperar», pensava com um vago sorriso ignorado. «Hão de esperar o mais que me for possível. Esforçar-me-ei por isso.»

Sabia que as autoridades não a obrigariam a sair de sua casa porque ela, em tempos, fora alguém. Era estranho recordar tanta coisa simples e esquecer esse pormenor importante. Fora alguém naquela cidade. Uma pintora célebre com livros de arte a falarem dela. Uma pintora de flores. Pintar flores era antiquado, mas ela arranjara um truque, desenterrara uma técnica qualquer, e as pessoas tinham-se deixado levar. Fora admirada e depois esquecida, mas achava natural que a esquecessem, e até merecido. Sempre soubera que não tinha talento. Mas fora alguém e por isso ainda a respeitavam. A sua pequena guerra travava-se portanto com os dois homens, que eram, para ela, a vida lá de fora.

Às vezes chegava a desejar que eles viessem porque a sua presença obrigava os dias a uma certa atualidade. Os seus amigos do passado tinham todos morrido, e para os filhos deles o tempo era pouco para construir, para inventar novos nomes, para apregoar o êxito alcançado. E os dois homens vinham. Queriam a casa para aumentar mais ainda os seus bens. E ela negava-lhes a casa e consequentemente os bens. Chegava a ser apaixonante e sem dúvida que às vezes, quando estava bem-disposta, era divertido.

«Então, Mrs. Bruce, espero que tenha refletido um bocadinho nas vantagens da minha oferta...» – «Então, Mrs. Bruce, espero que tenha compreendido que só tem a ganhar aceitando a proposta que lhe fiz.» A senhora Bruce olhava-os com atenção. Umas vezes sorria, outras zangava-se. Zangava-se quando lhe falavam como a uma criança: «... refletiu *um bocadinho?*» Agora já não saía de casa, e Ted, o rapaz do supermercado, é que lhe levava uma vez por semana alguns alimentos. Ela dizia: «Quando morrer deixo-te todos estes quadros. És bom rapazinho e chamas-te Ted, como o meu primeiro namorado.» O rapaz desatava a rir: «Mas quando é que morre, Mrs. Bruce? Dizem para aí que a senhora é eterna!» Ela ria também e o seu riso era cada vez mais fraco e cacarejado, como o de uma galinha muito velha, que houvesse ultrapassado a idade das galinhas. «Que idade tem, Mrs. Bruce? Diga lá a verdade!», perguntava-lhe também Norma, que então já casara. Ela pensava um pouco: «Olha, nasci no ano em que mataram um presidente, em Dallas, o meu pai falava muito nisso.» Ela soltava uma risada estrídula. «Ih, tão velha, Mrs. Bruce! Nunca ouvi falar em tal coisa. Ou então já não me lembro. Tem para aí cem anos, não?» – «Sim, devo ter cem anos, sou muito capaz disso.»

Um dia outro rapaz, a quem ela também chamava Ted porque lhe era difícil fixar nomes novos, levou-lhe uma notícia. Bateu à porta só para lha dar. O dono do hotel tinha morrido. Coração. Ia na rua e pronto. «Vê lá tu», disse a senhora Bruce. E acrescentou: «Foi um homem que viveu demais em pouco tempo e que quis e teve demasiadas coisas. Enfim, paz à sua alma.»

Quando muitos anos depois Norma, já com filhos crescidos, lhe participou que o senhor Welt também morrera, a senhora Bruce mal respondeu porque já falava com dificuldade e pensar tornara-se também muito árduo para ela. As imagens formavam-se com lentidão e às vezes, quando surgiam no seu cérebro, já a senhora Bruce esquecera o significado que tinham. Nos últimos anos deixara mesmo de ir receber a pensão e verificara que ela não lhe fazia grande falta. Ou esquecera que tinha uma pensão? O que era uma pensão? Disse simplesmente: «Também? Já?» E esse *já* pareceu, de certo modo, entristecê-la. «Quer mais alguma coisa, Mrs. Bruce?», perguntou Norma. Mas a velha senhora acenou negativamente. Não queria mais nada. De facto, não queria mais nada.

Foi na manhã seguinte que o rapaz do leite a encontrou quieta e gelada na sua cadeira de baloiço.

A senhora Bruce tinha deixado de lutar e entregara-se nas mãos frias da morte porque viver já não lhe era necessário. Tinha quase cento e quinze anos.

Quando o negro automóvel a veio tirar de casa, a cidade inteira respirou tão fundo que quase se ouviu. Agora podia ser uma cidade sem mácula, rica, próspera, livre de recordações desagradáveis ou mesmo inferiorizantes. Uma cidade que podia esquecer os avós sem conta nos bancos ou elevador ou até avião. A cidade do êxito. Uma das muitas cidades do êxito.

Nessa mesma noite alguns jovens e crianças (a gente nova sempre gostou de arqueologia) dirigiram-se com picaretas eletrónicas para a casa que fora da velha senhora Bruce e começaram alegremente a demolição. Os empregados camarários terminaram-na dias depois e todos eles levaram para suas casas um pequeno quadro como lembrança.

Mais tarde foi aberta entre os dois arranha-céus uma rua estreita, o que facilitou muito a vida às pessoas que moravam ali perto.

TEMPO DE MERCÊS

TEMPO DE MERCÊS

O cais tinha o ar agressivo e melancólico das estações noturnas onde mais ninguém desce; principalmente onde ninguém nos espera. O homem apeou-se e parou, mas não de todo, o seu corpo magro oscilou ao de leve, inclinou-se para diante. Olhou em redor sem motivo aparente, porque, na verdade, não havia ali nada que merecesse a pena ser visto. A luz suja das lâmpadas fracas, luz escassa, incapaz de romper o ar grosso, saturado de noite e pó de carvão, era, porém, subitamente, sua conhecida, facilitava as coisas. Luz de estação, pensara sempre, a vida inteira, por causa daquela luz. Cheiro de estação, aquele cheiro antigo e, por assim dizer, conservado, misto desse mesmo carvão ardido e flores bem abertas, que cresciam e morriam e eram, durante horas ou dias, totalmente flores, nos pequenos, amaneirados canteiros daquele tempo. Seriam cravos? Glicínias? Mas haveria glicínias no mês de junho? Era o fim da primavera, mas... Julgou ouvir uma voz ampla e sabedora, lamentando, e com que regozijo, a sua incultura geral. «Homem, as glicínias... (ou qualquer outra flor), homem, no mês de junho... (ou em qualquer outro mês...)» Sentiu-se, de súbito, extraordinariamente solitário e impotente, e pôs-se de novo a caminho, com passos lentos, reticentes, como que sem objetivo concreto, ao longo de uma outrora colorida, alegre e bonita, sobretudo bonita, fila de cartazes turísticos, laudatórios do clima aprazível, da paisagem verdejante e florida, do mar sereno e dos costumes simples da boa gente da região. Enfim, o céu continuava a ser azul e os indígenas acolhedores. Mais ainda, visto que o turismo progredira nos últimos anos. Diziam.

O hotel, onde nunca entrara, ficava no largo da estação, e foi para lá que se encaminhou. Há sempre um hotel nos largos de todas as estações, ou pensaria assim por causa daquele hotel? Chamava-se Terminus, porque o proprietário fizera em tempos a sua viagem à Europa, Terminus em luzinhas bem nítidas, bem fortes, com um halo, esse muito límpido, a uni-las. Já dantes tinha aquele nome. Inicialmente, porém, chamara-se, o homem lembrava-se de ter ouvido dizer, Hotel dos Viajantes.

«Desejava um quarto», disse na portaria, e falou assim porque para ele as coisas, mesmo as que pagava – compradas ou alugadas –, tinham sempre um ar de concessão que lhe faziam, de semifavor, não de coisa devida. «Um quarto que não fosse muito caro», acrescentou logo em seguida. «É só por um dia ou dois, três quando muito», explicou como que a defender a sua reputação. «É mesmo possível que amanhã, ao fim da tarde...», acabou por dizer, porque era honesto.

O rececionista, que tinha um ar entre suspeito e amável (os olhos suspeitavam, a boca sorria), perguntou como se não o tivesse ouvido:

«Tem reserva, não é verdade? O nome por favor.»

«Bem... Não julguei que fosse necessário...»

Houve um suspiro, um gesto de exaustão.

«Mas estamos com excesso de clientes. Mesmo de inverno. Em junho recusamos vinte, trinta pessoas por dia.»

«Ignorava. Quer dizer que...»

«Receio que sim.»

«Bem...»

Ia a retirar-se. O outro pegou num livro, folheou-o. «Há por acaso um quarto vago», disse. «Por mero acaso. O único em todo o hotel. O hóspede, um senhor alemão, recebeu um telefonema de Munique e foi-se embora esta tarde. É dos melhores, convém-lhe? Tem casa de banho e vista para o mar.»

«Convém-me», respondeu o homem, subitamente tão cansado como alguém que encontra, ao fim de uma longa caminhada, um lugar onde pode sentar-se. «Convém-me.»

O sorriso venceu então o duelo, mostrou sem avareza dentes irregulares, um tanto amarelados, dominou o olhar de há pouco. «A chavinha, por favor», disse uma voz agora levemente aflautada e quase terna, uma voz *Ihr sehr ergebener*. Se ele fosse o senhor alemão, de Munique. O que não era o caso. O que não era, de modo algum, o caso.

Um empregado de farda amarrotada pegou na mala e também na chave, da qual ele se esquecera de tomar posse, começou a subir a escada depois de explicar que o elevador estava avariado havia quase uma semana e na terra ninguém sabia consertá-lo, era preciso virem de Lisboa. Ora primeiro que se resolvessem... Uma maçada.

Maçada era o termo exato, solidarizou-se o homem, subindo a escada. Entretanto pensava que ela era muito diferente da que tinha conservado nas suas recordações de menino. Não era tão majestosa nem tão ampla; os doirados do *hall*, lá em baixo, não eram tão doirados, nem tão verdes e luzidios os *ficus* dos vasos de faiança já estalados, estalados de mais, com terra a sair pelas fendas.

Subiu, pisando devagar, ao de leve, por assim dizer cerimoniosamente, a passadeira vermelha, muito gasta. Estava como que atento ao facto importante, grave, de conhecer por fim alguém que há muitos anos admirava de longe, e esse alguém lhe abrir finalmente o coração, ou, pelo menos, os braços. É, porém, frio e distante o coração dos hotéis. Os seus braços, braços que se vendem. Há quem os ame por isso mesmo; com eles não há que fingir, tudo é simples e sem consequências, pensou.

«Que calor, não é verdade?», disse o rapaz com expressão amável.

«Muito», concordou o homem numa voz plana, sem força nem desejo de adquirir relevo. «Faço ideia em Lisboa.»

«Um forno.»

«Aqui sempre há a brisa do mar. E os banhos, claro.»

«Pois é, ajudam muito.»

A chave, que tinha pendurada uma grande e pesada estrela que lhe recordou a *star of the sand* que o pai encontrara um dia na maré baixa, e que guardara durante anos numa gaveta com outros fósseis (que fim teriam tido?), girou na fechadura e a porta foi-se abrindo devagar. O quarto era, de súbito, demasiado grande para aquele homem habituado a quartos discretos. Era também demasiado luxuoso e isso indispô-lo um pouco, deu-lhe, por assim dizer, má consciência. Má consciência apesar de tudo. Uma enorme cama de casal vestida de vermelho-escuro, um guarda-fato, um toucador-secretária, reposteiros do mesmo tecido da colcha, grande carpete sobre o claro.

O rapaz colocou a mala sobre o banco de ripas, atravessou o quarto em diagonal, foi abrir a segunda porta, que ficava do lado direito. «A casa de banho», apresentou num gesto largo. Dirigiu-se depois à cabeceira da cama. «Tem aqui a campainha para a criada. O telefone está ligado à portaria.» Enviesou de novo, agora em sentido inverso, deteve-se no limiar da primeira porta, ainda aberta. «Amanhã, antes de sair, era favor preencher a fichazinha. Não deseja mais nada?»

O mais não tinha ali nada a fazer, porque ele ainda não desejou coisa alguma, a não ser ficar só e também, é certo, saber quais as flores que tinham aquele aroma tão intenso e antigo. Esse, porém, fora um desejo momentâneo, logo abandonado em pleno cais. Duradouro só o de ver fechar-se a porta sobre as quatro paredes daquele quarto desconhecido, de tomar banho, de se deitar a ler – um pouco – o jornal que comprou em Lisboa e não abriu durante a viagem. Só viu que o aposento custava 250 escudos e tinha o número 127. E abriu o guarda-fato, vazio como um jazigo, só com os seus envernizados semiesqueletos à espera de serem vestidos. Então abandonou-se nos braços do hotel.

Pela manhã fez a barba, pediu o pequeno-almoço – «Continental?» Sabia lá! Café com leite e pão com manteiga –, depois vestiu-se cuidadosamente, como era seu costume. Conhecia por experiência a importância da boa apresentação e por isso trazia sempre consigo um pequeno retângulo de lã grossa para dar lustro aos sapatos e uma escova dura para o fato. Todas as noites, quando se despia, corrigia o vinco das calças e pendurava-as lentamente, com cuidado, no cabide.

Viu-se ao espelho com atenção, apalpando o rosto num hábito que tinha e que fazia Alberta sorrir. Como se procurasse, através do visível, o invisível. «Homem, ela está lá, não lhe foge, é o foges!», dissera-lhe um dia qualquer essa voz grande, que dominava, pelo menos em parte, a sua existência. E, depois disso, ele pensava sempre, quando levava a mão à cara, que *ela*, na verdade, estava lá.

Desceu a escada, atravessou o *hall*, e o rececionista sorriu-lhe, já sem nenhum pensamento reservado, por detrás do balcão-montra, que dantes não era assim, e onde havia bonecos folclóricos e miniaturas de cobre.

O homem disse «Bom dia» e entregou-lhe a chave. O outro interessou-se amavelmente: tinha passado uma boa noite?

«Muito boa, obrigado.»

«Com calor, decerto.»

«O calor não me incomoda.»

«Vai estar um belo dia.»

«Os dias são bons em junho.»

«Nem sempre», disse o rececionista. «Nem sempre. Aqui há uns dois ou três anos choveu torrencialmente e algumas pessoas até se foram embora.»

«É natural.»

«Não. Até é raro.»

«Quero dizer que é natural que se tenham ido embora.»

«Ah, sem dúvida. Aqui está a fichazinha.»

O homem preencheu-a devagar, com método.

Saiu do hotel, contornou-o, deu consigo naquela rua comprida e serpenteada que muda de nome nos troços mais apertados, se chama praça nos mais amplos e corta a vila em duas partes desiguais; a mais estreita desce até ao antigo porto de pesca, agora porto de abrigo de *over-crafts* e *outboards* (isso, porém, ignorava-o o homem), a outra prolonga-se pelas colinas próximas, salpicando aqui e além de casas brancas os terrenos baldios e mais longe os campos cultivados. Hesitou, sem saber muito bem que direção tomar. Parecia-lhe que devia ser para o lado direito, mas seria mesmo para esse lado?, pensou com esforço. Se seguisse pela rua fora até encontrar a primeira transversal e depois voltasse à esquerda, seguindo para o lado oposto ao mar, talvez conseguisse orientar-se. Não era assim tão grande a vila nem ele tão velho. O que necessitava era de um ponto de referência.

Optou pela esquerda e pôs-se a caminhar lentamente, como se não tivesse, por sua vez, horas nem problemas, como se se deixasse flutuar, como dantes, nas águas serenas do manso mar domesticado e inodoro. Apesar de serem só dez horas, devia estar calor, depreendia-o do facto de as pessoas andarem quase todas pouco vestidas. Mulheres de *shorts*, homens de camisas abertas no peito.

Junto à biqueira do sapato surgiu-lhe a certa altura uma cápsula de garrafa. Isso agitou a calma superfície das águas, e de súbito surgiu delas uma imagem extremamente fluida de início, mas que se foi definindo até ser a imagem de um menino pequeno, de mãos enterradas nos bolsos de calções sempre grandes (quando começavam a ficar-lhe bem estavam rotos), a dar um pontapé numa cápsula e a gritar em silêncio mas com todas as suas forças: gô-ô-ô-lo! O menino caminhava pela rua fora, por aquela rua fora, de tronco nu porque estava muito calor, talvez fosse julho ou agosto. Assobiava uma canção qualquer, em voga nesse tempo. Uma canção inglesa ou americana. O Ginho tinha o disco. O Ginho tinha alguns discos e um gramofone giro, de manivela. Dava-se corda, e ele, o gramofone, tocava. Depois, no fim, quando a corda faltava, que grande gozo.

O homem deteve-se um instante a pensar na canção que o tempo derretera, embora não completamente (uma canção em que se falava de *ferry-boats,* de namorados, de lua e de concertinas), e depois no calor. Parecia-lhe que dantes ele era mais importante, melhor, mais atuante. Mas talvez fosse porque se habituara a ter calor, ou por outras razões, que ele já não era tão importante para si. Fora, de facto, uma coisa grande, quase absorvente, o calor desse tempo. A mãe lamentava-se com aquela sua voz plangente, aquele sorriso amargo, que, sem saber porquê, o dispunham mal, o acusavam do que quer que fosse, talvez de existir. «Se ao menos eu pudesse ir até à esplanada sentar-me um bocado, descansar...» Era nesse tempo a sua grande ambição – pelo menos estivera convencido disso até determinada altura –, o seu ideal de quase felicidade, sentar-se numa esplanada a tomar um refresco, com os seus vagares, por uma palhinha, observando quem ia, quem vinha e quem estava. Até ao fim. Porque, quando nos últimos anos podia trabalhar menos, já não sabia fazê-lo. Era como uma máquina ligada à corrente. Não uma máquina alegre, como Alberta dantes, mas reticente e rangedora.

O rapazinho seminu, esse, bebia água fresca que o criado do café Flor do Mar lhe fornecia grátis num grande copo de vidro grosso, todo molhado, que tinha desenhado a traço branco, em relevo, um malmequer e um barco à vela, atravessava o arco escavado na muralha, ia até à praia furar uma onda, se onda havia, mas nada disso o confortava durante muito tempo. Era como se tudo fervesse sem chamas nem vento, o ar, as casas, as pessoas, os próprios pensamentos delas, informes de derretidos. «Que calor, não me lembro de um verão assim», diziam todos os anos os outros, as pessoas desse tempo, os adultos, com convicção. Ele não dizia nada, nunca dissera muito. Metia pela rua fora buzinando, rangendo nas curvas, atravessava a esplanada a oitenta, o seu invisível *Renault* era fabuloso, depois arrumava-o, apeava-se, corria pelo areal em declive, mergulhava de cabeça naquele mar tão sereno, como que adormecido também e quase morno. Certos dias não havia sequer uma fita de espuma a debruar a onda, que tocava na areia fundindo-se com ela numa breve zona incolor. De outras vezes nadava para fora de pé e deixava-se flutuar, de olhos abertos e nariz no ar, tanto que às vezes, à noite, logo que lhe apagavam a luz e lhe diziam «Anda, vê se dormes», ele se sentia instalado numa matéria branda e maternal, nem ar nem água, colchão nem pensar nisso, e adormecia assim, de braços abertos. Nem sempre se deslocava naquele *Renault* que mais ninguém via, só o Ginho. «Oh pá, és parvo ou quê?», perguntavam os outros rapazes. Também andava a pé, devagar, mãos nos bolsos e cabelo para a cara. Terão calor os peixes?, pensava. E logo refletia: Não têm, claro. São animais de sangue-frio. «É preciso ter sangue-frio em todas as circunstâncias», dizia às vezes o pai. Como os peixes?, hesitava o rapazinho de então. Depois meditava: Se tivesse um gasolina... O conde tinha um... Porque haveria pessoas com um gasolina e outras sem ele? Julgava esse seu pensamento muito profundo e original. Continuava a considerá-lo original agora aos trinta e cinco anos, sem dar por isso.

Uma cápsula e logo os pensamentos se detinham. Vencia a ação – gô-ô-lo – e a cápsula era catapultada por ali fora, ia bater numa parede ou nas pernas de algum transeunte. Às vezes não se tratava de uma cápsula mas de uma rolha de cortiça, furada, de uma velha caixa de fósforos, de coisa nenhuma. O vazio. O menino pequeno dava grandes pontapés no vazio. Os maiores, os mais certeiros, os que o deixavam mais consolado.

Entrou então na tabacaria, onde se deteve a olhar para a montra. Escolheu no mostruário giratório um postal ilustrado para escrever a Alberta à hora do almoço. Talvez chegasse antes dele, talvez não. De qualquer das maneiras ela ficaria contente. Tirou o de mar mais azul e rochas mais doiradas, que tinha em primeiro plano uma mulher muito tostada, de *bikini* branco, perguntou quanto era, pagou.

«Sabe dizer-me onde fica a rua da Palmeira?», perguntou então, hesitante.

Ela levantou meio metro de balcão, passou para o lado de fora, baixou-o de novo, foi até à porta.

«O senhor vai por aqui fora até à primeira rua à sua esquerda, a rua de São Paulo Estreita, e segue por ela adiante. Quando encontrar um largo com um pelourinho, mete pela rua que fica em frente. Em frente do lado direito. Há outra do lado esquerdo, mas não é essa. Entre as duas fica a Câmara Municipal. É a da direita.»

«Estou a ver...»

«Não tem que errar. Volta à esquerda, vai até ao largo, encontra logo a rua da Palmeira. É uma rua curta, não tem que errar.»

O homem ia dizer «Um troço de rua, eu sei», mas ficou silencioso, como que embaraçado com o que não dissera, só por tê-lo pensado, porque seria inoportuno, ou, pelo menos, estranho, depois de todo o resto. Limitou-se a perguntar, porque isso se lhe afigurou de repente importante, se essa rua tinha alguma palmeira.

«Não sei», disse ela. Pela primeira vez houve expressão no seu rosto, que riu como quem descobre uma coisa tonta. «Nunca reparei, quer crer? Nasci aqui e nunca reparei se na rua da Palmeira... Deve ter, não é? Com um nome desses...»

O homem agradeceu. Ela disse-lhe que não tinha de quê e acrescentou:

«Vai estar um dia quente.»

«Vai», respondeu o homem sem pensar nisso.

Meteu pela transversal quando a encontrou e pôs-se a reconhecer coisas. Uma casa de comes e bebes, de pasto, se bem se lembrava – de pasto, que graça que tinha nesse tempo –, agora *snack-bar* todo ele transparências (espelhos, áreas multiplicadas por dois e por quatro) e metais brancos; a farmácia Amado onde lhe davam as injeções de cálcio, modernizada também; a pequena loja de ferro-velho promovida a casa de bugigangas e artigos regionais, Chez qualquer coisa. A residência de verão dos condes, caiada como quase todas as casas da vila, só mais alta do que a maioria delas, com a sua chaminé bordada com maior requinte, a dominar as restantes chaminés (as mais próximas, naturalmente), e verdes varandins bojudos, um tanto pomposos, nas janelas rasgadas. Dos condes de quê?, pensou o homem. Teria alguma vez sabido, o outro, o menino pequeno, o título daqueles condes? Ia jurar que não. Os condes, era tudo. «Hoje vi o conde e a mulher do conde», participava ao jantar, depois de ter comido vorazmente o seu prato de sopa. «A condessa», emendava o pai. «Vê se aprendes a falar com propriedade, já tens idade para isso.» A mãe interrompia-o para perguntar, interessada, num daqueles bruscos e passageiros lampejos de curiosidade que a tomavam: «Como ia ela vestida? Ao tempo que não a encontro.» E acrescentava, acusadora: «É natural, nunca saio de casa. Só de manhã, para ir às compras, e a essa hora ela está deitada.» Tinha um vinco de amargura aos cantos da boca descaída, um vinco que ele encontrava agora também na boca de Alberta. «Anda, diz lá!», e as suas palavras eram ásperas. Ali estava uma pergunta perturbadora. O menino nunca sabia – sabê-lo-iam as outras crianças da sua idade? – como as pessoas se vestiam. Era uma preocupação de gente grande. Mas a mãe esperava, e os seus olhos negros pareciam mais negros e largos, como quando o pai chegava tarde e ela o olhava assim, à espera, ansiosamente, angustiadamente, de uma explicação que não vinha porque um dia, de repente, deixara de vir. O rapazinho que ele fora baixava sempre os seus nessas alturas, não suportava aquele olhar, mesmo quando não era em si que pousava. E não compreendera nunca, mesmo mais tarde, já homem, se nele estaria em primeiro plano a ansiedade, a curiosidade, a angústia ou a dor. Hesitava, pois, mas os olhos da mãe insistiam, muito vivos e lustrosos mesmo agora que tinham morrido. «Ia de encarnado», acabava por dizer. «De encarnado?», espantava-se a mãe que sempre fora de gostos discretos. «De encarnado? Tens a certeza?» Não tinha, naturalmente, mas afirmava que sim, que não tinha ele outra coisa. «A certezíssima. Um vestido com roda, muito bonito, com muita roda, mãe, assim, e sapatos também encarnados, mãe, de saltos altos, muito altos...» – «A *certezíssima*, ora vejam», dizia o pai. «Quando aprenderá este rapaz a falar decentemente?» A mãe interrompia-o, interrompera-o, pelo menos, nesse dia que o homem, sem saber porquê, recordava, subindo a rua de São Paulo Estreita. «É natural que ele até esqueça o pouco que sabe. Naturalíssimo. Essas amizades com o Ginho, que só fala em calão, com o pai do Ginho, que diz *há des*, com a mãe do...» O pai gritou «Basta!» e os olhos dela arderam um pouco, consumiram-se, ficaram de repente baços, apagados. «Claro», disse. «Claro.» Levantou-se – estava sentada – e foi lá para dentro. Ia sempre lá para dentro nessas ocasiões.

O homem estava agora a chegar ao largo do Pelourinho, já se lembrava de tudo. Era um pelourinho modesto, com um pouco de relva meio seca em redor e um pequeno gradeamento enferrujado. Dantes dir-se-ia que não era tão baixo nem tão delgado. Era quase alto, era alto e majestoso. Era um grande, grande pelourinho. Viu as horas no relógio da Câmara e verificou se o seu estava certo. Estava. Tinha ainda um bom bocado, quase meia hora, o bastante para arrumar em si pessoas e objetos.

Uma mulher velha, curtida, embiocada num lenço preto (julgou recordar-se daquela cara escura, de moura, mas isso não passou de um simples vislumbre que logo se esvaiu), passou por ele, fitou-o com intensidade fugidia, desapareceu numa porta de postigo. A porta fechou-se rapidamente, sem ruído, e a pequena cortina de chita moveu-se ao de leve, tão ao de leve…

Ele sorriu e continuou o seu caminho.

À entrada sentiu-se comovido. A primeira coisa que o impressionou foi o cheiro, o hálito da casa. Mas a que cheirava? A pó, a bafio, a ausência de cheiro? Dantes, quando a porta se abria, ele compreendia logo do que se tratava. Umas vezes era o cachimbo do pai, outras a água de colónia da mãe, outras ainda a boa comida que ela fazia. Era tudo uma questão de horas. As horas, porém, haviam deixado há muito de ter qualquer significado naquela casa fechada. As horas, os dias e os anos. Era como se tivesse entrado num jazigo de família – estava cheio de imagens tétricas –, um jazigo sem flores, sem lágrimas de ninguém, há vinte e cinco anos ao abandono porque a família morrera toda ao mesmo tempo, e ele, o único que restava, não era a pessoa indicada para cuidar de mortos. Na verdade, nunca se sentira muito longe deles, muito vivo, nem os sentira a eles muito mortos. A fronteira não estava bem delimitada, tudo se fundia e confundia.

Fechou a porta e não havia lá dentro senão pó. Os ossos deviam estar metidos numa caixa qualquer, esquecida a um canto. Os do pai, que morreu em África, nunca soube ao certo como, em que condições, em que cenário, em que companhia, os da mãe, que não soube ou não pôde ou não desejou mesmo perdoar, os do menino pequeno que ele foi. Esses ossos.

Tentou entrar na sala mas a maçaneta ficou-lhe na mão. Era uma maçaneta feia, velha também, um objeto estúpido. Colocou-a, porém, de novo, onde sempre estivera, com cuidado porque não convinha deteriorar a casa mais do que ela já estava, e fê-la girar muito lentamente para o lado esquerdo enquanto empurrava ao de leve. Entrou então, foi até à janela, puxou os fechos perros das portas interiores, sentiu as mãos sujas, hesitou antes de as limpar ao lenço, hesitou longamente porque era um homem que estimava os lenços e as recordações, mesmo quando elas eram pó.

A réstia de sol que se precipitara por ali dentro – depois de vinte e cinco anos de espera, lá fora – bateu numa velha cadeira de baloiço que ficara esquecida ou abandonada ao seu destino e que o homem logo reconheceu: a cadeira do pai, onde este se sentava às vezes, raramente depois do jantar, fumando o seu cachimbo aromático. Havia mais coisas, embora poucas e na sua maioria desprezíveis: um velho tapete enrolado, uma vassoura quase reduzida ao cabo; pendurado na parede, numa moldura pirogravada, um velho retrato, o do pai de seu pai, encostado a uma coluna e tendo como fundo uma paisagem com nuvens e uma espécie de castelo romântico. Era um lindo retrato, pensava dantes, convicto. Um retrato de jazigo, pensou nessa altura, agora. Também aquele, um avô que não conhecera, ali estava fechado desde o dia em que ele-menino saíra daquela casa pela última vez, com a mãe. O rapazinho ia hirto, dominado, sem uma palavra de desgosto ou de revolta, mas com os olhos tão rasos de água como lagos de inverno, que uma chuvada mais forte faz transbordar. Que não tinham, em todo o caso, transbordado. Ele sabia que algo de muito grave sucedera, talvez por sua culpa. Por sua culpa sem dúvida. Havia pouco, o pai tinha-lhe dito: «Que isto te sirva de lição, Mateus.» Chamava-lhe Mateus, pela primeira vez, que foi também a última, e ele compreendeu que acontecera o que quer que fosse à sua infância.

Era também no verão, em agosto. Nessa altura espigara mais e já não corria pelas ruas seminu porque isso não se lhe afigurava decente, ou, pelo menos, de acordo com a sua idade. Também suportava melhor o calor. Com uma dignidade um tanto estudada, talvez, a imitar os adultos. Começava a preocupar-se com coisas novas, apaixonantes, como ganhar aos outros ao *crowl* e aprender a fumar com o Ginho, às escondidas e deitando o fumo pelo nariz. De um dia para o outro, inesperadamente, dera também consigo a olhar de um modo novo para as raparigas mais velhas, e até para uma mulher única, fascinante, e a achar que olhá-las, a umas e à outra, era agradável e promissor.

Bateram ao de leve, reticentemente, com os nós dos dedos. Bateram e esperaram. Voltaram a bater e esperaram de novo. Como quem bate à porta da eternidade, que pressa há?

O homem olhou para o relógio, surpreendido. Mas eram, de facto, horas. Onze horas certas, melhor, onze horas e um minuto. Levantou-se – tinha acabado por se sentar na cadeira do pai, depois de a ter limpo com o lenço, cuidadosamente – e foi abrir a porta da rua, perra porque o tempo a emperrara.

«O senhor Silva dá licença?», perguntou quem estava lá fora.

«Tenha a bondade de entrar.»

O senhor Silva era ele. Sorriu como quem pede desculpa. Na verdade nunca se habituara totalmente a ser o senhor Silva, o Silva, sempre se sentira pouco à vontade, lamentava o facto. «Silva, essa carta para fulano & fulano já seguiu?», perguntava o patrão, o tal da voz ampla e sapiente. E ele, nessas alturas, olhava sempre em redor, antes de perceber por completo que o Silva em questão era ele. Vendo bem, pensando bem, nunca aceitara de mão beijada, como as outras pessoas pareciam aceitá-los – de caras e sem raciocinar, sem espírito crítico, enfim –, alguns factos pelos vistos naturais e que era normal serem aceites. Aquele nome de Silva, por exemplo, tão comum de dois, primeiro o pai, depois ele; aquele emprego para o resto da vida (e para o qual tinha entrado *temporariamente* quinze anos antes; a própria cara, à qual nunca se adaptara por completo – houvera sempre em si uma secreta, leve esperança inconfessada de que acordaria uma manhã com uma cara diferente, nem melhor nem pior, outra cara).

«Tenha a bondade de entrar», repetiu.

Entraram.

É espantosa a diferença que existe entre um homem «ainda novo» e um homem francamente velho, pensou ele. Tudo mudou, menos talvez os olhos – o recheio pálido de duas pálpebras pálidas também, inchadas e franzidas –, e, no entanto, podemos reconhecê-lo à primeira vista, mesmo que não estivéssemos à sua espera, e soltar em silêncio um pequeno grito ao mesmo tempo de verificação e de leve, muito leve, suspeita. A pele cresceu e murchou, os cabelos embranqueceram e tornaram-se ralos, o corpo baixou e adquiriu ao mesmo tempo um volume insólito, quase chocante. É, no entanto, o mesmo homem.

«Sente-se, senhor Osório», propôs encaminhando-o para aquilo-que-fora-sala. «Há aqui uma cadeira. Está suja, naturalmente, embora eu já... São anos e anos de pó. Não posso oferecer-lhe melhor.»

«Agradeço, estou um pouco cansado», disse o outro na sua voz baixa e doce. «Tive um encontro lá em baixo, no café, e vim depressa porque sempre gostei de ser pontual. Afinal de contas já passam dois minutos.»

«Sim, dois minutos.»

«Não consigo andar depressa. Este raio deste reumático não me larga. E o coração também já não é o que foi.»

«Já dantes sofria de reumático, não sofria?»

Olhou-o com espanto. «É verdade. Lembra-se?»

Começou a sentar-se. Começou. Porque qualquer gesto seu – o homem lembrava-se – era demorado e cuidadoso. Tratava-se como que a um corpo frágil. FRÁGIL em letras maiúsculas, bem nítidas. Agora estava sentado, e a cadeira gemeu e estalou como se fosse quebrar-se, porque o recém-chegado era forte, quase gordo.

O dono da casa pediu licença, saiu, foi lá dentro ver se encontrava alguma cadeira esquecida. Achou um velho banco de cozinha, um pouco coxo, servia. Sentou-se depois de o soprar, de lhe sacudir o lenço por cima.

«Que idade tem, senhor Osório?», perguntou por fim.

«Fiz setenta e um o mês passado. O tempo voa, amigo. Vai não vai estamos com os pés para a cova, pois não é?»

Aquela é uma pergunta que não exige resposta, uma pergunta meramente decorativa, só para ser feita, um ornamento da prosa. O homem não respondeu. Osório deixou cair o assunto e declarou:

«Não o conhecia se o visse, senhor Silva.»

Claro que não, como podia ser de outro modo? «Claro que não», disse. «Mas porque não me chama Mateus? Dantes chamava-me Mateus.»

«Matinho», corrigiu Osório, sorrindo.

«Talvez. Creio que sim. Matinho.»

«O senhor dantes era um garoto. Pensei que não gostasse.»

«Porque não?»

Houve um silêncio, ao longo do qual ambos pensaram, hesitaram um pouco, acabaram por permanecer calados. A sua mulher?, pensava Mateus. Os seus pais?, devia pensar Osório. *O teu pai?*

«O meu pai morreu há alguns anos, em África», respondeu à pergunta que ele próprio formulara. «Em Joanesburgo.»

«Constou-me. Que tinha morrido. Onde, não me souberam dizer. Pensei no Brasil, não sei porquê.»

«Foi em Joanesburgo.»

«Vê lá tu.»

Outro silêncio, depois o homem acrescentou: «E a minha mãe pouco depois.»

«Ah, lamento. Da tua mãe não soube.» Hesitou, riu um pouco. «Afinal de contas estou a tratar-te por tu. E de que morreu a tua mãe?»

Que lhe importava a ele? Tão pouco, em todo o caso, que já olhava em redor, com atenção. De que morreu a mãe daquele homem, Mateus para uns (poucos), Silva ou senhor Silva ou caro Silva para todos os outros, Matinho até ao fim para sua mãe? O tempo, no entanto, tinha de ser preenchido, o tempo todo ele grandes extensões desoladas ou pequenos espaços vazios, Osório sabia-o. Por isso perguntara «E de que morreu a tua mãe?» com um ar relativamente interessado, embora de olhar desatento.

«Do coração. Era o seu ponto fraco. Depois, teve sempre uma vida difícil, desgostos... O senhor sabe.»

Disse aquilo a pouco e pouco, lentamente, sem deixar de o observar. O olhar de Osório regressara e ele ouvia com atenção delicada, como quem sente muito e pensa noutra coisa.

«Todos temos uma vida difícil e desgostos», disse. «A diferença está na maneira de os aceitar. Agora escapar-lhes, ninguém lhes escapa. Suponho que o facto de tudo correr muito bem não é bem-visto nas esferas oficiais e, quando isso acontece, talvez porque se esqueceram muito simplesmente de nós, cai-nos em cima, para compensar, um problema daqueles de arromba, que parecem sem solução. Por esferas oficiais, enfim, tu percebes onde eu quero chegar.»

Não percebeu logo, nunca foi repentista, julgou de início que se tratava de política, mas acenou afirmativamente, como quem está a par, à vontade dentro do assunto, enfim, relativamente à vontade. Entretanto pensava que Osório não falava mal, como a mãe dizia, até tinha uma linguagem castigada. Ainda diria *há des?* Precisava absolutamente de o saber.

«E... os seus?», perguntou com esforço.

«Vamos andando», disse ele com naturalidade. «A minha mulher tem a tensão muito alta; eu é o reumático. Vês como as minhas mãos estão deformadas? Não me dou grande coisa com o ar do mar, mas tenho aqui a minha vida, que hei de fazer? O Jorge formou-se em

Medicina, sabes? Fala de ti às vezes. Havia de gostar de te ver, mas foi ao estrangeiro, a um congresso. Recebemos ontem um postal de Roma, com o Vaticano. Depois vai à Alemanha.»

«Muito bem», disse o homem. «Também tenho pena de não o ver.»

Pena?, lançou-lhe o subconsciente indignado. Pena? Porque havia o Jorge de gostar de o ver, ou ele ao Jorge? O menino pequeno que ele foi e o outro, da sua idade, a quem então chamavam Ginho, tinham nadado juntos, corrido juntos nos seus automóveis invisíveis (o do Ginho era um *Citroën* amarelo), olhado juntos – no último ano – as rapariguinhas que vinham passar férias. Era um bom moço, o Ginho. Depois, naquele verão, ele partira e nunca mais tinha voltado. A mãe levara as suas coisas (o pai já se tinha ido embora, para o desconhecido – era Joanesburgo, soubera depois), e a casa havia sido fechada. O pó fora pois descendo e o silêncio fora-se apossando daqueles metros cúbicos de espaço vazio.

Uma noite, havia anos, avistara o Ginho num cinema. Um homem alto, belo, impressionantemente parecido com *ela,* ao lado de uma mulher morena, bonita, pintada com exagero. Ele, Mateus, também estava acompanhado. A sua companhia era sem importância, absolutamente ocasional; a de Jorge talvez também o fosse. Possuíam, no entanto, a força da atualidade, da realidade, e por isso ambos acenaram de longe, com as mãos bem abertas. De resto, pensando bem, lembrar-se-ia dele, o Jorge? Ele sim, que era muito previsto, e a sua vida fora pobre de figuras principais, mas... Era possível que o Jorge não o tivesse localizado no tempo e no espaço, e o sorriso aberto e o gesto amistoso não se dirigissem propriamente a ele, Mateus Silva, Matinho noutros tempos, mas a um rosto que lhe sorria na multidão, um rosto familiar mas sem etiqueta, um colega de liceu ou de faculdade, um doente?

«Foi ele quem teve a ideia», disse Osório.

«Que ideia?»

«Comprar a casa. Constou-lhe que a querias vender. Encontrou alguém, o próprio notário, suponho. E eu, aqui ao lado, sem saber de nada.» Interrompeu-se para olhar em redor, consternado, para comentar: «Está abandonado como tudo. *Há des* concordar que sim.»

«Está», concordou Mateus subitamente tranquilo. «Está.»

«Não vens cá desde quando?»

«Fui-me embora há vinte e cinco anos.»

«E nunca mais...»

«Nunca mais.»

O outro ficou sério. «Caramba!», exclamou impressionado. «Vinte e cinco anos é obra. Caramba!»

«Pois não é?»

Osório tirou do bolso um maço amachucado de cigarros, escolheu um atentamente, como se os outros estivessem tocados ou mesmo podres, depois lembrou-se e ofereceu: «Fumas?»

«Deixei-me disso há tempos.»

«E conseguiste? Eu tenho-me esforçado mas volto sempre ao mesmo. Nada a fazer. Não bebo, não como gorduras, mas lá o cigarrinho...»

Houve uma pausa que Mateus ocupou a apalpar o rosto, melhor, a caveira. Foi Osório quem reatou o diálogo.

«Tu sempre lá por Lisboa...»

«Sempre.»

«Quando o Jorge se formou, pensámos em ir para lá. Uma pessoa precisa às vezes de outra coisa, não é? Vendia as casas e a quinta, o turismo valorizou bastante tudo o que fica perto do mar, e comprava lá uns prediozitos. A fábrica já trabalha por si. Afinal fiquei. O Jorge vem sempre passar as férias, tem para aí um barco a motor. Diz ele que a terra é muito viva no verão.»

«Já dantes era. Suponho que continua a sê-lo. Mais até, é natural. O hotel Terminus...»

«Uma espelunca!», interrompeu o outro, perentório. «O Miramar e o Marítimo é que são bons hotéis, novos, com todo o conforto.»

O olhar de Osório ia percorrendo, infatigável, as paredes da sala-que-fora-sala. «Está velha», depreendeu da observação. «Nunca pensei que estivesse tão velha.»

«Está como está», disse Mateus subitamente cansado, recusando-se a vender o seu peixe.

«Se tudo estiver assim...»

«Não sei, ainda não vi o resto da casa, mas não há razão para que não esteja assim.»

Osório olhou-o perplexo: «Não viste?», perguntou.

«Só há vinte e cinco anos, e o que eu via há vinte e cinco anos...»

«Mas agora...»

«Tinha acabado de chegar. O tempo de dois ou três pensamentos à entrada da porta.»

«Ah!» Os olhos franziram-se, enfim, o que rodeava os olhos, a testa cobriu-se de mil gelhas, o lábio inferior, mole, devorou, pensativo, o de cima.

«Mas que dizia eu?»

Mateus encolheu os ombros. «Não sei bem. Falava da casa. Que estava velha, talvez fosse isso.»

«Era, pois. Que estava velha, que não imaginava que estivesse neste estado. Quanto pedes por isto, afinal de contas? O Jorge falou em oitenta contos, homem! Nem pensar... Eu ainda não vi o resto, mas estou em crer que só serve para demolir. É o valor do terreno. E o sítio, como sabes, não é dos melhores. Se fosse lá para baixo, não digo. *Há des* concordar... Importas-te de me mostrar o resto?»

Não se importava, claro, estava ali para isso. Levantou-se, dirigiu-se para a porta, seguiu para a direita, pelo corredor estreito e escuro. «Faça favor», disse.

O primeiro quarto era o dos pais. Pareceu-lhe enorme, assim vazio, e triste também. Osório olhou em volta, esforçou-se franzindo os olhos porque era pouca a claridade que entrava pela bandeira da porta de comunicação com a sala.

«É um quarto interior», disse depreciando a mercadoria. «Julguei que não tivesse quartos interiores. Disseram-me...»

«Quem?»

«Não me recordo. Alguém, em todo o caso, que vos conhecia, que vinha cá. Algum amigo de teu pai, talvez. Pois a casa...»

«Venha ver o resto.»

A seguir era a divisão maior, e a janela que ele abriu de par em par dava para um saguão aberto, por onde, ao fim da tarde, costumava entrar um sol quase horizontal, quase deitado de cansaço, a apagar-se. Ele viera de longe para os vender, a esse sol tardio do quarto onde dormira em menino, às recordações da infância, à imagem do pai que só ali, naquela casa onde quase nunca estivera, tinha uma certa realidade e consistência. Nesse quarto vazio só ficara o papel da parede, todo às florinhas azuis, desbotadas. Lá em cima, perto do teto, havia tiras enegrecidas pela humidade, farrapos que pendiam como folhas de uma palmeira fulminada. O homem semicerrou os olhos, procurou ver a velha mobília. Mas ela esvaiu-se a certa altura, e o seu olhar só encontrou uma teia de aranha (teria morrido a seu tempo?) no ângulo sólido de duas paredes com o teto, e, no centro deste, um fio elétrico onde ficara pendurada e esquecida uma lâmpada condenada à escuridão.

«É um bom quarto», verificou Mateus. «*Era* um bom quarto. Espaçoso. Com sol.» Mas não havia elogio propositado nas suas palavras. Simples narração.

«Sim», concedeu Osório. «Sim...», duvidou logo a seguir, nem cá nem lá. «Podia fazer-se qualquer coisa. Mas, Senhor, o que ia custar!»

«Aqui ao lado é a casa de banho. Primitiva, claro. A banheira é pequena, suponho que é pequena. Naquele tempo era uma boa casa de banho.»

«Naquele tempo, filho... Ora, naquele tempo!» Osório varreu o ar com a mãozinha gorda, muito peluda, que tinha no anelar, exibindo-se, um grande brilhante. «O tamanho das casas é que interessa», disse. «E a luz. E também o estado em que estão, claro. O resto é caqueirada.» Varreu pois a referida caqueirada com um gesto largo e definitivo, e o homem, Mateus Silva, abriu em silêncio a porta no topo do corredor. Era uma cozinha escura, com fogão de ferro, bem negro, assente no seu poial de pedra amarelada.

Uma barata preta e luzidia precipitou-se-lhe, assustada, para os pés. «De que diabo se alimentará uma barata numa casa deserta?», disse em voz alta.

«Sei lá», exclamou Osório abrindo a janela com esforço, fazendo por se debruçar um pouco mais, com dificuldade, porque a janela não passava de uma fresta larga. «Mercês! Mercês!», chamou. E a sua voz tropeçava, sem forças para subir e manter-se à altura necessária. «Mer-cê-ê-ês!»

«Quer ir ao quintal?»

«Não vale a pena. Mer-cê-ê-ês!»

Algures lá fora, além-muro, outra janela se abriu e ele ouviu uma voz bem sua conhecida: «És tu? Onde estás?»

Mateus pôs-se a pensar com aplicação nela, na voz de Mercês, igual passados vinte e cinco anos, sem rugas, sem fissuras apreensíveis, resistente ao tempo e às tempestades. Tempestades?, hesitou. Tempestades... Ali, sim, naquela casa, com naufrágio e perda de corpos e bens, mas na outra...

Osório inclinara mais a cabeça, com dificuldade. Estava todo torcido, poderia alguma vez sair daquela fresta? «Aqui, estou aqui!», dizia uma voz que continuava a tentar subir mas logo se dobrava, incapaz desse esforço. «Aqui, na casa do lado. É só para te dizer que o nosso amigo vai jantar.»

«O nosso amigo» seria ele?, pensou Mateus embaraçado. Deveria dizer já que não, que agradecia muito mas preferia jantar no hotel? Mas se «o nosso amigo» fosse outra pessoa? Poderia até parecer que estava a fazer-se convidado. Era ele, no entanto, não podia haver dúvidas. Aquele tipo de convite era mesmo de Osório, recordou-o, reconheceu-o. «O amigo Abílio janta cá em casa, Mercês», antes de ter dito ao pai o que quer que fosse.

«Espero que não tenhas nenhum compromisso», concedeu, libertando-se, olhando para ele.

«Bem, pensava dar uma volta por aí, jantar tarde e meter-me na cama. Depois, só trouxe este fato e...»

«Não te rales com fatos, homem. É só pôr mais um talher na mesa. Disse à Mercês porque ela não gosta de coisas à última hora. Mas comes do que houver.»

A janela do lado fechou-se, e Osório levou tempo a regressar, continuava observando atentamente o quintal. Também Mateus recordava o tempo em que esse quintal fora jardim, com canteiros de flores cheirosas, mas que depois, a pouco e pouco, tão lentamente como a ansiedade se fora apossando dos olhos da mãe, se deixara invadir por ervas daninhas ou desnecessárias. Mas haveria coisas desnecessárias? E as lagartixas? Um paraíso de lagartixas, pois claro. O que ele, menino pequeno, gostava de estar à coca delas, muito quieto e calado. Surgia de súbito a cabecinha tesa, de olhinhos espertos, depois o corpo acinzentado, expectante, com ar de folha seca, lanceolada, mas tão vibrante e alerta, tão em trânsito, mesmo quando parecia dormir, com uma tão espantosa riqueza de vida, uma tão incrível vontade de viver, até quando o corpo parcialmente lhe fugia. Um dia conseguira apanhar uma delas numa armadilha que para o efeito tinha inventado. Fora um dia formidável, o Ginho e os outros tinham vindo ver e até levara a lagartixa para o quarto e a tivera lá uns dias, às escondidas da mãe, alimentando-a de bichos que ia apanhar para ela. Tencionava domesticá-la, mas nunca o conseguira. Agora já não conseguia lembrar-se se ela fugira ou se morrera, se fora ele próprio a dar-lhe a liberdade, ou se pensara muito simplesmente nisso.

«Como isto está!», gemeu Osório como se sofresse. «Como isto está, amigo! As pessoas são tão diferentes umas das outras. Não compreendo como tu...» Hesitou um pouco, mergulhou de cabeça em factos concretos. «Suponho que não nadas em dinheiro, senão não vendias a casa.»

«Vendo-a porque preciso.»

«Já vês... era o que eu dizia. Enfim, o que eu pensava, o que eu ia dizer. Como é que tu, não nadando em dinheiro, não vendeste a casa há mais tempo, ou não a alugaste? Tinhas feito umas obras e alugava-la. Vinte e cinco anos é obra.»

Ele encolheu os ombros e ficou-se por aí. Não valia a pena explicar àquele homem, Osório, que o pai só morrera há dez anos e que durante esses dez anos lhe bastara – que podia mesmo bastar-lhe durante a vida inteira, isto, naturalmente sem razões fortes que se lhe opusessem, o que era, de certo modo, o caso – saber que tinha aquele chão, aquele teto. Não falar nisso, não pensar sequer em tal, saber simplesmente que a casa existia e era sua. Esse era um pormenor que salvava todo o resto do descalabro total e lhe dava uma leve confiança no futuro. Um pouco de chão que era seu neste grande mundo. Umas dezenas de metros cúbicos que lhe pertenciam, a ele, Mateus Silva. As pessoas, pensava às vezes, quando isso lhe ocorria – o que era raro – não sabiam como era importante. Alugavam o seu chão, às vezes aéreo, mês a mês, e um dia, de repente, não tinham sítio onde permanecer. «Eu tenho o meu se precisar dele. Posso dar uns passos, posso-me deitar, posso fazer o que quiser, ali, no meu chão. Está fechado e vazio à minha espera.» Isto era o que ele pensava, embora isso acontecesse com pouca frequência, e a existência da casa fosse mais uma sensação repousante do que um motivo de divagações, mesmo tranquilizadoras.

«É obra!», repetia Osório. «Sim, senhor, sim, senhor, vinte e cinco anos não são vinte e cinco dias.»

Não eram. Mateus precedeu-o na sala de jantar, inospitaleira e deserta.

«Tudo a cair!», exclamou Osório penalizado, e a sua voz fez eco, trepou talvez pelas paredes manchadas da humidade dos invernos, juntou-se toda lá no topo, desceu pelo fio elétrico que alguém amputara. No chão, a caliça que faltava lá em cima, no florão central, formava também um largo círculo esbranquiçado. «Mas que desgraça em que tudo isto está! Meu Deus! Para a tornar habitável seria necessário...» Abriu os braços, impotente. «Eu sei lá quanto seria necessário gastar! O pior é que nesta altura... Mas, vendo bem, talvez seja preferível demolir e fazer uma casa nova. Repara nas paredes e no teto. Chove cá dentro, está-se a ver. Não te cheira a bafio? Há quantos anos choverá cá dentro? Devem estar podres os madeiramentos, não?»

«Como hei de saber?», murmurou Mateus, mas o seu pensamento não estava ali, detivera-se numa palavra que já dantes ouvira mas na qual não tinha atentado, que somente agora lhe fizera sinal. *Demolir*, tinha dito Osório. E ele sentiu-se subitamente confuso. Demolir a casa era matar outra vez o pai, o único que conhecera, esse que tinha ali vivido um pouco, de passagem, entre o emprego da Câmara, o café Flor do Mar e a casa vizinha de José Osório e da mulher. Era matar também o rapazinho pequeno daquele tempo e, de certo modo, a mãe de então, que ainda se perfumava e gostaria de se sentar na esplanada a admirar os vestidos da condessa, essa que nos últimos tempos – ou desde sempre? – olhara o pai com aquele olhar grande e negro, dia a dia mais negro e maior, como se lhe queimasse, lhe fosse queimando a cara escaveirada. Ele, no entanto, precisava com urgência de dinheiro, era um caso de vida ou de morte. De vida ou de morte?, hesitou. De morte, isso sim. Porque podem ser necessários uns contos de réis para alguém morrer um pouco feliz, um pouco consolado, em todo o caso.

«Pensa na verdade em demolir a casa?», perguntou com fingido à-vontade.

«Que hei de fazer? *Há des* concordar que isto está a cair aos bocados, amigo. Eu tinha pensado deixar a minha ao Jorge e esta ficava para a Natália. Gostam ambos muito de vir cá passar o verão, não sei se já te disse. Acham a terra muito viva. Mas na verdade não sei, já não sei. As outras casotas que por aí tenho ficam mais mal situadas, lá para cima, nos arredores. Depois têm inquilinos teimosos, daqueles que só saem com os pés para a frente.»

Quem seria a Natália? Uma filha tardia?, pensou Mateus enquanto propunha uma vista de olhos à despensa, a um velho quarto de arrumações, ao sótão cujo acesso era uma escada de pedreiro com ganchos que se fixavam numa abertura retangular, no teto do corredor.

Osório olhou para cima, curioso, mas disse a contragosto que não valia a pena, já fizera uma ideia. E aproveitou para observar que o pé direito era de todo o tamanho. «Já não se faz disto. Os antigos viviam para cima, amigo. Davam três passos dentro de casa mas precisavam de uma data deles acima da cabeça. Agora é tudo funcional, não é assim que eles dizem?» O *eles* situava-o, e a Mateus, fora da questão. Quem é pobre não tem época, pensou o homem. *Eles* eram Jorge e Natália, já que Natália havia.

«Pois, amigo Mateus, vou indo. Amanhã fazemos então a escritura. Oitenta, dizes tu? Acho pesado até porque...»

«Oitenta.»

«Pronto. Lá por isso... Não vale mas está dito. Oitenta. E não te esqueças, logo à tarde. Às oito horas menos um quarto.»

«Lá estarei.»

«A Mercês vai gostar de te ver. Não digo que vás lá agora porque ela ainda não está arranjada, e sabes como são as mulheres.»

Estavam ambos à porta da rua, e José Osório parecia subitamente perdido nos seus pensamentos. «Ainda te lembras dela?», perguntou. E logo a seguir, sem esperar pela resposta: «Vais achá-la muito diferente, Engordou.»

«Todos vamos ficando diferentes, e vinte e cinco anos é uma vida.»

«Para muitos é mais do que isso.»

«Claro que é.»

Almoçou solitário entre grupos loiros e faladores, cheios de sol. Na mesa ao lado, duas francesas convidavam um criado que parecia o Alain Delon – e que o sabia – a acompanhá-las num passeio de barco. Mateus bebeu o café lentamente, sem poder deixar de ouvir a conversa que se ia tornando ousada, depois subiu ao quarto para deixar passar as horas mais quentes ou porque, vendo bem, não sabia o que fazer delas. Leu de novo o jornal da véspera, deitou-se um pouco, lembrou-se de outros quartos, mas em hotéis baratos, em pensões de segunda ou terceira ordem, em modestas (embora outrora abastadas, por vezes) casas particulares. Senhoras de meia-idade, viúvas ou divorciadas, algumas solteironas de fracas posses porque o pai dera cabo da fortuna, alugavam o melhor quarto, o que tinha janela para a rua, ou então o quarto independente, para ajudar à renda ou até para a pagar na sua totalidade. «O senhor Silva é como se fosse da família», diziam elas. «É tão bem-educado, tão pouco exigente, até dá gosto. Para ele tudo está bem. Ah, era fácil viver se todos fossem assim.» Às vezes tinha que sair por qualquer razão, e lá voltava Mateus para as colunas do *Diário de Notícias*. «Cavalheiro educado... ou Cavalheiro muito respeitável...» Uma vez a senhora que o hospedara não era velha nem feia. Não era muito jovem também nem muito bela. Talvez fosse – era-o decerto – mais velha do que ele. Trinta e oito, quarenta anos? Não sabia. Estava em todo o caso no início daquela idade incerta e comovedora que é como que uma despedida. Tinha olhos e cabelos claros mas sem um tom muito definido, como se algo lhes tivesse tirado o brilho e o excesso de cor. Tinha também um sorriso só esboçado, que nunca chegara a ser abertamente sorriso, e uma voz quebrada. Passava facilmente despercebida – uma mulher apagada, classificavam-na com propriedade – e possuía mesmo a estranha faculdade de *estar* sem as pessoas darem por isso. «Tinhas sido uma excelente espia», dissera-lhe ele uma vez, e só mais tarde compreendera que talvez a tivesse ferido. De qualquer modo ela rira: «Pergunto a mim própria se deixarei impressões digitais. Sou capaz de nem isso deixar, que dizes?»

Chamava-se Albertina mas todos lhe chamavam Alberta desde menina. Não tinha ninguém. Nem filhos (era estéril), nem marido (que a deixara), nem parentes, que, todos eles, tinham morrido a seu tempo, um pouco cedo até, vendo bem. Só um sobrinho do marido, um vago cunhado. Talvez fosse por isso (mas quem pode saber o porquê de as pessoas gostarem ou não gostarem?) que ela se apaixonara por ele. Culpa da proximidade de dois seres sós no mundo? Culpa de não ter aparecido mais nenhum homem na vida dela desde que o marido partira? Fosse pelo que fosse. Era melhor não aprofundar as razões e aceitá-las de coração leve. O homem aceitara-as, pois, até porque também começara a amá-la, a seu modo, claro está, sem grandes entusiasmos mas com convicção. Um amor pensado, lógico, com o seu quê, é certo, de inevitável. Só não casavam porque ela continuava casada com o outro, o que um dia tinha feito apressadamente as malas e se fora. Como seu pai, pensava Mateus, porque, apesar de ter sido a mãe a «abandonar o domicílio conjugal», ele via sempre o pai a partir. Partira sempre um pouco, todos os dias, desde sempre.

Era uma mulher demasiado franca, Alberta. Assim como não se pintava, era incapaz de embelezar os factos, os seus factos. «O meu marido foi-se embora porque de repente começou a aborrecer-se de mim. Talvez fosse um homem emocionalmente instável, não sei, não tive tempo de o verificar. Ou talvez se tenha aborrecido sempre, durante os dois anos em que vivemos juntos», dissera-lhe logo de início, quando o tempo das confissões tinha chegado. Se não tinha procurado prendê-lo. Olhara-o a direito: «Aí está uma palavra que me horroriza. Pareço-lhe uma polícia porventura?» Depois tinha baixado os olhos. «Compreendo o que quer dizer, claro, não sou tão estúpida como isso. Mas não era capaz. Note que até admiro quem o consegue. De resto, apetecia-me continuar como era. Apeteceu-me sempre. Não que esteja contente comigo, não é isso. Simples comodismo. Sou uma trabalhadora comodista, percebe?» Tinha ficado calada, de olhar perdido aqui e além, aos poucos, e aquele gesto muito seu, por fim enervante, de enrolar no indicador o cordão de ouro que usava ao pescoço, até parecer quase estrangulada. Depois dissera: «O casamento também é cómodo. Uma pessoa deve sentir-se segura.» Tinha rido um pouco, como ela ria, com boa vontade. «Suponho que é uma maneira pequeno-burguesa de o encarar, mas... De resto, eu gostava do meu marido, sempre gostei dele. Fora do casamento deve haver uma certa ansiedade, não é? Hoje, amanhã, depois?» – «Nunca sentiu essa ansiedade?», perguntara. – «Oh, não, nunca. Era perfeitamente feliz, estava perfeitamente tranquila.»

Aonde queria ela chegar?, tinha pensado Mateus nesse dia. A nada, verificou mais tarde. Era, de facto, uma mulher tranquila, na sua agitação exterior, como se essa agitação lhe preservasse, de certo modo, a tranquilidade. Uma mulher frágil, mas ele sentia junto dela aquele halo protetor de quase invulnerabilidade que rodeia os filhos e os ampara, quando as mães estão perto. Era uma sensação nova e sem dúvida agradável, que ele não conhecera no tempo devido, porque a mãe fora até ao fim uma criatura que se matava – que se matara talvez – a trabalhar, mas que ao mesmo tempo pedia aos outros, implorava-lhes em silêncio – principalmente a ele, seu filho – auxílio e compaixão. Só fora forte um dia, e ele não gostava de o recordar.

Recordou-o, porém, ali deitado em cima da cama, no hotel-palácio-encantado da sua infância, e no centro do quadro estava Mercês, a mulher de José Osório, a mãe do Ginho. O menino pequeno daquele verão (e também da primavera e do inverno precedentes) sonhava longamente com ela. Fechava os olhos e via-a a inclinar-se sobre ele, a acariciar-lhe os cabelos, sentia o beijo que ela lhe dava às vezes na testa, junto à fonte. Era uma beleza, Mercês. Alta, branca, de largos, semicerrados olhos verdes. Não era magra e inquieta como a mãe, nem interiormente serena e protetora como Alberta. Quando estava presente, quando passava, havia nela, verificava-o agora retrospetivamente, embora sem a certeza absoluta de ter sido assim, uma força vital que atraía sobre si todos os olhares dos homens presentes. Como se ela fosse um belo íman e eles simples limalha de ferro. As conversas deixavam de ter uma estabilidade normal porque de súbito todos estavam, por assim dizer, a um tempo inquietos e em transe. As pessoas olhavam umas para as outras mas ao de leve, com olhares de poisar e partir. Depois, isto é, durante a vida inteira, todas as mulheres que conhecera seriam más imitações, ouro falso, pedras de fantasia, pérolas de cultura quando muito. Mateus voltou a ver os seus olhos únicos, o nariz pequeno e direito, de asas quase transparentes, sempre em voo, o cabelo negro, liso e pesado, que usava enrolado na nuca. Olhavam-na, falavam, mas ela não dava por nada, era como se não desse, como se passeasse numa atmosfera pessoal, protegida por uma invisível redoma. Mateus ainda se lembrava de um vago sorriso que sempre a acompanhava e talvez só quisesse dizer que ela se sentia feliz por viver e por ser tão bela.

Quando tocava a campainha – uma espécie de pequena chave arrendada que girava para a direita –, ela vinha às vezes abrir e perguntava-lhe com afabilidade se queria ver o Ginho. Acenava que sim, intimidado, e Mercês passava-lhe a mão pelos cabelos. «Está no quarto, podes ir, mas não te demores muito, que ele tem que estudar.» Mateus obedecia-lhe logo, embora preferisse ficar junto dela, a olhá-la. Vê-la parecia-lhe o cúmulo da felicidade.

Um dia tinha visto qualquer coisa mais, mas, como tinha dez anos (ou onze?), não lhe ligara grande importância. Fora no café Flor do Mar, onde entrara para matar a sede. Ela estava encostada ao balcão e todos a olhavam da tal maneira, inquietos e em transe. Mercês, porém, mantinha-se estática como uma deusa de pedra, enquanto uma das mãos mexia maquinalmente uma limonada em que boiava uma pedrinha de gelo. E a certa altura alguém entrara. Um homem muito belo também – como era possível que nunca tivesse dado por tal? –, e esse homem sorrira, ela sorrira, e Mateus tinha compreendido (não nessa altura mas mais tarde, bastante mais tarde) que eles estavam repentinamente sós no mundo, sós entre a multidão. Deviam ter caras parecidas (e isso, sim, pensara-o o rapazinho, de copo de água na mão, embora distraído ou até esquecido da sua grande sede de há pouco), o *herói* que vencia o traidor e a *rapariga* com quem no fim ia casar-se. Aquele *herói,* porém, que, apesar de ser seu pai – ou por isso mesmo –, ele via pela primeira vez nessa qualidade de herói, era casado. A *rapariga* era-o igualmente, e ambos tinham filhos. Um tal tipo de história já ultrapassava o seu entendimento porque não sabia encontrar-lhe um *happy end* à altura. Talvez por essa razão não pensara mais em tal, até ao dia em que parara em frente do cinema a ver as fotografias de um filme de *cowboys*. Ali mesmo ao pé duas mulheres conversavam. Uma delas, agora se lembrava, era aquela criatura embiocada com quem se tinha cruzado pela manhã, a que entrara por uma porta de postigo. Falavam de Mercês e do pai, e faziam-no de uma maneira revoltante. Pelo menos, o rapazinho sentiu-se revoltado. Uma delas dizia: «Era uma obra de caridade dizer ao senhor Osório o que se passa. Andam a ridicularizar o pobre homem.» A outra concordara: «Tem razão, tem toda a razão.» O rapazinho, Mateus, afastara-se lentamente e ia pensando: «Elas vão dizer-lhe e ele mata-a.» Não pensara, disso tinha a certeza, ele mata-o, mas ele mata-a. Era assim nas fitas que vira, devia ser assim na vida. Que poderia fazer? Não sabia e, como tinha só dez anos (ou onze), resolvera contar o caso à mãe. A mãe havia de fazer qualquer coisa. Esquecera misteriosamente a cena do café e pensava que era mentira, uma grande mentira, mãe. Ela, porém, ouvira-o muito pálida, como se fosse cair ali mesmo, redonda, no chão. «Então já todos sabem», dissera. «Ouve, não fales disto a ninguém, nem ao teu pai nem ao Ginho, ouviste? Nem uma palavra ao Ginho.»

Nessa noite houvera a grande cena e daí a uma semana a mãe tinha partido com ele para Lisboa, no comboio da noite. Levara dias a fazer as malas e a empacotar coisas. Os móveis tinham sido vendidos de comum acordo.

Eram oito menos vinte quando Mateus tocou à campainha, já não chave, botão, da casa da rua da Palmeira que ficava ao lado daquela que nesse momento ainda era sua. Uma rapariga baixa e magra, com cabelos de um loiro-esverdeado caindo-lhe sobre os ombros em madeixas separadas, abriu a porta, estendeu-lhe a mão pequena e dura, que ele apertou maquinalmente.

«Sou a Natália», disse com um pouco de precipitação. «A mãe falou-me de si. E o Jorge.»

«Ah, sim, o Jorge. Como está ele?», perguntou com precipitação, sem saber muito bem o que dizia.

«Não sei. Foi a um congresso. Ossos. Parece que é interessantíssimo.»

Fê-lo entrar numa grande sala que ocupava o espaço onde dantes existiam dois quartos, já grandes nesse tempo, cheia de *maples* coloridos, tapetes fofos, uma cómoda verde e doirada que tinha em cima um gira-discos, do qual jorrava um espiritual que se deteve numa nota alta porque alguém o fez deter-se e adeus Ella Fitzgerald.

Mateus avançou, hesitante, para os restos mortais da beleza de Mercês, que lhe sorriam, de pé, junto do gira-discos. Uma senhora forte de pernas finas, metida, talvez com esforço, num vestido de *surah* às pintinhas. Pintinhas brancas sobre fundo cor-de-canela. Tinha inesperados cabelos quase da cor do vestido e os olhos menos verdes, mas verdes em todo o caso, e grandes e oblíquos, semicerrados, de Mercês.

«O Matinho, ora vejam lá!», disse a voz firme dela, a sua voz antiga, alta e lisa, uma voz que nunca hesitava nem tropeçava, já dantes era assim. Sorriu antes de acrescentar com ar engraçado: «Cresceste muito, não foi? Dantes eras deste tamanho, um miúdo pequeno, pouco desenvolvido para a idade. Tinhas nove anos, não? Como o tempo passa! Parece que foi ontem.»

«Não cresci assim tanto», disse Mateus, que não era alto.

Ela quedou-se a pensar, buscou decerto imagens perdidas ou tentou reconstruir algumas, deterioradas pelo tempo. «As pessoas mudam tanto, não mudam? É impossível adivinhar aquilo que vão ser. Tu, por exemplo... Estava à espera de um homenzinho sorumbático...»

«Sou sorumbático.»

Riu. «Oh não, não és.» E observava-o com atenção. «Só os olhos talvez e uma expressão na boca de que estou a lembrar-me... Até domesticaste o cabelo. És outra pessoa. Eu também, de resto. Passamos a vida a morrer e a renascer.»

Mateus admirava-a por ter mergulhado assim, de chofre, naquele tempo, sem a menor hesitação. Tão naturalmente... Pensaria que ele ignorava tudo? Era possível, afinal de contas. No seu rosto, o antigo sorriso. Por ser bela? Por ter sido bela, decerto.

Mercês regressara entretanto ao presente, e o presente era aquele homem, ali, em sua casa, que vinha jantar, a quem tinha de oferecer uma bebida qualquer, com quem tinham de conversar um pouco. «Mas senta-te, senta-te. O que vais tomar? *Martini? Whisky?* Tenho aqui *Carpano*, gostas? O José morria por *Carpano*, mas agora não bebe, coitado.» Falou no marido e ficou séria. «Que tal o achaste?», perguntou. «Acabado, não é verdade?» Não esperou pela resposta, que não devia interessá-la grandemente. Só as suas palavras e o facto de as dizer. Era uma mulher que sempre gostara de se ouvir, recordou e verificou Mateus. Havia mesmo nisso, nas suas frases mais simples, mais «ditas por dizer», o que quer que fosse de sensual. Recitava-as longamente, saboreava-as. «Envelheceu bastante, é normal», prosseguiu ela. «Devia tratar-se, fazer qualquer coisa, mas não quer. Como todos os homens que foram saudáveis, tem vergonha de estar doente. Enfim, é a idade, nada a fazer. E a Natália?», perguntou mudando de assunto com entusiasmo.

Ele olhou em volta e, como a Natália em questão estava ausente, acenou afirmativamente.

«Foi ela quem me abriu a porta. No entanto... Não estou a ver... Quem é afinal de contas a Natália?»

Mercês riu um pouco, e o seu riso, esse, sim, envelhecera, não atingia a altura dos outros tempos, tentava subir mas dobrava-se logo, detinha-se a meio da escala e aí repetia-se ou demorava-se, resultava em todo o caso um pouco cacarejado. «Meu Deus!», exclamou. Ficou calada, o olhar perdido. «Como o tempo passa!», disse por fim. «Não podias conhecê-la, claro, era impossível. A minha cabeça... A Natália já nasceu depois de vocês se terem ido embora. Um ou dois anos, dois talvez, ou mais? Ou menos? Natália, Natália!», chamou em voz alta, excessivamente alta e entusiástica. «Na-tá-li-a!»

Natália, no entanto, não pareceu impressionada com toda essa energia despendida em sua intenção e levou tempo a chegar. A sua voz começou a vir de longe, do fim da casa. «Já vou», preveniu. Pouco depois anunciaria numa voz arrastada: «Um instante, não demoro.» Para dizer por fim, no limiar da porta: «Pronto. O que é?» Entretanto, durante esses três anúncios e competentes intervalos, Mercês olhou com atenção – também excessiva – esse limiar de porta, e no seu rosto lia-se nitidamente a expectativa e talvez o receio, um certo receio, mas de quê?

Mateus olhava também, obrigado pelas circunstâncias, porque naquelas condições olhar para qualquer outro lado seria quase ofensivo, enquanto ia bebendo o seu *martini*, e mesmo antes de ela ter aparecido já se materializara, e ele pensava, recordava de súbito, não sabia porquê, talvez por causa dos cabelos verdes, uma pequena sereia da sua infância, num livro que tinha ilustrações a cores e que se perdera numa das mudanças. Só por causa dos cabelos verdes, pensou. De resto, a filha da velha sereia presente, agora sem nada de mitológico, era o menos «sereia» possível. Cabelos descuidados, rosto sem beleza, calças amarrotadas (dentro das quais se adivinhavam pernas grossas em baixo, na barriga da perna, estreitas em cima, na coxa), camisa branca, masculina, grande de mais, seria do irmão? Continuava especada, ali onde dera, por assim dizer, à costa, encostada à ombreira e à espera. Mercês, porém, parecia haver esquecido a razão por que a chamara e olhou-a com naturalidade, como se a filha estivesse ali colocada desde o princípio do mundo, para lhe dar a réplica ou por a sua presença compor aquele limiar vazio.

«Sabes onde está o teu pai, que se demora tanto?», perguntou por fim.

Dissera o que era preciso ser dito, tudo o mais se tornava desnecessário. O homem compreendeu que a pista tinha sido intercetada e baixou os olhos maquinalmente, como que envergonhado da vaga suspeita, uma réstia de suspeita, vendo bem, que o tinha aflorado. «Um ou dois anos», tinha ela dito. «Ou mais? Ou menos?» E agora chamara Natália dos confins da casa, onde se encontrava com as suas calças amarrotadas e os seus verdes cabelos vegetais, só para dizer «o teu pai» e para ele, Mateus, a ouvir dizer «o teu pai». O que também, é certo, podia significar: «Atenção, bico calado, a pequena ignora tudo da velha história.» Sim, o que também podia significar isso. Aquele homem, Mateus Silva, hesitava sempre um pouco antes de construir certezas sobre hipóteses. O que não impedia que as construísse para uso próprio, até ver.

Natália descolou-se da ombreira, com lentidão, entrou devagar, mansamente, curvou-se um pouco, tirou um cigarro da caixa-livro, acendeu-o, e Mateus notou que as mãos dela se enganavam um pouco, não estavam à vontade, tinham gestos errados – um pouco errados, pelo menos. «Não fuma?», perguntou sem o olhar, enfim, mal o olhando. Era como se ele ali estivesse, sim, e ela reconhecesse o facto, mas isso não fosse importante, como se a sua presença fosse leve, mal se desse por ela, e houvesse coisas infinitamente maiores do que essa presença. Ali, naquele instante.

Mateus bebeu o último gole, já quente, de *martini*, e pensou que ela não tinha respondido à mãe, assim como esta parecia subitamente esquecida ou desinteressada da pergunta que lhe fizera. Seriam sempre assim as relações entre ambas? Compreender-se-iam tão bem que as meias-palavras, as meias ideias bastassem, ou tão mal que não valesse a pena completar o que fora dito ou sugerido ou pensado? Tão bem ou tão mal que o silêncio fosse resposta bastante?

Natália esmagou o cigarro quase inteiro, com cuidado, tão encarniçadamente como se lhe quisesse mal (Osório escolhia-os com cuidado), disse que ia telefonar para a fábrica, talvez ele ainda lá estivesse. O *ele* pareceu ao homem uma resposta ao *teu pai* de havia pouco, mas talvez fosse impressão sua. A mãe achou uma boa ideia e, quando ela saiu, no seu andar arrastado, dir-se-ia ter ficado aliviada. No entanto, quando a chamara havia pouco, Mateus tinha tido a sensação de que Mercês se sentira mal a sós com ele.

«Soubemos da morte do teu pai», disse de súbito, com ar mundano mas em voz baixa. «Tive muita pena. O teu pai foi um verdadeiro amigo. Não aparecem muitos amigos verdadeiros na vida das pessoas, parece-me. Querem sempre mais, exigem gratidão, pensam que os outros são coisas ou cães. Cães dedicados, que devem lamber a mão do dono. O teu pai era diferente.»

Não exigiu que o acompanhasse, que deixasse o meu marido e o meu filho, a minha casa, que pegasse no meu escândalo, para ir com ele para um lado qualquer, que trocasse, enfim, a segurança pela insegurança, a facilidade pela dificuldade, pensou Mateus.

E estas foram palavras que lhe surgiram de chofre, sem ele as ter construído, deixando-o quase perplexo porque nunca tinha pensado aquilo dela.

«O teu pai era diferente», repetiu.

Diferente de quem? De quais? De quantos? Seria? «Era?»

«Era», disse muito séria, mas pareceu a Mateus que havia nos seus olhos um pontinho agudo e brilhante, extremamente alerta.

Ele gostaria de falar do pai, não tivera muitas oportunidades no passado. Com a mãe fora sempre um assunto tabu. Continuava, pois, a vê-lo pela órbita de uma criança, a do Matinho que corria pelas ruas no seu *Renault* e dava pontapés no vazio. Eram recordações vagas e imprecisas, em que havia, de vez em quando, uma outra mancha muito real, figurativa. Não teve, porém, coragem de perguntar coisas a Mercês. Tinha também, de súbito, a impressão de que ela o conhecera mal e não podia elucidá-lo como desejava. É uma mulher estúpida, pensou de súbito. Sabe talvez levar a água ao seu moinho mas é pouco inteligente. E é vazia. Dantes amava-se nos homens que a amavam. E agora que está velha? O que haverá agora dentro de si? Gordura flácida e que mais?

«E Lisboa que tal?»

«Lá está. Sempre o mesmo.»

«Gostava de viver em Lisboa mas nunca calhou. O José ainda pensou nisso mas depois o Ginho...» Perdeu o fim da frase, começou outra: «Sabes que foi a um congresso? De osteologia?»

«Ouvi dizer.»

«Sim? A quem?»

«Bem... ao senhor Osório... à sua filha.»

«Ah.»

Um *ah* desconsolado mas não desencorajado, isso não. Depois do congresso, a noiva. Pois o Ginho ia casar. «Sabias?» – «Não, isso não sabia», com um amor de rapariga, de muito boas famílias. Gente do melhor que há. Em outubro. Estava tudo preparado.

Há dois meses tinha-lhes feito aquela surpresa, não dissera palavra e aparecera com a noiva, mesmo coisas do Ginho.

«Mas não podia ter escolhido melhor, a verdade diga-se. A Rita nem parece uma rapariga deste tempo. É culta e absolutamente nada tola. Mas de uma simplicidade… Cozinha na perfeição, é uma excelente dona de casa. Quem a conhece nem pensa que é filha do Adérito Alves, o homem da CIPPAR, um potentado, enfim. Tens ouvido o nome, com certeza…»

Ele acenou afirmativamente.

«A mãe, a dona Alice, é uma senhora muito fina, vem constantemente o nome dela nos jornais, deves ter reparado. Festas de caridade, coisas assim. Uma senhora muito bondosa. Boa gente, em suma. Tive sempre medo de que o Ginho acabasse por ser apanhado por alguma espertalhona, percebes o que eu quero dizer. Ou por qualquer bonita cabecinha oca.»

Ou por qualquer bolsazinha oca, estava-se a ver. Pensou isso no momento em que deu com o leve sorriso de Natália, que tinha voltado – quando? – e estava meio sentada no braço de um *fauteuil*. De que sorriria ela? Do entusiasmo da mãe por aquela nora que ia fazê-los subir, de certo modo, na escala social, por aquela senhora tão fina? Rir-se-ia muito simplesmente dele próprio, Mateus, e da expressão desconsolada, ou triste, que talvez não tivesse sabido disfarçar convenientemente? Porque Mateus ouvia Mercês e pensava acima de tudo, acima mesmo da casa que ia ser demolida, e da filha do Adérito, na bela mulher que em pleno café Flor do Mar, no meio de toda a gente, olhava o pai e lhe sorria como se mais ninguém existisse.

«O Jorge é a nossa vaidade e o nosso orgulho», disse Natália sem deixar de sorrir.

A mãe estremeceu, depois fingiu achar graça, mas perguntou apressadamente:

«E então? O teu pai?»

«Vem aí. Já saiu da fábrica há bocado, deve estar a chegar. Quer que mande servir?»

«Pois sim.»

Quando a filha saiu, Mercês perguntou: «E a tua mãe?»

«Morreu, já depois do meu pai.»

«Ah, não sabia. Lamento muito.»

Onde ouvira já nesse dia aquela frase dita com a mesma entonação atenciosa e indiferente? Sim, fora nessa manhã a José Osório. Que não sabia, que lamentava muito. Mudou logo, porém, de assunto. Voluntária ou agressivamente. Deteve-se no fim do outro como quem finca bem os pés no chão e se recusa a prosseguir, fez isso mesmo. Fincou bem os pés pequenos e grossos, talvez inchados, procurou em redor um derivativo e falou do jantar. Mateus gostava de frango na púcara? Era o que havia, não tinha feito cerimónia...

José Osório salvou-o da culinária porque chegou logo a seguir com muitas desculpas. Sentaram-se imediatamente à mesa. A antiga sala de jantar mantinha-se, embora com maior profusão de pratas. A fábrica devia, de facto, «andar por si», como ele dissera nessa manhã, e andar bem. A antiga família provinciana, com qualquer coisa de seu, era agora, via-se, uma família abastada, com casas, fábrica próspera, filho médico em Lisboa, nora filha do sócio principal de uma grande empresa, homem que decerto falava de papo a umas centenas de empregados, homem sem necessidade de se curvar exageradamente perante ninguém, só o bastante para se mostrar patriota e integrado num ambiente saudável. Tudo isto, porém, discretamente, porque era bom não queimar todos os cartuchos.

A mesa estava bem posta e a criada tinha aventalinho plissado. Natália sorria em silêncio, na outra margem. Entre eles, a separá-los, um barco de flores, um barco de prata, evidentemente. Herdara da mãe aquele sorriso que se esquecia, que lhe escorria um pouco pelo rosto. O da mãe era, porém, um sorriso feliz. Por ser bela. Por ter sido bela. E amada. Por ter um filho excecional. Por ir ter uma nora de famílias tão cotadas. Por em tempos não ter escangalhado a vida. Por coisas assim, todas certas. O de Natália era um sorriso secreto, que nascera bem no fundo de si, embora a sua espuma fosse visível. Leve, breve espuma de sorriso. Seria da mãe que sorria? Do visitante? Do pai, José Osório? Da criada? Do frango que estava uma delícia, «uma delícia, dona Mercês», ouviu-se dizer.

Sentia-se arrependido de ter vindo. Recebeu por isso de braços abertos o derivativo que Osório lhe ofereceu, na pessoa, por assim dizer, das conservas de figo, indústria a que dedicara toda a sua vida, e da crise que a referida indústria estava – segundo ele – a atravessar. No entanto, ainda nessa manhã lhe dissera que a fábrica andava por si própria. E a casa e a família, excluindo Natália, tinham um ar próspero. E os dedos de Mercês brilhavam de anéis.

Depois do jantar, o café foi servido na sala, e Mercês voltou ao Ginho, que tinha consultório na Avenida. «Vai vê-lo um dia, ele fica contente.»

A certa altura Natália desapareceu. Sem se despedir. Nem o pai nem a mãe pareceram ter dado pela sua ausência.

A noite foi quente e longa, como se parasse de vez em quando, exausta. Mateus passou-a a olhar para os pontinhos luminosos do mar, depois, de luz acesa, a ler o jornal que comprara à menina da tabacaria no seu regresso ao hotel. «Então sempre encontrou a rua da Palmeira?» – «Encontrei, sim, obrigado.» – «E a palmeira?» – «A palmeira?» – «Sim, continua a existir, reparou? Perguntei esta tarde. Há dias até parece que houve lá uma cena com bombeiros e escada *Magirus*, por causa de um gato.»

Durante essa noite de insónia, também pensou muito na Mercês de outros tempos e na atual. O tempo substitui perfeitamente a morte, e até é mais cruel. A morte mantém, o tempo acaba. E, melhor, dá o golpe de misericórdia e de que maneira. Agora já recordava com dificuldade a outra, como se esta lhe houvesse apagado a imagem luminosa, salpicando-a toda de mediocridade, mergulhando-a em frases e ideias feitas, para uso doméstico e utilitário.

E Natália? Seria sua irmã? Durante todo o tempo em que estivera junto dela, procurara-lhe no rosto, nos gostos, algo de familiar. Mas nada vira de si próprio, do pai. De resto, que poderia ele ver se mal o recordava, se a mãe rasgara conscienciosamente todos os seus retratos? Natália parecia-lhe uma estranha, e, para mais, desejava sê-lo, isso via-se perfeitamente. Mal tinha falado, só o olhava, por assim dizer, às escondidas e no fim fora-se sem dizer nada. Antes disso sorrira, é certo, mas era um sorriso desconfortável, um pouco astucioso, que procura aquilo que quer, que o encontra, que ri do que encontrou, decerto porque o acha risível. A verdade, porém, é que à mesa mergulhara num mutismo total e desaparecera logo depois do café.

Mateus ainda tinha ficado um pouco, por inércia, sobretudo. E por pensar que seria indelicado ir-se logo embora. Mercês tinha ligado uma ventoinha. Estava-se bem ali. José Osório monologava sobre os tais negócios que não iam – não iam? – bem.

Era meia-noite quando Mateus conseguiu levantar-se. Estavam os três de pé no meio da sala falando do Ginho, quando Osório disse que tinha estado a magicar no caso enquanto se tratava de outras coisas e que talvez não mexesse na casa antes da primavera seguinte.

Mercês exclamou «Tanto tempo!», e ele explicou que as licenças camarárias eram sempre longas. De resto havia ainda outra hipótese: deitar as duas casas abaixo e fazer um prédio grande, de rendimento. Ficavam dois andares para eles e para os pequenos e alugavam-se os restantes, mobilados. Era um caso a pensar. Com a afluência dos estrangeiros…

«Não achas?», perguntou à mulher.

«De facto…», murmurou ela, sonhadora, perante aquela nova, fascinante possibilidade.

Mateus tinha-se despedido da senhora, ia dizer «até amanhã» ao marido. Este, porém, pegara no chapéu. «Acompanho-te um bocado. Apetece-me apanhar ar.»

Foi com ele quase até à tabacaria, e entre outras coisas falou de Mercês, com à-vontade, como se estivesse – e não o estaria? – a par de tudo. «Que tal a achaste? Acabada, não?» E havia no seu rosto uma espécie de leve ansiedade. «Velha?»

«Não, não. Há mulheres a quem nunca se pode chamar propriamente...»

Interrompeu-o. «Deixa-te disso. Está velha e ainda bem. Era bonita, lembras-te?»

«Muito bonita. A mulher mais bela que...»

«Ah, lembras-te. Tão pequeno, vê lá tu... Era, de facto, lindíssima, e eu fiz a maior asneira da minha vida casando com ela. Arrependi-me, claro, mas olha, amigo, agora acho que fiz bem. Agora, nota. Mudado o tempo, mudado o pensamento. Nunca fui homem que me preocupasse muito com coisas passadas. Se alguém teve a culpa, esse alguém fui eu, não ela. Era uma beleza e eu um velho burgesso. Sempre fui um velho burgesso. Resolvi casar-me e arranjei uma mulher para quem todos os homens olhavam.»

Ficou pensativo, parou, disse: «Um dia começou a engordar, os pés a incharem-lhe, os cabelos a embranquecerem. Julgas que foi para ela um drama? Pois não, aceitou a coisa. De repente tudo ficou sereno. Chego a pensar que ela, que tudo o que sucedeu... Enfim, a atualidade é o que interessa. Começou a preocupar-se com coisas como a casa, o dinheiro, o futuro. A ligar importância aos meus problemas...»

«Compreendo.» Aos do Ginho, aos da Natália, talvez aos dela própria. Depois dos prazeres da carne, os da mesa, mas, sim, não podia dizê-lo àquele homem, que, de resto, até talvez o soubesse, não era estúpido.

«Então até amanhã», disse Osório estendendo-lhe a mão. «O notário fica mesmo ao lado do Flor do Mar. Lembras-te onde é, não lembras?», perguntou de novo.

Mateus lembrava-se perfeitamente.

Deu alguns passos, entrou na tabacaria para comprar o jornal. «Então sempre encontrou a rua da Palmeira?»

Agora vinha noutro comboio, ou talvez no mesmo mas em sentido inverso, abandonando, para todo o sempre, decerto, árvores, casas e estações. Sentia-se cansado e, pela primeira vez na sua vida difícil, pobre, pobre de pedir apesar do cheque que trazia consigo na carteira. Sem nada de seu. As pessoas que o rodeavam pareciam-lhe demasiado próximas, de presença quase agressiva. Como que metidas à vontade, de perna cruzada, por assim dizer, e com total descontração, dentro dos seus mundos invisíveis, a tocarem e até a amachucarem o seu pequeno, modesto mundo. Um homem gordo, provavelmente holandês, lendo um jornal tão espesso que sugeria um enorme bolo folhado, a atirar-lhe para a cara, a intervalos regulares, o fumo do seu charuto. A alemã loira e rosada. A inglesa velha, de florido chapéu branco, tão inglesa e tão velha que lia *Pride and Prejudice.* Um casal de meia-idade, esse nacional, que não trocou palavra toda a viagem, como se já tivesse dito no passado tudo o que havia a dizer. A *gnädige Frau* sorria de vez em quando como uma pessoa contente consigo e com os outros. Sorria à paisagem, a *Constanze,* ao relógio que de vez em quando consultava.

Deu consigo a pensar em Alberta e recordou-a com objetividade, mais para gastar o tempo do que por necessidade ou desejo de pensar nela. Para começar, viu-a enrolada no *maple* azul e cinzento (leques cinzentos sobre leques azuis ou vice-versa), agressivamente enrolada sobre si mesma, incluindo pernas e pés, e de ouvidos tapados, esmagados com as mãos transparentes, ao mesmo tempo búzio e concha. Em Alberta de agora. Quando a conhecera era diferente. Uma mulher roliça, dessas que comem um nada, se levantam cedo, trabalham o dia inteiro, embora com imperfeição, na lida da casa, e nem por isso emagrecem ou se queixam. É como se houvesse nessas mulheres, em Alberta, dantes, um motor em constante atividade. E se por acaso se sentam um instante entre duas ocupações, então falam, falam... Era também uma dessas mulheres que não sabem viver sós, mas que acabam muitas vezes em total solidão devido à sua total incapacidade de fazer batota. «Nasceste formiga», dizia-lhe ele às vezes quando a via agitar-se pela casa. Encolhia os ombros: «As formigas procriam, não vês o tamanho de um simples formigueiro? Nisso nunca fui formiga, e noutras coisas também não. Já viste uma formiga sem géneros acumulados para o inverno que se aproxima? Não, não, sou formiga por acaso. Adorava ser cigarra. Ou ave migratória. Ou enguia a caminho do mar dos sargaços. Uma coisa assim.» Havia dois anos que Mateus vivia em casa dela, e havia seis meses que Alberta não era a mesma. Emagrecera, falava menos, movia-se com maior lentidão, tinha dores que não conseguia localizar, no ventre, dizia. Foi ao médico, fez análises. O médico perguntara-lhe se tinha família. «Um amigo», respondera. E devia ter corado ao dizer aquilo. «Ele que me telefone. A senhora precisa de se tratar e de alguém que cuide de si.» No dia seguinte tinha passado pelo consultório e fora logo recebido. O médico mandara-o sentar, dissera a palavra que ele receava. «Nenhuma esperança?» O outro encolhera os ombros. «Pode operar-se, claro, mas... De resto, ela declarou terminantemente que não se queria operar.» – «Disse-lhe o que tinha, doutor?» – «Claro que não, mas ia jurar que ela sabe. Ia jurar também que vai fingir até ao fim não saber. Ajude-a o mais possível. E telefone-me sempre que seja necessário. Receitei-lhe uns comprimidos e umas injeções. Repare se ela os toma. Mais nada, de momento.»

Em que pensaria Alberta quando se enrolava no *maple* azul e cinzento? Não dizia nada de concreto. Não se queixava, pelo menos, daquilo. Mateus via-lhe às vezes um rosto de dor, mas ela levantava-se e ia tomar um comprimido. Falava, mas de coisas diferentes das que dantes a ocupavam. Numa voz amarga. Do que não tinha feito e de repente lamentava não ter feito. Disso, por exemplo. De nunca ter sabido nadar, de nunca ter tido um anel de esmeralda, de não conhecer as ruínas da Acrópole.

E Mateus fora vender a casa dos pais, não para tentar salvar Alberta – fá-lo-ia, de resto, para a salvar, se tal fosse possível? – mas para ela ir ver as ruínas da Acrópole. Verdade seja que ela não queria que ele a vendesse. Não queria também morrer sem ter visto as ruínas. Não queria ficar ali, naquela casa onde sempre vivera (e se sentira talvez feliz), à espera do fim. Tinha às vezes monólogos estranhos, inesperados. Primeiro fora o anel de esmeralda. Um anel, que coisa mais esquisita. Estavam sentados, junto do aparelho de rádio, uma noite qualquer, depois do jantar. Ela tomara o remédio havia pouco e parecia sentir-se bem. Tinha então dito:

«Aquele anel com que sonhei a vida inteira, se bem que no fundo detestasse esse sonho, compreendes? Creio que já o herdei, ao sonho, quero dizer, da minha mãe, embora o anel-que-ela-nunca-teve fosse diferente. Cheguei a começar a juntar dinheiro, vê lá. Pois olha, deixou de fazer parte dos meus sonhos, até porque deixei de ter sonhos. Só a Acrópole, às vezes… Mas adiante… Não digo que não me façam falta, sobretudo à noite, quando não consigo dormir. A velha hora das canções de embalar e das histórias da carochinha. A velha hora do amor. Dou voltas e mais voltas, não consigo encontrar um motivo de interesse em que possa fixar-me nem que seja por uns minutos. Nada. O vazio, compreendes?»

«Bem...», objetara com ar hesitante.

«Não, não compreendes», tinha afirmado convicta. Encolhera os ombros, confessara: «Fizeram-me uma falta louca, porque terão desaparecido? Porquê... ora, porquê! Fecho os olhos e estou com a boca contra um muro frio. Sonhar com quê? Esperar o quê? O muro deve estar húmido da minha respiração. Às vezes tenho medo de adormecer. Sabes o que é ter medo de adormecer?» Ficara à espera, com ar interessado, como se da sua resposta dependessem muitas coisas. «Não, também não podes saber. É demasiado subjetivo. Subjetivo não, experimental.» Tinha rido um pouco, sem vontade, pois claro, acrescentara: «É pena nunca me ter preocupado com a vida dos outros, parece que ajuda muito.» Um devastador tilintar de braceletes, escravas, chamava-lhes ela, e eram três, redondas e iguais. Já tinham sido cinco e sete e onze. Ficara séria. «Gostava de ter feito coisas que não fiz, já te falei nisso, não falei? Olha, por exemplo, de ter tirado o curso de Medicina, creio mesmo que era a única coisa que gostava a sério de ter feito: Mas, olha, opus-me ter-mi-nan-te-men-te a entrar para a Escola Médica, és capaz de perceber? Como se o meu destino estivesse traçado. Acreditas no destino?»

«Tu também não acreditas, Alberta.»

«Pois não. Adiante. Também gostava de ter falado uma língua confidencial, daquelas que ninguém aprende, um luxo, enfim. O japonês, o persa, um dialeto negro então seria o ideal. Línguas sem utilidade imediata, que não são uma enxada para a vida. Outra coisa era usar lentes de contacto, sempre fiquei horrível com óculos. Também gostava...»

«De quê?», perguntara como se ela de súbito fosse uma criança.

«De levar isto até ao fim com uma certa naturalidade. Talvez seja possível. Vamos evoluindo lentamente por dentro e, quando digo por dentro, é isso mesmo que quero dizer.»

Tinha sido nessa noite que ele lhe sugerira aquela viagem. O anel não, parecera-lhe demasiado estúpido. A viagem. As ruínas da Acrópole que ela vira pela primeira vez, aos quinze anos, na História do Mattoso. Numa página da esquerda, ia jurar. Numa das vertentes jorrava a fonte de Clepsidra...

«De Clepsidra? Tens a certeza?»

«De Clepsidra, ia jurar.»

«E o que é a fonte de Clepsidra?»

«Não sei.»

Na véspera de ele partir, dir-se-ia ter compreendido a inutilidade de tudo aquilo. No entanto, não lhe pedira que não vendesse a casa, não lhe pedira de novo que não a vendesse. Falara muito nesse dia, e o pensamento, liberto da viagem, parecia não poder fixar-se senão na morte, como se a viagem fosse depois, quando tivesse descansado de morrer. Na morte, suas origens, derivados e consequências a longo e a curto prazo. A consequência mais imediata, vendo bem, era a terra para onde desejava ir. Desejava? «Armários e gavetas não, sempre as detestei, bem sabes», chegara a dizer-lhe.

Ele aconselhava-a a deixar-se de ideias mórbidas. Alberta, porém, não se calava. «As coisas que podem ficar esquecidas no fundo de uma gaveta... Nunca a puxamos totalmente, já reparaste? Há sempre coisa de um palmo lá para o fundo. Esquecidas e de certo modo resguardadas. De certo modo, nota. Não, não, seria horrível. Na terra há sempre uma esperança.» Não se explicara mas ele soubera que se tratava de Lavoisier. Antes ajudar uma erva daninha a crescer do que ser simples repasto de quem de direito. Aqui divagara um pouco. «Que *lhes* acontecerá quando não houver mais nada? Quando o manjar acaba, enfim? Não sabes? Pois olha é um assunto de interesse geral. E de que maneira. Não haverá bibliografia sobre o caso? Os coca-bichinhos que para aí há e achas que nenhum...»

Parecia uma criatura meio embriagada. Embriagada pela morte. Tonta, quase a cair. Egoísta, ela que dava tudo sem pedir nada em troca. A sua voz doce secara, era agora dura e azeda. Sabia que ia morrer, embora a palavra nunca houvesse sido pronunciada. Sabia que Mateus ia vender a casa para ela ir fazer *antes* uma estúpida viagem, a única coisa sem sentido da sua existência ajuizada. Voltaria? Ficaria lá? Era como se se vingasse. De quê? De quem?

Mateus pousou a mala, meteu a chave à porta. «És tu?»

Dirigiu-se para o quarto dela, sentou-se na borda da cama. Ela envolveu-o nos seus braços brancos emagrecidos, parecia a antiga Alberta. Ou talvez não, talvez parecesse simplesmente o afogado que receia, e de que maneira, que o larguem, que se cansem do seu peso, que o sacudam para onde os seus pés não encontrem mais onde pousar, nem a que se prender as suas mãos.

Alberta olhou-o longamente, sorriu sem vontade, era um pobre sorriso o seu, depois disse-lhe que não devia ter feito aquilo. Em seguida quis saber, e tinha um ar envergonhado, se *aquilo* lhe dera um grande choque. E repetiu o seu *leitmotiv*: «Meu pobre Mateus, seria absolutamente necessário? Claro que não, claro que não era. Um simples capricho. Gostas de mim, é o teu mal.»

Aí é que se enganava, pensou ele passando-lhe a mão pelos cabelos secos e descoloridos. Não gostava dela, pelo menos o bastante para lhe dar tudo o que possuía: casa e recordações. Tinha, no entanto, de o fazer. Ela era, no fundo, a sua mulher, alguém que não tinha, tal como ele, mais ninguém no mundo. A mulher que às vezes lhe perguntava, com ansiedade, se ele *já* não estava aborrecido dela, essa mulher. Sorriu-lhe, pois, beijou-a ao de leve, no canto da boca. «Como te tens sentido? A mulher a dias veio?»

«Veio, sim. E a Luísa apareceu ontem. Trouxe uns bolos, fez chá, conversámos um bocado.»

«De quê?», perguntou por perguntar.

«De tudo e de nada, já não me lembro. Entre outras coisas, falou de um creme qualquer que usávamos quando éramos raparigas e disse muito séria que ele agora já não prestava. Que ainda o usa mas que já não faz o mesmo efeito. Coisas da Luísa. E muito a sério, muito convicta. Pobre Luísa! Ou feliz Luísa?»

Calou-se. Depois meteu pela estrada principal, de que se havia afastado. «O mal que me tenho querido a mim mesma! Não devia criar-te problemas e não faço outra coisa. Sou assim, que queres? O meu marido…»

«Deixa o teu marido em paz.»

Ela, porém, insistia: «Serás capaz de me perdoar? Não digo agora, não, mas mais tarde? Bem sei que só vou gastar uma parte do dinheiro, mas… A casa era muito importante para ti, uma espécie de cofre onde guardavas os teus tesouros. Um cofre fechado e sem chave. Foi um preço exorbitante que te fiz pagar.»

«Tu não pediste nada, Alberta», disse ele docemente.

«Foi como se o tivesse feito. Consenti. Pergunto a mim própria se não te sugeri mesmo a venda da casa. Posso tê-lo feito involuntariamente. Uma frase no género de: "Se eu tivesse qualquer coisa para vender ia ver as ruínas da Acrópole." Mas juro-te que se o fiz foi sem pensar na tua casa, foi a pensar nisso mesmo, em que se tivesse qualquer coisa para vender… Acreditas, Mateus? Diz que acreditas.»

«Acredito, sim. Para que hás de torturar-te mais?»

«Pensei muito nestes dois dias. Sempre, exceto quando a Luísa cá esteve. Pensei, por exemplo, que foi uma precipitação. Talvez uma hipoteca…»

«Não poderia pagá-la, Alberta.»

«Ah, claro.»

«Sabes? Jantei em casa deles.»

«Sério? Julguei que... enfim... supus que as vossas relações não pudessem ser... cordiais.»

«Foi um jantar de negócios. Os negociantes almoçam muito, ou jantam, uns com os outros. Em geral o que faz o bom negócio, neste caso o Osório, oferece a refeição.»

«Tu lá sabes.»

«Não se trata de saber ou não. Foram eles que apareceram, já te disse. Escrevi ao notário e eles apareceram.»

«Sim», acedeu ela, constrangida. «Decerto...» Logo a seguir perguntou, para se afastar um pouco do seu problema e dos desagradáveis pormenores monetários, para lhes fugir enquanto era possível fazê-lo, como estava Mercês, Mercês, não era? Velha?

Mateus disse: «Sim...» Mas logo em seguida hesitou, encostou-se aos pés da cama, fechou um pouco os olhos. «Velha não é o termo», disse cautelosamente. «Claro que a antiga beleza, onde ela vai! Mas ficou qualquer coisa que talvez permaneça sempre. O marido não o sabe, é possível que ela própria o ignore. Há algumas mulheres a quem nunca se pode chamar depreciativamente velhas, e ela deve ser uma dessas mulheres», disse completando por fim a frase iniciada na sua breve conversa com Osório, à noite, descendo a rua. E prosseguiu: «Há os seus olhos verdes, por exemplo, e a sua voz, quase iguais por entre tanto destroço físico e moral.»

«Nunca vi ninguém assim», disse Alberta torcendo-se um pouco, com uma dor ainda leve.

«Talvez eu não saiba explicar. De resto, é sem importância.»

«Sim», concordou ela.

«Quando tratas do passaporte?», perguntou Mateus. «Amanhã?»

«Talvez na segunda-feira me sinta com mais coragem.»

«Queres que eu...»

«Não, não. Sou eu quem vai fazer a viagem, não sou? Então...»

Alberta encostou-se, de súbito, ao ombro dele. Saía da roupa da cama como um caracol da casca, e havia no seu corpo o que quer que fosse de invertebrado. «Vou sofrer horrivelmente», disse com serenidade aparente mas com voz trémula. «Não sei quando nem como. Terei forças para voltar, Mateus? Não, não vou chorar porque isso não está no meu feitio, mas vou sofrer horrivelmente quando me vir sozinha no avião. Em que hei de pensar? Em que hei de gastar o tempo? Achas que volto, Mateus?»

«Tu vais se quiseres. Mas voltas, claro está. Verás que tudo corre bem. Fazes a viagem que tanto desejavas e isso será ótimo, verás. Podes confiar em mim, contar comigo. Os homens, às vezes...»

Interrompeu-o: «Fala no singular, peço-te. Fala de ti, *por* favor, quero lá saber dos outros. Os plurais aterrorizam-me, sinto-me ameaçada por uma multidão, é assustador. Mas estou a ser egoísta», disse com convicção nitidamente falsa. «Sacrificaste-me tudo o que tinhas e eu falo de mim, de mim. Falo sempre de mais, será por isso? Digo coisas que estão à superfície e esqueço as outras, as mais profundas. Tu não és assim.»

«É possível», concordou ele.

«É verdade. Não és.»

«Creio que não, mas não tenho a certeza.» Falava mas já estava ausente, em parte ainda incerta, a caminho de um futuro que ainda não via com nitidez. Era o seu corpo, só esse, que a fitava com ternura através das janelas dos seus olhos, que lhe passava a mão pelos cabelos baços, a beijava. Ele, não. O seu corpo de homem só no mundo, o seu corpo sem alma, só corpo.

Na segunda-feira pela manhã foi descontar o cheque e abrir conta. «Herança, meu caro?», perguntou o empregado, que o conhecia.

«Vendi uma casa, na terra. Tenho umas dívidas por aí...»

«Era uma boa casa?»

«Uma casa de oitenta contos.»

«Ainda é bom quando há que vender», disse o outro, fleumático.

Mateus concordou que era bom.

O doutor Adérito Alves soube, através de ouvidos que alugava ao mês só para isso, para ouvirem, ou para o fazerem em regime de horas extraordinárias, que Mateus tinha chegado mais tarde nesse dia e deteve-se junto da sua secretária para perguntar, naquela voz repleta, sem espaços vazios nem obstáculos lá dentro, de onde surgia definitiva e poderosa, qual a razão do seu atraso. Mateus disse que se tinham esquecido de o acordar. «Homem!», exclamou a voz. «Pois você ainda precisa de que o acordem? Com essa idade, homem? A isso chamo eu falta de memória. Ou de preocupações?» Todos riram um pouco, à socapa, discretos cortesãos envergonhados, e o próprio Mateus deu com um ignorado sorriso, puro gesto que chegara sem ele saber, se lhe colara aos cantos da boca, não queria desfazer-se. Vendi uma casa, pensava entretanto. Uma casa para a-rapariga-que-não-é-deste-tempo passar as férias com o marido. Vendi-a mal, dei-a por assim dizer, não mereço esta meia hora de atraso? Não mereço? Não merecia. Estava a confundir um pouco a noiva do Ginho com a filha do Alves, que estupidez. «Não pode ser, Silva», dizia o doutor pomposamente e bastante alto para todos ouvirem e aproveitarem. «Não pode ser, Silva (o Silva era ele). Uma das coisas que sempre exigi foi pontualidade. Espero que isto não se repita», declarou já de costas, a caminho de outra secretária, onde uma datilógrafa logo acelerava, lançando-se, vertiginosa, pela linha fora, só se detendo, e momentaneamente, na margem. Adérito parou ao de leve, olhou, seguiu em frente. A velocidade abrandou. A porta de vidro martelado abriu-se e fechou-se sobre o homem poderoso. «Um potentado, enfim. Conheces de nome, com certeza.»

Elsa, que trabalhava na secretária em frente, tirou o espelho da mala, penteou-se, depois acendeu um cigarro e sorriu a Mateus. Era uma mulher mais ou menos da sua idade, viúva, que se pintava com certo exagero e com quem era agradável conversar um pouco. Todos a achavam simpática mas chamavam-lhe «viúva alegre». Elsa sabia mas não se importava. Um dia tinha dito a Mateus que o Adérito era um homem sem radiações. «Sim, sim», acrescentara. «Todas as pessoas transbordam do seu corpo terreno numa vitalidade que às vezes impressiona quem está perto. Vitalidade não, força vital, atrativa ou repulsiva. O veículo pode ser o olhar, a voz, os gestos, a própria cor do rosto, o sorriso… No Adérito, nada. É uma rocha com a possibilidade de se mover e falar mas com um mecanismo de rocha lá por dentro. Aquilo que ali está. Um volume no espaço. Lerá um romance às vezes? Não acredito. É o género de pessoa que vai ao cinema com a família mas só à casa de espetáculos com cadeiras mais confortáveis e que dorme o seu soninho, com a Sofia Loren na tela. Ausência completa de imaginação. A Sofia Loren não consegue ser, para ele, uma mulher, é sempre uma série de fotografias em movimento. Eu sei o que digo. Há dias fiquei perto dele. Até ressonava.»

Nessa manhã disse a Mateus: «Ele pode chamar-lhe tudo. Ordem, boa organização, paternalismo, sei lá. No fundo, é medo, um medo horrível de que o roubem em dez minutos de trabalho. Viu como aquela, ali, se pôs a escrever depressa? É pouco esperta mas sabe que o caminho é esse. E o medo dele não fica por aí. Receia também ser enganado. Compreendi isso no dia em que vi a mulher, no cinema. Parece uma baleia branca e dizem que já era assim quando casaram. E o medo da morte? Nunca reparou que ele às vezes está a falar connosco e a tomar o pulso?»

«É observadora, você!»

«Não estará a pensar que sou uma horrível coscuvilheira?»

«De modo nenhum.»

«Se pensar isso engana-se, Mateus. Não sou coscuvilheira nem mesmo curiosa. Mas há criaturas insuportáveis que tenho que suportar. Isso desencadeia dentro de mim…»

«Compreendo», disse ele.

Ela olhou-o longamente com um sorriso, como se aquela palavra tivesse tido um significado oculto ou então como se ele, Mateus Silva, nunca tivesse compreendido nada. Nada de nada.

À hora do almoço, quando ia a sair, viu-a encostada à ombreira da porta da rua. Continuava com os seus verdes cabelos despenteados, mas em vez das calças amarrotadas tinha uma saia azul, de linho, blusa preta, sem mangas, e mala a tiracolo. Mateus começou a andar, na sua direção, com vagar propositado, porque não tinha a certeza absoluta de ser ela, podia tratar-se de alguém muito parecido. Natália estava decerto lá onde a deixara dois dias antes. Lá, desaparecera sem se despedir, por que razão o procuraria agora? Como podia ter sabido onde ele trabalhava se não se falara em tal coisa? Mas procurá-lo-ia Natália? Podia estar ali por uma razão muito diferente. Era até possível que tivesse vindo falar com o Adérito e aquele encontro ser um simples acaso desagradável. O melhor era passar fingindo não a ver.

Em vez de seguir a direito, desenhou uma curva, começou a desenhá-la, uma curva que lhe permitisse passar a uma distância bastante para que o seu olhar em frente a não apanhasse no seu ângulo. Arranjou um olhar atento, interessado ou ocupado com algo que se passava na rua, e apressou o passo. Ela, porém, atravessou horizontalmente o limiar e intercetou-o. A sua mão pequena, muito dura, apertou-lhe o braço. «Vai a fugir de mim?», perguntou, risonha.

Mateus fingiu-se espantado: «Você por aqui? Quando veio?»

«Não vim, estou. Vivo cá. Tinha ido por acaso passar lá uns dias. Ou talvez não fosse por acaso, houvesse razões. Precisava de dinheiro e pedi-o por carta. Sugeriram que fosse até lá para conversarmos.»

«Conversaram?»

«Não, mas deram-me o dinheiro.»

Calou-se. Ele também. Afinal, ainda não tinha dito nada que provasse ser a ele, Mateus, que procurasse. Ao mesmo tempo parecia achar natural vê-lo ali.

«Tem que fazer?», perguntou de súbito.

«Agora?»

«Agora vou almoçar.»

«A casa?»

«Não.»

«Com alguém?»

«Não.»

«Posso almoçar consigo? Precisava de lhe falar e por isso vim procurá-lo.»

«Como soube que eu trabalhava aqui?»

Encolheu os ombros: «Chame-lhe intuição, se quiser. Posso?»

Claro que podia. Intuição, ora vissem lá. E era importante o que tinha para lhe dizer?

Ela pôs-se a andar ao seu lado, devagar, colocando sempre os pés um diante do outro, sobre a linha de demarcação do empedrado e dos paralelepípedos que debruavam o passeio. Vista de perfil não era feia, chegava mesmo a ter um certo encanto. As suas feições eram corretas e miúdas, tinha as faces encovadas e, aos cantos da boca, uma pequena ruga em cedilha, que existia mesmo quando estava séria e silenciosa. Uma ruga de quem ri muito. Ela, no entanto, parecia não ter esse costume. Deram assim alguns passos, depois ela disse:

«Não sei ainda, é cedo. Talvez seja importante, talvez não. Vendo bem, nem sequer sei se tenho alguma coisa para lhe dizer.

Enfim, coisa que valha a pena. Suponha (e olhava-o fixamente), suponha que não há nada e que só o procurei porque me apeteceu de repente falar consigo. Acredita?»

«Não», disse ele. «Não acredito.»

«Claro, como havia de acreditar?», respondeu – ou perguntou – com aspereza, encolhendo os ombros, era um tique.

«Para mais...», começou Mateus.

«Para mais?»

«... não me pareceu muito faladora, *lá,* como você diz.»

«Não sou. Nem boa ouvinte sequer. Vulgar ouvinte, com altos e baixos. Às vezes, no entanto, as pessoas pouco faladoras gostam de recitar a sua fábula.»

«Sim, decerto, sou todo ouvidos.»

«Há tempo. De resto não lhe disse que tinha uma fábula para si. Não lhe disse nada disso.»

Mantiveram-se silenciosos até ao *snack* onde almoçava todos os dias porque ficava perto e não era caro. Ela voltara a procurar a linha reta, intercetada a intervalos regulares por outras mais curtas, para nela pôr os pés. Depois, já sentados, Natália disse:

«Ontem telefonei-lhe. Antes de vir pedi a sua morada ao notário e telefonei. Se não estivesse longe, tirava-me os olhos. É sempre assim, ela?»

Fazia a pergunta aparentemente por fazer, claramente desinteressada da resposta que viria, que talvez viesse. Mateus estava, porém, hirto e silencioso. Não respondeu, e ela então pôs-se a rir como se tudo aquilo fosse de súbito engraçado e rir uma consequência normal do que tinha sido dito ou pensado. O seu riso tinha o que quer que fosse de estranho, de diferente, que riso era aquele? Mateus atravessou tempo e espaço, direito ao passado – o que já não era tão fácil como isso, agora –, e procurou o riso de Mercês. Mas não, aquele nada tinha de comum com o riso dela, discreto embora solto. Aquele pareceu-lhe subitamente exagerado para o caso, em nítida desproporção com ele. Mas de que ria Natália, vendo bem? De que ria ela?

«Queria saber onde podia procurá-lo, era só isso», explicou quando acabou de rir, «mas aquela criatura...»

Disse «criatura» com a mesma entonação plácida, indiferente, com que podia ter dito «essa senhora tão amável que veio ao telefone». Como se criatura e senhora amável fossem coisas naturais e possíveis, como se tudo dependesse da distribuição das cartas. A ele calhara-lhe a dama de espadas, acasos do jogo. Não era razão para grandes problemas. Em cada jogada podem deitar-se fora umas tantas e tirar outras do baralho.

Mateus, de resto, não reagiu. Limitou-se a dizer: «Está muito doente.»

«Não é razão. Ou será? Que tenho eu com isso?»

«Nada, claro.»

«Suponho que não a ofendi dizendo que precisava de falar consigo. Ela, no entanto, não lhe deu o recado, a prova é que não me esperava. Acabou por me dizer onde trabalhava, mas não lhe disse nada a si.»

«Esqueceu-se, decerto.»

Encolheu os ombros, depois mastigou a sua *omelette*, bebeu um gole de cerveja, fez uma careta de desagrado: «Está quente.» Por fim olhou Mateus com atenção. Preparava-se para dar o salto mortal lá bem do alto da falésia, furando as águas de braços bem esticados: o salto clássico. Mateus esperava talvez que ela se arrependesse à beira da rocha, mas não foi assim. Natália disse sem hesitar, embora o olhar, que abandonara o ponto de apoio, vagueasse um pouco para além do rosto dele, como se esse rosto se houvesse tornado, de súbito, transparente:

«Sobretudo não pense que sou sua irmã. *Nasci* em 1942, já o seu pai se tinha ido embora há que vidas. Tenho um defeito nos dedos do pé, como o Jorge e como o meu pai. O dedo grande e o dedo a seguir têm ambos o mesmo tamanho. São às vezes muito úteis estas características familiares, todos as deviam ter. Como é que Deus, ou a Natureza, enfim, a entidade competente, abstrata ou concreta, não se lembrou de uma coisa destas? Os costumes só teriam a lucrar com isso, não lhe parece? Seria mais útil do que todos os sermões sobre a virtude e todos os caldeirões de Pêro Botelho. Acredita no inferno você?»

«Bem...»

«Não acredita. Pois eu creio firmemente que ele existe, embora os diabos me pareçam muito literários e muito germânicos. No que eu acredito é num inferno sem diabos, se me faço compreender. Um inferno sem nada e sem ninguém. Sem inferno até. A solidão total e nós a batermos com a cabeça em paredes que não existem. A solidão pelos séculos dos séculos, ámen. A incomunicabilidade total. A recordação de palavras, de gestos, de imagens e, à nossa volta, nem palavras, nem gestos, nem imagens. É este o meu inferno. Literário, não?»

«Deliciada, não?», perguntou ele.

«Confesso que ficaria desiludida se... Acho que todos devemos pagar os nossos erros. E não vou nisso de arrependimentos burocráticos, de papelada em dia. Umas tantas orações por erro e viva a salvação!»

«Nunca fui muito místico», confessou ele. «Mas sou vagamente crente.»

«Basta olhar para si.»

«Sério?»

«Sério.» Houve um silêncio, depois ela disse: «Gosto muito do meu pai. Antes de saber, achava-o bruto e ignorante, embora esperto. Depois passei a vê-lo por um prisma diferente. Como ele é. Um comerciante que compra as casas dos outros, os que não são comerciantes, por metade do preço. Muito bem. Mas um comerciante em todos os sentidos, que não larga um bom negócio – o que considera um bom negócio –, mesmo que os outros o achem, de momento, calamitoso. Ele arregaça as mangas, luta, e os cães que ladrem. E nunca acreditou, creio eu, em monopólios.»

«Falou-me em tudo isso há dias. Não é bem assim mas não anda longe.»

«Arrependeu-se alguma vez?», perguntou sem o olhar.

«Creio que sim. Mas agora é feliz.»

«Ainda bem. Fico contente por o saber.»

Tinham acabado de almoçar. Natália acendeu um cigarro. Falou vagamente da terra, que no verão era muito agradável. Ele perguntou-lhe se ainda havia um cinema na rua de São Paulo Estreita. Ela falou-lhe de um cançonetista americano que tinha lá casa, depois houve qualquer transição e Mateus deu consigo a dizer-lhe que a mãe fora a mulher mais bela que vira na vida. Natália disse:

«Sim?» E logo a seguir olhou para o relógio.

Estava a fazer-se tarde. Insistiu em pagar a sua parte, pediu ainda um café e partiu.

Horas depois saiu da CIPPAR e dirigiu-se para casa. A seu lado Natália, em quem não queria pensar. Um pouco de Natália. Não ela, claro, mas uma sensação onde não havia uma farripa sequer dos seus verdes cabelos, um luar do seu rosto branco, um eco, por perdido que fosse, da sua voz. Natália, no entanto.

Quando abriu a porta não ouviu nada e teve uma sensação de casa vazia, como lá longe, dias antes. De casa morta. Um prenúncio de fim, em todo o caso. Quando ela partisse para não voltar (ou para voltar durante mais um tempo, o que pensaria, no fundo, quais seriam as suas intenções?), ele não poderia decerto ficar ali. Era possível que fizesse a mala e fosse para um hotel barato enquanto esperava a chegada dela ou a sua ausência definitiva. E então voltaria aos pequenos anúncios: «Cavalheiro respeitável...» Já tinha esquecido essa sua qualidade, tinha de a recordar, era útil. A respeitabilidade.

Seguiu pelo corredor fora até ao quarto de Alberta. Estava deitada, como agora quase sempre àquela hora, e sorriu-lhe. Depois falou com uma voz que se esforçava por ser igual à de sempre e que conseguia ser totalmente diversa. A voz de quem está numa sala, perante um amplo auditório, e quer forçosamente parecer à vontade.

«Tenho o passaporte daqui por uns dias. Posso partir para o fim da semana que vem.» Dava voltas com o fio em volta do indicador direito e o seu pescoço emagrecido tinha na base um vinco vermelho, como um enforcado cuja corda quebrou antes de tempo mas que nem por isso se salva, será enforcado de novo.

«Só falta marcar o dia», disse ela. «Talvez amanhã pense nisso.»

«Amanhã porquê? Porque não hoje ou depois de amanhã, Alberta?»

«Não sei, na verdade não sei. Devo estar um pouco transtornada, não faças caso. Agora que está tudo arranjado, que tu até vendeste a casa, pergunto a mim própria...»

Ele não quis saber o quê, fingiu-se distraído, olhou em volta. «Queres alguma coisa?», perguntou-lhe.

«Não, não. A mulher a dias deu-me o jantar antes de se ir embora. Creio que vou ler um bocado. A Luísa deixou-me uns livros. Comecei a *Guerra e Paz,* já leste?

Ele disse que sim e pensou que ela nunca o acabaria.

«Achas que vou gostar?», insistiu Alberta.

«Acho que é um livro extraordinário, mas não sei se gostarás.»

«Vais jantar?»

«Ainda vou trabalhar um pouco.»

Foi. Fechou a porta e quis-se mal porque não sofria o bastante com o sofrimento dela. Esse sofrimento, pelo contrário, mal o aflorava, era como se Alberta se tivesse ido afastando muito dele, ou ele dela, e de onde estava mal a visse e mal sentisse os seus problemas. Longe da vista... dizia às vezes a mãe a propósito de coisas passadas, que ele tinha esquecido. Com essa distância a separá-los – alguns metros – compreendia claramente que nunca gostara de Alberta e que a venda da casa fora um simples gesto, um grande gesto secreto que o tinha posto de bem consigo próprio, após outros gestos que tivera no passado e que não haviam sido tão belos como isso. Sim, vendera a casa e as recordações para se sentir alguém, um homem. Tudo vaidade. Entretanto ela sabia que ia morrer, sabia-o hoje, pelo menos, sem duvidar. Mateus adivinhara essa certeza, embora não tivesse pronunciado – como acontecera outras vezes – palavras que a dessem a entender.

«Posso entrar, Mateus?»

«És tu?»

Quem havia de ser? Fez um pouco de barulho com os papéis que às vezes trazia para casa a fim de acabar qualquer trabalho urgente – era um homem consciencioso –, foi até à porta que fechava sempre, por nada, por hábito. Ela repetiu: «Posso entrar?»

Abriu-a. «Porque não me chamaste, Alberta? Senta-te, senta-te.»

Sentou-se e olhou-o longamente. E então disse-lhe que quando morresse…

Interrompeu-a. «Mas que ideia mórbida. Isso é o que eu chamo um espírito doentio.»

«Achas que sim?»

«Acho.»

«Porquê?»

Disse a primeira coisa que lhe ocorreu:

«Olha, por exemplo, sempre gostaste de folhear álbuns de retratos. O teu pai, a tua mãe, a tua tia não sei quê. Gente morta, desbotada.»

«E tu?»

«Eu?»

«Sim, sim. Não vivias apegado à tua casa e aos que lá viveram? Agora a casa acabou, ficas livre. Não te lembras, nunca reparaste decerto, mas as tuas conversas… Era raro o dia em que não falavas da casa, do teu pai, da Mercês, do Ginho, deles todos. E, quando não falavas, Mateus, ficavas a pensar, esquecido.»

«Foi por isso que…»

Encolheu os ombros e teve uma dor – a dor –, o seu rosto franziu-se, todo, a mão agitou-se, houve o tilintar agreste das pulseiras. «Para que te levantaste? Não são horas do remédio, Alberta?»

Ela disse que sim e também que não havia razão para não se levantar, já que ia partir daí a dias. «Vou já tomar o remédio.»

Dirigiu-se para a porta, mas ele perguntou ainda: «Foi por isso?»

«Não totalmente», disse sem hesitar, como quem pensou muito no caso. «Foi a razão que dei a mim própria, mas no fundo não foi isso, não. Sempre desejei ver a Acrópole.»

Incapaz de mentir até ao fim. No entanto, bastava-lhe dizer que sim, e o seu orgulho de homem... Mas não. Alberta não sabia mentir. Por isso fora sempre uma criatura desarmada perante a vida. «Menti a mim mesma durante dias», disse ainda. «Mas não podia ser. Reconheci que não podia. Tenho pena de morrer assim, mais nada. Aqui, depois de uma vida estúpida. Sou egoísta. Penso em mim e no meu corpo. Penso na minha morte. Escusava de pensar, não é? Ela vem, de qualquer maneira. Mas penso, Mateus, penso constantemente. Nada de gavetas, não te esqueças. Se voltar. Se não, o problema nem se põe. E vi a Acrópole. Compreendes, ao menos?» Parecia ansiosa pela resposta dele. Precisava urgentemente dessa resposta.

«Compreendo.»

Ela meteu a mão no bolso do roupão e tirou um anel, sem grande valor, decerto. «Gostava que ficasses com ele antes de eu ir. Com os cacos não me ralo, que fiquem com tudo, mas o anel...»

«Deu-to o teu marido?»

«Sim. Era da mãe dele. Gostava...»

Tão inábil, senhor! Como podia ela ter sido feliz neste mundo! Beijou-a com ternura, ternura autêntica, como se fosse sua irmã, uma irmã um pouco tonta que nunca tivesse aprendido a andar na cidade e se perdesse constantemente no labirinto das ruas. Uma irmã bem diferente de Natália.

«Pois sim, Alberta.»

«Obrigada.» Fechou a porta, e ele ouviu os seus passos leves afastando-se. Continuara a não lhe dizer nada sobre o telefonema.

Na manhã seguinte, Adérito Alves chamou-o ao seu gabinete mais ou menos sumptuoso, com mesa de dois metros de mogno, *maples* profundos de cabedal verde, alcatifa à prova de passos. Adérito parecia perdido nas suas reflexões.

«Por que diabo o mandei eu chamar?», disse por fim. «Era, no entanto, uma coisa urgente, importante... Claro que era. Com tantos problemas, a minha cabeça... Ah, já sei, pelo menos era esta uma das coisas, a mais curial.» Vincou a palavra, e Mateus pensou que ele devia tê-la lido ou ouvido recentemente, achando-a útil, grave, com um certo toque intelectual que lhe assentava bem. «Vocês estão sempre a pensar noutra coisa, Silva. O emprego é um trabalho maquinal e, quanto menos pensarem, melhor. Ora diga lá se não é assim. Ora confesse lá. Importante é o futebol, é até a política. Primeiro o futebol, antes isso, é menos prejudicial. Claro que você ainda é dos melhores, eu sei. Se um dia falto nesta casa, não sei o que vai ser. O caos.» Ficou pensativo. «A minha filha vai casar, sabe?»

«Ouvi dizer, senhor doutor.»

«Pois vai. Com um médico. Até parece que é bom médico, mas para que me serve a mim um médico? Quando estou doente – porque eu não sou um homem saudável, Silva, longe disso – vou ao meu médico. Diga lá de que me serve?»

«Claro que ao senhor doutor...»

«É o diabo!» Acenou negativamente, como quem nem pode acreditar no próprio infortúnio. «Um médico!» E a sua voz grande encheu o gabinete.

Mateus lamentava muito. Era involuntário, não dava sequer por isso, mas a sua impressão, que não via mas sentia, era a de quem compartilhava muito sentidamente as dores de Adérito Alves. «Fiz-me a mim próprio, Silva», comunicou ele de repente. «Fiz-me a mim próprio e agora não tenho quem me ajude. O meu pai era camponês e, para ele, estudo era sinónimo de mândria. Trabalho para ele era manual. Bom homem mas limitadíssimo. Valeu-me a minha mãe, que, essa, sim, era uma mulher excecional.» Houve um silêncio de homenagem e Mateus pôs-se maquinalmente de pé. Um anjo passou. Devia ser o anjo da guarda daquela mulher ou do filho, senhor todo-poderoso ou quase da CIPPAR.

Mateus pensou de súbito: «A minha mãe fez chapéus, dezenas, centenas de chapéus», mas conservou-se silencioso porque a mãe nada tinha a fazer ali, no escritório de Adérito, um homem tão importante que podia dar-se ao luxo de ter tido um pai camponês e limitadíssimo. Ter tido, claro, e não ter. Ele, no entanto, Mateus Silva para o patrão, não tinha categoria para que a mãe tivesse sido modista de chapéus. Por isso escondera sempre o facto e nem mesmo a Alberta falara nisso.

«O senhor doutor deseja mais alguma coisa?»

«Pode ir, Silva, pode ir.»

Mateus foi. Quando voltou a sentar-se, todos o olharam com curiosidade. Elsa perguntou: «Está inteiro? Nem uma nódoa negra?»

«Inteiro.»

«Mas ele sentiu-se mal. Gritou por um médico, não foi?»

«Não, não. O médico é o futuro genro. É um homem infeliz, preocupado com a herança.»

«Ah, compreendo. O homem forte que se sente velho mas não fez escola porque fazer escola pode ser perigoso, haver alunos a suplantar o mestre e então... Mas agora chegou a altura de pensar um pouco nisso, julga ele. Está enganado, a altura passou. A filha casa, os netos vêm, o coração começa a falhar. Quem será o príncipe herdeiro?», teve um risinho, exclamou: «O que estes pobres, pobres ricos sofrem! Coitados, não é verdade? Eu, por exemplo, não tenho nada, mas então nada, e você?»

Tive uma casa, pensou Mateus. Uma casa fechada como um cofre cheio de recordações e sem chave, disse Alberta. «Também não tenho nada», afirmou sem olhar para Elsa e pensando num anel sem valor (não era o de esmeralda, não, uma simples pedra brasileira). «Absolutamente nada», repetiu.

Elsa observava-o com atenção. Era uma mulher só, tinha a idade dele, trabalhava ali, na sua frente, há quantos anos? Era a sua paisagem mais próxima durante sete horas diárias. Diziam que Elsa gostava dele, que isso saltava aos olhos. Talvez saltasse. Mateus, porém, fingia nada ver, nada adivinhar. Até a achava simpática mas não passava daí, não era um homem dado a aventuras e não via Elsa senão como uma aventura possível. Possível mas não provável. Ela um dia, havia meses, tinha chorado um pouco, e ele consolara-a na medida do possível, assim, de secretária para secretária. Já não se lembrava do que lhe dissera, mas devia ter-lhe fornecido uma boa dose de frases feitas, herdadas ou apanhadas do chão como beatas ainda utilizáveis por gente pobre. Tinha muitos anos diante de si. Quem sabe se não viria a ser muito feliz? Enquanto há vida há esperança. É tão cheia de surpresas, a vida. Ela ainda era nova. Coisas assim.

Elsa insistia agora na mesma tecla, que visivelmente lhe agradara. «Sim, sim, tenho pena deles. No fundo, lamento-os. Não são livres.» (E tu és livre?, pensava Mateus. Livre de quê?)

«Vivem acorrentados ao seu tesouro ou ao tronco da árvore das patacas. Não se atrevem a dar um passo, pode vir alguém e levar o que lhes pertence.» (E tu atreves-te? Para onde irias? Como irias?

Não tens uma Acrópole, tu. Não estás amarrada à árvore das patacas mas ao tronco da figueira onde talvez um dia te enforques. Aí.)

«Conhece a filha dele?»

«Só de ouvir falar.»

«Vi-a no cinema, na tal noite. Parece um gafanhoto com óculos.»

«Vai casar com o tal médico. E o pai está atormentado. Para que quer ele um médico?», disse já ausente, longe dali.

A pensar em Natália. Talvez aparecesse de novo um dia desses. Por precisar muito de falar com ele – outra vez – e não dizer nada. Ou muito? Levou maquinalmente a mão ao cabelo. Em geral não ligava grande importância ao cabelo nem à gravata. Ao vinco das calças, sem dúvida, e ao lustro dos sapatos. Esses, porém, eram pormenores necessários à decência do seu traje, requintes para atingir a vulgaridade. Como se ser vulgar fosse o seu objetivo. Nem bonito nem feio, nem inteligente nem estúpido, já o era. Mas ainda precisava de ser nem elegante nem desleixado, para ficar perfeitamente no centro, onde somos menos vistos, com menos nitidez. É o local mais afastado do campo de visão, ao longo da circunferência, portanto o que lhe convinha. Reparou, no entanto, que tinha uma pequena nódoa na gravata, e isso desagradou-lhe. Desagradou-lhe tanto que Elsa deu por isso, abriu a gaveta do lado esquerdo, onde guardava caixas e caixinhas, frascos e frasquinhos, objetos que iam da água de colónia *Chanel n.º 5* ao álcool e ao *Benzovac*. Levantou-se de lencinho em riste e aquele cheiro desagradável.

«Sai num instante, vai ver.»

«Você é um anjo.»

«Deus me livre de tal. Um anjo, diz você? Eu um anjo. Eu que tenho tantos crimes na consciência.»

«Você, Elsa?»

Sentou-se outra vez, guardou o lenço e o frasco, ficou pensativa enquanto fingia que mudava o papel da máquina.

«Nunca lhe falei do Hekk?»

«Não, nunca me falou.»

«Pois o Hekk – H-e-k-k...»

«Sim?»

«O Hekk é o meu pequeno assassino pessoal. Trouxe-o sempre comigo, enfim, quase sempre. De princípio, era um anjo gorducho, mas cedo compreendi que como anjo não me seria de grande utilidade e substituí-o por um pequeno duende do tamanho da minha mão. Este deu mais tarde lugar ao *Superman*. Ultimamente, nos tempos piores, arranjei um venusino formidável para pôr tudo nos seus devidos lugares: o Hekk. Podia tornar-se invisível e matava sem hesitar as criaturas incómodas. Matar não era, de resto, para ele, uma interdição, mas um ato simples e natural. *Lá* era uma coisa simples e natural e *lá* era formidável. Estendia o braço e a pessoa em questão desfazia-se em pó. Uma pitada quase incolor. Nem cadáver havia, soprava-se e pronto.»

«E você inocente de tudo.»

«E eu inocente de tudo. Com a consciência mais-do-que-tranquila. Era o Hekk. Vivia sentado numa cadeira, ao meu lado, ou deitado aos pés da minha cama. Encontrei-o num romance de ficção científica que alguém esqueceu em minha casa, a única recordação palpável que deixou. Deitei-o um dia fora – ao livro – porque, sempre que o olhava, o Hekk me parecia menos real.»

«Matou muita gente, o seu venusino?»

«A necessária. A indispensável, quero dizer. Deu-me noites de grande tranquilidade. Nunca experimentou matar durante horas uma pessoa incómoda?»

«Nunca.»

«É bom e não faz mal.»

«Que é feito dele?»

«Do Hekk? Creio que regressou à base. Ou morreu. Ou se desfez.»

«Contava coisas?»

«Não. Calado como um rato. Mas eu sentia-o perto e isso era ótimo.»

A máquina recomeçou a trabalhar.

Foi no outro dia. Estava muito calor – um forno sem brisa do mar –, e o homem, Mateus Silva, atreveu-se a desabotoar o colarinho, a alargar o nó da gravata. Tinha pressa de chegar a casa porque Alberta estava só, mas retardara o passo, sem dar por isso, involuntariamente. Involuntariamente? Havia mulheres decotadas pela rua e tostadas pelo sol, como naquela manhã, quando fora vender a casa, e as pessoas pareciam mais vivas e alegres, como se tivessem dado flor, como se se preparassem para frutificar. Em casa esperava-o a penumbra, a voz queixosa de uma mulher a quem já não amava – tê-la-ia amado algum dia? –, que ele não escolhera entre outras mulheres, que acontecera por assim dizer na sua vida. Uma mulher que encontrara num jornal, depois na pequena saleta de um terceiro andar, junto da qual se demorava porque as palavras dela e o seu olhar o protegiam, o aqueciam como um casulo.

Ao fundo da rua, quase à esquina, ficava um café, e a sua esplanada ocupava o passeio. Mateus seguia por ele fora mas a certa altura desceu porque na sua frente havia uma mesa, uma cadeira e umas pernas de mulher, bronzeadas.

«Olá, Mateus!» Era ela, claro. Sorria pequenino, as vírgulas cavavam-se-lhe mais no rosto miúdo, os cabelos verdes tombavam-lhe sobre os ombros. Como a copa de um chorão, pensou ele. Ou de uma pimenteira?

«Por aqui?», perguntou à falta de melhor.

«Como vê. Estava à sua espera.»

«Precisa *muito* de falar comigo?»

«Precisar talvez seja exagero. *Muito,* nem pensar nisso. Apeteceu-me vê-lo, é mais verdadeiro.»

«É muito verdadeira?», perguntou ele.

«Às vezes. É conforme.»

Tinha-se levantado, deixara umas moedas sobre a mesa, e também uma garrafa de cerveja vazia, e um copo.

«Pode ser?»

«Porque não?»

Deram alguns passos em silêncio. Depois ela disse: «Há dias – ou há semanas – estive em casa dos meus pais e um gato trepou por uma árvore acima. Gritou durante horas, tiveram que vir os bombeiros tirá-lo de lá. É fácil trepar por uma árvore, mas descer? Há meses que grito e ninguém me ouve. Pelos vistos os bombeiros morreram todos.»

Ele não soube que dizer, não achou palavras. Natália seguia ao seu lado, via-lhe o perfil que a luz esborratava um pouco, os olhos baixos, aquele meio sorriso sem significado, e pensou em Alberta, que se preparava para descer da sua árvore pessoal para ir morrer longe, depois de realizar um sonho de menina, um sonho que os anos não tinham desfeito, que se mantivera forte e intacto. Pensou nela e disse: «Não foi só a si que isso aconteceu, Natália.»

Interrompeu-o. Apetecia-lhe falar, não ouvir. «Talvez eu não saiba gritar como deve ser, que lhe parece?»

«Não me parece nada. Enfim, não me parece grande coisa. Vimo-nos... quantas vezes? Três. E pergunto a mim próprio...»

Perguntava a si próprio a razão por que ela trazia sandálias brancas, das de tiras fininhas a cruzarem-se no peito do pé. Perguntava a si próprio outras coisas. Ela, porém, falava. Lançara-se na confissão. Uma confissão pouco clara, para não ser totalmente entendida.

Uma confissão para uso pessoal. Nada de muito concreto, em suma. Havia um homem casado, quem, não interessava, ele não conhecia. E o que a torturava era pensar que sempre tinha sonhado com uma vida calma, organizada, sim, sim, isso mesmo, uma vida burguesa, cada um é como é, e ela – era bom não o esquecer – era filha de José Osório e de Mercês, era irmã do Ginho – ela dizia Jorge. Desejava uma vida burguesa e detestava-a ao mesmo tempo. Detestava vir a ser como eles, mas...

«No fundo, foram os culpados. Tudo aquilo era falso, falso, falso. Por isso saltei o muro e vim estudar para Lisboa.»

«O que veio estudar?»

«Qualquer coisa. A primeira que me passou pela cabeça. Ele foi ver a minha primeira exposição e comprou várias peças de cerâmica. Agora, pensando a frio no caso, creio que me levou no lote. Cinco peças pelo preço de quatro, conhece o género? O brinde que entusiasma as donas de casa. Eu fui o brinde. E eis-me há um ano a viver na sombra, a determinadas horas. Encontramo-nos em minha casa porque ele receia que a mulher possa saber. Sofre do coração, a mulher. Não tem um ano de vida, a mulher. E eu acredito, veja lá. Eu faço tudo, até acredito que a mulher sofre do coração. Creio que foi por isso que o procurei a si.»

«Por isso?»

«Porque é um homem sensato, embora tenha vendido uma casa por metade do preço. Sensato mas não como eles.»

«Eles?»

«Ele. E a minha mãe.»

Agora subiam a avenida devagar. Mateus costumava tomar o autocarro, mas não se atreveu a dizer nada, deixou-se levar. Ouvia-a. «Se bem a compreendo detesta neles o que é falso», disse por fim.

«Mais ou menos.»

«É natural. Tanto mais que os seus pés são iguais aos de toda a gente. Aos meus por exemplo.»

Suspirou fundo, como se tivesse conseguido finalmente esvaziar os pulmões do ar viciado que os enchia. «Reparou? Julguei que não desse por isso, ou que tivesse esquecido as minhas palavras. Acha que...»

«Não acho nada. Porque não fala com a sua mãe?»

«Ficava chocada. Não é envergonhada que quero dizer. Chocada. Como quando alguém conta na sua frente uma anedota escabrosa. Horrivelmente chocada. A minha mãe dá-se muito com a condessa – que é um horror –, vai à missa aos domingos, critica asperamente os costumes livres da juventude atual.»

«Ignora o seu caso?»

«Mesmo que o soubesse fingiria ignorá-lo, é o seu género. Mas estou convencida de que o ignora, de facto. Quanto ao seu pai... Às vezes penso... Asseguro-lhe que é verdade. Penso que ela se esqueceu de tudo. Que teve uma crise de amnésia e *perdeu* determinados acontecimentos.»

Não, pensou Mateus, não os perdeu. Falou-me do meu pai, disse-me que ele foi um grande amigo. A não ser que só se lembre dele como grande amigo, nessa qualidade.

«Às vezes penso que detesto as mulheres. Talvez por isso não tenho amigas. Acho-as horríveis, se quer saber. Sempre lhes detestei a radiosa mocidade, o desabrochar, o envelhecer reticente, contrariado, ou então... Há em tudo uma falta de naturalidade, um retraimento ou um exibicionismo... Nunca consegui conversar com mulheres. Às vezes penso que algumas se apaixonam e casam e têm filhos só para conseguirem um inesgotável assunto de conversa. Claro que estou a exagerar, mas... Os pretendentes (há as que aos setenta anos ainda recordam em público, sem a mínima noção do ridículo, os pretendentes que tiveram), o noivo rico (ou bonito ou conhecido), os partos (ah, os partos com todos os pormenores), as doenças dos filhos (todas, dos filhos todos, pondo em relevo, claro, a extraordinária – rara – dedicação delas), as notas dos filhos também, os triunfos deles, os professores que os detestavam, que os invejavam e que por isso lhes davam más notas. Em que está a pensar?»

«Em nada. Bem, eu...»

«Tenho sede, importa-se de...»

«Com certeza.»

Sentaram-se e Natália pediu uma cerveja.

«E você?»

«Pode ser.»

Não gostava de cerveja mas achou delicado fazer-lhe companhia.

«Os meus amigos acham que estou a beber de mais», disse ela. «Mas eu bebo refletidamente. Penso: vou beber uns copos até ficar naquele estado intermédio, tão agradável... de lúcida liberdade mental. Ocorrem-me torrentes de palavras e penso e rio como nunca. Tudo isso está por assim dizer ligado a mim – o que penso e o que digo – mas ao mesmo tempo tão liberto como um barco preso ao cais mas com uma corda longa, longa, longa...»

Bebeu um gole de espuma, parte da qual lhe ficou presa nos lábios. «Fale-me dele.»

«De quem?»

«Ora! Do seu pai. Em quem estamos nós a pensar desde que nos conhecemos?»

«Para quê, Natália?», perguntou.

«Sei lá para quê! Tem que haver uma razão para as pessoas falarem de determinado assunto? Não conhece Ionesco?»

Não conhecia. Natália falou-lhe dele, como se bruscamente se tivesse esquecido do outro, de um homem que se chamara Abílio e amara uma mulher, Mercês.

De súbito Mateus sentia-se sem palavras, pior, sem imagens. O vazio e ele às voltas dentro do vazio. Natália falava da *Cantora* mas ele não a entendia nem se esforçava por entendê-la. Depois, a pouco e pouco, as imagens foram surgindo, vagas e raras. Lembrava-se de tão pouca coisa! O pai no café Flor do Mar, com aquele olhar ao mesmo tempo esquecido e entusiástico, fixo no belo rosto de Mercês. O pai a repreendê-lo porque dizia «a mulher do conde». O pai a sair de casa à noite. «Vou até ao café jogar uma partida de bilhar; talvez passe por casa do Osório, queres vir?» A mãe a acenar negativamente: «Bem sabes que não gosto...» O pai a fechar a porta. Os seus passos na rua, depois a deterem-se na porta ao lado. O toque abafado de uma campainha. Um homem alto e loiro. Mas seria mesmo alto e loiro ou fora ele, o menino pequeno, que o vira assim? Uma testa ampla, lisa, cabelos que o sol de todo o ano doirava, um sorriso largo, branco. Seria assim seu pai? Ou seria um homem vulgar, tanto como ele próprio, Mateus, vulgar e medíocre como aquele pelourinho que dantes tão excecional lhe parecia?

«É mesmo loira, Natália?»

«Não.»

«Ah.»

A mãe nunca gostara de viver naquela terra. Era de Lisboa e isso conferia-lhe, decerto, importância aos seus próprios olhos. Exceção feita à condessa, com quem, de resto, nunca falara, e às forças vivas, que, era óbvio, a ignoravam, todos eram para ela uns brutinhos provincianos. Fora sempre uma criatura áspera, e isso, para o fim, acentuara-se mais ainda. «Foi a vida», dizia às vezes. Era dolorosa aquela aceitação, aquela humildade que acusava. «Foi a vida.» A vida tinha sido Mercês, o marido, mais tarde as partes de casa, por fim o quinto andar só para eles, mas sempre os chapéus com que pagava a manutenção de ambos, os estudos dele. Recordou, como muitas outras vezes, o velho andar de tetos oblíquos onde tinham passado os últimos anos da vida dela. Havia por todo o lado sobre os móveis (poucos), comprados em mão de número indefinido, em cima das camas, das cadeiras, da mesa onde comiam, no chão, vulgares carapuços de feltro, *flamonds* macios, quilómetros de *laize*, penas coloridas, alfinetes de *strass* ou de madrepérola, veuzinhos leves, aracnóideos. As senhoras suspiravam fundo ao tocarem a campainha, e os suspiros prolongavam-se, ou repetiam-se já mais suaves, ao entrarem a porta. «Ai, minha querida senhora, que escada a sua, é de morte. Se não fosse gostar tanto do seu trabalho…», diziam. Quase todas tinham mais de quarenta anos, o que naquele tempo lhe parecia a ele imenso, e eram sobre o gordo. Peitos altos de rola, pernas curtas, pezinhos delicados, que um leve inchaço ainda tornava mais sensíveis. Talvez nem todas tivessem sido assim, mas eram-no, pelo menos, algumas, aquelas de quem se lembrava melhor. A mãe tinha sempre modelos novos, que agradavam muito às senhoras. «Que bonito que este é!», diziam enlevadas. «Ora vamos lá a ver o preço que me faz, é que a vida está um horror.» – «Um horror», concordava a mãe. «Mas vai ver que não é caro, não havemos de nos zangar por isso. E repare na boa qualidade.» Ele às vezes entrava de improviso e ficava estático, a olhar para a figura das senhoras, com aqueles quicos inacreditáveis. Elas, porém, miravam-se com complacência e até com agrado no espelho de parede, que tinha aos lados apliques partidos. A mãe dizia sempre, com convicção: «Fica-lhe muito bem. Não é o tipo de chapéu que fique bem a toda a gente, verdade seja, mas a si não podia ficar melhor. É o seu género.» E via-se que as senhoras adoravam ter «o seu género». Quando pensava na mãe, nunca a via na cama onde morrera. Via-a era debruçada sobre metros e metros de palha ou dando forma a um feltro qualquer. Estava sempre a fazer qualquer coisa, era como Alberta quando a conhecera.

«Em que está a pensar? Não ouviu nada do que eu disse, pois não?», perguntou Natália acabando conscienciosamente a sua cerveja e apressando-se a pedir outra.

«Na minha mãe, não sei porquê. Pediu-me que lhe falasse do meu pai e afinal… Trabalhou até ao fim. Nessa altura já eu ganhava para os dois, mas creio que ela não saberia em que gastar o tempo se não tivesse chapéus para fazer.»

Era Natália a primeira pessoa a quem fazia tal confissão. Ela murmurou: «Há mulheres assim, é uma doença de mulher. Às vezes penso, ou receio...»

«O quê?»

«Qual será a tarefa que me há de caber em sorte.»

«Não me disse que era ceramista?»

«Daqui lá...»

«Lá?»

«Lá.»

Ficou pensativa, depois disse: «É natural que adote entusiasticamente outra quando envelhecer. Não sou boa ceramista, longe disso. Já fiz várias exposições mas só na primeira é que tive todo aquele êxito. Mas qual? Aí está. Faz-me impressão, sabe, vê-las cumprir com dedicação essas tarefas. Pode ser limpar o pó, cozinhar o melhor frango na púcara de todo o mundo, arrumar gavetas com método, fazer rendas ou ter amantes. São perfeitas, não é? Dão-se ao trabalho de alma e coração. Todo o resto se torna, por assim dizer, secundário. Não acha humilhante? A concentração da força vital em coisas tão marginais, tão passageiras. Quem morre se houver um pouco de pó nos móveis? Se o jantar estiver salgado? Se o pano do tabuleiro não tiver renda?»

Se elas não tiverem amantes?, prosseguiu ele em silêncio.

Natália captou-lhe o pensamento. «Isso, vendo bem, já é outra história. Sou eu que confundo tudo. Às vezes. Talvez a tarefa não seja terem amantes mas procurarem o amor. Depois, um dia, quando verificam que afinal de contas tudo foi engano e morte natural, e isto já não o amor em si mas a própria possibilidade de ele subsistir, a sua necessidade, até, vendo bem, a sua urgência, então, essas mulheres dedicam-se a ser *senhoras*. Varreram o passado como quem varre o chão e procedem como se toda a gente tivesse feito o mesmo. Não há olhares, não há recordações que rompam a carapaça da sua dignidade recente mas forte. I-na-ba-lá-vel.»

«Não lhe perdoa, pois não?», disse ele.

Teve o seu riso gorgolejado, com limites próximos, e que se detinha sempre à beira desses limites. «Está enganado. Só o que não lhe perdoo é o decoro barato em que envolve tudo o que diz, as suas críticas à minha vida (que ignora), ao que podem dizer por eu viver só.»

Ele hesitou, perguntou por fim: «Como soube?»

«A estupidez de sempre, até parece mentira. Lemos um romance barato e pensamos... Cartas, pois claro. Cartas de Joanesburgo. Para que as guardaria ela, pergunto eu?»

«Talvez para se lembrar, de vez em quando, de que tinha sido nova e bonita.»

«Nem isso. Estavam no sótão, misturadas com recibos e papelada vária. Tinha-as esquecido, muito simplesmente. Quando esqueceu o resto, esqueceu também as cartas.» Calou-se, depois perguntou: «Era, de facto, muito bonita?»

«Muito. Era, como direi... Deslumbrante.»

«Assim? É estranho.»

«O quê?»

«Tudo. A beleza, os homens, essa palavra. Parece-me tão certa no seu papel atual, que tenho dificuldade em imaginá-la num diferente. Dir-se-ia que está habituada a este desde há séculos, desde há eternidades. Nenhuma hesitação nos seus passos, nenhum espanto no seu olhar. Tudo sem exagero, como se se tratasse de velhos costumes. E eu sei que não foi assim. Que houve o seu pai. Que houve outro e outro. Mas nessa altura já eu tinha nascido.»

Houvera então outro e outro. Mateus suspirou. Estava cansado. «Menina, você queria por força um arrependimento sonoro, com pranto, cabelos arrepelados e penitência espetacular. Pelo menos a palidez e as olheiras de quem passa as noites em claro. É a serenidade dela que não pode compreender, não é?»

«Talvez. Talvez me sinta indignada com este tipo de reforma completa, por inteiro, como alguns bons funcionários.»

«Meu Deus! Como fala da sua mãe!»

«Porque não hei de falar? Gosto dela, pode crer. É talvez a única pessoa de quem gosto, depois do… Depois dele, claro. Mas por que razão é que isso me havia de impedir de a ver como é? Nasci no signo da Virgem e sou uma pessoa sem ilusões.»

Mateus disse com suavidade: «Não as tem e anda à procura delas por caminhos de cabras, não?»

«Talvez ande, e depois?»

«Pode não as encontrar.»

«Posso.»

Levantou-se, ele também, depois de chamar o criado, de lhe pagar. Deram alguns passos lado a lado, e então ela fez sinal a um táxi. Estava de repente com pressa.

«Ele?»

«Ele. E a sua mulher está melhor?»

«Na mesma.»

«Estamos sempre na mesma, não há nada a fazer, pois não? Eu continuo no cimo da árvore, quando poderei descer?» Disse isso e entrou, bateu com força a porta, nem mesmo lhe perguntou se queria que o levasse a qualquer lado, nem mesmo lhe explicou, vagamente ou de chofre, o que desejava, o que esperava dele. Uma ajuda, mas qual? A simples ajuda de existir? Talvez.

À noite Alberta disse-lhe:

«Há dias telefonou para cá uma mulher à tua procura. Natália. Conheces alguma Natália? Esqueci-me de te dizer. Estava... parecia... zangada?»

«Não. Estava aos gritos no alto de uma árvore, sem poder descer.»

«Como os gatos?»

«Mais ou menos.» Falou-lhe dela. «Está convencida de que é minha irmã. Precisa disso para...» Hesitou. «Talvez para embelezar um pouco a história. A existência de um irmão desconhecido seria romântica, não achas? Com isso talvez salvasse a imagem da mãe.»

«E o pai? Enfim, esse Osório?»

«Sem importância no caso. Suponho que também arranjou um amante – casado – para o mesmo fim, não sei, é uma suposição. Ela diz que gosta dele, talvez goste.»

«Não compreendo muito bem», disse Alberta.

«Ela também não. Nem eu.»

«Receio ter sido um pouco desagradável quando telefonou. Estava com a dor.»

«Julgou que tinhas ciúmes.»

«Oh, peço-te que lhe digas...»

«Sem dúvida.»

«Se é, de facto, tua irmã.»

«Acho que não é, Alberta.»

«Porquê?»

«Não sei. Mas hoje quis ficar convencido... Não sei bem porquê mas... No fundo não me interessa tê-la por irmã.»

«Era bom para ti, tinhas alguém se eu, quando eu...»

«Não digas parvoíces.»

Alberta pediu-lhe então que fechasse a luz, sentia-se muito fatigada. Em que estaria a pensar? Faria a sua viagem? Fá-la-ia? O homem agora duvidava. Agora parecia-lhe que o comboio talvez fosse aquela cama. O bilhete, no entanto, esse confuso papel que ela já tinha na mala, e o passaporte deviam dar-lhe um certo consolo. Alberta estava também no cimo da sua árvore, essa sim não ia descer, ninguém a ajudaria, nem ele. Ia cair um dia destes não como um gato mas como uma ave com chumbos nas entranhas. Melhor ainda, já que de metáforas se tratava, como um fruto podre.

Mateus fechou-se no quarto, era um hábito que nunca havia de perder. Mexeu em gavetas, pegou em papéis e largou-os. Pensou sobretudo em como havia de se libertar da outra, agora que a vida o ia libertar – sim, sim, libertar – da que estava lá dentro. Fora sempre leal consigo próprio, porque não havia de o ser agora? Fosse Natália sua irmã ou não, tal facto deixara de o interessar. Pensou pela primeira vez que era um homem egoísta apesar da venda, apesar de tudo. Desejava a sua tranquilidade, os seus hábitos, desejava viver bem consigo próprio. Sem atritos com uma consciência incómoda. Como agir ainda o não sabia, mas havia de encontrar um meio... Sentia-se só, livre e melancólico. A vida parda, morna e mole continuaria. E ele dentro dela, adulto pela primeira vez. Pronto para recomeçar outra vida, fosse ela qual fosse, isto é, a mesma.

AS SOMBRAS

Fecha mais uma vez os olhos e ei-las que voltam, vagas, lívidas faces na escuridão do quarto. De nada lhe servem as pálpebras, de nada. São olhos de peixe os seus olhos redondos e desprotegidos. Há também algo de aquático nos rostos esbranquiçados, moles, ia jurar, que se movem ao retardador, flutuam indiferentes à gravidade, logo passam (ou se apagam?), arrastados por uma leve, invisível corrente submarina que se desloca da esquerda para a direita, sempre da esquerda para a direita como o seu sangue. Têm olhos? Terão olhos essas faces incertas e frias que a encaram, sim, que a encaram como um cego pode encarar outro cego? Encosta-se ao cotovelo, de coração grande e inquieto, a sua mão procura a pera da eletricidade. E a luz logo lhe traz serenidade e solidão.

Um quarto sem mistério, o seu quarto. Um quarto de quarenta anos, como é possível? Mas é. Um quarto de quarenta anos, como ela. Ali nasceu, ali passou a dormir quando os pais desapareceram, porque é o melhor quarto da casa, com sol, com espaço. Retratos de gente morta sobre a cómoda, papel a descolar-se nas paredes, teto de florão com um candeeiro a escorrer em *abat-jour* de cetim desbotado, em *abat-jour* que a mãe fez, coitada, aos serões. Ofereceu um igual a toda a família – tinham achado aquele lindo – em sucessivos, igualmente desbotados Natais. Há ainda ali no quarto, a lembrá-la, uma almofada com flores de lã, um *napperon* de *filet*. Trabalhos de senhora de sua casa, trabalhos desses. Ela nunca teve jeito nem tempo. Estudava, estudara. Ciências biológicas para ser professora. Bonita carreira para uma mulher, professora, achava o pai.

Poisa-lhe o olhar no livro que na véspera começou a ler, um livro útil, há muito que se deixou de romances de passar o tempo. Não se lembra quando isso foi, só que um dia tudo aquilo lhe pareceu coisas com as quais nada tinha a ver.

Está semi-sentada, semiatenta, de olhar esquecido na parede fronteira, *écran* subitamente vazio, *écran* sem filme porque a luz se acendeu sem o intervalo ter sido anunciado. Que estupidez insistir naqueles comprimidos! Pois não viu já que estão a fazer-lhe mal? O médico aconselhou-a a tomá-los com regularidade, a ter uma vida saudável, a praticar um desporto qualquer. Não sabia nadar? Não, não sabia nadar. Nem jogar o ténis? Não, também não sabia jogar o ténis, e não era agora, aos quarenta anos, que ia aprender. Respondeu com secura, olhou-o de alto como se pretendesse irritá-lo, o que não era o caso. Vá, diga, vá, continue, pensava simplesmente. Continue, porque não? Ele, porém, não continuou. Era um médico novo, bem-educado, ou mal, é sempre difícil ter a certeza. Ela talvez o tivesse intimidado um pouco. Aquele hábito de falar com as alunas tornou-lhe a voz áspera, a entonação agressiva. O médico limitou-se a escrever a receita, a entregar-lha. Que tomasse um comprimido ao deitar, dois se o sono não viesse. Que voltasse lá daí a uns meses. Que telefonasse se houvesse necessidade de telefonar.

Eles começaram então a aparecer, como se houvessem finalmente nascido, dela ou daquele comprimidozinho branco, para a noite líquida que a rodeava. Porque não telefonou ao médico logo no dia seguinte? Sabe lá! Há já oito noites que toma a droga – inofensiva, até crianças a podem tomar, diz a literatura inclusa – que a ela lhe traz aqueles rostos inacabados, desconhecidos e, no entanto, tão seus, aqueles rostos sem rosto que se recusou a aceitar porque havia *os outros,* o pai e a mãe, e a prima Lídia, casada com um engenheiro, e o engenheiro, marido da prima Lídia... Porque havia outros primos, embora afastados, e a gente da rua, até a mulher a dias e a porteira... Porque havia acima de tudo – acima de tudo? – o colégio e a diretora-inquisidora e as colegas malévolas, e as alunas, claro está, as alunas que todos os anos se renovavam como células, e cujo olhar e cujo riso a haviam também condenado à solidão. Nesse momento pensa nelas, nas alunas, e vê-as culpadas de tudo. Elas. Já não a diretora nem as colegas nem os pais (que morreram) nem a mulher a dias ou a gente da rua. Elas, as rapariguinhas loucas de quem depende porque lhes ensina ciências naturais.

«Devias ter-te casado», disse-lhe há dias a Lídia, com aquela voz arrastada que sabiamente aprendeu a utilizar. «Agora sentes-te só, é normal.» Não lhe perguntou: «Pudeste casar-te? Houve alguém para casar contigo? Houve alguém que *também* tivesse querido casar contigo?» Não, não lhe perguntou isso. Só disse que devia ter-se casado.

Tem quarenta anos, está magra e os cabelos começam a embranquecer-lhe, tem que os pintar com frequência. Está amarga também. Não foi só a voz que lhe endureceu um dia, as rugas apareceram-lhe entre os olhos e aos cantos da boca sem dar por elas e, de repente, estavam ali.

Todas as manhãs, no colégio, as meninas se sentam nas suas cadeiras. Ela fala, diz-lhes isto e aquilo. Elas fingem escutá-la mas vê-se que não lhe prestam grande atenção, é um escutar todo exterior, e quando ela se volta para o quadro passam papelinhos umas às outras, cochicham. Depois ela volta-se e ei-las que se fingem muito atentas. Coisa mais cruel e enganadora aquelas rapariguinhas de vida em punho, de felicidade lá adiante, nem crianças nem mulheres, rindo como doidas, sem saberem que os risos e as facas podem ferir do mesmo modo.

A mão não toca no livro, desceu, vertical, caiu, as pontas dos dedos roçando o chão. Depois, lentamente, ela apaga a luz. Espera ou receia? Talvez ambas as coisas.

Fecha mais uma vez os olhos e ei-las que voltam, vagas, lívidas faces na escuridão do quarto, movendo-se da esquerda para a direita, sempre da esquerda para a direita.

E TU, COMO TENS PASSADO?

Lembrava-se, claro. Mesmo sem querer, sempre sem querer, lembrava-se. Mas era uma viagem difícil. Precisava de despir de novo os véus que a cobriam, nunca o conseguia totalmente, alguns estavam, por assim dizer, colados à sua pele, já eram a sua pele, se os tirava era a carne viva.

É certo que nunca mais fora a mesma pessoa, até porque se quisesse, se fizesse um esforço, se estivesse muito simplesmente desatenta aos perigos da memória, das memórias, podia recordar, e isso era um *handicap* para a sua desejada tranquilidade. Era sempre possível, naturalmente, recusar a lembrança, fechar-lhe olhos e ouvidos. Mesmo antes d'Aquilo nunca fora pessoa voltada para o passado, achava isso doentio, os que lembravam e relembravam o vivido pareciam-lhe animais ruminantes mastigando comida já mastigada e até meio digerida, um nojo. Treinara-se em pensar logo a correr, sem perda de tempo, noutra coisa, chamar um dos filhos, por exemplo, telefonar ao marido (se um dos filhos estivesse em casa, naturalmente, se o marido estivesse no escritório). Havia outras soluções de emergência. Uma delas era correr a casa de uma amiga que raramente saía porque vivia na sua sala, rodeada de uma eterna e renovada corte de macacos sábios e pulgas amestradas. Outra era telefonar ao Tito, seu amigo de longa data, e arrastá-lo até Cascais, uma espécie de volta dos tristes. Até porque o Tito era um triste.

Ela também, embora de uma tristeza vistosa, incómoda, de tão lindamente mascarada de alegria autêntica, nesses dias em que fugia velozmente do que tinha acontecido.

Também havia alturas – raras, é certo – em que precisava de falar do caso. Aquilo chegava e era aceite, senão com entusiasmo, pelo menos com aparente serenidade. Uma espécie de visita desagradável mas que é necessário – inevitável – receber. Não era, porém, capaz de um frente a frente tranquilo e então corria a casa de outra amiga, que, essa, nunca saía, por razões que nada tinham a ver com as da primeira. Uma extensa viagem de táxi (o marido levava quase sempre o carro, tinha de comprar um, tinha em absoluto de o fazer), uma escada tão alta, tão íngreme, sem elevador. Mas valia a pena. Falava então. Na sua frente o eterno rosto quieto, aparentemente recetivo, um auditório, em suma.

Era uma coisa impossível de dizer por palavras e, no entanto, o que havia à sua disposição que não fossem palavras? Ei-las pois que partiam, lançadas como pesos ou como pombos, acabavam, segundo a sua qualidade, dissolvendo-se mais depressa ou com maior lentidão. Em dias de confissão urgente era sempre ali que os passos treinados a levavam. Sabia-o em casa, a esse auditório, como que à sua espera. À sua espera entre muitas outras esperas.

Uma pessoa sem idade, ou talvez lhe parecesse sem idade porque um dia parara de viver, ali, sentada naquela cadeira de rodas que duas mãos magras, ágeis, quase chocantemente ágeis em comparação com o resto, movimentavam. Adaptara-se, no entanto. Devia ter compreendido – compreendera decerto – como tudo era desnecessário e até, por assim dizer, ridículo. Nas suas circunstâncias, tudo, de facto, se tornara ridículo, até viver. Por isso vivia o menos possível e discretamente. Consentia em viver, era tudo. Convertera-se à sua não-vida com gelada naturalidade. Como se as rodas da cadeira não existissem e ela só não se levantasse porque não lhe apetecia. Interessava-a sempre tanto aquilo que estavam a dizer-lhe! Tocava a campainha e a criada –sem idade também – trazia-lhe o que era necessário: um maço de cigarros, um lenço, o chá. O seu truque para enganar a solidão era não falar de si própria, não cansar os outros, não lhes dar má consciência, não os afastar contando-lhes os seus males. Era uma mulher razoavelmente inteligente e compreendera sem que lho dissessem, sem que lho mostrassem, que os problemas dos que a procuravam, embora irrisórios comparados com o seu grande, insolúvel problema, eram sempre (para eles) incomparavelmente mais graves, e habituara-se a considerá-los assim, pelo menos exteriormente. Mas nisso atingira uma perfeição notável. Estava, por assim dizer, suspensa dos lábios de quem falava. Ela pouco dizia, mas esse pouco era excelente. Uma palavra a propósito pontuando o monólogo, uma frase a afirmar a sua solidariedade incondicional. Nunca por nunca ser dizia «já me contaste», «já sei o que vais contar». E quantas vezes ouvira, por exemplo, falar d'Aquilo! O grande perigo com ela era não estar só. Porque era, está bem de ver, muito procurada.

Aquilo com A maiúsculo era a recordação mais intensa e perigosa da vida da narradora. A história que não tinha acontecido a mais ninguém. A porta que só ela abrira. A sua história de fantasmas. Por isso, nesses dias – raros, é certo – a contava. Mais frequentemente, porém, a solução estava na amiga número um e em Tito e nos filhos, a quem chamava para lhes fazer uma pergunta qualquer, às vezes sem pés nem cabeça, e no marido, a quem telefonava para dizer qualquer coisa que até podia não vir nada a propósito.

Aquilo (dizia ela em dias de confissão, procurando com urgência, com ansiedade, dentro de si própria, a palavra que poderia servir-lhe e que juntaria a outra e a outra ainda, e a muitas mais que avançavam lentas e às vezes – conforme os dias – eficazes ou completamente inoperantes), aquilo, dizia ela, portanto, não surgira, fora surgindo, lenta, muito lentamente. Como um felino que se aproximasse em círculos, em espirais, parando às vezes, logo recomeçando o seu percurso ameaçador, escondido, protegido pela floresta densa e sem tocar mesmo ao de leve numa folha, sem pisar nada que acusasse o seu peso e a sua chegada. Ela, no entanto, sabia, sentia que algo ia acontecer. Estava sentada à mesa e tinha na frente, cheia e fumegante, a chávena de chá – «de jasmim, sabes?» Haviam falado normalmente disto e daquilo, como nos outros dias. Depois houvera um hiato, *un ange passe*, tinha dito a filha, rindo de cristal. Ainda de cristal.

Mas o tigre. Silencioso, hábil, macio, certeiro, inexorável. Nem uma pegada a acusar a sua presença, nem um ruído, por mais leve – «já te disse, não?» –, e, no entanto, de súbito estava ali e arrancara-lhe todos os véus, todos, todos. «Não gritei, não havia razão para isso. Gritar para quê, porquê, com quem? Não se tratava, afinal, de um ataque mas de um encontro. Eu sabia, eu estava à espera, não é verdade? Peguei na chávena, vê lá tu, peguei-lhe enquanto dois homens que eu não conhecia e uma mulher que me era completamente estranha diziam amáveis banalidades.»

«Uma crise de amnésia?»

«Claro que não.» Sabia que era o marido, que eram os filhos. Lembrava-se de tudo, sabia tudo. Simplesmente, a sua maneira de saber era outra. Haviam-se dissolvido as tintas embelezadoras chamadas amor, ternura, hábito também. Agora a cor era só uma e chamava-se transparência. Ou verdade?

«Foi desagradável?»

Estremecia. «Muito. Muito. Se um deles tivesse morrido, ali, naquele instante, eu sei que não sentiria nada. Porque eles eram estranhos e odiosos.»

«Tanto assim?»

«Tanto assim. Mais talvez. Não sou capaz de explicar. Às vezes as palavras, sabes?»

Sim, às vezes as palavras.

Dantes, ontem ainda, tinha pensado, ele era àquela hora um homem exausto, acabando de jantar com a família. Havia, porém, um resto incansável, a flutuar, sem descer ao sedimento, sem precisar de descer, sem querer descer. Agitava-se, esvoaçava, vincava-lhe um jeito de riso ou amargura ou simplesmente de fadiga aos cantos da boca. Um vinco que dantes aparecia e desaparecia logo, mas que um dia qualquer, ela não sabia como nem quando, nunca tinha pensado nisso, começara a deixar-se ficar e agora – naquele dia – estava ali, definitivamente esquecido num rosto de cinquenta anos, juntamente com outros vincos, outras marcas, outras estradas que o tempo rasgara. Agora as palavras vinham outra vez com mais facilidade e ela fazia estilo, pensou, pensava a mulher na sua cadeira a ouvi-la.

«E de repente vi um homem gordo, meio calvo, a falar – longamente – de gente importante, de gente que convinha que os filhos conhecessem, "cultivassem".»

«Vocês são novos e ignorantes das armadilhas da vida, julgam que o dinheiro cai como a chuva, tudo vos parece muito fácil. Tu, por exemplo (tu era o rapaz), andas com uma gente incrível. Porque deixaste de te dar com o pequeno Shaft?»

«Ele é que desapareceu. Eu até sou amigo do Shaft. Estás a ver, o pai dele tem *yacht* e tudo.»

«Porque não o procuras? Alguém tem que dar sempre o primeiro passo, porque não hás de ser tu?»

«Tenho que pensar numa maneira. Também não quero dar a impressão...»

«Claro, claro.»

A rapariga acendeu um cigarro, disse com naturalidade: «Amanhã estou com o Shaft.»

Houvera um certo espanto em todos menos nela, que não podia espantar-se, o espanto era-lhe interdito. Observava, era tudo. De olhos e ouvidos alerta, observava.

«O filho?», perguntaram, houve quem perguntasse.

«Ora, o filho. É um atrasado mental, o filho. O pai.»

«Por que diabo vais tu estar com o Shaft pai amanhã?», quis saber a mesma voz, ou outra, uma voz qualquer.

«Foi nessa altura que vi o anel. Ela tinha a mão sobre a toalha e o anel brilhava, uma beleza. Nunca tinha visto aquele anel, ou teria? Sou tão pouco observadora e depois tenho uma vida tão presa, tanto em que pensar, também. Dei-lhes sempre uma certa independência naquilo que usam… "É novo?", perguntei. Foi a única vez que abri a boca enquanto Aquilo durou. Respondeu-me com a maior naturalidade: "Um mês. Tenho-o trazido sempre, só hoje é que o viste?" Um silêncio e depois: "Mais alguma coisa?"»

Mais nenhuma. O homem, porém, disse como quem pensa, como quem vem de muito longe a pensar: «Pergunto a mim próprio se o Shaft não estaria interessado em entrar para a sociedade. Estamos precisados de sangue novo.»

«Sangue, hã?», disse a dona da casa, talvez pela décima vez. Naquela altura dizia sempre aquilo, era uma das suas deixas. «Sangue, hã?»

«Sangue. Foi o que ele disse. O que eu ouvi. E ouvi também o que se seguiu. "Queres que lhe pergunte?" – "Não, não, por enquanto não. Estava só a pensar… Havemos de falar nisso, mais tarde." Tudo aquilo era…»

«Horrível?»

«Sim. Sorriam, contentes, entendiam-se, por meias-palavras, aceitavam-se. Talvez se orgulhassem uns dos outros. Orgulhavam-se, eu tinha a certeza disso. Meu Deus, como se orgulhavam!»

«Durou quanto?», quis saber aquela que já sabia tudo, mas que uma vez mais limpava a lousa para que as letras pudessem ser de novo desenhadas.

«Uma coisa de nada.» Fora breve e enorme. O tempo de pegar na chávena, de beber o último gole de chá. E Aquilo, tal como viera, afastara-se, e as partes rasgadas do seu corpo – ou da sua alma? – iam a pouco e pouco cicatrizando. E a sua garganta estava também a ficar liberta de algo que, só depois se dera conta, estivera a segurá-la, dilacerando-a. E pensara, «pensei, ainda penso, que o meu marido só quer o bem dos pequenos e o meu bem, é um homem perfeito, que o meu filho é um pouco aéreo mas um coração de ouro, que ela é uma menina direita, incapaz de cometer qualquer ato, digamos...».

«Mas o encontro...»

«Nada mais natural. Ia a casa de amigos comuns, sabia que o Shaft estava lá. Já o tinha encontrado mais vezes, conhecia-o bem.»

«Mas o anel...»

«Ainda o tem. Anda por cima das mesas, no quarto dela. Nunca falámos disso, tive acanhamento, queres crer? Vê-se tão bem que é uma imitação! Enfim, é uma imitação tão grosseira... De resto, mesmo que o não fosse, quero dizer, mesmo que fosse uma boa imitação, não lho teria perguntado. Seria estúpido da minha parte. Aonde ia ela buscar dinheiro para um brilhante daqueles? Porque não posso imaginar que o tivesse recebido de alguém. É uma menina direita.»

«Claro. Incapaz de uma indignidade.»

«Isso mesmo. Absolutamente incapaz de uma indignidade.»

Era a conclusão, a frase que marcava o fim da peça. E o pano descia, embora sem aplausos.

Levantava-se. «Vou indo.» Ninguém a prendia. A peça só tinha interesse para a vedeta, que saía um pouco secamente, era dos livros. Ia indo. Às vezes, já de pé, já retocando a *maquillage* ou simplesmente o cabelo ao espelho que ficava sobre o fogão, perguntava: «E tu como tens passado? A mesma coisa, não?» Era engraçado aquilo de lhe sugerir logo a resposta a fim de evitar qualquer perda de tempo ou qualquer veleidade de comentário longo sobre os males que podiam afligi-la.

«A mesma coisa.»

De vez em quando, embora raramente, era atacada de um leve remorso, dizia que era uma chata, que vinha para ali falar de si própria e que ela, a outra, a mulher na sua cadeira, devia mandá-la calar... Porque não o fazia? Para a outra vez...

Interrompia-a vivamente. Que não dissesse uma coisa dessas, que não queria ouvi-la dizer uma coisa dessas. «Até estive entretida a ouvir-te, podes crer que estive. Até passou melhor o tempo. Depois essa história é tão... Enfim, é uma destas coisas que não acontecem a mais ninguém.»

«Pois não é verdade? Como uma história de fantasmas.»

Beijava-a em ambas as faces, dizia até qualquer dia, ia-se embora, sabia os cantos à casa, ao tempo que frequentava aquele confessionário confortável ou aquele consultório de psiquiatra sem consulta marcada.

A mulher, na sua cadeira, ouvia a porta, lá dentro, fechar-se. Estava só, presa dentro daquele seu corpo imóvel em que só as mãos podiam voar. Então chorava. Ou dizia umas verdades a Deus.

NADA A VER COM O AMOR

Os noivos partiram para o sul em viagem de núpcias, lia-se no fim da notícia saída na coluna social dos jornais. Isso fora, porém, quinze anos antes, e desde então muita água correra sob as pontes. Ele agora partira de novo para o sul, ou melhor, estava de novo no Sul, mas sozinho. Sozinho de certo modo. Procurara o lugar quase com ansiedade e encontrara-o. Era aquele, nem podia ser outro. Era, pelo menos, parecido com o da sua recordação. Mas essa busca era como que um regresso ao passado, não tinha nada a ver com o antigo amor, e a imagem de Roge que de vez em quando vinha, era natural, à superfície das águas paradas era incómoda, desambientada, ali, onde ele por fim deitara a âncora.

Se Roge tivesse sido uma mulher vulgar, como tantas, tudo seria mais fácil. Mas não. Não havia defeito que Roge merecesse que lhe apontassem. Era rica mesmo em qualidades morais e físicas, e não só em bens materiais. Uma mulher completa, dizia-se, como se as mulheres costumassem andar por aí aos bocados. Durante quinze anos, todos os dias, ele, aquele homem, a olhara com atenção, com objetividade, a frio. Porque não gostava dela? Nada disso. Gostava como lhe era possível. A verdade, porém, é que o amor e a amizade nunca lhe haviam adormecido o espírito crítico. E pensara – durante esses quinze anos – que ela, Roge, era demasiado perfeita para ser verdade, e que isso era aborrecido, até por ser, afinal de contas, verdade. Há pessoas muito bem-educadas cuja delicadeza um dia estala, ou pessoas muito pacientes cuja paciência se derrete. Com Roge nada disso. Durante quinze anos ela tinha sido a tal mulher completa, sem pontos fracos, sem falhas de construção. E esse facto não só não estava na origem do caso, que ideia, como até o dificultara. Mas tê-lo-ia mesmo dificultado? Houvera um muro a tapar-lhe o caminho, isso sim, mas quem erguera o muro?

Todos temos um caminho, sem dúvida, embora não demos por ele quase nunca e nos deixemos ficar no confortável ninho quente que nos preparam ou nos obrigaram a preparar. É bom lembrarmo-nos desde já que o caminho de uma pessoa pode ser ganhar um concurso de dança (48 horas a fio, sem parar) e o de outra estar 48 horas seguidas sem deixar de olhar para o mar, sentada numa cadeira de repouso. Quarenta e oito horas talvez seja exagero, dirão, porque a noite cai a certa altura e o mar... Mas, quando está bom tempo e lua cheia e céu estrelado, conhecem alguma coisa mais bela do que olhar a prata derretida do mar? Nunca experimentaram? É que não é esse o vosso caminho, ou, mesmo que o seja, nunca deram por isso. E voltamos à mesma história.

O caminho daquele homem era precisamente esse, por isso o escolhi para exemplo. Nada de olhar o céu ou o mar, em todo o caso. Estar deitado numa cadeira de repouso, pensando que estava deitado numa cadeira de repouso. Um mandrião? É possível, mas podemos chamar-lhe muitas outras coisas. São tão estranhas, as pessoas. Tanto mais que ele trabalhara com afinco durante muitos anos, e mais ainda durante aqueles em que viveu no confortável ninho de Roge, todo alcatifado a castanho-ouro e estofado a veludo rosa-velho. Nesse cenário, Roge espatifando dinheiro alegremente em jantares e reuniões pseudointelectuais, onde era sempre, obviamente, primeira figura. Nessas alturas dizia frases sibilinas que podiam ser consideradas profundas. Ele pensava: «Deu o mote, quem irá glosá-lo?» Mas havia sempre concorrentes, a frase tinha sempre um significado

– «como muito bem viu a nossa querida Roge...» –, e ele, o homem, seu marido, chegava às vezes a pensar que era ele que estava errado e não chegara lá, não atingira a necessária profundidade. Roge, porém, não era só isso. Era a companheira dos dias maus, aquela que compreendera os seus dois ou três devaneios com datilógrafas sentimentais e secretárias desempoeiradas, a enfermeira dedicada de quando tivera a pneumonia, a diplomata de carreira que o ajudava na vida. Dizia-se: «A Roge é uma senhora», «a Roge é um anjo», «a Roge é uma santa». E a Roge era tudo isso e também uma mulher completa. «Tiveste muita sorte», dizia-lhe a mãe. Tinha tido muita sorte, concordava.

«Querido.» Era a voz de Roge ao telefone. «Não está esquecido do jantar de hoje, pois não?»

Pois estava. «Que jantar?»

«É de todo. Os Bennett. E a Laide Vaz. E os Pinto Belas. Veja se está às oito e um quarto. Gostava que estivesse, para preparar os *cocktails*.»

Gostava. Uma entonação levemente piegas, levemente forte. Ela implorava, ela exigia ao mesmo tempo. «Sim, querido? Faz tão bem os *cocktails*!»

«Pois sim, Roge.»

Estava à hora, até antes, preparava os *cocktails*. *Vodka*, *Cointreau*, *curaçau*, sumo de limão... «O Duarte é formidável», diziam. Não é só para dirigir um banco que o génio é preciso.» E sorriam com graça. «Para preparar os *cocktails* também. As quantidades...» Era isso, as quantidades. Cinco oitavos, dois oitavos, um oitavo, cinco gotas... E a maneira de agitar o *shaker*...

Quem prepararia agora os *cocktails* de Roge? Agora e por todos os séculos dos séculos? Já se teria posto o problema? O homem pensava em tudo isto, de *slip* e chapéu de palha a desfazer-se, deitado numa velha cadeira de repouso e ao sol. O cenário de agora era um pequeno terraço caiado de um branco intenso, impressionantemente branco, mesmo visto através dos óculos escuros. À sua mão direita duas portas: a do chuveiro e a da cozinha; Elena, que sabia umas coisas, dizia *kitchenette*. Mais adiante a porta do apartamento, que tinha um colorido cortinado de franjas de madeira. Se chegasse ao muro do terraço podia ver em baixo uma ruela que não teria mais de um metro de largura, muito inclinada. Uma ruela de *casbah*, com portas e janelas abertas, todas elas vedadas aos insetos com cortinas iguais à sua, embora de cores diferentes. Mas chegar ao muro do terraço era difícil, não valia a pena.

Tinha subido a ruela em questão – ou outra parecida – quando viera passar a lua de mel ao sul. Caminharia de mão dada com Roge? Era possível, era até natural. Haviam-se instalado no melhor quarto do hotel e à tarde passeavam. «Que rua estranha. Já reparou nos terraços das casas?» Roge dissera: «São engraçados, sim.» Engraçados? Ele tinha ficado para trás, como que esquecido. Depois continuara o seu caminho porque Roge já ia lá em cima, no alto da rua, e gritava: «Tem uma vista maravilhosa. Venha depressa, Duarte. Ma-ra-vi-lho-sa!»

Depois julgara durante certo tempo que nunca mais tinha pensado em tal coisa. Trabalhava com afinco no banco do pai de Roge, era marido dela, fazia-lhe os *cocktails*, assistia às suas festas, acompanhava-a às dos outros. Roge esvoaçava, sempre de branco, aparentemente perdida dentro de vestidos um pouco largos, dando-lhe a impressão de que se erguera da cama naquele instante, ainda quente dos lençóis, apesar de tão perfeitamente penteada e maquilhada, e ia atingindo a sua plenitude de mulher-ave sem filhos, gastando os seus dias e as suas noites entre a quentura do ninho onde era rainha e o cimo das estátuas de onde olhava o atraente infinito. «Um infinito próximo», diziam as más-línguas, que as há por todo o lado, até entre a pequena, itinerante corte de Roge.

Que *lá* fazia frio, ronronava o pequeno transístor ao seu lado. Roge não saía de casa com certeza, porque detestava o frio. Estava pois em casa. Admitamos que estivesse. Que o frio não devia ser em todo o caso tanto como isso... Já se teria refeito do desaparecimento dele, seu marido? Já teria acreditado na carta que lhe deixara? Já teria compreendido que não se tratava de uma brincadeira de mau gosto? Ele, de resto, nunca fora homem para brincadeiras dessas. Nem dessas nem de outras. Era um homem incapaz de brincar, um homem sério – relativamente, enfim – durante os quinze anos do casamento e os meses do noivado. Continuava a sê-lo de *slip* e desfranjado chapéu mexicano, a aquecer ao sol de inverno, tão límpido, naquele pequeno terraço quase mourisco Sentia-se mesmo extremamente sério, quase grave, grave mesmo, talvez. Não satisfeito, não feliz. Grave. Um homem que vive por fim a sua vida, não a vivendo muito, não a cansando. Até podia pensar no rapazinho de outros tempos e na mãe que ele tinha. Uma mãe ansiosa, sempre com medo de desastres, e de barulhos, e de doenças, e do imprevisível. Uma mãe assim desde que o marido lhe morrera atropelado. Só que ele nesse tempo não compreendia bem as coisas, e depois... depois já era tarde e a luta indispensável. Uns olhos grandes, os dessa mãe, uma cara chupada, mãos inquietas. «Meu Deus, está calado.» Ou está quieto. Ou deixa de assobiar. Ou não vês que me dói a cabeça? Ele vagueava um pouco pela casa, perguntava desinteressado, só para a ouvir sem nenhuma vontade de a ouvir dizer «sim»: «Posso ir jogar um bocado à bola?» – «Que ideia! Tens que estudar.» Mas a razão era outra. Na rua havia automóveis, a rua era o perigo, era o caos. Passaram os anos, ele formou-se em Económicas com uma alta classificação, conheceu Roge, casou com ela, era um homem importante, ativo, mais importante ainda e mais ativo depois da morte do sogro, quando o Banco lhe passou para as mãos. A mãe lamentava-se, mesmo assim. «Ando tão ralada, se soubesses... Dás cabo de ti a trabalhar tanto. Quantas horas dormes por noite? Seis, sete? Não pode ser.» Mas havia orgulho na sua voz, orgulho e ansiedade e também receio de o ver cansar-se, gastar-se. E ele, quando a mãe estava presente, sentia a absoluta necessidade de chegar tarde para jantar, de se ir embora mal bebia o café, de falar de coisas complicadas, difíceis de obter, e da possibilidade de dar um salto a Londres, de avião, ainda essa semana. A mãe tinha uma voz chorosa: «Meu Deus, tem havido ultimamente tantos desastres!» E ele respondia com à-vontade: «Ora, há o mesmo perigo andando de automóvel, ou a pé.» E pensava no pai. A mãe também, e as suas mãos pequenas desenhavam com rapidez invisíveis esferas.

Roge sorria para além do grande centro de mesa florido. «Não exageres, meu querido.» Falava em seguida noutra coisa e a sogra sentia-se de certo modo tranquilizada porque apreciava muito Roge. E nos últimos tempos, já doente, já na cama de onde nunca mais se levantaria, tinha-lhe dito: «Ah, morro tranquila porque te deixo com a Roge. Tiveste muita sorte, filho, muita sorte na verdade.»

Ele sorria à mãe, lívida na sua cama de moribunda, e sentia remorsos, uns remorsos esboçados que se recusava a observar melhor. Sorria-lhe, só isso, e explicava que tinha pressa, um encontro importante, já passava dez minutos da hora. A Roge ficava; não era assim, Roge? «Meu Deus, filho, dás cabo de ti.» E suspirava ao de leve porque já não tinha forças para grandes, profundos suspiros. Ele saía, aborrecido consigo próprio por não ter ficado um pouco mais, até porque o encontro desse dia não era assim tão urgente, bastaria um telefonema para o neutralizar, e a mãe, coitada, não ia durar muito. Não podia, porém, agir de outro modo. A luta tinha de continuar.

A cortina, feita de longos, estreitos cilindros de madeira colorida, agitou-se como um ramo de árvore batido por um vento suave, e o homem entreabriu os olhos por detrás das grandes lentes escuras. Por entre as longas franjas de madeira vermelha, o corpo bem desenhado de Elena, em *t-shirt* e bermudas.

«Sabes as horas?»

«Não quero saber de horas», disse o homem. «Recuso-me.»

«É que estou com uma destas fomes...»

«Vai almoçar. Ninguém te impede.»

«Aborrece-me ir sozinha. Sempre és um chato.»

«Então não vás.»

Ela encolheu os ombros, num arremesso, e a cortina fechou-se, abriu-se de novo, e a expressão dela era francamente agastada.

«Porque me trouxeste contigo? Sempre gostava de saber.»

«Porque quiseste vir.»

«Perdi um bom emprego e afinal... Pensar que levámos uma semana à procura desta beleza de casa. Tinha sido melhor irmos para um hotel, não?»

«Não.»

«Sempre gostava de saber...»

«Não penses muito que te cansas. Sê uma joia e vai comprar umas latas ao supermercado. Não me apetece nada sair daqui. Só quando o sol esfriar mais.»

«Que molengão!», exclamou ela por fim com estudada ternura. «Pronto. S. Ex.ª manda. Que lhe apetece? Gambas?»

«Pode ser.»

«Almôndegas?»

«Também pode ser. E fruta. E vinho de Colares, branco. Quando chegares mete-o no frigorífico.»

«S. Ex.ª manda.»

Entreabriu de novo os olhos quando ela se afastou de *porte-monnaie* na mão, a ondular as largas ancas de ganga branca. A última aventura no tempo e a de menos interesse, talvez. Tinha acontecido, mais nada. Nem sabia muito bem porque a trouxera consigo. Sozinho estaria mais tranquilo. É certo que ela lhe dava um certo conforto físico e moral. Roge havia de franzir as bonitas sobrancelhas depiladas. A mãe... Mas a mãe tinha morrido e ele agora era livre. Pela primeira vez na sua vida, aos 40 anos. Serena e desconsoladoramente livre.

UMA ÁRVORE E RELVA VERDE

A mãe entrou, deixou-se cair no sofá e declarou: «Consegui. Consegui quer acredites quer não.» Tinha um ar de cansaço feliz.

Júlia não sabia de que se tratava (nunca o soubera ou já o tinha esquecido), mas conhecia bem a mãe, por isso lhe pediu que descansasse um pouco antes de falar, tinham tempo. «É que estás exausta, por onde andaste a vagabundear? Parece-me que vejo o teu coração aos pulos, será verdade? Havia um aparelho na física, como diabo se chamava...?»

«Não me lembro de aparelho nenhum», disse a mãe. «O meu coração está bem, obrigada. E eu também. Nunca estive mesmo tão bem, se queres saber. Sinto-me... leve.»

«Já voltaste ao médico, claro?»

A mãe tirou o casaco, suspirou. «Meu Deus, que aborrecida és com o médico. Descansa, já marquei consulta para de hoje a oito dias às cinco horas. Fui lá há duas semanas, fiz análises, que queres mais?»

«Só de hoje a oito dias, mãe?»

«Não me sinto a morrer», declarou, ofendida.

«Claro que não», acudiu Júlia. «Quem pensa uma coisa dessas? Mas precisas de te tratar. Andas com mau aspeto. *Eu,* quando estou doente, vou ao médico, compro os remédios, tomo-os.»

A mãe encolheu os ombros. «Bem sabes que nunca fui grande entusiasta nem de uma coisa nem de outra. Das poucas vezes que consultei médicos, fiquei doente a sério.»

«Já estavas, mãe.»

«Estaria?»

Júlia sorriu ao de leve. Era assim, a mãe. Infantil, um tanto louca, mesmo agora que tinha cinquenta e muitos anos. A mãe pródiga. Junto dela sentira-se sempre um pouco velha ou, pelo menos, tremendamente ajuizada, criteriosa, tipo mestra de meninos eficiente, embora os meninos fossem fazendo o que queriam e lhes sobejasse tempo. Agora contavam-lhe de olhos brilhantes e cheios de entusiasmo o seu último passo para a descoberta do tesouro dos piratas.

«É um encanto, não calculas. Aquilo com que sempre sonhei. Um pouco de relva e uma árvore que dá muita sombra. Um grande círculo de sombra.»

«Que árvore é?»

«Sei lá. Uma árvore daquelas entroncadas com uma espécie de cabelos verdes, caídos. Talvez seja um chorão, não sei ao certo, nunca conheci bem as árvores. Ou melhor, conheci mas esqueci-as. Em criança...»

A filha interrompeu-a. Sabia que ela iria falar-lhe da sua infância maravilhosa numa quinta-paraíso e do facto de ter sido transplantada aos dez anos para a cidade. Sabia-o porque aquele era um dos assuntos prediletos da mãe.

«Assim não nos entendemos, conta lá do princípio. Relva, uma árvore, sombra, e que mais?»

«A casa, claro. Ou querias que fosse dormir ao relento? Nunca na minha vida fiz campismo, gosto das minhas comodidades. Um encanto de casa. Rés do chão e primeiro andar mas cinco divisões ao todo: para que quero eu mais?»

«Uma casa de bonecas.»

«Nunca tive uma casa de bonecas.»

«Eu também não.»

«Decerto», concedeu. «Mas talvez não te tenha feito falta. Claro que quem diz uma casa de bonecas...» Estava sonhadora. «Nunca

tive tanta coisa. E sabes que não sou muito ambiciosa, mas, aí está, as coisas importantes sempre me fugiram. Quando era nova...»

«Deixa isso.»

«Sim, tens razão. Desculpa. Só queria que compreendesses... É que sempre sonhei com uma casa assim e que tivesse à frente três metros de relva e uma árvore para dar sombra. Tu nasceste na cidade, não compreendes. Achas natural viver nesta gaiola, não é verdade?», perguntou olhando em redor.

«Acho, sim, mãe.»

«Sempre ambicionei um pouco de chão meu. Isto é uma fatia de ar que tu alugas, já pensaste?»

«E depois, mãe? Todos fazem o mesmo.»

«Uma árvore é um ser vivo. Cheira e fala quando o vento lhe bate. É... alguém.»

«Queres que eu vá contigo?», perguntou Júlia.

«Aonde?»

«Ver a casa.»

A mãe baixou os olhos, observou atentamente uma unha cor de coral. «Bem, já a comprei de certo modo. Não totalmente. Dei uma parte do dinheiro. Fiquei... apaixonada. Nunca te apaixonaste por uma coisa?»

«Por uma árvore nunca. Nem por uma casa. Apaixonei-me por um homem.»

A mãe cruzou a perna, suspirou. «Claro, claro, um homem. As coisas são mais estáveis. Então para ti... Devias gostar de coisas. São... tranquilas. Só um homem e tens trinta e cinco anos.»

«Só um e tenho trinta e cinco anos. Deves pensar...»

«O quê?»

«Não sei. Pouco mulher, talvez. Pouco imaginativa. Pouco rica de amor. Fiel como uma cadela.»

Não respondeu, sorria vagamente. «Um homem que te tem feito sofrer.»

«Se não triunfou na vida, não é culpa sua.»

«Claro, claro», disse sem convicção, e estava muito pálida.

«Não te sentes bem?», perguntou Júlia.

«Porque não havia de me sentir bem? Ah, ainda estás a pensar no mesmo. Que importância pode ter um pouco de sangue? Até me senti, se queres crer, rejuvenescida.»

A filha suspirou cuidadosamente, para não se tornar notada. «Pagas então o resto em mensalidades?», perguntou para mudar de assunto.

«Em mensalidades, sim. Uma renda, só um pouco mais cara, durante vinte anos.»

«Quando te mudas?», disse Júlia com precipitação.

«Não sei ainda. Estou na fase do namoro. Tenciono ir vê-la todos os dias, cheirá-la, tocar-lhe com as pontas dos dedos. Há uma série de problemas, querida. Abrir a água, ligar a eletricidade, mudar o telefone. Não sei viver sem telefone.»

«Vais então realizar o teu sonho.»

«Uma casa pequena, um pouco de relva, uma árvore. Era um sonho ambicioso?»

«Bem, visto por um lado não direi que fosse ambicioso. Por outro... Se queres que te diga, acho-o um sonho que pouca gente realiza. Os que o realizam é porque nunca sonharam com tal coisa. Saiu-lhes na lotaria em que não jogaram. Eu a ti mudava-me já.»

«Achas? Sem eletricidade... sem...»

«Sem nada. Compra um petromax e uns garrafões de água do Luso.»

«Mas o telefone...»

«Não penses nisso. Com o teu sonho realizado, para que hás de falar com gente deste mundo?» Bateu-lhe ao de leve nas mãos e disse: «Queres chá ou preferes um refresco?»

«Qualquer coisa. Ando sem apetite.»

Júlia chamou a criada, pediu-lhe chá e torradas. Depois, quando ficaram de novo sós, perguntou com à-vontade exagerado:

«O teu marido?»

«Está radiante com a ideia.»

«Não é isso. Preocupa-se contigo? Pelo menos vai contigo ao médico?»

A mãe acendeu um cigarro. «*Pelo menos!* Porque hás tu de detestar o pobre homem?»

«Mas eu não o detesto, mãe. E se tu és feliz com ele...»

«Sou feliz. Só lamento tê-lo encontrado tão tarde.»

«Ainda bem que és feliz. Sempre receei que... fingisses.»

Ela disse «Eu?» mas calou-se porque a criada entrou com o tabuleiro. Comeram em silêncio. Depois a mãe encostou-se um pouco, semicerrou os olhos, parecia de novo muito cansada.

«Estás magra, mãe. E pálida.»

«Na minha idade devo cuidar da linha.»

«Achas que sim?»

«Com certeza. Às vezes, quando estamos a conversar, penso que és minha mãe, Júlia. Não é incrível?»

«Incrível? Senti-me sempre tua mãe.»

«Sentiste, na verdade?»

«Sempre.»

Sempre. Mesmo na altura em que, aos quinze anos, descobrira que ela tinha um amante e se sentira na obrigação de a defender, se necessário fosse. «Onde está a tua mãe?», dizia o pai. E ela: «Foi ao dentista com certeza. Queixou-se pela manhã de dores de dentes. Suponho que tenha ido ao dentista.»

A mãe-louca, a mãe rapariguinha desvairada, a mãe em busca de sonhos aqui e além.

Agora ia mudar-se para uma casa com relva e uma árvore bem verdes. Teria tempo? Júlia levantou-se, foi beijá-la na testa coberta de um *pan-cake* espesso que lhe atenuava um pouco as rugas. A mãe riu-se:

«Que te deu?»

Encolheu os ombros. «Nada. Vontade de te beijar.» Sim, vontade de a beijar, a ela, ainda carne, embora um pouco fria, um pouco mole. Já não teria muito tempo e sabia-o bem.

ANABÊ

Tem o talento, sem dúvida notável e raro, de isolar pedaços de vida, erguer-lhes à volta muralhas da China, inexpugnáveis, esquecer durante o tempo necessário, aconselhável, o passado e o futuro próximos, deixar-se ficar em compartimento estanque, sem vistas gerais nem mesmo parciais para situações e lugares incómodos. Mas raramente faz essas incursões – incursões ou regressos? – sem uma companhia qualquer, importante ou não, mas cuja presença a tranquilize. Algo – alguém? – que não passe despercebido, que não a deixe passar despercebida. A companhia de hoje, Parme, é um enorme vestido de pétalas leves, que dias antes lhe acenou do fundo de uma *boutique* quando ia a passar. Acenou-lhe – e com gestos largos – porque havia algures por ali uma ventoinha a funcionar, era verão. Ela, porém, respondeu ao chamamento, entrou, provou-o, nem uma emenda sequer. «Perfeito, mâdâme.» Mâdâme com dois acentos circunflexos. «Parece que foi feito para a mâdâme. A mâdâme tem medidas de manequim.»

Hoje, agora, neste instante, sente-se feliz. Feliz com conta, peso e medida, está bem de ver. Nada de exageros que possam provocar o sismo. Não pensa, recusa-se a pensar no seu tempo real, aquele que fica para além das muralhas que apressadamente acaba de construir. É outra mulher, com outra idade, com outro nome talvez. Uma criatura sem passado? Talvez uma criatura sem passado, com asas que ninguém cortou, as asas que Parme lhe propõe e as com que ela própria sonha antes de partir, antes de chegar ao tempo-dantes. Ao tempo-dantes-sonhado, está bem de ver.

Tem um cigarro entre os dedos e é uma mulher um pouco maravilhosa entre outras mulheres totalmente maravilhosas. Todas elas parecem ter nascido ali, naquela grande sala luxuosa e desconfortável, a fim de permanecerem pelos séculos dos séculos, assim, mais-que-perfeitas, mais-que-brilhantes, sem raízes, sem amarras, mulheres-semideusas talvez, nos seus olimpos particulares. Os homens também são (quase todos) muito atraentes e exibem o à-vontade dos eleitos por herança, dos triunfadores por direito próprio, ou de ambas as coisas, acontece, quando houve exagero na altura da distribuição dos dons. Um diplomata, um engenheiro célebre, um médico mais célebre ainda, um filho-família já pai e até avô, um menino-bem vitalício, outros. As mulheres são as mulheres deles. Exceto ela, que está sozinha, apesar de Parme. E há um homem igualmente só com o seu isqueiro de ouro e o seu anel de brilhante. As mulheres dos homens sabem muitas coisas, embora ao de leve, e ela também as sabe porque teve uma educação semelhante, muito cuidada. Todas falam com idêntico à-vontade de uma peça de Brecht (ou do Roussin) que viram em Paris ou em Londres, até em Nova Iorque (em Lisboa nunca por nunca ser), do último Goncourt, do *Último Tango*, da última viagem (ou da próxima), das fotografias de Marte, daquele escândalo dos X. Ela também falou da peça, do livro, do filme, da viagem e do escândalo, as fotografias é que ainda não viu. Uma falha na sua cultura geral, a remediar com urgência.

Tem no rosto o eterno sorriso com que também se maquilha. Sorriso riso às vezes, que é necessário dominar, situando-o no lugar devido ou aconselhável, entre duas linhas próximas, paralelas, apertado ou protegido. Um sorriso que levou algum tempo a desenhar, a aperfeiçoar, a manter tranquilo, abandonado, quase feliz. Um sorriso que lhe criou muitas simpatias, algumas críticas (não será um pouco alvar?) e um certo número, esse dispensável, de rugas de expressão. Um sorriso sempre atento, incondicionalmente às suas ordens, dela, como um bom criado humilde, dos antigos, desses que, segundo a mãe dizia, lamentando a sua atualidade, já não se encontravam.

O homem só aproxima-se, senta-se ali por perto, depois ao seu lado. «Ao tempo que não te via, Anabê!», diz ele. «Quase um ano, não?»

Ri-se porque lhe chamam Anabê como quando fez parte daquele grupo onde ele também estava. Tem outros nomes, muitos outros, alguns em todo o caso, mas aquele ficou esquecido, morto, ressuscitou naquele instante, ali, e ela ri-se. Chamaram-lhe Ana Belisa quando nasceu, chamaram-lhe Ani quando foi criança, agora chamam-lhe Ana. É senhora dona, é mâdâme com dois acentos circunflexos, é mã, mas nesse último nome prefere não se deter, não é tempo disso, mã é coisa de extramuros. «Ao tempo que ninguém me chamava Anabê! Também, verdade seja que nunca mais encontrei ninguém de lá. Só tu, às vezes. Que será feito dos outros?»

«Devem estar nas suas vidas, não?»

«É natural que estejam.»

«É um nome engraçado, Anabê. Como te chamam agora?», quis ele saber. «Como te chama o teu marido?»

«Ana só.»

O homem diz que Ana só é um pouco triste, e ela ri sem vontade, ri por rir, para preencher um espaço vazio. Não sabe o que dizer àquele homem que é um pouco mais – um pouco menos? – do que as outras pessoas presentes, porque a conheceu quando ela tinha dezoito anos. Acaba de voltar atrás, ao seu nome-horrível – quem teria tido uma ideia daquelas, algum ser malfazejo vindo momentaneamente dos infernos influenciar os seus pobres pais? «Belisa, já pensaste? Felizmente ficou só burocrático, nome de cartão de identidade, de passaporte, de certidão, coisas sem nenhuma realidade. Nome de retrato *à la minute*, dos que parecem ter em cima todos os crimes da humanidade, ou, pelo menos, bastantes.» Diz aquilo e pergunta-lhe logo a seguir o que tem feito nos últimos tempos. Não esteve em casa dos Y, pois não?

«Muito trabalho, não calculas. No dia dos Y estava eu num congresso, em Tóquio. Só congressos, não sei a quantos terei ido nestes últimos anos.»

«Gostavas de viajar, não era?»

«Claro, claro. Nessa altura era um sonho extraordinário, mas tu sabes como os sonhos se transformam com facilidade em rotina. Também viajas bastante, creio…»

«Vou até Londres de vez em quando.»

«Um cigarro?» O isqueiro de ouro funciona lindamente. Durante as suas fugas – fugas? – fuma sempre muito e bebe razoavelmente. Agora, por exemplo, colhe no ar um copo de *whisky* em trânsito.

«Desde quando gostas de *whisky*?», pergunta ele, que sempre teve uma memória de elefante e só esquece o que quer esquecer.

«Quem te disse que gosto? Continuo a achá-lo uma bebida desagradável. Mas o efeito… Vejo melhor as pessoas. Ou vê-las-ei melhores? Talvez seja isso, talvez as veja melhores.»

«E isso ajuda-te?»

«De certo modo talvez me ajude.»

«Sempre achaste as pessoas ótimas, mesmo sem *whisky*.»

«Ao passo que tu…»

«Achava-as péssimas, foi o que me valeu. Nunca esperei grande coisa de ninguém e por isso lutei com todas as minhas forças. Pergunto às vezes a mim próprio onde estaria eu se tenho ficado à espera. À espera de quê? De quem?»

Ouve-o pensativa. «Creio que sim», acaba por dizer.

«Crês que sim, o quê?»

«Isso. Que sempre achei as pessoas ótimas. Que me falta um certo critério de escolha. Às vezes, claro, sinto-me partida. Mas faço por apanhar os cacos e por os colar. Alguma coisa havia de ter herdado da minha mãe, que foi uma ótima dona de casa. Sei colá-los muito bem.»

«De um modo que ninguém vê as fissuras.»

«Tens razão. De um modo que ninguém as vê. A minha mãe dava uma enorme importância a coisas dessas. Lembro-me de uma caneca Mandarim. Ninguém deu por nada, nunca. Conheceste a minha mãe, não é verdade? Levou a vida inteira a dirigir a limpeza (para limpar havia as criadas) e a vigiar o aspeto da sua caverna, para que ela fosse bela e asséptica e agradável às visitas. O que será desta casa quando eu faltar?, dizia com a maior das convicções. A mania que as pessoas têm de que são insubstituíveis. Engraçado, não é? Um dia morreu, todos chorámos muito, é natural, gostávamos muito da mãe, mas o certo é que vivemos perfeitamente depois dela, e a casa... O pior é quando sabemos que, de facto, somos insubstituíveis e que não é de uma casa que se trata...»

O homem pergunta-lhe então, de chofre, qual é o seu problema. Ela poisa o copo sobre uma mesa, ali. De súbito perdeu a velocidade, o entusiasmo, o vento que a arrastava desaparece. Caiu por completo. Um marasmo.

«O meu problema?»

«Não dás por nada, Anabê, mas estás a representar. Estive a observar-te desde que chegaste. Tenho-te observado de outras vezes. Há quantos anos não sei, mas há alguns. A representar. O quê, ignoro-o. É raro ir ao teatro. Uma vida muito ocupada.»

Que não tem nenhum problema. Problemas, sem dúvida, como toda a gente. Não tem problemas, ele?

«Claro que sim. Este, por exemplo, como era dantes a cor do cabelo de uma rapariga chamada Anabê?»

Hesita. A cor do cabelo dessa rapariga? Cor ou ausência de cor ou avareza na quantidade da tinta, na qualidade também, decerto? Isso e outras coisas (a sua verdadeira natureza, por exemplo, a autêntica, não a sonhada, não aquela em que se envolve quando ergue os muros protetores), tudo isso ficou lá para trás, perdido e esquecido, voluntária, involuntariamente? Mas quem se lembra de tudo? E para quê, mesmo que isso fosse possível? Largam-nos na vida para a viver, não para fazermos fichas dos acontecimentos. Para a viver ou para lhe fugir, se tal nos for possível?

«Castanho, acaba por dizer. Não muito escuro. Vulgar, em suma. Depois tem variado bastante. Ela nunca se habituou totalmente à cara que Deus lhe deu e então faz por dar um jeito. O marido...»

Interrompe-a. «É muito falado, o marido. Parece que é mesmo um bom pintor e já começa a vender. Vive em Londres, não é?»

Pela primeira vez fica completamente séria, e o homem repara que o sorriso a marcou cruelmente e já faz parte integrante do seu rosto um pouco fanado. Agora que está séria, vê-se como essa expressão é anormal e inesperada, como é grave aquilo que pensa e aquilo que lhe vai dizer.

«Julgas então que é esse o meu problema? Eu cá, ele em Londres: um casal separado que quer manter as aparências? Uma mulher preconceituosa que prefere tudo a que digam que o marido a deixou, ou que ela o deixou a ele? Estás então a pensar... Pensaste certo. Resolvemos viver separados, mas ficámos amigos e vemo-nos com frequência. A verdade é que eu detesto o clima de Londres. Até gosto da cidade, mas não no inverno. Ficava completamente neurasténica. Mas não é um problema, podes crer. Faço por me distrair a meu modo. Ele também, decerto.»

«Mas não estão a divorciar-se?»

«O problema nunca se pôs. Estamos perfeitamente. Quem sabe se não é mesmo o estilo de vida ideal?, penso às vezes.»

«Estarás a dizer-me que és feliz?»

Um silêncio breve, um quase soluço, tudo apagado – mal, com um sorriso incerto, errado. «Claro que outras vezes penso... Sim, outras vezes penso se não teria sido feliz, mais feliz, quero dizer... Lembras-te do Ricardo, um moço que era filho de um operário?

Morava na minha rua, numa casa cor-de-rosa, em frente da tabacaria... O Ricardo era um rapazinho tímido, que estudava com grandes dificuldades (ou seriam os pais quem tinha as dificuldades? É possível que fossem os pais...)»

«Mas o Ricardo?»

«Gostava de mim. Lembras-te dele?»

«Muito vagamente, foi há tanto tempo. Dizes então...?»

«É hoje um homem importante, sabes?»

«Sério? Importante? O que é um homem importante?»

«Vai a muitos congressos, vê lá tu como são as coisas. Uma tia dele – ou seria prima, já não sei – era costureira em minha casa. Ninguém diria que ele ia ser importante, pois não?»

«Ninguém.»

Olham um para o outro como cães de faiança. E, de súbito, ela (Ana Belisa? Ana? Anabê de modo algum) diz que de vez em quando é como se desse por si numa aldeia de chineses ou de turcos que não soubessem falar mais nenhuma língua senão a deles. E diz aldeia porque é aldeia mesmo, nunca há intérpretes nas imediações. Às vezes dá consigo sentada e a olhar mas não percebe nada do que dizem, e até os gestos que fazem são para ela insignificativos e sem sentido. Sons que não formam palavras, palavras que não formam frases.

«Mas ouvi-te falar de um escândalo qualquer e de um prémio literário qualquer... Parecias muito interessada na conversa.»

«E estava. Até estava. Pois não compreendes que... Só faltaram os mapas de Marte», diz baixinho.

«É. Só faltaram eles.»

«De vez em quando percebo tudo. Mas de repente, se não me acautelo, se não construo bem as paredes...»

«Nunca pensaste em ir para qualquer outro lado? Londres, por exemplo. Londres é uma linda cidade e o clima não é assim tão mau.»

Encolhe os ombros. «É difícil, é mesmo impossível. Em qualquer lado temos a nossa casa, a nossa gente, às vezes turca ou chinesa, os nossos amigos e conhecidos chineses ou turcos. Em toda a parte...»

«O teu marido, que língua fala? Que língua falava?»

Ela, porém, não o ouve, não quer. Diz que quanto mais eles falam mais estrangeira se sente, estrangeira que fala uma só língua na terra de outrem, uma língua morta, daquelas sem utilidade imediata. Porque às vezes a culpa é sua, só sua, não dos outros, não deles. Ela é que não fala a língua universal.

«Inglês?»

«Esperanto, parece-me.»

O homem sorri porque ela sempre gostou de dizer coisas sem sentido. Já dantes era assim, aos dezoito anos, quando era decerto – seria? – muito feliz.

«Sais muito?», pergunta-lhe.

«Saio bastante. Até porque sozinha sinto-me... Penso de mais, é o que é. E então...»

Mas ei-la que vê as horas, se levanta precipitadamente, e as pétalas de Parme esvoaçam. «Meu Deus, tão tarde!» Será o tempo que caminha ou as muralhas que começam a estalar à sua volta? Ela parece, em todo o caso, um pouco assustada, estende-lhe apressadamente a mão, que ele aperta entre as suas, diz: «Gostei de te ver, Ricardo, não calculas como gostei. Telefona-me um dia destes, está bem?» Mas fala e já não está ali por completo. Depois afasta-se, e ele avista-a despedindo-se deste e daquela, séria e logo sorridente, ela e Parme, ela e os seus novos cabelos cendrados porque de vez em quando precisa de mudar. Mudar é sempre uma esperança, mudar pode atrair ou provocar outras mudanças. Mudar pode ser o princípio de um milagre, de qual?

UM CRIME

Antes de mais havia a senhora bonita sentada a ouvir boa música – Bach, por exemplo, podia perfeitamente ser Bach – e também a fazer *tricot*. Espanto-me um pouco por achar nessa altura bonita uma mulher daquela idade e, pensando melhor no caso, creio que a beleza dela era de ouvir dizer. A minha avó declarava: «É muito linda, a senhora. Parece uma imagem.» E a imagem fora-se formando no meu espírito, que nada tinha ainda de iconoclasta. Portanto nesse dia – nessa tarde – a senhora bonita. Junto dela, no chão, a filha, de tranças loiras. Eu gostava muito de cabelos loiros nesse dia em que ainda não soubera e não pecara. Toda eu tendia pois para a admiração incondicional. A senhora era bonita, a filha tinha de ser bonita, o filho era com certeza bonito. *Bonitos,* isto é, simpáticos, bonzinhos, agradáveis à vista. Vínhamos visitar a senhora. Durante a doença do avô fora incansável. Uma santa, enfim. Filhos de santa, santos eram, decerto.

Antes de ver o rapazinho, de momento escondido por um grande *fauteuil* de veludo, reparei – devo ter reparado – nas rosas amarelas. Lindas. Cheiravam que era um gosto. A senhora beijou-me na testa – ou no ar? – e logo que a minha avó se sentou, muito devagar, cerimoniosamente, perguntou-lhe:

«Porque traz a pequena de preto, Lúcia? Tão novinha...»

A minha avó deu uma explicação qualquer que não percebi, talvez porque acabava de avistar o rapazinho às voltas com um grande livro colorido. A senhora deu-me, de resto, a impressão de não a ter ouvido e até de ter logo esquecido o que dissera. Dirigiu-se aos filhos, disse-lhes que levassem a Lourdinhas – a Lourdinhas era eu – para o quarto dos brinquedos. E que se portassem bem. Tinham ouvido? Que se portassem bem. A Bé que me mostrasse a boneca espanhola que o menino Jesus lhe dera.

Caminhei ao longo de um corredor apertado, entre uma Bé cheia de paciência – de muito visível paciência – e um rapaz grande, de cabeça redonda e encaracolada, que se chamava, salvo erro, João. Vejo um ser pequenino e enfezado, coberto de trapos pretos e tristeza obrigatória (segundo o critério da minha avó, rir até parecia mal quando o avozinho, coitado...), um ser pequeno, pois, conduzido ao quarto dos brinquedos, que ficava ao fundo da casa. Eu nunca tinha visto um quarto de brinquedos, ignorava mesmo que tal coisa, tão luxuosa, existisse. Vi bonecas por todo o lado, jogos, soldadinhos, um cavalo branco de esporas pendentes e crina bem espetada. E ao canto, uma árvore de Natal. Senti-me deslumbrada. A *Vitória de Samotrácia* não me causou, quando mais tarde a vi, impressão semelhante.

A Bé observava-me com ar sorrateiro. Então que tal?, devia pensar. Eu, moita. Que havia de dizer? Que era bonito? Que era grandioso? Não, grandioso ainda não fazia parte do meu vocabulário de então.

«Que brinquedos tiveste?», interessou-se a menina, de passagem. «Eu ainda tive uma bicicleta. E o João outra. Comprou-as o papá, claro, mas nós temos que fingir que ainda acreditamos no menino Jesus. Eles gostam assim. Que idade tens?»

«Seis anos.»

«És muito pequena. Eu já tenho sete, e o João oito.»

Baixei os olhos. Ela, no entanto, não me poupou: «Diz lá que presentes tiveste, anda.»

«O meu avô morreu e a avó...»

«Ah, o teu avô, é verdade. Foi empregado do papá, não foi?»

Acenei que sim. De resto, aquela morte, que tantas lágrimas me fizera chorar, pareceu-me, de súbito, providencial porque evitava que eu confessasse que não tinha tido presentes e que o meu Natal fora festejado com três pastéis de nata que a prima Cândida me trouxera da pastelaria.

«Queres ver a boneca espanhola?»

Eu disse que sim e ela abriu um armário, complacente, tirou cá para fora uma coisinha linda de grandes olhos azuis e boca rosada. Bé exibiu-a em minha intenção mas sem consentir que eu lhe tocasse. Na verdade tinha perguntado se eu queria *ver* a boneca, assim como a mãe lhe dissera que me *mostrasse* a boneca. Tudo certo.

«Chama-se Dulcineia.»

O rapaz, que ainda não dissera nada, avançou para mim, de mãos nos bolsos. «Onde diabo estão os teus pais?», perguntou.

Dei então uma resposta incrível, terrível, triste, tudo. E com a maior convicção. Uma garotinha de seis anos que olha em frente e diz com seriedade:

«Não tenho pais, nunca tive.»

Não compreendi na altura como aquela minha declaração e o ar com que a fizera eram engraçados, mas o mundo desabou de riso. Ele rebolava-se no chão, enquanto as tranças dela voavam de cá para lá como cobras loucas. E, por entre gargalhadas, repetiam as minhas palavras: «Nunca tive. Nunca tive.»

Ora eu falava com a maior das convicções. Nunca fora à escola e ignorava que os pais eram necessários à vida. A avó – soube-o mais tarde – preferia não falar daquela filha leviana que partira pouco depois de eu ter chegado. Era assim, a avó.

«Pois não sabes, grande parva...»

«Não sei nada, não sei nada...», choramingava eu. «Tinha o avô, tenho a avó.»

Sentara-me no chão, embezerrara. Chorava também, enquanto eles, já muito científicos, me comunicavam o seu saber. Chorava tanto como uma fonte de inverno, creio que não ouvi metade do que eles me diziam. Quando se calaram e descobriram que eu não parava de chorar, começaram a ficar preocupados.

«Pronto, pronto», disse o João. «Já aqui não está quem falou. Nunca tiveste pais, vieste de França, pronto.»

A Bé propôs-lhe que fosse lá para dentro a ver se eu me calava.

«É mesmo parva, não é?», perguntou ao irmão, antes de saírem, ela primeiro, ele logo a seguir.

O meu choro foi ficando mais pequenino, depois parou. Junto de mim, em cima de uma cadeira, ficara a boneca espanhola. Peguei nela devagarinho, pu-la no chão, pisei-a uma, duas, muitas vezes, pisei-a até a sentir mole. Depois segui sozinha pelo corredor fora, guiada pela voz monocórdica da minha avó, contando as suas desgraças.

Até ao fim da vida nunca ela percebeu por que razão a senhora se recusou daí em diante a recebê-la. Esse foi, de resto, um desgosto que havia de a acompanhar à cova.